संजय सिन्हा हमारे समय में कहानी कहने को एक नया आयाम दे रहे हैं।

किस्सागोई या कहानी कहने और सुनने की लोक परंपरा दुनिया भर में सदियों से एक अमूल्य धरोहर की तरह चलती रही है। यह विरासत और स्मृति एक साथ है।

लेकिन धीरे-धीरे कथा कहने और सुनने की यह परंपरा कहानी लिखने और पढ़ने की रीति में बदल गई। अब कहानी कहनेवाले की जगह कहानी लिखनेवाला है, और कहानी सुननेवालों की जगह कहानी पढ़नेवाले। इस क्रम में कहानी साहित्य की चीज में बदल गई।

उस कहानी को एक बार फिर कहने और सुननेवालों के बीच लाना एक बड़ी चुनौती है। संजय सिन्हा इस कार्य को बखूबी कर रहे हैं, जो साहित्यिक महत्त्व का तो है ही, परंपरा का पुनराविष्कार भी है।

संजय सिन्हा के प्रयास से कहानी एक बार फिर जीवंत हो उठी है।

डॉ. कपिल तिवारी

ट्रस्टी सदस्य, भारत भवन, भोपाल

पूर्व निदेशक, आदिवासी लोक कला परिषद्, मध्य प्रदेश

सितारा

संजय सिन्हा

प्रभात प्रकाशन, दिल्ली
ISO 9001:2008 प्रकाशक

प्रकाशक • **प्रभात प्रकाशन**
4/19 आसफ अली रोड,
नई दिल्ली–110002

संस्करण • प्रथम, 2018
मूल्य • तीन सौ रुपए
मुद्रक • आर–टेक ऑफसेट प्रिंटर्स, दिल्ली

SITARA *by* Sanjay Sinha ₹ 300.00
Published by Prabhat Prakashan, 4/19 Asaf Ali Road, New Delhi-2
e-mail: prabhatbooks@gmail.com ISBN 978-93-5266-425-2

सितारा

छोटा था तो माँ मुझे ध्रुव तारे की कहानी सुनाती थी। भक्त प्रह्लाद की कहानी सुनाती थी। आरुणि की कहानी सुनाती थी।

मैं रात में सोता तो सपने देखता कि मैं ध्रुव तारा बन गया हूँ, प्रह्लाद बन गया हूँ, आरुणि बन गया हूँ। बहुत दिनों तक मेरे मन में था कि मैं बड़ा होकर इन्हीं तीनों में से एक बनूँगा। प्रह्लाद और आरुणि की तस्वीर माँ तब मुझे दिखा नहीं पाई थी, लेकिन ध्रुव तारा तो रोज आसमान में चमकता हुआ नजर आता था। तो मेरे मन में मूल रूप से ध्रुव तारा बनने का सपना पलने लगा था।

थोड़ा बड़ा हुआ तो माँ ने मुझे स्वामी विवेकानंद, महात्मा गांधी, जवाहर लाल नेहरू और वल्लभभाई पटेल की कहानियाँ सुनानी शुरू कर दीं। मैं भारी दुविधा में पड़ गया। अब मैं क्या बनूँगा। ध्रुव तारा, प्रह्लाद, विवेकानंद, महात्मा गांधी...।

मैं माँ से पूछता भी था कि माँ, मैं बड़ा होकर क्या बनूँगा?

माँ हमेशा यह कहकर मुस्कुरा देती कि मेरा संजू बेटा बड़ा होकर आदमी बनेगा। एक अच्छा आदमी।

हर बच्चे के मन में ऐसे सवाल उठते होंगे कि आखिर वो बड़ा होकर क्या बनेगा। हर बच्चा सपने में खुद को बड़ा होते हुए देखता है। जो उनके मन में रोल मॉडल होता है, उसे वो बचपन में जीने लगते हैं। मेरे सामने ढेरों तस्वीरें उभरतीं कि मैं बड़ा होकर क्या बनूँगा।

इन्हीं तस्वीरों में एक तस्वीर कभी मन में उभरी थी कि मैं बड़ा होकर पुलिस अफसर बनूँगा। जब मैं मामा के पास पढ़ाई करने गया तो मेरी ये इच्छा कुछ समय तक बलवती रही। मामा आई.पी.एस. अधिकारी थे और घर में पुलिस वालों का आना-जाना लगा रहता था। लाल बत्ती की गाड़ी और पुलिस की नौकरी ने भी मेरे सपनों में कुछ समय तक जगह ली।

पर कहानी वही कि जिंदगी तो एक है, फिर मैं क्या बनूँगा?

मामा मध्य प्रदेश से दिल्ली सी.बी.आई. में संयुक्त निदेशक बनकर आए तो मन में खयाल ये भी आया कि सी.बी.आई. की नौकरी सबसे ठीक रहेगी। पर कहते हैं न हलवाई मिठाई नहीं खाते, तो मैं प्रशासन के रोज-रोज के पाखंड से दो चार हो रहा था और समझ रहा था कि हर चमकने वाली चीज सोना नहीं होती। अब भारी दुविधा थी।

आखिर संजय सिन्हा बड़े होकर बनेंगे क्या?

अपनी इस दुविधा में भी एक बात मन में बैठी थी कि माँ ने कहा था कि अच्छा आदमी बनना। तो और कुछ नहीं बन पाया तो अच्छा आदमी तो बना ही जा सकता है।

कुछ दिन पहले मुझे मथुरा में हिंदुस्तान इंजीनियरिंग कॉलेज में देश के भावी इंजीनयिरों को संबोधित करने के लिए बुलाया गया था। वहाँ पूर्व आई.ए.एस. अधिकारी और राजनेता यशवंत सिन्हा को भी बुलाया गया था। जिन दिनों मैं रिपोर्टिंग करता था, मुझे यशवंत सिन्हा से कई बार मिलने का मौका मिला था। तब वो वित्त मंत्री थे। कल उनसे फिर मिला। उनके अलावा आई.आई.टी. रुड़की के डायरेक्टर पी.के. घोष भी वहाँ बतौर वक्ता आए थे, साथ में कॉलेज और यूनिवर्सिटी के कई पदाधिकारी भी थे।

वहाँ सबने विद्यार्थियों को संबोधित किया। उन्हें सफल इंजीनियर बनने का ज्ञान दिया। पर जब मेरी बारी आई तो मैंने माँ का दिया ज्ञान उनके सामने रख दिया। मैंने कहा कि आप चाहे जो बनें, लेकिन सबसे पहले जरूरी है एक अच्छा आदमी बनना।

माँ कहती थी कि इंजीनियर, डॉक्टर, वकील, जज, आई.ए.एस., आई.पी.एस. सबकुछ एक बार बन गए तो बन गए। पर एक अच्छा आदमी बनने की प्रक्रिया पूरी जिंदगी चलती है। यह एक सतत चलने वाला प्रयास है।

माँ कहती थी कि एक अच्छा आदमी ही एक अच्छा इंजीनियर बन सकता है, अच्छा डॉक्टर बन सकता है, अच्छा वकील बन सकता है, अच्छा जज बन सकता है।

माँ कहती थी कि एक सफल और एक अच्छे आदमी में से किसी एक का चयन करना हो, तो अच्छे आदमी का चयन करना।

मैं देश के भावी इंजीनियरों को माँ का दिया ज्ञान उड़ेल आया हूँ।

मैं आज आपसे पूछ रहा हूँ, मैंने ठीक किया न, आप भी तो अपने-अपने बच्चों को पहले एक अच्छा आदमी ही बनाना चाहते हैं न?

अनुक्रम

जिंदगी का ज्ञान

कल दिल्ली से गोवा की उड़ान में एक सरदारजी मिले, साथ में उनकी सरदारनी भी थीं। सरदारजी की उम्र करीब 80 साल रही होगी। मैंने पूछा नहीं। लेकिन सरदारनी भी 75 पार ही रही होंगी। उम्र के सहज प्रभाव को छोड़ दें, तो दोनों फिट थे। सरदारनी खिड़की की ओर बैठी थीं, सरदारजी बीच में और सबसे किनारे वाली सीट मेरी थी।

उड़ान भरने के साथ ही सरदारनी ने कुछ खाने का सामान निकाला और सरदारजी की ओर किया। सरदारजी काँपते हाथों से धीरे-धीरे खाने लगे। फिर फ्लाइट में जब भोजन सर्व होना शुरू हुआ तो उन लोगों ने राजमा-चावल का ऑर्डर किया।

दोनों बहुत आराम से राजमा-चावल खाते रहे। मैंने पता नहीं क्यों पास्ता ऑर्डर कर दिया था। खैर, मेरे साथ अक्सर ऐसा होता है कि मैं जो ऑर्डर करता हूँ, मुझे लगता है कि सामने वाले ने मुझसे बेहतर ऑर्डर किया है।

अब बारी थी कोल्ड ड्रिंक की।

संजय सिन्हा ने पीने के लिए कोक का ऑर्डर दिया था। अपने कैन के ढक्कन को मैंने खोला और धीरे-धीरे पीने लगा। सरदारजी ने कोई जूस लिया था। खाना खाने के बाद जब उन्होंने जूस की बोतल के ढक्कन को खोलना शुरू किया तो ढक्कन खुले ही नहीं। सरदारजी काँपते हाथों से उसे खोलने की कोशिश कर रहे थे।

मैं लगातार उनकी ओर देख रहा था। मुझे लगा कि ढक्कन खोलने में उन्हें मुश्किल आ रही है तो मैंने कहा कि लाइए, मैं खोल देता हूँ।

सरदारजी ने मेरी ओर देखा, फिर मुस्कुराते हुए कहने लगे कि बेटा ढक्कन तो मुझे ही खोलना होगा।

मैंने कुछ पूछा नहीं, लेकिन सवाल भरी निगाहों से उनकी ओर देखा।

सरदारजी ने कहा, बेटाजी, आज तो आप खोल देंगे। लेकिन अगली बार कौन खोलेगा? इसलिए मुझे खुद खोलना आना चाहिए। सरदारनी भी सरदारजी की ओर देख रही थीं। जूस की बोतल का ढक्कन उनसे भी नहीं खुला था। पर सरदारजी लगे रहे और बहुत बार कोशिश करके उन्होंने ढक्कन खोल ही दिया।

दोनों आराम से जूस पी रहे थे।

कल मुझे दिल्ली से गोवा की उड़ान में जिंदगी का एक सबक मिला।

सरदारजी ने मुझे बताया कि उन्होंने ये नियम बना रखा है कि अपना हर काम वो खुद करेंगे। घर में बच्चे हैं, भरा-पूरा परिवार है। सब साथ ही रहते हैं। पर अपनी रोज की जरूरत के लिए सरदारजी सिर्फ सरदारनी की मदद लेते हैं, बाकी किसी की नहीं। वो दोनों एक-दूसरे की जरूरतों को समझते हैं।

सरदारजी ने मुझसे कहा कि जितना संभव हो, अपना काम खुद करना चाहिए। एक बार अगर काम करना छोड़ दूँगा, दूसरों पर निर्भर हो जाऊँगा, तो समझो बेटा कि बिस्तर पर ही पड़ जाऊँगा। फिर मन हमेशा यही कहेगा कि ये काम इससे करा लूँ, वो काम उससे। फिर तो चलने के लिए भी दूसरों का सहारा लेना पड़ेगा। अभी चलने में पाँव काँपते हैं, खाने में भी हाथ काँपते हैं। पर जब तक आत्मनिर्भर रह सको, रहना चाहिए।

हम गोवा जा रहे हैं, दो दिन वहीं रहेंगे। हम महीने में एक-दो बार ऐसे ही घूमने निकल जाते हैं। बेटे-बहू कहते हैं कि अकेले मुश्किल होगी। पर उन्हें कौन समझाए कि मुश्किल तो तब होगी, जब हम घूमना-फिरना बंद करके खुद को घर में कैद कर लेंगे। पूरी जिंदगी खूब काम किया। अब सब बच्चों को देकर अपने लिए महीने के पैसे तय कर रखे हैं और हम दोनों उसी में आराम से घूमते हैं।

जहाँ जाना होता है, एजेंट टिकट बुक करा देते हैं, एयरपोर्ट पर टैक्सी आ जाती है, होटल में कोई तकलीफ होनी नहीं है। स्वास्थ्य एकदम ठीक है। कभी-कभी जूस की बोतल ही नहीं खुलती। पर थोड़ा दम लगाता हूँ तो वो भी खुल ही जाती है।

संजय सिन्हा ने तय किया था कि इस बार की उड़ान में लैपटॉप पर एक पूरी फिल्म देख लेंगे। पर यहाँ तो वो जिंदगी की फिल्म देख रहे थे। एक ऐसी फिल्म, जिसमें जीवन जीने का संदेश छिपा था।

"जब तक हो सके, आत्मनिर्भर होना चाहिए।"

□

लौटना

पिताजी ने मुझे सौ रुपए दिए थे और गाँव भेजा था कि जाओ इस बार होली वहीं मनाना। गाँव में हमारे कई रिश्तेदार रहते थे। पिताजी के चाचा, चाची और भी कई लोग। पिताजी के चाचा वैसे तो मेरे दादा ही थे, लेकिन पता नहीं कैसे उनका नाम लाल बाबा, लाल दादी पड़ गया था। रिश्तों का संबोधन कुछ इस तरह हो गया था कि हम उन्हें बाबा, दादी नहीं बुलाते थे। लाल बाबा, लाल दादी ही बुलाते थे। हालाँकि मेरे मन में ये सवाल कई बार उठा था कि लाल बाबा लाल तो हैं नहीं, फिर उन्हें लाल बाबा क्यों कहते हैं।

पता नहीं किसने, लेकिन मजाक में किसी ने मुझे ये बता दिया था कि तुम्हारे लाल बाबा को बचपन में किसी ने लाल रंग में रंग दिया था, तभी इनका नाम लाल पड़ गया। और जब ये लाल हो गए, तो इनकी पत्नी भी लाल हो गईं।

बताने वाले की इस काल्पनिक कहानी का असर मेरे मन पर इतना गहरा पड़ा था कि मैं होली के रंगों से डरने लगा था। मेरे मन में डर बैठ गया था कि होली वाले दिन अगर गाँव में किसी ने मुझे नीला, हरा, पीला, काला या किसी भी रंग में रंग दिया तो फिर मेरा नाम भी संजय सिन्हा से बदलकर लालू, कालू, पीलू न पड़ जाए। मेरे पिता ने मुझे इतना सुंदर नाम दिया था और मैं किसी कीमत पर उसे खोना नहीं चाहता था।

खैर, मैं गाँव पहुँचा। तब मैं स्कूल में पढ़ता था और बस से अकेले यात्रा करने लगा था। गाँव बहुत दूर नहीं था और बस एकदम गाँव के बाहर ही उतारती थी। पिताजी ने अच्छे से समझाया था कि होली पर खूब रंग खेलना। लोगों से मिलना। तुम गाँव कम बार गए हो, गाँव जाओगे तो लोगों से मिलोगे। लोग तुम्हें प्यार करेंगे।

मैं गाँव पहुँच गया। सड़क पर मैं जहाँ बस से उतरा था, वहीं मेरे एक चचेरे चाचा मिल गए। आज सोचता हूँ तो हैरानी होती है। न तब फोन थे, न किसी ने चिट्ठी लिखी थी, न ये तय था कि इसी बस से मैं आनेवाला हूँ, फिर भी चाचा वहीं मिल गए। वो मुझसे

बहुत बड़े थे। लेकिन मुझे बहुत प्यार करते थे। कहने लगे कि मुझे पता था कि तुम आओगे, इसीलिए मैं यहाँ खड़ा था।

मुझे नहीं पता कि उन्हें कैसे पता था। पिताजी ने उन्हें बताया भी होगा तो कैसे, मुझे बिल्कुल नहीं पता। पर चाचा को वहाँ पाकर मुझे बहुत खुशी हुई।

मैं चाचा के साथ घर गया। वहाँ होली की खूब तैयारी चल रही थी।

होली दो दिन बाद थी, पर गाँव में छोटे बच्चे अभी से ही पिचकारी लेकर एक-दूसरे पर रंग डालने लगे थे। लोग ढोलक लेकर झुंड में गाना गाते हुए नजर आने लगे थे। सबके चेहरे होली से पहले ही ऐसे पुते थे कि मैं पहचान ही नहीं पा रहा था कि कौन शंभु बाबा हैं, कौन मुकुंद चाचा।

मैं बहुत खुश था।

हालाँकि रंगों से मैं डरता था, पर लोगों को रंग में सराबोर देखकर मुझे अच्छा लग रहा था।

गाँव में सबने मुझे बहुत प्यार किया।

चाचाजी ने मुझे बताया कि इस बार होली में खूब मस्ती होगी। उनके बहुत से दोस्त आएँगे, भाँग वाला पेड़ा भी आएगा। सब खाएँगे और होली के जश्न में डूब जाएँगे। बात-बात में उन्होंने मुझसे पूछ लिया कि तुम्हारे पास कुछ पैसे हैं ?

मैंने जेब से निकाल कर उन्हें सौ का नोट दिखाया।

चाचा बहुत खुश हो गए। कहने लगे कि इसमें से कुछ पैसे होली पर खर्च करना, तुम्हें मजा आएगा।

पिताजी ने मुझे पैसे होली पर खर्च करने के लिए ही दिए थे। पर कहा था कि इसमें से दस रुपए वापसी पर बस टिकट के लगेंगे तो तुम चाहे पूरे पैसे खर्च देना, लेकिन दस रुपए जरूर बचाकर रखना, क्योंकि होली के अगले दिन जब तुम लौटोगे, तब तुम्हारे पास टिकट के पैसे होने चाहिए।

मैंने बिना दिमाग लगाए चाचा से कहा कि मेरे पास सौ रुपए हैं, लेकिन दस रुपए मेरी वापसी के हैं। बाकी मैं होली पर खर्च कर सकता हूँ। चाचा हँसने लगे।

"लाओ मुझे दे दो पैसे। मैं सँभाल कर रखूँगा। तुम जो चाहोगे, खरीद दूँगा।"

"पर चाचा, मेरी वापसी के दस रुपए ?"

चाचा ने दस का एक नोट जेब से निकाला और मुझे पकड़ा दिया। ये दस रुपए अपने

पास रख लो। बाकी मस्त होकर मेरे साथ होली खेलो, देखो।

मेरे पास दस रुपए वापसी के आ गए थे, बाकी की मुझे कोई परवाह नहीं थी।

रात में गाँव के कई लोग घर पर आए थे। लाल बाबा, छोटका बाबा, सब लोग बैठक में बैठे थे। लोग ढोलक, झाल, हारमोनियम लेकर पहुँचे थे। खूब गाना-बजाना चल रहा था। खूब खाना पक रहा था। दही बड़ा, पुआ, पूरी, खीर, कटहल की सब्जी...।

चाचा कहीं से पेड़ा लेकर आए थे। बता रहे थे कि भाँग का पेड़ा है। मैंने तब तक खोये का पेड़ा ही सुना था, पहली बार चाचा ने भाँग का पेड़ा मँगाया था और मुझे समझाया था कि तुम मत खाना। इसमें नशा होता है। हालाँकि मैंने बहुत बाद में एक मौके पर भाँग खाई थी, उसकी कहानी बहुत बेकार है। पर कभी-न-कभी सुनाऊँगा जरूर। बस एक बार ही मैंने भाँग का स्वाद चखा है और फिर दुबारा न खाने की कसम भी उसी समय खा ली थी।

फिलहाल चाचा की बात। मैं चाचा की बात मानता था। मैंने चाचा से कहा कि मैं पेड़ा नहीं खाऊँगा।

बैठक में जो लोग नाच-गाना कर रहे थे, सभी लोगों को पेड़ा खाने को मिला था।

शंभु बाबा धोती पकड़कर थिरक रहे थे, लोग गा रहे थे—"बुढ़ऊ बड़ा रंगबाज, बुढ़ऊ बड़ा रंगबाज, पछुआ में बाँधे ला टिकुलिया...।"

मेरी समझ में कुछ नहीं आ रहा था, बस मैं इतना समझ रहा था कि होली में लोग खुश रहते हैं।

मैंने कटहल की सब्जी, पूरी और खीर खाई और सो गया।

अगले दिन होली थी। सबने खूब रंग खेला।

मैंने भी होली खेली। गाँव के लड़कों के संग कम, महिलाओं के संग ज्यादा। महिलाओं ने मुझे पकड़-पकड़कर रंग लगाया। किसी ने लाल रंग लगाया तो मैं भाग कर हरे रंग वाली के पास पहुँच गया कि हरा भी लगा दो। एक रंग ठीक नहीं। मेरे मन में डर था कि एक रंग से तो नाम बदल सकता है। जब बहुत से रंग लगेंगे तो फिर कोई नाम नहीं बदल पाएगा।

जम कर होली हुई।

होली के बीच ही अचानक चाचा मेरे पास आए और कहने लगे कि तुम्हारे पास दस रुपए बचे हैं न?

"हाँ, लेकिन वो तो मेरी वापसी के लिए है।"

"अरे बाबा, तुम्हें कल जाना है। अभी वो मुझे दे दो। कल मैं तुम्हें दस का नोट दे दूँगा।"

मैंने चाचाजी पर भरोसा कर लिया और दस का नोट भी लाकर उन्हें दे दिया।

चाचाजी फिर चले गए होली खेलने।

मैं होली का खेल कर थक गया था। वापस आकर हैंडपंप पर बैठकर खूब नहाया। कुछ रंग छूटे, कुछ नहीं। फिर मैं सो गया। शाम को हमारे यहाँ गुलाल-अबीर की होली होती थी, लेकिन मैं बहुत थका था।

बहुत देर तक सोया। शाम को किसी ने जगाया तो नींद खुली।

शाम को भी थोड़ा रंग खेला और फिर सो गया। अगले दिन मुझे बस पकड़नी थी। चाचा सो रहे थे। मैं चाचा के पास गया, उनसे दस रुपए माँगे। चाचा बहुत थके थे। ठीक से उठ भी नहीं पा रहे थे। शायद भाँग वाले पेड़े का असर था। बहुत मुश्किल से उठे। मैंने कहा, "चाचा, दस रुपए दीजिए। टिकट के देने होंगे।"

चाचा कहने लगे कि नहीं हैं, कल दूँगा।

"पर चाचा, मुझे जाना आज है। कल से मुझे स्कूल जाना है। मैं स्कूल नहीं छोड़ सकता।"

चाचा ने आँखें खोलीं, फिर कहने लगे कि यार, कल जुगाड़ नहीं हो पाया। पूरे पैसे खर्च हो गए। एक दिन स्कूल नहीं जाओगे तो कुछ नहीं होगा। तुम भी आराम करो। होली के बाद आदमी को आराम करना चाहिए। पैसे का इंतजाम कल हो जाएगा।

"पर चाचा..."

"पर क्या, कहा न आज मत जाओ।"

"पिताजी इंतजार करेंगे।"

"मैं बता दूँगा।" और चाचा सो गए।

मैं बहुत उदास हो गया। समझ में नहीं आ रहा था कि दस रुपए किससे माँगूँ। जिससे माँगूँगा, वही कहेगा कि पिताजी ने ऐसे कैसे भेज दिया।

काफी देर तक चुपाचाप बैठा रहा। फिर बहुत हिम्मत करके लाल बाबा के पास गया और पूरी कहानी उन्हें सुनाई।

लाल बाबा ने मुझे दस का नोट दिया और सिर पर हाथ फेरते हुए समझाने लगे कि तुम्हें अपने पैसे चाचा को नहीं देने चाहिए थे। उन्होंने सारे पैसे यूँ ही खर्च कर दिए।

"पर बाबा, कोई माँगे तो कैसे मना करूँ?"

"मना करना आना चाहिए। और अपना आखिरी पैसा तो कभी नहीं देना चाहिए। तुमने वापसी के पैसे जो रखे थे, उन्हें किसी हालत में नहीं देना था। देखो तुम अंत में फँस गए न! आदमी को अपने लौटने का इंतजाम हमेशा पुख्ता रखना चाहिए।"

लाल बाबा की मदद से मैं उस दिन गाँव से घर लौट पाया था।

पर उस दिन मैंने एक सबक सीखा था।

आदमी को अपने लौटने का इंतजाम पुख्ता रखना चाहिए। जिंदगी में चाहे कोई आपकी मदद कर दे, लेकिन लौटने में कोई आपकी मदद नहीं करता। अपने कर्मों का हिसाब कुछ इस तरह रखना चाहिए कि आखिर में तकलीफ न हो। चाहे कुछ भी हो जाए, लौटने में तकलीफ नहीं होनी चाहिए। उस दिन लाल बाबा ने सिर्फ दस का नोट ही नहीं, जीवन का संदेश भी दिया था।

आदमी को अपने लौटने का इंतजाम पुख्ता रखना चाहिए। जीवन में चाहे जितने भी रंग हों, लौटने का रंग खुशी का होना चाहिए। और ये रंग होता है, अपने कर्मों का। किसी के कितना भी कहने के बावजूद अपने लौटने का इंतजाम अपने हाथ में रखना ही बुद्धिमानी होती है।

□

मुगालता

इतना तो तय है कि मेरी पत्नी मुझसे अधिक समझदार है।

कल मैंने यूँ ही उससे कह दिया कि आदमी का ईगो उसे ले डूबता है। मेरी पत्नी मेरी ओर देखती रही, फिर उसने पूछा, "ईगो का अर्थ?"

"ईगो यानी अहंकार।"

"नहीं। आदमी को उसका मुगालता ले डूबता है।"

"मुगालता?"

"हाँ, अहंकार दरअसल मैं का होना होता है। इसे अगर गलत अर्थ में न लिया जाए या इसकी कहानियों को गलत तरीके से न प्रचारित किया जाए तो मैं को आत्मानुभूति भी कह सकते हैं। यह ब्रह्म है अर्थात पूरा ब्रह्मांड मैं, दूसरा कोई नहीं। जब दूसरा कोई नहीं तो फिर न कोई राजा है, न कोई प्रजा। फिर सबमें हम समाहित, हम सबमें समाहित। अहंकार असल में कुछ होता ही नहीं है। ये सिर्फ मन का भाव है। इसमें द्वैत; अद्वैत में बदल जाता है। सबकुछ एकाकार हो जाता है।

असल में ठीक से समझा जाए तो 'मैं' जब 'तुम' में जा बसता है, तभी तो दो एक होते हैं। दो का एक हो जाना गलत कैसे हो सकता है?"

वो मुझे समझा रही थी कि अहं में मैं तुम में जाकर मिलने का अर्थ ही है कि बूँद सागर में जा मिले।

"फिर लोग क्यों कहते हैं कि उसका अहंकार उसे ले डूबा?"

"लोग मुगालता को अहंकार समझने की भूल करते हैं। संजय, तुम अगर आज की राजनीति के संदर्भ में कुछ कहना चाह रहे हो, तो फिर लोगों को इसे अहंकार समझने दो, पर तुम इस सत्य को समझो कि राजनीति में जो डूबा, उसे डुबोने का काम उसके मुगालते ने किया। मुगालता एक भ्रम की स्थिति होती है। ऐसा भ्रम, जिसमें आदमी

सत्य से दूर हो जाता है। जब आदमी सत्य से दूर हो जाता है, तब वो डूब जाता है। तुमने अब तक जितनी कहानियाँ पढ़ी और सुनी हैं, उसमें पराभव की वजह पर ध्यान दो। रावण मुगालते में था कि संसार में उससे शक्तिशाली कोई नहीं। कंस भी मुगालते में था कि उसे कभी कोई मार ही नहीं सकता। यही मुगालता कौरवों के मन में था। कितने उदाहरण दूँ मुगालते के ? ये सभी शक्तिशाली थे, लेकिन इन्हें मुगालता भी था।

पत्नी की बातें सुनकर मैं भारी दुविधा में पड़ गया। अब तक तो यही सुनता आया हूँ कि ईगो आदमी के पतन का कारण होता है।

पत्नी मेरी ओर देखकर मुस्कुरा रही थी, कह रही थी कि मैंने इतना सब कहने के लिए कह दिया है। पर तुम अहंकार का जो शाब्दिक अर्थ समझते हो, वही समझना। इतने गूढ़ में जाने की जरूरत नहीं। लेकिन इतना जरूर समझना कि आदमी मुगालते में डूब जाता है। तुम्हारे शब्दों में कहूँ तो अहंकार में आदमी खुद को बड़ा मान बैठता है। पर खुद को बड़ा मानने से उसका पराभव नहीं होता। उसका पराभव होता है दूसरों को कम मान लेने से। और दूसरों को कम मनवाने का काम मुगालता कराता है। मतलब ये कि किसी को कम करके नहीं आँकना चाहिए।

पत्नी की बातें मेरी समझ में ठीक से आती हैं।

मैंने सोच लिया है कि मैं मुगालता नहीं पालूँगा। आप के भी मन के किसी कोने में अगर मुगालता नामक कीड़ा पल रहा हो, तो उसे इस बार की होली में होलिका के साथ जला डालिए।

खुद को दूसरों में समाहित कीजिए। खुद को सबके रंगों में रंग लीजिए या फिर सबको खुद के रंगों में रंग लीजिए और हो जाइए द्वैत से अद्वैत।

होली द्वैत से अद्वैत होने का त्योहार है।

□

ज़ख्म

मुझे माफ कीजिएगा, आज मैं कहानी नहीं लिख रहा। आज मैं चार साल पुराने एक अपने एक ज़ख्म को कुरेद रहा हूँ।

होली के दूसरे दिन की बात है। चार साल पहले होली के दिन मेरा पूरा परिवार अहमदाबाद में था। उस साल होली 28 मार्च को थी। हमने खूब होली खेली थी। उस दिन पता नहीं क्यों मेरा भाई एकदम चुप्पी साधे था। आम तौर पर चहकते रहनेवाला मेरा भाई उस दिन किसी से कुछ बोल नहीं रहा था।

रात में हम अहमदाबाद में रुके। सुबह मेरे भाई को पुणे जाना था और मुझे दिल्ली लौटना था। सुबह-सुबह हम घर से साथ निकले। उसने एयरपोर्ट पर मुझे उतारा। फिर वो भी कार से उतरा। वो मेरे गले लगा।

हम दोनों भाई अलग-अलग हो गए। वो कार में बैठकर पुणे के लिए निकल पड़ा, मैं विमान से दिल्ली के लिए।

सारे रास्ते मुझे कुछ अटपटा लगता रहा। मुझे लगता रहा कि भाई कुछ कहना चाह रहा था। लेकिन कह नहीं रहा था। मैं एयरपोर्ट पर बैठकर बहुत देर तक सोचता रहा। फिर मैं दिल्ली चला आया। भाई पुणे पहुँच गया।

हम दोनों की आदत थी कि कहीं पहुँचकर एक-दूसरे को फोन जरूर करते थे। मैं दिल्ली पहले पहुँच गया था तो मैंने भाई को फोन किया। उसे बताया कि मैं पहुँच गया हूँ। लेकिन मन नहीं लग रहा। उसने भी कहा कि हाँ, इस बार कुछ उदासी सी बरस पड़ी, पता नहीं क्यों।

हम दोनों भाई जब किसी नतीजे पर नहीं पहुँचते तो यही कहते कि कुछ है, पर क्या है, ये नहीं पता।

जिन दिनों मेरी शादी की बात चल रही थी, मेरा भाई मेरा बेस्ट मार्गदर्शक था। एक लड़की से बात चली, जो बहुत गोरी थी, लंबी थी, पतली थी, पढ़ी-लिखी थी। लेकिन

हम दोनों भाइयों को कुछ अटपटा सा लग रहा था। भाई ने तब पहली बार कहा था कि सब ठीक है, पर कुछ है, जो पता नहीं चल रहा। और उस लड़की से मेरी शादी नहीं हुई।

उस दिन होली के दूसरे दिन यही हुआ था। हम दोनों भाई ये तय नहीं कर पाए कि कुछ अटपटा सा क्या है।

बस एक चुप्पी सी रह गई।

चार दिन बीत गए। चौथे दिन की बात है, मेरा मन दफ्तर जाने का नहीं कर रहा था। पता नहीं क्या ऊटपटाँग सा सपना देखा था। नींद खुली तो पत्नी को बुलाकर बताया कि मेरा मन नहीं लग रहा। आमतौर पर मैं सपने से विचलित होनेवाला आदमी नहीं हूँ। पर उस दिन था।

साढ़े दस बजे बिना मन के नहाने गया। फोन की घंटी बजी। किसी का नाम नहीं लिखा था। तब जिसका नंबर सेव नहीं होता था, मैं उसका फोन नहीं उठाया करता था। पर उस दिन उठा लिया।

एक अनजान आदमी ने फोन करके बताया था कि आपका छोटा भाई...

मेरी आँखों के आगे अँधेरा सा छा गया था। फोन मैंने पत्नी को दे दिया। फिर क्या बातें हुईं, नहीं पता। मैं कुछ ही घंटे बाद पुणे में था।

डॉक्टरों के मुताबिक मेरे छोटे भाई की मौत सडेन कार्डियक अटैक की वजह से हुई। पर 40 साल की उम्र मरने की नहीं होती।

चार साल बीत गए। उस दिन मेरे भाई की मौत नहीं हुई थी, दरअसल मेरी ही मौत हो गई थी।

कई महीने बीत गए। फिर आया नवंबर। 12 नवंबर, 2013 को मैं फेसबुक से जुड़ा। तब से रोज एक कहानी आपके लिए लिखता हूँ। सुबह जगने से लेकर दफ्तर जाने तक मेरी सुबह आपके साथ कटती है।

दिनभर दफ्तर में कट जाता है। देर रात घर आता हूँ तो इतना थका होता हूँ कि आते ही बिस्तर पर गिर जाता हूँ।

फिर सुबह होती है। फिर वही क्रम शुरू हो जाता है।

पर जब होली आती है तो भाई की याद आने लगती है। होली के दूसरे दिन सुबह भाई से आखिरी बार गले मिला था।

आप सब अब मेरे अपने हैं, इसलिए आपसे कुछ छुपाता नहीं। खुशी जताता हूँ, तो दु:ख भी जता देता हूँ।

ये मेरा ज़ख्म है कि होली की अगली सुबह मैं अपने भाई से खुल कर नहीं मिल पाया। उसके ज़ख्मों को टटोल नहीं पाया। काश मैंने ऐसा किया होता! उसका मन देखकर मैं समझ रहा था कि मुझे उससे बात करनी चाहिए थी। मुझे उसे उस दिन उसे अकेला नहीं छोड़ना चाहिए था। उस दिन या तो मुझे उसके साथ पुणे चले जाना चाहिए था या उसे अपने साथ दिल्ली ले आना चाहिए था।

काश! काश!

पर ये सबकुछ नहीं हुआ। उसने कुछ नहीं कहा, मैंने भी कुछ नहीं कहा।

फिर कहने को कुछ रहा ही नहीं।

अगर आप अपने रिश्तों में किसी से कुछ कहना चाहते हों, किसी की कुछ सुनना चाहते हों तो प्लीज देर मत कीजिएगा। जिंदगी में कई बार दुबारा मौका नहीं मिलता।

□

तीसरा लड्डू

मैं एक न्यूज चैनल में काम करता हूँ। मेरे ही केबिन में दस टी.वी. लगे हैं। असाइनमेंट डेस्क पर जाता हूँ तो वहाँ पचास टी.वी. एक साथ दिखते हैं। पूरी दीवार ही टी.वी. से भरी है। इधर की खबरें, उधर की खबरें। ऐसी-ऐसी खबरें दिनभर आती हैं कि पूछिए मत। आप तक तो जितनी खबरें पहुँचती हैं, उन्हें हम छन्नी से छान कर पहुँचाते हैं।

खैर, खबरों की बातें फिर कभी। अभी तो आप तर्क-कुतर्क की कहानी सुन लीजिए।

एक लड़का शहर से लौट कर आया तो माँ से कहने लगा कि माँ मैंने शहर में सीखा है कि तर्क से सही को गलत और गलत को सही साबित किया जा सकता है। माँ ने हैरान होकर कर कहा, ऐसा भला कैसे हो सकता है। सही को गलत और गलत को सही कोई साबित नहीं कर सकता। झूठ तो झूठ ही रहेगा, चाहे जितनी दलील पेश कर दी जाएँ। और इसी तरह सच भी सच ही रहेगा।

पर लड़का नहीं माना। उसने माँ को समझाना शुरू कर दिया कि माँ, ये देखो, टेबल पर दो लड्डू पड़े हैं। मैं इन दो लड्डुओं को तीन साबित कर सकता हूँ। माँ हँसने लगी। भला दो को तीन कैसे साबित कर पाओगे?

"देखो माँ, इधर देखो। ये एक लड्डू है, ये दूसरा लड्डू है।"

"हाँ है।"

अब देखो, ये पहला लड्डू, ये दूसरा लड्डू। मतलब एक और दो लड्डू।"

"हाँ बेटा।"

"तो एक और ये दो मिलाकर तीन लड्डू हो गए। हो गए न!"

"नहीं बेटा, ये तो दो ही हैं।"

"फिर से गिनो माँ। ये एक, ये दो। एक और दो तीन हो गए न?"

माँ उलझन में पड़ गई। कहने लगी बेटा कि एक और दो होते तो तीन हैं, लेकिन दिख तो दो ही रहे हैं।

बेटे का कुतर्क कमरे में पिताजी सुन रहे थे।

पिताजी बाहर आए और बेटे से कहने लगे कि तेरी माँ कुछ समझती नहीं है बेटा। मैं इसे समझाता हूँ कि कैसे ये दो लड्डू तीन हुए।

बेटे ने खुश होते हुए कहा, "जी पिताजी, आप समझाएँ।"

पिताजी ने एक लड्डू उठाकर माँ के मुँह में डाल दिया और कहा आप इसे खा लीजिए। दूसरा लड्डू उन्होंने अपने मुँह में डाल लिया। फिर बेटे की ओर मुखातिब होकर उन्होंने कहा कि देखो बेटा, दो लड्डू तो हम खा गए। अब बचा तीसरा लड्डू, उसे तुम खा लो।

बेटा पिताजी को देखता रह गया।

उत्तर प्रदेश चुनाव हो गए। नतीजे आ गए। बहनजी, भैयाजी, चाचाजी, सब दलीलें दे रहे हैं कि इतना फीसदी मतदान हुआ, इतने फीसदी मुस्लिम वोटर ने वोट दिया, इतने फीसदी दलितों ने वोट दिया। मशीन में सिर्फ कमल दबा।

दलीलें कई तरह की दी जा रही हैं। एक से बढ़कर एक।

संजय सिन्हा आज कहानी के नाम पर सिर्फ इतना ही कहना चाहते हैं कि लड्डू अब खत्म हो चुके हैं। जिन्हें खाना था, खा चुके हैं। अब कोई चाहे जितनी दलील दे, मशीनों पर माथा पटक दे, कुछ होना नहीं है।

तर्क तर्क होता है, कुतर्क कुतर्क। सत्य सत्य होता है, असत्य असत्य।

जिसे मेरी बात पर यकीन न हो, वो कुतर्क का तीसरा लड्डू ढूँढ़ने की कोशिश करता रहे, पिताजी तो लड्डू खाकर पानी भी पी चुके हैं।

□

दिन ढल जाए

मुझे अपने पुराने मुहल्ले में जाना ही नहीं चाहिए था। पर क्या करता, होली में मैं जयपुर चला गया था, तो होली के बाद उन लोगों से मिलना एक औपचारिकता ही सही। लेकिन जरूरी था। क्योंकि आखिर मैंने अपनी जिंदगी के 22 साल वहीं गुजारे हैं। शायद सबसे लंबा समय।

करीब 22 साल पहले जब मैं उस मुहल्ले में रहने गया था, तब मेरी नई-नई शादी हुई थी, गोद में साल भर का बेटा था। दिल्ली में कोऑपरेटिव ग्रुप हाउसिंग सोसाइटी का नया प्रचलन शुरू हुआ था। मुंबई में ये प्रयोग पहले हो चुका था। लेकिन दिल्ली में एशियाड गेम्स के दौरान दिल्ली विकास प्राधिकरण ने कई कोऑपरेटिव सोसाइटी को जमीन देकर फ्लैट बनाने की अनुमति दी थी। मैं जिस अपार्टमेंट में रहने गया था, उसका जन्म भी एशियाड गेम्स के दौरान हुआ था।

जब मैं उस सोसाइटी में रहने गया था, तब वो नौजवानों की सोसाइटी थी। हम दो— हमारे दो की पीढ़ी बड़ी हो चुकी थी और अपने माँ-बाप के पुश्तैनी मकान छोड़कर वहाँ रहने आई थी। तीन बेड रूम, चार बेड रूम और ड्राइंग-डाइनिंग वाले कांसेप्ट को जीने।

हम भी तीन थे। पर मेरे पिता मेरे साथ रहने पटना से दिल्ली चले आए थे। लेकिन मैंने वहाँ अधिकतर उन लोगों को देखा, जो पहली बार एकल परिवार को जीने निकले थे। सास-ससुरविहीन परिवार। ननद-भाभीविहीन परिवार। अधिकतर फ्लैट में रहनेवाले पति-पत्नी दोनों नौकरी करते, बच्चे अंग्रेजी स्कूल में पढ़ते। सबकुछ वैसा ही था, जैसा उन्होंने चाहा होगा।

बूढ़े माँ-बाप पुराने मुहल्ले में रह गए थे या फिर गाँव में।

समय का रथ चलता रहा। सुबह-शाम टहलने का रिवाज था, तो तमाम लोगों से मुलाकात हो जाती। सबकी बातचीत में बच्चों की पढ़ाई, स्कूल, होमवर्क जैसे विषय ही शामिल होते।

मैं कई बार लोगों से पूछता कि आपके माँ-बाप कहाँ रहते हैं? अधिकतर लोगों ने यही कहा कि वो गाँव में हैं या फिर अपने पुराने घर में। ये तो फ्लैट है, यहाँ भला वो कैसे रहेंगे। हालाँकि कुछ लोगों के माँ-बाप साथ रहते भी थे। लेकिन अधिकतर एकल परिवार वाले ही थे।

बीच में कुछ साल के लिए मैं अमेरिका चला गया, पर सोसाइटी के लोगों से मेरा संपर्क जस-का-तस रहा।

फिर मैं अमेरिका से वापस आया और उसी अपार्टमेंट में रहने लगा। सोसाइटी के बच्चे मेरे बेटे के दोस्त थे। सोसाइटी की महिलाएँ मेरी पत्नी की दोस्त। सबके हिस्से में अपने-अपने दोस्त थे।

समय बीतता गया। बच्चे बड़े होते गए। मेरे सामने ही कई लड़कियाँ शादी करके ससुराल चली गईं। लड़के पढ़कर नौकरी करने लगे। अधितकर लड़कों को हैदराबाद, बैंगलोर, पुणे और दूसरे शहरों में नौकरी मिली।

माँ-बाप ने मुझे कई बार खुशी के लड्डू खिलाए। संजयजी, मेरे बेटे को नौकरी मिल गई है। वो बैंगलोर जा रहा है। मैं खुश हुआ।

पर कल जब मैं वहाँ गया तो बड़ा अजीब सा लगा। पूरी सोसाइटी में सन्नाटा सा था। मैं कई घरों में गया। वहाँ दो बूढ़ा-बूढ़ी ही नजर आए। वही लोग, जो 22 साल पहले जवान थे, जोश में थे, अपने माँ-बाप को गाँव या पुराने घरों में छोड़ आए थे, वो कल मुझे बहुत बूढ़े नजर आए।

शर्माजी से मिला तो बताने लगे कि अब यहाँ मन नहीं लगता। बेटा बैंगलोर चला गया है। उसकी पक्की नौकरी वहीं हो गई है। शायद कुछ सालों में अमेरिका भी चला जाएगा। हम दोनों रह गए हैं। अब न टहलने का मन करता है, न त्योहार मनाने का। पहले बच्चे थे, तो घर में रौनक थी। अब तीन बेडरूम के मकान में दो बेडरूम किसी के आने की बाट जोहते हैं। बेटी शादी के बाद पहले ही बाहर जा चुकी है, अब बेटा भी चला गया।

संजयजी, समझ में नहीं आता कि हम पूरी जिंदगी किस बात के लिए हाय-हाय करते रहते हैं। हम दो की जरूरत तो बहुत कम में पूरी हो जाती है।

मैंने उनकी आँखों में झाँका।

उनके दंश को मैंने महसूस किया। बहुत साल पहले उनके माँ-बाप जब बूढ़े हो गए थे, तब वो अकेले रह गए थे।

आज शर्माजी अकेले रह गए हैं।

ऐसा ही होता है।

यह एक चक्र है। ऐसा चक्र, जिसका पहिया घूमकर वही लौटा देता है, जो हमने दिया होता है।

समझ आपकी। मर्जी आपकी। मैं कौन होता हूँ, किसी को समझाने वाला।

मैं तो सिर्फ समय का आईना हूँ। मैं तो सिर्फ संजय हूँ।

संजय का काम है, सत्य को सुना देना।

□

काश!

कुछ सत्य को स्वीकार करने का मन नहीं करता। पर सत्य का कोई विकल्प भी नहीं होता।

मेरी पत्नी की छोटी बहन के लिए मुझे लड़का देखने जाना था। लड़का दिल्ली में ही था और मैं कार चलाकर सास-ससुर और पत्नी समेत दिल्ली के लाजपत नगर इलाके में लड़का देखने गया था।

जब अपनी साली के लिए लड़का देखने जा रहा था, तब मेरे पास खबर आ चुकी थी कि मेरे पिता जो बड़ौदा में छोटे भाई के पास थे, उनकी तबीयत खराब है। पिताजी मुझे याद कर रहे थे। वो चाह रहे थे कि मैं उनसे मिलने बड़ौदा पहुँच जाऊँ। पर यहाँ लड़का देखने का कार्यक्रम बन चुका था और मेरे बिना वहाँ जाना संभव नहीं था।

मैंने बड़ौदा पिताजी के पास खबर भिजवा दी कि मैं अगले दिन सुबह आऊँगा।

लड़का देखकर हम लौट आए थे। वहाँ शादी तय नहीं हुई। पर मेरे मन के किसी कोने में अपराध बोध था कि मैं पिताजी के पास नहीं पहुँच सका। हालाँकि पिताजी एक नर्सिंग होम में भर्ती थे और मुझे लगातार बताया जा रहा था कि उन्हें सिर्फ बुखार है। पर रात में सोते हुए मेरा मन घबराने लगा था। मेरे मन में पता नहीं क्यों ये बात बैठ गई थी कि पिताजी अब नहीं मिलेंगे।

वैसे मैं अपनी पत्नी और बेटे समेत एक हफ्ता पहले ही बड़ौदा से लौटा था और पिताजी तब एकदम ठीक थे। हमने पिताजी के साथ सिनेमा हॉल की अगली पंक्ति में बैठकर 'रंगीला' फिल्म देखी थी। पर हफ्ते भर बाद ही पिताजी बहुत बीमार हो गए थे। पहले तो डॉक्टरों ने सिर्फ मलेरिया कहा, फिर बताया कि उन्हें फाल्सीफेरम मलेरिया हो गया था।

खैर, उस रात मेरे मन में हलचल मची थी कि किसी तरह पिताजी से मिल लूँ। सुबह उठते ही प्लेन का टिकट लिया। पर टिकट लेकर लौटते हुए ही पता चल गया था कि पिताजी नहीं रहे।

पहली बार लग रहा था कि कलेजा फट जाएगा। मैं बिन माँ का तो बचपन से था, लेकिन कभी पिता का साया भी सिर से उठ जाएगा, ऐसा सोचा ही नहीं था। मुझे याद है, पिताजी के चले जाने के बाद मैं कई-कई दिनों तक रोता रहा था। सच कहूँ तो उस पीड़ा से मैं अब तक आजाद नहीं हुआ हूँ।

पर पिछले हफ्ते संजय सिन्हा फेसबुक परिवार के बड़े भाई पवन चतुर्वेदी के घर मथुरा जाना हुआ। वहाँ पवन भैया के पिताजी से मुलाकात हुई। धोती, कुर्ता और टोपी में वो सजे से बैठे थे। एकदम गोरा रंग, चमकीली आँखें। मैंने पाँव छूकर उन्हें प्रणाम किया तो सिर पर उन्होंने हाथ फेरा। हालाँकि वो बोलते बहुत कम थे। हमने साथ-साथ कचौड़ी, जलेबी का नाश्ता किया। पिताजी एकदम दुरुस्त लग रहे थे।

मैंने पवन भैया से कहा भी कि आपके पिताजी बहुत रौबदार व्यक्तित्व के मालिक हैं।

पवन भैया ने पिताजी के संघर्ष की और परिवार को जोड़े रखने की कई कहानियाँ मुझे सुनाईं। उनकी कहानी सुनते हुए मुझे बरबस कई बार अपने पिता की याद आई। ऐसा लगा, जैसे मैं अपने पिता से मिलकर आया हूँ।

कुछ देर का वो वक्त मेरे जेहन में सदा के लिए दर्ज हो गया। पर आज देर शाम मथुरा की अपनी परिजन शालिनी मित्तल ने मुझे व्हाट्सऐप पर संदेश भेजा कि "संजय भैया, मेरे अजीज पवन भैया के पिताजी को कल रात दिल का दौरा पड़ा है। आप चाहें तो उनसे बात कर लें।"

मैंने उन्हें जवाब में लिखा कि मैं उनसे जल्दी बात करूँगा।

काश कर ली होती!

रात काफी हो चुकी थी। मैंने फेसबुक खोला तो पवन भैया का संदेश पढ़ा था, "पिताजी नहीं रहे।"

मैं सारी रात जागा रहा हूँ। समझ में नहीं आ रहा कैसे सांत्वना दूँ। मैं जानता हूँ कि पुत्र के लिए पिता सिर्फ एक संबोधन भर नहीं होते, बल्कि मन के मेरुदंड भी होते हैं। जब तक पिता का साया सिर पर होता है, मन में एक उम्मीद की लौ जली रहती है। जैसे ही ये साया उठता है, पुत्र अनाथ हो जाता है। उम्र चाहे कितनी भी हो, पर पिता का साया पुत्र का संबल होता है।

मैंने तो कई साल पहले इस दर्द को जिया है। आज मैं अपने बड़े भाई पवन चतुर्वेदी के इस दु:ख में शामिल हूँ। मैं जुबाँ से शायद कुछ न कह पाऊँ, पर मेरी आँखें रात से कह रही हैं कि जब किसी से कुछ कहने का दिल करे, किसी से मिलने का दिल करे, तो

मन को नहीं रोकना चाहिए। कई बार कल नहीं आता।

काश मैं अपने पिता से मिलने उसी रात चला गया होता!

काश शालिनी मित्तल का संदेश मिलने के बाद मैंने कल शाम को ही पवन भैया को फोन कर लिया होता!

□

किसके लिए?

बेला साँवली थी। जैसे पावस की मेघमाला में छिपे हुए आलोकपिंड का प्रकाश निखरने की अदम्य चेष्टा कर रहा हो।

संजय सिन्हा, ये तुम आज क्या लिख रहे हो? इतनी गंभीर उपमाएँ तुम कहाँ से ढूँढ़ लाए हो? और क्या तुम यहाँ फेसबुक पर हिंदी साहित्य रचने के लिए आए हो? अरे, तुम तो सीधी सरल बोलचाल वाली हिंदी में अपनी कहानी सुनाओ। चुपचाप वो सब कह डालो, जिसे कहने के लिए इतनी लंबी-चौड़ी भूमिका बना रहे हो। पता नहीं क्या-क्या कह रहे हो—मेघमाला, आलोकपिंड, अदम्य चेष्टा...।

संजू भाई, सीधे-सीधे वैसी कहानी सुनाओ, जैसी तुम सुनाते हो या फिर सोचते हो। ये जयशंकर प्रसाद बनने का भूत मन से उतार फेंको।

तो सुनिए मेरे मन की कहानी।

दो दिन पहले मैंने आपको कहानी सुनाई थी कि मैं अपने पुराने मुहल्ले में गया था तो वहाँ बड़ा सन्नाटा-सा पसरा था। वजह भी मैंने बताई थी कि बीस साल पहले वो जवान लोगों की सोसाइटी थी, उस अपार्टमेंट में जवान लोग रहा करते थे। सब के सब हम दो और हमारे दो वाले लोग थे। बीस साल बाद बूढ़े दो लोग रह गए हैं, जवान दो लोग नौकरी पर निकल गए हैं।

मैं शर्माजी से मिलकर आया था, शर्माजी की बेटी ब्याह के बाद ससुराल चली गई है, बेटा नौकरी पर बाहर चला गया है। बूढ़ा-बूढ़ी के तीन बेड रूम वाले फ्लैट के दो बेड रूम किसी गेस्ट के आने की बाट जोहते रहते हैं। दोनों कमरों में रोज झाड़ू-पोंछा इस उम्मीद में लगता है कि शायद कोई आ जाए। पर कौन आएगा?

वहाँ तो सबके पास दो-दो रूम खाली पड़े हैं। क्योंकि बच्चे पढ़-लिखकर, शादी करके बाहर चले गए हैं।

खैर, संजय सिन्हा की कहानी यहीं खत्म हो जाती अगर किसी ने अपनी प्रतिक्रिया में ये

न लिख दिया होता कि हम अपने बच्चों को यहाँ पढ़ा रहे हैं, ताकि वो अमेरिकी लोगों की सेवा कर सकें।

बहुत छोटी सी प्रतिक्रिया थी। लेकिन उसे पढ़ने के बाद मैं पेट पकड़-पकड़कर हँसने लगा। इतना हँसा कि रोने लगा।

ओह! तो हमें सचमुच पता ही नहीं चला कि कब और कैसे हम अपने बच्चों को अमेरिकियों की सेवा करने के लिए तैयार करते रहे। ठीक वैसे ही, जैसे बहुत साल पहले जब मैं बांग्लादेश गया था तो वहाँ मुझे ढाका में एक सज्जन मिले और उन्होंने मुझे अपनी फैक्टरी दिखलाई। वहाँ रेडीमेड कपड़े बनते थे। शर्ट, पैंट और ढेर सारी चीजें। हमने उनसे पूछा कि आप इन्हें बांग्लादेश में बेचते हैं?

उन्होंने मुस्कुराते हुए कहा था कि ये कपड़े बांग्लादेश में नहीं बिक सकते। इन्हें हम एक्सपोर्ट करते हैं। ये खासतौर पर पश्चिम के बाजार के लिए बने हैं। क्योंकि अमेरिका में इन्हें बनाना महँगा पड़ता, इसलिए वो हमें ऑर्डर देते हैं, हम बनाते हैं, वहाँ भेजते हैं, वो अपने दाम तय करके इसे बेचते हैं।

मैं बहुत हैरान था। इतने सुंदर-सुंदर कपड़े, इतने कम दाम पर बनने वाले कपड़े वहीं के लोग नहीं खरीद सकते। वो खरीद सकते हैं, पर वो उन्हें तभी खरीद सकते हैं, जब वो कपड़े अमेरिका जाकर, महँगे डॉलर का टैग लगवा कर फिर दुबारा बांग्लादेश पहुँचें।

तब मैं सर्विस इंडस्ट्री और प्रोडक्शन इंडस्ट्री का फर्क नहीं समझ पाया था।

पर जब से अपने पुराने मुहल्ले से लौटा हूँ, सबकुछ समझ में आने लगा है। शर्माजी ने अपना पेट काट कर अपने बेटे को अंग्रेजी स्कूल में पढ़ाया। बेटे ने बचपन गँवा कर शानदार कॉलेज में दाखिला लिया। इंजीनियर बन गया। अब उसे बेंगलुरु में किसी अमेरिकन कंपनी में नौकरी मिली है। कुछ दिन बेंगलुरु में रहेगा, फिर अमेरिका चला जाएगा। वहाँ वो नौकरी करेगा। अंग्रेजी बोलेगा। डॉलर कमाएगा। पिता को अपनी कमाई रुपए में कनवर्ट करके बताएगा। एक डॉलर मतलब सत्तर रुपए। पिताजी खुश होंगे। जब संजय सिन्हा उनसे मिलने जाएँगे तो वो बताएँगे कि मुन्नू अब इतने लाख कमाता है।

पर पिताजी को क्या मिला?

पिताजी को पता ही नहीं चला कि यहाँ अंग्रेजों ने कब शिक्षा व्यवस्था ऐसी कर दी कि शिक्षा का लाभ सिर्फ और सिर्फ उन अंग्रेजों को मिले। उनका बुढ़ापा ठीक से गुजरेगा। शर्माजी का बेटा अमेरिका जाकर उनकी सेवा करेगा। वहाँ तो सरकार की ओर से

सामाजिक सुरक्षा है, तो उनका फोन ठीक चलता रहे, उनका इंटरनेट ठीक चलता रहे, अस्पताल में बिजली न जाए, दवाएँ ठीक से मिलती रहें, इसकी जिम्मेदारी शर्माजी के बेटे पर होनी है, बस।

न यहाँ फोन ठीक चलेंगे, न अस्पताल। यहाँ न तो शर्माजी को सरकार की ओर से कोई सामाजिक सुरक्षा ही मिलनी है। एक बेटा था, वही सामाजिक सुरक्षा था, पर वो भी सत्तर गुना अधिक के लालच में चला गया।

रह गए शर्माजी और मिसेज शर्मा। कुछ साल में दोनों में से एक चला जाएगा, फिर तीन बेडरूम का उनका फ्लैट एक महान् यादगृह बन जाएगा कि शर्माजी की जिंदगी भर की उपलब्धि ये तीन कमरों का मकान है।

लोग कहा करेंगे कि एक थे शर्माजी...

उनका एक बेटा था। बड़ा होनहार। शर्माजी रिटायर होने के दिन तक जितनी सैलरी नहीं कमा पाए, उनका बेटा पहले महीने से ही कमाने लगा था। आजकल अमेरिका में रहता है। अंग्रेजी बोलता है। बड़ा होनहार बालक था...।

लिखने को तो ये सब मैंने लिख दिया है। पर अब तक हँसी रुक नहीं रही कि कैसे पूरी शिक्षा को अपने फायदे के लिए डॉलर के देश ने अपने पक्ष में मोड़ लिया है। वो जिएँगे, हमारे बच्चे उनकी सेवा करेंगे।

□

धोखा

आज नहीं तो कल। पर ये तय है कि संजय सिन्हा की कहानियाँ सभी सुनने लगेंगे। एक दिन ऐसा जरूर आएगा, जब जिंदगी का पाठ इन कहानियों के माध्यम से पढ़ाया जाने लगेगा।

ऐसा इसलिए होगा। क्योंकि आज जब हर ओर तकनीक, बिजनेस, धन, कामयाबी की ही बातें चल रही हैं, तो संजय सिन्हा की कहानियाँ नैतिक शिक्षा की बातें करती हैं। जब सभी ये मान बैठे हैं कि धन सबसे बड़ी ताकत है, तब मेरी कहानियाँ ये संदेश आप तक पहुँचाती हैं कि भावना से बढ़कर कोई शक्ति नहीं। मनुष्य को संचालित करनेवाला ईंधन सिर्फ और सिर्फ भावना है।

खैर, तीन दिनों से मुंबई में हूँ। इस बार मुंबई में कई लोगों से मिलना हुआ।

राजनेताओं से मुलाकात की कहानी मुंबई में बैठकर सुनाने का कोई फायदा नहीं। क्योंकि दिल्ली में उनकी कहानियाँ हम रोज ही सुनते हैं। हाँ, इस बार मेरी मुलाकात हिंदुस्तान के सबसे अमीर आदमी मुकेश अंबानी से हुई। वैसे शाहरुख खान से भी इस बार मुंबई में खूब बातें हुईं। उन्होंने भी एक कहानी सुनाई, उनकी कहानी फिर कभी सुनाऊँगा, क्योंकि कल ही मैंने आपसे वादा किया था कि जैसे ही मौका मिलेगा, मैं मुकेश अंबानी वाली कहानी आपको सुनाऊँगा।

मुकेश अंबानी ने भारत की उपलब्धियाँ गिनाते हुए ये कहानी सुनाई और बताया कि कैसे स्ट्रीट स्मार्ट होना ज्यादा महत्त्वपूर्ण होता है।

उन्होंने कहानी के दो पात्रों की चर्चा की—एक बहुत पढ़ा-लिखा आदमी था। उसके पास संसार का पूरा ज्ञान था।

एक बार उसकी मुलाकात एक अनपढ़ से हो गई। उस पढ़े-लिखे आदमी ने अनपढ़ को बताया कि उसके पास बहुत ज्ञान है। अनपढ़ व्यक्ति ने अधिक पढ़े व्यक्ति से कहा कि चलो हम लोग एक खेल खेलते हैं। खेल ऐसा कि तुम मुझसे एक सवाल पूछोगे,

अगर मैं जवाब नहीं दे पाया तो मैं तुम्हें दस रुपए दूँगा। क्योंकि तुम अधिक पढ़े-लिखे हो, अमीर हो, तो एक सवाल मैं तुमसे पूछूँगा और अगर तुम उसका जवाब नहीं दे पाए तो तुम मुझे सौ रुपए दोगे।

पढ़ा-लिखा आदमी मान गया। उसे अपने ज्ञान पर अथाह भरोसा था।

उसने अनपढ़ आदमी से पूछा कि पृथ्वी से मंगल ग्रह की दूरी कितनी है?

अनपढ़ आदमी ने जेब से दस का एक नोट निकाला और पढ़े-लिखे के हाथ में रखते हुए कहा कि उसे नहीं पता।

पढ़ा-लिखा आदमी जीत गया था। वो खुश था।

फिर अनपढ़ ने उससे पूछा कि अब तुम बताओ कि ऐसा कौन सा जानवर है, जो जब पहाड़ की ऊँची चोटी पर उड़ता है तो चार पाँव से उड़ता है और जब जमीन पर चलता है, तो तीन पाँव से?

पढ़े-लिखे आदमी ने दिमाग पर बहुत जोर लगाया। गूगल में सर्च किया, लेकिन उसे इस सवाल का जवाब नहीं मिला। पहली बार उसे अपनी विद्या हारती हुई नजर आई। वो बहुत दुःखी हुआ। शर्त के मुताबिक उसने अनपढ़ के हाथ में सौ का एक नोट दिया और कहा, "नहीं पता दोस्त। मैं शर्त तो हार गया हूँ। पर तुम ही बताओ कि ऐसा कौन सा जानवर होता है, जो चार पैरों से उड़ता है, तीन पैरों से चलता है।"

अनपढ़ ने एक हाथ से सौ का नोट लिया और जेब से एक दस का नोट और निकाल कर उसके हाथों में देते हुए कहा, "मुझे भी नहीं पता।"

मुकेश अंबानी ने इस कहानी से यह संदेश दिया कि कम पढ़ा-लिखा आदमी स्ट्रीट स्मार्ट था और कामयाब वही होता है, जो स्ट्रीट स्मार्ट होता है।

कहानी सुनकर सबने खूब तालियाँ बजाईं।

मेरी माँ नहीं है। होती तो मैं उनसे पूछता जरूर कि माँ, क्या यही सच है?

दुनिया से जाते हुए माँ ने मुझसे ये कहा था कि धोखा देने से धोखा खाना बेहतर होता है। बुद्धू बनाने से बुद्धू बनना बेहतर होता है। धोखा खाने पर आदमी को सिर्फ धन का नुकसान होता है। लेकिन धोखा देने पर तो आदमी की आत्मा को नुकसान होता है।

□

फ्रिज में जिंदगी

जब कभी मैं अपनी साली के घर जाता हूँ, वो हमारे स्वागत की तैयारी में लग जाती है। वो चाहती है कि उसके जीजाजी खूब सारा खाना खाएँ। एकदम मेरी सास पर गई है। सास भी यही करती हैं, जब कभी चला जाऊँ तो वो रसोई में जाकर खड़ी हो जाती हैं।

उसका रसोईघर ड्राइंग रूम से लगा हुआ है, और ओपन है। आजकल ओपन रसोईघर का कांसेप्ट है।

अगर आप इसे मेरा मजाक उड़ाना न मानें तो मैं आपसे कहना चाहता हूँ कि मैंने अपनी साली को सौ बार टोका है कि मैं तुमसे मिलने आया हूँ, तुम यहाँ साथ बैठो, तुम रसोई में होती हो, तो मुझे सिर्फ पीछे से दिखती हो, आगे से नहीं। मेरी साली हँसती है, पर लगी रहती है राजमा, पनीर, पालक, मटर और न जाने क्या-क्या बनाने में।

हम जब भी उसके घर जाते हैं, मेरी पत्नी भी उसके साथ रसोई में लग जाती है और इस चक्कर में साथ बैठकर बातें करने की हमारी चाहत धरी-की-धरी रह जाती है।

कहा न, यही हाल मेरी सास का भी है।

मैं पाँव छूकर 'प्रणाम मम्मी' कहता हूँ और वो संजय बेटा को खुश रहने का आशीर्वाद देकर रसोई में घुस जाती हैं। मेरे सामने टी.वी. चलता रहता है और चाय से लेकर पकौड़े तक टेबल पर सजने लगते हैं। खैर, मुझे आज सास और साली पुराण नहीं सुनाना।

आज तो मुझे सिर्फ इतना बताना है कि ये वाली बीमारी सिर्फ मेरी सास और साली में नहीं, मेरी पत्नी में भी है। मेरे साढ़ू भाई तो कहते हैं कि दोनों एक ही थैली की टमाटर हैं। सच में बहनें एक सी ही होती हैं। माँ ने यही विद्या सिखाई है कि कोई घर आए तो खाना खिलाना है।

मेरी माँ भी किसी के घर आने पर उसे बिना खिलाए नहीं जाने देती थी। पर वो जो कुछ

बना होता, उसे ही प्रेम भाव से बिना किसी झिझक के मेहमान के सामने रख देती। दाल, रोटी और एक सब्जी खिलाते हुए भी माँ खुश होती थी। हम जो रोज घर में खाते थे, माँ उसे मेहमान के आगे परोसने में जरा भी संकोच नहीं करती थी।

मैं आपको ये सच भी बताता चलूँ कि मेरे घर में कभी फ्रिज नहीं रहा। माँ जितना खाना बनाती थी, हम सब खा लेते थे। माँ का अंदाज गजब का होता था। ऐसे में कभी कोई मेहमान चला आया तो उसका खाना भी उसी में निकल आता था।

पर मेरी पंजाबी ससुराल में ये संभव नहीं। वहाँ कोई भी मेहमान आए, पनीर की सब्जी के बिना मेहमान का स्वागत हो ही नहीं सकता। ये तो एक डिश है, ऐसी न जाने कितनी चीजें हैं, जिनका बनना मेहमाननवाजी के लिए अनिवार्य शर्त है।

यहाँ तक कहानी ठीक है। पर असल बात ये है कि मेरी साली मेहमाननवाजी में इतना कुछ बना देती है कि उतना कोई खा ही नहीं सकता। ऐसे में ढेर सारा खाना बच जाता है। यकीनन वो अगले दिन फेंका जाता है या फ्रिज में पड़ा रह जाता है।

मैंने कई बार समझाने की कोशिश की है कि इतनी ही चीजें बनाओ, जितनी हम खा सकें। पर वो नहीं मानती।

वो अतिरिक्त श्रम करती है। वो जिस समय को हमारे साथ बैठकर बातचीत करते हुए गुजार सकती थी, उसे वो अधिक खाना बनाने में खर्च कर देती है।

ठीक वैसे ही, जैसे हम अपनी जरूरत से अधिक श्रम करते हैं, अधिक पैसे कमाने की चाहत में।

अधिक पैसा। कितना अधिक, कितना हो जाएगा तो पूरा हो जाएगा ?

ये सब छोटे-छोटे सवाल हैं। मैंने पहले भी आपको बताया था कि जब हम एक दिन मर जाते हैं और हमारे एकाउंट में जितना पैसा बचा रह जाता है, वो हमारा अतिरिक्त श्रम होता है, ठीक वैसे ही जितने पराँठे और जितनी सब्जियाँ फ्रिज में पड़ी रह जाती हैं, वो मेरी साली का, मेरी पत्नी का और मेरी सास का अतिरिक्त श्रम होता है।

इतने सालों से समझा रहा हूँ कि जिंदगी हर पल जी लेनी चाहिए, थोड़े कम में भी जीवन चल सकता है, लेकिन फ्रिज में पड़ा जीवन तो व्यर्थ ही जाता है।

□

रिश्वत की मम्मी

मुंबई से दिल्ली आते हुए फ्लाइट में मेरे ठीक पीछे की सीट पर एक महिला अपने दो छोटे बच्चों के साथ बैठी थी। बच्चे छोटे थे। एक की उम्र पाँच साल होगी, तो दूसरा दो साल से अधिक नहीं रहा होगा। आमतौर पर फ्लाइट में मैं किंडल पर कोई-न-कोई किताब पढ़ता हूँ, लेकिन इस बार की उड़ान में पीछे बैठा छोटा बच्चा, क्योंकि काफी उछल-कूद मचा रहा था, मेरा ध्यान बार-बार पीछे की ओर चला जा रहा था।

माँ छोटे बेटे से कह रही थी, "मेला छोनू किससे ज्यादा प्यार करता है? पापा से या मम्मा से?"

"पापा छे।"

"गंदा बच्चा। मैं तुम्हें ये चॉकलेट नहीं दूँगी।"

"मम्मा छे।"

"गुड ब्वॉय।"

"अच्छा बताओ कि मम्मा अच्छी या पापा?"

"पापा।"

"ऊँह। चॉकलेट कौन देता है?"

"मम्मा। मम्मा अच्छी।"

"वेरी गुड।"

और बच्चे के मुँह में चॉकलेट का एक छोटा सा टुकड़ा चला गया। माँ-बेटे का ये दुलार किसी को भी खिलखलाने पर, खुश होने पर मजबूर कर सकता था। पर माँ-बेटे की सीट के ठीक आगे बैठे संजय सिन्हा को माँ-बेटे का ये दुलार बहुत कचोट रहा था।

करीब दो घंटे की इस उड़ान में मैं एक साथ कई संसार की सैर कर रहा था।

आज माँ ने खुद को पापा से अधिक गुड कहलवाया है, एक चॉकलेट के टुकड़े के बल पर। बेटा भी ये समझ गया है कि पहले पापा को अच्छा कहना है, फिर माँ चॉकलेट देगी, तो माँ को गुड कहना है।

जब मैं छोटा था, एक दिन मैंने अपने पिता से कुछ खरीदने को कहा था और पिताजी ने तब टाल दिया था। मैंने माँ से थोड़ा रोष में कहा था कि पिताजी ने मुझे वो नहीं दिलाया, तो माँ ने मुझे बहुत प्यार से समझाया था कि ऐसा नहीं कहते। पिताजी तुमसे बहुत प्यार करते हैं और नहीं दिलाने के पीछे कुछ-न-कुछ कारण रहा होगा।

मुझे एक भी घटना याद नहीं, जब माँ ने मेरे बाल मन से खेल में ही कभी ये कहा हो कि पिताजी अच्छे या माँ अच्छी? कौन अधिक प्यार करता है, ये वाला सवाल उन्होंने कभी मुझसे पूछा ही नहीं। यहाँ तक कि वो हमेशा मुझे यही समझाती रहीं कि दादी, बुआ, मासी सब उनके बेटे से बहुत प्यार करते हैं। सब बहुत अच्छे हैं। मतलब माँ की पाठशाला में मैंने रिश्तों का पहला पाठ जो पढ़ा था, वो था सबसे प्यार का।

माँ हर रिश्ते को स्नेह के पानी से सींचती थी। अपने रिश्तेदारों की तो छोड़िए, उसने अड़ोस-पड़ोस के लोगों के लिए भी मुझे यही सिखाया कि तुम सबसे प्यार करना। तुम सबसे प्यार करोगे, सब तुमसे प्यार करेंगे।

माँ ने जैसे-जैसे मेरे मन में किसी के लिए भी प्यार को जीने का भाव जगाया, माँ मेरे लिए अच्छी और अच्छी होती गई।

पर मुंबई से दिल्ली की उड़ान में जब मैंने दुलार की ठिठोली का ये वाला खेल देखा तो हैरान रह गया।

बहुत दिनों से छोटे बच्चों और उनकी मम्मियों से नहीं मिला। हो सकता है आजकल ये वाला खेल प्रचलन में हो। लेकिन अगर दुलार का ये खेल प्रचलन में है तो मेरा यकीन कीजिए, वो बच्चा जैसे-जैसे बड़ा होगा, उसके लिए जिंदगी मुश्किल होती चली जाएगी।

माँ सदा बच्चे के साथ नहीं रहेगी। बच्चा चॉकलेट की मिठास को तो भविष्य में जी सकता है, लेकिन प्यार की मिठास का महत्त्व उसकी जिंदगी से खत्म हो जाएगा। प्यार के तंतुओं को बचपन से जगाना पड़ता है, तभी आदमी सच में किसी से प्यार कर पाता है। अन्यथा प्यार चॉकलेट की तरह तभी तक अपने वजूद को जीता है, जब तक वो मुँह में रहता है।

उस दिन बच्चे ने प्लेन में सिर्फ इतना ही नहीं सीखा कि चॉकलेट के लिए माँ को गुड कहना है। उसने ये भी सीख लिया कि जो कुछ देगा, वही गुड होगा।

अब मैं कैसे समझाऊँ कि प्यार मुँह का खेल नहीं होता, दिल का होता है।

□

हमारी खुशी

गाँव का एक आदमी मुंबई गया था और वहाँ वो ऊँची-ऊँची इमारतों को देखकर हैरान था।

हे भगवान! इतनी ऊँची इमारत? लगता है सीधे स्वर्ग लोक तक ही ये पहुँच रही है। अपनी हैरानी में खोया हुआ वो एक ऊँची इमारत को देख रहा था, तभी एक ठग वहाँ पहुँचा और उस आदमी से पूछा कि तुम गाँव से उठकर पहली बार मुंबई आए हो क्या?

आदमी ने कहा, "हाँ।"

ठग ने उसे रोक लिया और कहने लगा कि तुम यहाँ क्या देख रहे हो?

आदमी ने कहा, "इस ऊँची इमारत को देख रहा हूँ। कितनी ऊँची है ये। लग रहा है जैसे आसमान में घुस गई हो।"

ठग ने उससे कहा कि क्या तुम्हें नहीं पता कि यहाँ ऐसे मुफ्त में इतनी ऊँची इमारत तुम नहीं देख सकते? इसके पैसे लगते हैं। हर मंजिल के दस रुपए। तुमने कितनी मंजिल देख ली?

गाँव का आदमी जो अब तक हैरान था, अब परेशान हुआ। उसने आँखें नीची करके कहा कि उसने सिर्फ छह मंजिल तक ही देखे हैं।

ठग ने कहा कि निकालो साठ रुपए।

आदमी ने साठ रुपए उसे दिए और बहुत खुश होकर चलता बना। मन-ही-मन वो खुश था कि उसने देखने को तो बीस मंजिल से अधिक देख ली थीं, लेकिन मुंबई के लोग कितने सीधे और सच्चे हैं, जो छह मंजिल बताने पर उसे ही सच मान बैठे।

मुझे पता है कि आपने ये चुटकुला सौ बार नहीं, तो पचास बार जरूर सुना होगा। पर संजय सिन्हा जब कोई सुना हुआ चुटकुला भी सुनाते हैं, तो उसका कुछ मतलब होता है।

पिछले हफ्ते मेरी भांजी की स्कूटी को एक गाड़ी वाले ने धीरे से टक्कर मार दी थी। स्कूटी भांजी के पाँव पर गिर गई और उसके पाँव की हड्डी टूट गई। अस्पताल में भर्ती कराया गया, एक्स रे हुआ। डॉक्टर ने कहा कि बहुत अधिक चोट लगी है। ये वाली हड्डी तो पूरी टूट गई है, इसमें तीन प्लेट लगेंगी और एक क्लिप है। सब लोग परेशान थे। शहर के सबसे बड़े अस्पताल में ऑपरेशन की तैयारी शुरू हुई। डॉक्टर ने तीन प्लेट मँगाईं, कुछ नट-बोल्ट भी लाए गए। कहा गया कि प्लेट तो डलेगी ही डलेगी, एक क्लिप भी डालनी है।

लो जी, सारा सामान आ गया। डॉक्टर ने कहा कि बहुत मेजर ऑपरेशन है। काफी समय लगेगा। काफी दिनों तक अस्पताल में रहना होगा।

सभी बहुत परेशान थे। डॉक्टर ने भरोसा दिया कि सब ठीक हो जाएगा, आप लोग बस दुआ करें।

सब लोग दुआ कर रहे थे। ऑपरेशन हो गया। ऑपरेशन के बाद डॉक्टर बाहर आया और उसने कहा कि सब ठीक हो गया है। आप मरीज को कल ही ले जा सकते हैं। मैंने तीन प्लेट और एक क्लिप लगाने की बात कही थी, पर ईश्वर की मेहरबानी से दो ही प्लेट लगी। सबकुछ ठीक हो गया। एक प्लेट वापस हो जाएगी।

मेरी दीदी बहुत खुश थी। उसने मुझे फोन किया कि बहुत ही अच्छा डॉक्टर मिल गया था। जिस काम में पूरा दिन लगना था, उसने आधे में कर दिया। प्लेट भी तीन मँगाई थीं, दो ही लगाई। कहा था कि कई दिन अस्पताल में रहना होगा, पर अगले ही दिन उसने घर भेज दिया।

मुझे याद आया। आजकल अगर आप कार सर्विस के लिए ले जाते हैं, तो वहाँ आपको एक अनुमानित खर्च लिखकर दिया जाता है। जैसे मेरी कार के लिए दस हजार रुपए लिखकर दिए। मैं मनोवैज्ञानिक रूप से दस हजार रुपए देने के लिए तैयार हो जाता हूँ। लेकिन जब मैं सर्विस के बाद कार लेने जाता हूँ तो वहाँ बिल मुझे दस हजार की जगह आठ हजार ही देने पड़ते हैं।

पहली बार जब ऐसा हुआ था, तब मुझे लगा था कि ये सर्विस वाला कितना ईमानदार है। दो हजार रुपए नहीं लगे, तो उसने नहीं लिये। मेरा भरोसा उस पर कायम हो गया था।

बाद में मुझे वहीं काम करनेवाले एक मेकैनिक ने बताया कि सर खर्च तो चार हजार ही हुए। उसने आपको दस हजार बताकर आठ लिये, इसलिए आप खुश हो रहे हैं।

वैसे अब ये फार्मूला हर कार सर्विस वाले अपना रहे हैं। जितना खर्च बताएँगे, उससे

कम लेंगे। इससे हमें मनोवैज्ञानिक राहत मिलती है। उतनी ही राहत, जितनी मुंबई में गाँव के उस आदमी को बीस मंजिल इमारत देखने के बाद छह मंजिल बताकर मिली थी। जितनी कि मेरी दीदी को तीन की जगह दो प्लेट डलने पर खुशी हुई। जितनी कि गाड़ी सर्विस के लिए दस की जगह आठ हजार रुपए देने पर संजय सिन्हा को होती है।

ध्यान रहे, मुंबई के ठग आजकल हर जगह घूम रहे हैं। पर हम करें तो क्या करें। हम तो बस उनकी ईमानदारी पर खुश हो सकते हैं।

□

माँ

आज मेरी कहानी सुनने से पहले आप अपनी आँखें पोंछ लीजिए। मन को मजबूत कर लीजिए। और इसी वक्त जाकर अपनी माँ के गले से लग जाइए। संभव हो तो उनकी गोद में एक बार बैठ भी जाइए। अगर आप ऐसा कर पाएँगे, तो यकीन कीजिए आप संसार की सारी मुसीबतों से, हर तरह के भय से इसी पल मुक्त हो जाएँगे। मेरी माँ तो मेरे साथ बहुत दिनों तक नहीं रह पाई, क्योंकि भगवान जी को जल्दी थी उसे अपने पास बुलाने की।

आप ऐसा बिल्कुल मत सोचिएगा कि आदमी जो चीज खो देता है, उसे अधिक याद करता है। हकीकत यही है कि इस संसार में माँ की गोद से बढ़कर कोई दूसरी जगह नहीं होती। मेरी माँ नहीं है, लेकिन बहुत से लोगों की माँएँ हैं। और जिनकी भी माँएँ हैं, उनसे मैं प्रार्थना करता हूँ कि आज संजय सिन्हा की कहानी सुनने के बाद वो अपनी माँ के पास जाएँ, उनके पाँव छू लें। उनकी गोद में बैठ जाएँ।

अब आप सोच रहे होंगे कि कहीं आज मदर्स डे जैसा कोई त्योहार तो नहीं, जो सुबह-सुबह संजय सिन्हा माँ का गुणगान करने बैठ गए।

जी नहीं, ऐसा बिल्कुल नहीं है। पर इतना सत्य है कि जैसे मजनूँ लैला को हर पल याद करता था, जैसे प्रह्लाद ईश्वर को हमेशा याद करता था, जैसे आदमी हर क्षण साँस लेता है, वैसे ही मैं हमेशा माँ को याद करता हूँ। मेरे लिए उससे बड़ा भाग्यशाली इस संसार में नहीं, जिसे माँ की गोद नसीब होती है।

न्यूटन एक बगीचे में सेब के गिरने से जितना हैरान हुआ था, उससे अधिक हैरान मैं कई बार माँ की गोद में बैठकर हुआ हूँ। ये मेरा दुर्भाग्य रहा कि माँ की गोद मुझे ग्यारह साल से अधिक मयस्सर नहीं हुई। पर मैं आज भी उस गोद की खुशबू को रोम-रोम से बयाँ कर सकता हूँ।

एक शाम चंदन के साथ क्रिकेट खेल कर जब मैं घर लौट रहा था, तो अँधेरा हो गया

था। चंदन ने मुझे बताया कि उस पेड़ की ओर मत देखना। वहाँ भूत रहता है और बच्चों को पकड़ लेता है। मैं डर गया था। भागा-भागा घर आया और माँ की गोद में दुबक गया।

माँ ने पूछा कि क्या हुआ? माँ के पेट में सिर घुसेड़ कर मैंने कहा, "माँ, उधर पार्क के पास पेड़ पर भूत रहता है।"

माँ हँसने लगी। कहने लगी कि तुम्हें डरने की कोई जरूरत नहीं। मैं हूँ न!

अगले दिन उधर से लौटते हुए जब चंदन ने फिर पेड़ की ओर देखने से मना किया, तो मैं नहीं डरा। चंदन हैरान था। कहने लगा कि क्या तुम भूत से नहीं डरते?

"नहीं डरता।"

"क्यों?"

"माँ ने कहा है कि मुझे डरने की जरूरत नहीं। तुम भी मत डरो। चलो उस पेड़ के पास चलते हैं। भूत मिलेगा तो बता देंगे कि अगर उसने हमें तंग किया तो हम दोनों की माँएँ यहाँ आकर उसकी बहुत पिटाई करेंगी।"

फिर हम दोनों उस पेड़ के पास गए। पेड़ के पास जाकर मैंने कहा कि ऐ भूत तुम नीचे उतरो। देखो, हमें डराना मत। माँ ने कहा है कि अगर तुम हमें परेशान करोगे, तो वो आकर तुम्हारी बहुत पिटाई करेंगी।

भूत डर के मारे पेड़ से उतरा ही नहीं। मैंने ऊपर भी देखा था, वो पत्तों के बीच कहीं छुपा बैठा होगा, मुझे नहीं दिखा।

मैं घर आया था और माँ की गोद में दुबक कर खूब खुश हुआ था।

"माँ, मैंने भूत को आज डरा दिया। कह दिया कि माँ आएगी और फिर तुम्हारी खैर नहीं।"

अब भी कोई मुझे डरा नहीं सकता। माँ नहीं है। लेकिन माँ की एक तस्वीर मैंने अपने कमरे में रखी है और कहीं आते-जाते मैं उन्हें प्रणाम करके निकलता हूँ। मेरा विश्वास है कि माँ हर पल मेरे साथ होती है।

कल जब दफ्तर गया तो मेरे पास एक रिपोर्ट आई थी। मुमकिन है आपने अखबार में खबर पढ़ी भी हो। पर उस खबर ने मेरे यकीन को और पुख्ता कर दिया है कि जिनके साथ माँ होती है, उनका संसार में कोई बाल भी बाँका नहीं कर सकता।

खबर मुंबई से आई थी।

मुंबई में संजय गांधी नेशनल पार्क के पास आर्य कॉलोनी में रहनेवाली 23 साल की एक महिला, जिसका नाम प्रमिला था, शौच के लिए बाहर निकली। उसे नहीं पता था कि उसका तीन साल का बेटा, प्रणय भी उसके साथ पीछे–पीछे निकल आया था। वो कुछ दूर ही गई होगी कि अचानक एक बच्चे के चीखने की आवाज आई। उसने देखा कि उसके पीछे एक तेंदुआ उसके बेटे को पकड़े हुए है।

लाल आँखें, तलवार से दाँत और भाले जैसा पंजा, कोई भी उस तेंदुए को देखता तो थम जाता। काँपने लगता। पर वो एक माँ थी। कोई शेर, कोई बाघ, कोई तेंदुआ भला एक माँ से शक्तिशाली क्या होता।

माँ ने आव देखा न ताव, वो तेंदुए पर कूद पड़ी। जैसे ही वो तेंदुए पर कूदी, तेंदुआ डर के मारे काँपता हुआ उसके बेटे को छोड़कर भाग गया।

अखबार और टी.वी. की दुनिया में उसे बहादुर माँ कहा गया। सबने माँ की बहुत तारीफ की। लेकिन कोई मुझसे पूछता तो मैं बता देता कि इस संसार में हर माँ इतनी ही बहादुर होती है। माँ बनना ही बहुत बहादुरी का काम होता है। इस संसार में किसी माँ के सामने कोई उसके बच्चे को उठाकर ले जाने की कोशिश करेगा, तो माँ उस पर ऐसे ही कूद जाएगी।

मैंने शुरू में कहा है कि जिनके पास माँ होती है, वो संसार में सबसे भाग्यशाली होते हैं। अगर आपको लगता है कि आप बहुत बड़े हो गए हैं और अब माँ की गोद में आप नहीं बैठ सकते, तो मेरा यकीन कीजिए, आप चाहे जितने बड़े हो जाएँ, माँ की गोद से बड़े नहीं हो सकते। इसीलिए मैंने आपसे अनुरोध किया है कि आज संजय सिन्हा की कहानी सुनने के बाद आप माँ के पास जाइए और उनके गले लग जाइए। उनसे कहिए कि माँ मुझे अपनी गोद में कुछ देर बिठा लो। आप बैठकर देखिए, आपके मन से हर दुःख और हर भय मिट जाएगा।

□

मन की शक्ति

राजा अपने लश्कर के साथ गुजर रहा था। उसकी निगाह पास के खेत पर पड़ी। गाजर की अच्छी खेती हुई थी।

राजा ने सोचा कि देखा जाए कि इस बार गाजर कैसी हुई है। इन्हें चखा जाए। अगर गाजर अच्छी हुई तो इन्हें उचित मूल्य देकर खरीदा जाएगा। रानी गाजर का हलवा बनवाएँगी।

राजा ने महामंत्री से कहा कि थोड़ी सी गाजर खेत से लेकर आओ, ताजी गाजर खाने का मन कर रहा है। महामंत्री भागा-भागा किसान के पास गया। उसने किसान से कहा कि थोड़ी सी गाजर दे दो, राजा का मन गाजर खाने का है।

किसान गाजर उखाड़ने लगा। बहुत जोर लगाया, पर एक भी गाजर नहीं उखड़ी। उसने महामंत्री से कहा कि हुजूर, गाजर उखड़ नहीं रही।

महामंत्री हैरान था। वो वहाँ से राजा के पास आया। उसने कहा कि राजन, गाजर उखड़ नहीं रही। किसान ने बहुत जोर लगाया, पर एक भी गाजर नहीं उखड़ी।

राजा हैरान। ऐसा भला कैसे हो सकता है। उसने अपने सिपाहियों को बुलाया और कहा कि जाओ, तुम जाकर गाजर उखाड़ कर लाओ। मैं भी तुम्हारे साथ चलता हूँ।

सिपाही खेत की ओर दौड़ पड़े। सबके सब खेत में झुके, मिनट पर भर में सारी गाजरें उखाड़ कर ले आए। महामंत्री हैरानी से पूरा खेल देख रहा था। उसने सिपाहियों से पूछा कि किसान ने इतनी कोशिश की, पर वो एक भी गाजर नहीं उखाड़ पाया। लेकिन तुम लोगों ने बहुत आराम से गाजर उखाड़ ली। ऐसा कैसे संभव हुआ ?

सिपाहियों ने कहा कि गाजर उखाड़ने के लिए तन की शक्ति की जरूरत नहीं होती। इसके लिए मन में इच्छा होने की जरूरत होती है। राजा का मन गाजर खाने का था। उन्होंने आपको किसान के पास भेजा। किसान राजा को देखकर डर गया था। उसे लगा कि कहीं राजा सब गाजर न ले जाए। उसका मन नहीं था गाजर देने का। अगर

उसका मन होता, तो वो पल भर में कुछ गाजर उखाड़ कर राजा को दे सकता था। बस इसीलिए उससे गाजर नहीं उखड़ी। फिर राजा ने हम सिपाहियों को भेज दिया। अगर हर सिपाही ने एक गाजर भी उखाड़ी तो बेचारे का पूरा खेत ही साफ हो गया।

पहले तो राजा सिर्फ एक गाजर खाता। पर अब तो उसका पूरा खेत ही गया।

महामंत्री हैरान था।

जनता के मन में अगर इच्छाशक्ति हो, तो बहुत सी गड़बड़ियाँ खुद-ब-खुद रुक जाती हैं। राजा को खेत तक जाने की जरूरत ही नहीं पड़ती। राजा खेत में उतरता है, तो फिर सारी गाजरें उखड़ जाती हैं।

संजय सिन्हा आपको जो कहानी सुना रहे हैं, वो उनके एक सहयोगी ने किसी और संदर्भ में सुनाई थी। सुनाने वाले ने किसी राजा का नाम नहीं लिया था। लेकिन संजय सिन्हा को वो राजा दिखने लगा था, जो सिपाहियों के साथ खुद सड़क पर उतर आया है। अगर लोग उसके आदेश को पहले ही मान लेते, तो एक ही गाजर उखड़ती। पर अब क्योंकि वो लाव-लश्कर के साथ खुद उतर आया है, तो लग रहा है सारा खेत साफ हो जाएगा।

कहानी छोटी है। अर्थ बड़ा है। जहाँ मन की शक्ति की बात होती है, अर्थ खुद ब खुद बड़ा हो जाता है

□

अगर...

मेरी कहानियाँ आप अपने बच्चों को भी सुनाते हैं न?

उन्हें जरूर सुनाया कीजिए। ठीक वैसे ही जैसे भोपाल के हमीदिया कॉलेज में संजय सिन्हा को मित्तल मैडम सुनाया करती थीं।

मित्तल मैडम इतिहास का पाठ पढ़ाते हुए 'अगर' शब्द पर जब रुक जातीं, तो उनके प्रिय विद्यार्थी संजय सिन्हा समझ जाते कि अब वो कोई नई कहानी सुनाने वाली हैं।

उस दिन भी उन्होंने कहा था—

"अगर..."

मेरी आँखें चमकने लगी थीं। मित्तल मैडम अब कुछ नया सुनाएँगी।

वो सुनाने लगी थीं कि उस रात अगर नेपोलियन ने खाना नहीं खाया होता, वो सोता नहीं।

नेपोलियन का मानना था कि रात में खाना खाने के बाद आदमी सुस्त हो जाता है और फिर उसके सोचने की शक्ति कम हो जाती है। सोचने की शक्ति कम हो जाती है तो आदमी समय के अनुशासन को भूल जाता है। नेपोलियन इसीलिए युद्ध के दौरान रात में खाना नहीं खाता था।

नेपोलियन और समय के अनुशासन को भूल जाएँ?

नेपोलियन की जीत का राज ही उसकी जिंदगी में समय का अनुशासन था।

एक शाम बेल्जियम के पास वाटरलू नामक जगह पर नेपोलिनय को रुकना पड़ा था। वो अपनी सेना की एक टुकड़ी का इंतजार कर रहा था। वो पूरी तरह चौकस था। नेपोलियन की लंबाई कम थी, इसलिए वो हमेशा घोड़े पर बैठकर खुद अपनी सेना की चौकसी करता था।

नेपोलियन की सेना किसी भी पल वहाँ पहुँचने वाली थी। पर हाय री किस्मत!

अपनी सैन्य टुकड़ी का इंतजार करते-करते नेपोलियन ने खाना खा लिया। खाना खाते ही उसे लगा कि कुछ देर आराम कर लेना चाहिए। जब सेना पहुँचेगी, तब चल पड़ेंगे।

इधर नेपोलियन घोड़े से उतरा, उधर इंग्लैंड के सेनापति वेलिंग्टन ने दूरबीन से देखा कि नेपोलियन नजर नहीं आ रहा है। नेपोलियन नजर नहीं आ रहा, मतलब आराम कर रहा है।

बस फिर क्या था। उसने मौके का फायदा उठाया और जहाँ नेपोलियन आराम कर रहा था, उस तरफ उसकी सेना कूच कर गई। नेपोलियन के सैनिकों ने दूर धूल के गुबार को उठते देखा तो उन्हें लगा कि उनकी सेना आ रही है, जिसका इंतजार नेपोलियन कर रहा था। उन्होंने सोचा कि सेना आ जाएगी, फिर नेपोलियन को जगाएँगे।

इंग्लैंड की सेना वहाँ पहुँच गई और उसने सोते हुए नेपोलियन को घेर लिया। घेर क्या लिया, नेपोलियन को बंदी बना लिया।

कुछ ही देर बाद नेपोलियन की सेना वहाँ पहुँची, पर तब तक नेपोलियन बंदी बनाया जा चुका था।

1815 में नेपोलियन इंग्लैंड की सेना के हाथों बेल्जियम की राजधानी ब्रूसेल्स के पास वाटरलू में पकड़ा गया था। नेपोलियन ने पचासों युद्ध लड़े थे और जीता था। पर मित्तल मैडम को इन बातों से कोई मतलब नहीं था। वो तो संजय सिन्हा को पढ़ाते हुए पता नहीं कब इतिहास से नैतिक शिक्षा की ओर मुड़ जातीं और बताने लगतीं कि नेपोलियन को उस दिन अपना नियम नहीं तोड़ना चाहिए था। अगर वो खाना नहीं खाता, तो वो सोता नहीं। वो सोता नहीं तो इंग्लैंड की सेना अगर उधर बढ़ती तो नेपोलियन धूल के गुबार को देखकर समझ जाता कि ये दुश्मन सेना है। नेपोलियन के सैनिक ये नहीं समझ पाए थे।

नेपोलियन ने अपने जिस सेनापति को सैन्य टुकड़ी लाने का जिम्मा दिया था, वो तय समय पर वहाँ नहीं पहुँच पाया था। उसे पहुँचने में पाँच मिनट की देर हो गई थी। उसे पाँच मिनट की देर हुई, नेपोलियन ने खाना खा लिया, नेपोलियन पाँच मिनट के लिए सो गया और इंग्लैंड ने उसी पाँच मिनट में सबकुछ कर लिया।

नेपोलियन की हार का मित्तल मैडम को बहुत दु:ख था। वो समझातीं कि नेपोलियन कभी नहीं हारता अगर उसने अपना नियम न तोड़ा होता।

नेपोलियन कभी नहीं हारता अगर उसके सेनापति ने पाँच मिनट की अहमियत को समझा होता।

मित्तल मैडम 'अगर' शब्द पर रुकतीं और कहतीं कि नेपोलियन अगर उस दिन बंदी

न बना होता, तो इंग्लैंड की जगह फ्रांस दुनिया की शक्ति बना होता। दुनिया पर इंग्लैंड नहीं, फ्रांस का झंडा लहराया होता।

संजय सिन्हा आज पता नहीं क्यों सुबह-सुबह 'अगर' शब्द पर अटक गए हैं।

सोच रहे हैं कि अगर नेपोलियन ने उस रात खाना न खाया होता, तो आज संजय सिन्हा फ्रेंच भाषा में आपके लिए कहानी लिख रहे होते।

नेपोलियन की सेना अगर उस दिन पाँच मिनट देर से न पहुँचती तो आप भी फ्रेंच भाषा में ही कहानी पढ़ रहे होते।

'अगर' शब्द सुनने में छोटा सा है, लेकिन है बहुत बड़ा। इसका असर आदमी की पूरी जिंदगी पर पड़ता है। अपने बच्चों को ये जरूर समझाएँ कि समय की कीमत जो नहीं समझते, उनके पास बाद में बहुत से 'अगर' बचे रह जाते हैं, लेकिन जिंदगी दुबारा मौका नहीं देती।

□

बस इतना ही

मेरी माँ की मृत्यु हो गई थी। माँ का शरीर बिस्तर से उतार कर जमीन पर रख दिया गया था। मुझे एक-एक क्षण याद है। बहुत से लोग माँ के अंतिम दर्शन के लिए आ रहे थे। पहले अड़ोस-पड़ोस से, फिर दूर-दूर से।

हमारे घर का पूरा अहाता लोगों से भर गया था। फिर सड़क तक लोगों का हुजूम था। सब रो रहे थे।

37 साल पहले आज से ठीक दो दिन बाद की तारीख थी। आप सोच सकते हैं कि मैं माँ को दो दिन पहले ही क्यों याद कर रहा हूँ। कायदे से मुझे दो दिन बाद, यानी 29 मार्च को ये सब याद करना चाहिए था।

वो भी बताऊँगा कि मैंने आज दो दिन पहले ही माँ को क्यों याद किया। लेकिन पहले मैं आपको उन लोगों से मिलाने ले चलता हूँ, जो माँ की मृत्यु के बाद माँ के दर्शन के लिए उमड़ पड़े थे।

मेरी माँ कोई राजनेता नहीं थी। वो कहीं नौकरी नहीं करती थी। जिसने भी सुना कि उनकी मृत्यु हो गई है, वो थम गया। उसने उस दिन दफ्तर छोड़ दिया। उसने उस दिन दुकान बंद कर दी। मुझे याद है, सब के सब माँ के दर्शन को चले आए थे। उनमें से बहुत से लोग तो ऐसे थे, जो कभी माँ से मिले भी नहीं थे। पर किसी-न-किसी के मुँह से माँ की तारीफ सुन रखी थी।

मैं पहले भी आपको बता चुका हूँ कि मार्क जुकरबर्ग ने बहुत बाद में फेसबुक की कल्पना की थी, मेरी माँ ने बहुत पहले ही फेसबुक को जीना शुरू कर दिया था। उसने अपने इर्द-गिर्द रिश्तों का बहुत बड़ा संसार खड़ा कर लिया था। माँ के होते हुए हमारे दूर-दूर से परिचित भी हमारे सगे रिश्तेदार थे। वो हमारे घर आते थे, माँ उनकी भरपूर आवभगत करती थी। पिताजी के दोस्त, उनके परिवार, उनके परिवार वालों के परिचित, सभी हमारे घर आते थे। किसी की शादी हो, कोई बीमार हो, माँ

उनकी मदद को खड़ी हो जाती।

और ऐसे में माँ जब संसार से चली गई तो पूरा शहर माँ के दर्शन को उमड़ पड़ा था।

मैं कई बार इस कहानी को लिख चुका हूँ। पर आज जब माँ को याद कर रहा हूँ, तो एक खास वजह है।

कल मैं मथुरा गया था। मथुरा में अपने परिजन पवन चतुर्वेदी के पिता श्री विष्णु चौबेजी की कल उठावनी थी। मैं पंद्रह दिन पहले ही पवनजी के पिताजी से मिलकर आया था। तब वो बिल्कुल स्वस्थ थे। पर अचानक उन्हें हृदयघात हुआ और वो नहीं रहे।

कल उन्हें श्रद्धांजलि देने शहर भर से लोग पहुँचे थे। ऐसे लोग भी पहुँचे थे, जिन्हें चतुर्वेदी परिवार शायद नहीं पहचानता था। उन्हीं में से एक की चर्चा कल पवन भैया कर रहे थे। एक सज्जन ने पिता की श्रद्धांजलि पर कहा कि करीब तीस साल पहले वो अपनी बेटी की शादी का निमंत्रण पत्र लेकर श्री विष्णु चौबे के पास गए थे। चौबेजी ने उन्हें अपने पास बिठाया। खूब बातें कीं। फिर उन्होंने उनकी आँखों में झाँक कर कहा कि आप कुछ उदास लग रहे हैं। जो सज्जन निमंत्रण पत्र लेकर गए थे, उन्होंने कुछ कहा नहीं। फिर अचानक विष्णु चौबेजी उठे, कमरे में गए और एक लिफाफे में कुछ रुपए लाकर उनके हाथ में रख दिए।

आदमी हैरान था। उसने कुछ कहा नहीं था। पर वो उनके हाथ में रुपए रखकर कह रहे थे, इसे रख लीजिए।

आदमी ने मना किया। चौबेजी ने कहा कि बिटिया की शादी है, उसमें कमी नहीं रहनी चाहिए। बच जाएँगे तो लौटा दीजिएगा।

इतना कहकर आदमी चुप हो गया।

उस आदमी ने घाट पर इस घटना का जिक्र किया, एक ऐसी घटना, जिसके बारे में पवन भैया समेत किसी को पता नहीं था। ये तो एक उदाहरण है। किसी की मदद करना, किसी की जरूरत को समझना। दाहिने हाथ से दिया, बाएँ हाथ को खबर न होना।

इनकी चर्चा तब होती है, जब आदमी संसार से चला जाता है। आदमी की अंतिम यात्रा पर कितने कंधे उसे मिले, यही उसकी असली कमाई होती है। मैंने बहुत से लोगों को मौत के बाद चार कंधों के लिए तरसते हुए भी देखा है। मैंने लोगों को किसी अनजान की मौत के बाद तड़पते हुए भी देखा है।

बहुत से लोग नहीं जानते, पर जो जानते हैं, उन्हें पता है कि आदमी की सच्ची कमाई

घाट पर ही नजर आती है।

है तो ये फिल्मी गाना, लेकिन इसका अर्थ बहुत गहरा है—

"इक दिन बिक जाएगा, माटी के मोल, जग में रह जाएँगे, प्यारे तेरे बोल..."

37 साल पहले मैंने इस बोल की कीमत देखी थी। कल फिर मैंने उसी बोल की कीमत को महसूस किया। यही सत्य है। रहता कुछ नहीं। बस यही रह जाता है।

□

गलत उदाहरण

हम सही उदाहरणों को भले न जी पाएँ, लेकिन गलत उदाहरण को कभी आत्मसात् नहीं करना चाहिए। देखिए मार्च की जाती हुई तारीख और अप्रैल की आती हुई तारीख मेरी जिंदगी में वैसे ही अपना प्रभाव छोड़ती है, जैसे पूर्णमासी का चंद्रमा समंदर पर। मैं बिल्कुल नहीं चाहता कि मैं ऐसी कोई कहानी आपको सुनाऊँ, जिसे सुनकर आपकी सुबह उदास हो जाए, लेकिन करूँ तो क्या करूँ।

चार साल पहले 28 मार्च को होली थी। मैं उस दिन अपने भाई के साथ आखिरी बार होली खेल रहा था।

अहमदाबाद में खेली गई वो होली मेरी जिंदगी की आखिरी होली थी। उसके अगले दिन हम दोनों भाई जुदा हो गए थे। उसके चार दिन बाद भाई के मरने की खबर आ गई थी। मैं सबकुछ कई-कई बार आपको सुना चुका हूँ। ऐसा नहीं है कि फिर नहीं सुनाऊँगा, तारीख आएगी और मेरे होंठ मचल उठेंगे वही कहानी फिर से कहने के लिए।

कई लोग मुझसे पूछते हैं कि मैं बार-बार उन तारीखों को क्यों याद करता हूँ। मैं बार-बार एक ही कहानी को क्यों साझा करता हूँ।

दरअसल मेरा एक मकसद है। मेरा मकसद है सही उदाहरणों से आप तक सही बात पहुँचाना। यह तो आप जानते ही हैं कि मस्तिष्क जिस चीज की कल्पना कर सकता है, उसे पा भी सकता है। मैंने भी पाया है। मैं सौ बार एक ही बात को सिर्फ इसलिए दुहराता हूँ, ताकि आप सोचने की कोशिश करें कि संजय सिन्हा नामक ये आदमी रोज सुबह-सुबह एक कहानी लेकर हमारे बीच क्यों चला आता है, क्या मिलता है उसे मुफ्त में कहानियाँ सुनाकर?

दरअसल मैं नहीं चाहता कि मैंने जो भुगता है, उसे आप भुगतें। और इसकी बहुत छोटी सी वजह है। मैं आप सबसे प्यार करता हूँ। मैं अपने आसपास सभी से बहुत

प्यार करता हूँ। ठीक वैसे ही, जैसे मुझे प्यार करनेवाले एक व्यक्ति ने मुझे अपने पास बिठाकर एक बार समझाने की कोशिश की थी कि मैं अपने छोटे भाई को सिगरेट पीने से मना करूँ। उसने मुझसे शिकायत की थी कि मेरा छोटा भाई बहुत अधिक सिगरेट पीने लगा है। लेकिन मैंने उस दिन एक गलत उदाहरण को अपना आदर्श बनाकर समझाने वाले को चुप करा दिया था। मैंने कहा था कि फिल्म स्टार शाहरुख खान भी तो बहुत सिगरेट पीते हैं। मुझे याद है कि मैंने पहले भी आपको ये कहानी सुनाई है कि समझाने वाले ने मुझसे कहा था कि शाहरुख खान को अगर कुछ हो गया तो वो आपके लिए सिर्फ एक खबर भर होगी, लेकिन भाई को कुछ हो गया तो आप खुद को जीवन भर माफ नहीं कर पाएँगे।

मैं चुप रह गया था। मैंने चार साल पहले 28 मार्च को होली की रात अपने भाई से ये बात कही थी कि तुम सिगरेट कम कर दो। वो सचमुच हर मिनट एक सिगरेट पी रहा था। पर तब तक देर हो चुकी थी।

भाई के निधन के बाद मैं काफी उदासी में चला गया। पर जब मैं उससे निकला तो मैंने कई लोगों को समझाया कि सिगरेट नहीं पीनी चाहिए। मेरा भाई नहीं बचा, मुझे लगा कि किसी का भाई बच जाए, यही मेरे लिए बड़ी बात होगी। मैंने मकसद बनाया कि रोज एक कहानी लिखूँगा, रोज आपको अपने अनुभव के संसार में ले चलूँगा, ताकि आप संजय की आँखों से जिंदगी के सत्य को देख पाएँ, समझ पाएँ।

पिछले दिनों अपने एक साथी को मैंने ऐसे ही शराब पीने से रोका था। मैंने उन्हें समझाया था कि अधिक शराब पीने से स्वास्थ्य खराब हो जाता है। पता नहीं कैसे उसने मेरे सामने उस फिल्मी सितारों का उदाहरण रख दिया कि फलाँ तो इतनी शराब पीता है, उसे क्या हुआ ?

मैं हतप्रभ था। मैं समझ रहा था कि एक बार फिर मेरे सामने गलत उदाहरण रख दिया गया है।

मैंने मित्र को अपने भाई के सिगरेट प्रेम की कहानी और शाहरुख खान का उदाहरण समझाया। मेरा मित्र मेरी बात सुनकर चुप था।

बहुत दिनों से मित्र दफ्तर नहीं आ रहा था। पता चला कि तबीयत खराब है। लीवर ने काम करना बंद कर दिया है। कल बहुत हिम्मत करके मित्र से मिलने गया। उसे देखने के बाद से मैं गहरी उदासी में हूँ। मेरे मित्र के हाथ-पाँव एकदम पतले-पतले हो गए हैं, पेट बहुत फूल गया है। डॉक्टर ने कह दिया है कि शराब की एक बूँद भी अब जहर बन जाएगी।

मेरा मित्र मेरा हमउम्र ही होगा। पर उसे देखकर मैं सिहर उठा। चार महीनों में वो हड्डियों का ढाँचा बन गया है। वो बोल भी नहीं पा रहा था। बहुत मुश्किल से इतना ही कह पाया कि तुम सही कहते थे संजय, हमें गलत उदाहरणों को आत्मसात् नहीं करना चाहिए।

मैं कई कहानियों के माध्यम से आपसे हर बार सिर्फ इतना ही कहना चाहता हूँ कि आप खुद से प्रेम करें। खुद का सम्मान करें। अगर आप खुद से प्रेम करेंगे, तभी लोग आपसे भी प्रेम करेंगे।

मैं जान-बूझकर बहुत सी बातों को लिख-लिखकर आज मिटाता चला गया हूँ। पर इतना फिर भी दुहराना चाहूँगा कि अपनी जिंदगी में दूसरों के गुणों को आत्मसात् करें, अवगुणों को नहीं। फिल्मी सितारे बहुत मेहनती होते हैं, उनसे ये गुण भी सीख सकते हैं, बजाय इसके कि हम उनके अवगुणों को सीखें।

□

एक तारीख

मैं माँ के पास बैठा था। 37 साल पहले यही तारीख थी—29 मार्च। माँ ने रात में मुझे अपने पास बुलाया था और मुझे जिंदगी का आखिरी संदेश देने की कोशिश कर रही थी। कहते हैं सिर में चोट लगने से आदमी की पुरानी यादें जाती रहती हैं, मैं तीन बार स्कूटर से गिरा, एक बार सीढ़ी से गिरा। लेकिन मेरी ये याद कहीं गई नहीं। पिछले 37 सालों से मेरे जेहन में जस-की-तस पड़ी है।

माँ बहुत बीमार थी। वो धीरे-धीरे बोलती थी। मैं माँ के सिर की ओर बैठा था। माँ मुझे कहानी सुना रही थी।

"ब्रह्मांड में सबसे चालाक मृत्यु के देवता हैं। मृत्यु के देवता यानी यम।

सब जानते हैं कि यम खुद आते हैं आत्मा को अपने साथ ले जाने के लिए, लेकिन कोई यम को दोष नहीं देता, क्योंकि वो हमेशा मृत्यु की वजह किसी और को बना देते हैं। किसी की मृत्यु बुढ़ापे से हो जाती है, कोई बहुत बीमार हो जाता है। कोई दुर्घटना में मारा जाता है, तो किसी को कुछ और हो जाता है। मतलब हमेशा मृत्यु की कोई-न-कोई वजह होती है। क्या कमाल है! मृत्यु, जो अवश्यंभावी है, वो हर बार किसी और पर तोहमत थोप जाती है। मानो यम का कोई कसूर ही नहीं।"

मैं माँ की बातें ध्यान से सुन रहा था। समझ नहीं पा रहा था कि माँ आधी रात को मुझसे मृत्यु की चर्चा ही क्यों कर रही है। लेकिन मैं कुछ कह नहीं रहा था, सिर्फ सुन रहा था।"

"सुनो बेटा, राम तो खुद भगवान थे। उन्हें मरने की कोई जरूरत ही नहीं थी। लेकिन वो क्योंकि मृत्युलोक में आए थे, इसलिए उन्हें भी जीवन-मृत्यु के चक्र से गुजरना पड़ा।"

"माँ, मैंने कृष्ण की मौत की कहानी तो सुनी है कि कैसे एक बहेलिए ने सोता हुआ

हिरण समझकर उन पर तीर चला दिया था। लेकिन राम की मृत्यु की कहानी मैंने कभी नहीं सुनी।"

"हाँ, राम की असल में मृत्यु नहीं हुई, उन्होंने इच्छा मृत्यु का वरण किया था, लेकिन इसके लिए भी यम ने परिस्थितियाँ पैदा की थीं। रामजी बहुत साल तक पृथ्वी पर शासन करते रहे। एक दिन यम एक साधु से वेश में उनके पास आए और कहने लगे कि वो अकेले में उनसे मिलना चाहते हैं।

रामजी अकेले में मिलने को तैयार हो गए। उन्होंने अपने छोटे भाई लक्ष्मण को आदेश दिया कि तुम कमरे के बाहर पहरा देना कि कहीं कोई हमारी बातचीत में दखल न दे। अगर किसी ने दखल दिया, तो उसे मेरे हाथों मरना होगा।

लक्ष्मण अपने बड़े भैया के आदेश का पालन करने लगे। वो बाहर पहरा दे रहे थे कि अचानक दुर्वासा मुनि वहाँ पहुँच गए और राम से मिलने की इच्छा जताई। लक्ष्मण ने उन्हें रोका और कहा कि बड़े भैया कमरे में किसी से बात कर रहे हैं और इस वक्त कोई भीतर नहीं जा सकता। दुर्वासा को इतना सुनकर क्रोध आ गया। उन्होंने लक्ष्मण से कहा कि अगर इसी वक्त उन्हें राम से नहीं मिलने दिया गया तो वो राम को शाप दे देंगे।

भारी दुविधा थी। अब क्या हो? लक्ष्मण जानते थे कि अगर उन्होंने भैया की बात की अनदेखी करते हुए दुर्वासा को कमरे में जाने दिया तो दुर्वासा को मरना होगा। और अगर नहीं जाने दिया तो भैया को दुर्वासा का शाप झेलना होगा।

अजीब दुविधा की स्थिति थी। आखिर में लक्ष्मण ने तय किया कि वो खुद भैया के कमरे में जाएँगे और भैया के क्रोध का शिकार बनेंगे।

लक्ष्मण कमरे में घुस गए। राम ने लक्ष्मण को देखा तो बहुत क्रोध में आ गए। लेकिन वो लक्ष्मण से अथाह प्रेम करते थे, इसलिए उन्होंने उन्हें मृत्यु दंड तो नहीं दिया, पर देश निकाला दे दिया।

भैया से दूर, दूसरे देश में जाना, लक्ष्मण के लिए ये मृत्यु से भी बुरा था। उन्होंने तय किया कि वो सरयू नदी में जाकर जल समाधि ले लेंगे। उन्होंने ऐसा ही किया।

जब राम को लक्ष्मण के जल समाधि लेने की खबर मिली तो उन्होंने भी जल समाधि लेने का फैसला ले लिया।"

"मतलब यहाँ भी यम देवता ने परिस्थितियाँ पैदा कर दीं, खुद कुछ नहीं किया?"

"हाँ, बेटा, यही सत्य है। यम देवता सिर्फ परिस्थितियाँ पैदा करते हैं।"

"लेकिन माँ, जिस वक्त यम देवता साधु बनकर रामजी से मिलने आए थे, उस वक्त हनुमानजी कहाँ थे? वो होते तो यम देवता की हिम्मत नहीं होती पास आने की।"

"बिल्कुल ठीक कह रहे हो बेटा। उस दिन सुबह हनुमानजी रामजी की अँगूठी ढूँढ़ने पाताल लोक चले गए थे। रामजी बैठे थे कि उनकी अँगूठी उँगली से निकलकर जमीन में नीचे जा गिरी। रामजी ने हनुमानजी से कहा कि जाओ, मेरी अँगूठी ढूँढ़ कर ले आओ। हनुमानजी पाताल लोक तक चले गए। वहाँ पाताल लोक के देवता ने हनुमानजी से कहा कि यहाँ तो इतनी अँगूठियाँ हैं, तुम कैसे पहचानोगे कि कौन सी रामजी की है?

हनुमानजी समझ गए कि रामजी ने उन्हें जान-बूझकर यहाँ भेजा है। वो फटाफट लौटे, लेकिन तब तक रामजी सरयू में जा चुके थे।"

"पर माँ, मैं कहीं नहीं जाऊँगा। आपके पास यम देवता को मैं नहीं आने दूँगा।"

माँ मुस्कुरा रही थी। बहुत धीरे से माँ ने कहा था कि तुम सुबह दस बजे बैंक चले जाना, कुछ पैसे निकाल लाना। जरूरत पड़ेगी।

"मैं सुबह बैंक जाकर पैसे निकाल लाऊँगा, माँ।"

ठीक दस बजे मैं भाग कर बैंक गया था। स्टेट बैंक घर से कुछ ही दूर था। मैं भाग कर गया, भाग कर लौटा था। जब मैं लौटा तो माँ को जमीन पर उतारा जा चुका था। पिताजी माँ के मुँह में तुलसी का एक पत्ता और थोड़ा सा गंगाजल डाल चुके थे। माँ अपने दोनों हाथ जोड़ चुकी थी। खिड़की के ऊपर एक काला कौवा काँव-काँव कर रहा था।

यम देवता रात में ही अपनी योजना बना चुके थे। माँ ने रात में ही मुझे बहुत बार इशारे में ये सब बताने की कोशिश की थी कि वो कल चली जाएगी। पर मैंने भी तय कर लिया था कि यम को आने नहीं दूँगा। पर कौन रोक पाया है यम को, जो मैं रोक लेता।

यम आए थे। पिताजी बेबसी से देखते रह गए थे। सबने कहा था कि माँ कैंसर से मर गई, लेकिन मैं जानता था कि वो तो बस बहाना था। यम ने बीमारी के ऊपर ठीकरा फोड़ा था। ठीक वैसे ही जैसे सोलह साल बाद वो पिताजी को ये कहकर ले गए कि उन्हें मलेरिया के मच्छर ने काट लिया था। ठीक वैसे ही जैसे कि चार साल पहले वो दफ्तर में बैठे मेरे छोटे भाई को ले गए थे, ये कहकर उसे अचानक हृदयघात हुआ।

मैं यम को पहचानता हूँ। वो दबे पाँव आता है और चुपचाप ले जाता है। अपने किए का दोष किसी और पर मढ़ देता है। पर हम कर भी क्या सकते हैं? जैसे जीवन सत्य

है, वैसे ही मृत्यु भी सत्य है। जो लोग इस सत्य को समझ लेते हैं, यम उनका दोस्त हो जाता है। यम जिसका दोस्त हो जाता है, उसे अपना दर्प नहीं दिखाता। जो मृत्यु के सत्य को जानते हैं, वो अपने कर्म ऐसे रखते हैं कि उन्हें यम का खौफ नहीं सताता। वो इस संसार से जाते हैं दोनों हाथ जोड़कर ईश्वर को धन्यवाद देते हुए, जैसे मेरी माँ दोनों हाथ जोड़कर इस संसार से गई थी।

□

मुकुंद चाची

गाँव में मुकुंद चाचा की जब शादी हो रही थी, तब मैंने उनसे पूछा था कि आपको चाची पसंद हैं? चाचा ने कहा था कि अभी तो मैंने उन्हें देखा ही नहीं है, लेकिन शादी के बाद देखूँगा तो बताऊँगा। मुकुंद चाचा की शादी हो गई थी। मैं बहुत दिनों के बाद फिर गाँव गया था तो मैंने उनसे पूछा था कि चाची कैसी लगीं?

चाचा ने कहा था कि शुरू में उतनी अच्छी नहीं लगी थीं। लेकिन अब अच्छी लगने लगी हैं।

"अब अच्छी लगने लगी हैं?"

"हाँ। साथ रहते-रहते वो अच्छी लगने लगी हैं।"

"पर साथ रहते-रहते तो आदमी एक-दूसरे में कमियाँ देखने लगता है, आपको अच्छाई दिखने लगी?"

"पर उनका स्वभाव अच्छा है। घर में अभी तक तो किसी को उनसे शिकायत होती नजर नहीं आई है।"

अब आप सोच रहे होंगे कि आज संजय सिन्हा सुबह-सुबह मुकुंद चाचा और उनकी शादी को याद करने क्यों बैठ गए हैं? दरअसल मुझे धीरे-धीरे मोदीजी और योगीजी दोनों अच्छे लगने लगे हैं। जब मोदीजी चुनाव जीत कर प्रधानमंत्री बने थे, तब मुझे उतने पसंद नहीं थे। लेकिन धीरे-धीरे मुझे अच्छे लगने लगे हैं। ठीक वैसे ही जैसे योगीजी जब मुख्यमंत्री बनाए गए थे, तो मैं थोड़ा उलझन में था, लेकिन अब नहीं हूँ।

असल में जब मैं भोपाल से दिल्ली जनसत्ता में नौकरी पाने के लिए लिखित परीक्षा देने आया था, तब मुझसे एक सवाल पूछा गया था। मुझसे पूछा गया था कि क्या होगा अगर वी.पी. सिंह प्रधानमंत्री बन जाएँ तो?

जिन दिनों मैं टेस्ट के लिए आया था, राजीव गांधी प्रधानमंत्री थे। इंदिरा गांधी की

हत्या के बाद हिंदुस्तान की जनता ने राजीव गांधी को दिल से अपना नेता चुन लिया था। लेकिन कुछ ही सालों में राजीव गांधी अलोकप्रिय हो गए। उनकी अलोकप्रियता सच्ची थी या झूठी, इस पर मैं विवाद नहीं कर रहा, लेकिन ये सत्य है कि राजीव गांधी को जनता ने जिस प्रचंड बहुमत से हिंदुस्तान की सत्ता सौंपी थी, उन्होंने उसका मान नहीं रखा था। उन्होंने असल में ऐसा कुछ भी नहीं किया, जिससे जनता पर सीधा असर पड़ता। ऐसे में झूठ या सच, लेकिन बोफोर्स नामक तोप की खरीद में हुए घोटाले में उनका नाम सीधे-सीधे उन्हीं की पार्टी के एक नेता ने उछाला और वो ठीक से खुद का बचाव भी नहीं कर पाए।

मैंने जनसत्ता के टेस्ट में सवाल को दुरुस्त करते हुए लिखा था कि वी.पी. सिंह अगर प्रधानमंत्री बन जाएँगे तो कुछ खास नहीं होगा। लेकिन वी.पी. सिंह को प्रधानमंत्री इसलिए बन जाना चाहिए, क्योंकि परिवर्तन जीवन का नियम है। काफी लंबा सा जवाब दिया था और कई सौ योग्य उम्मीदवारों के बीच जिन तीन लोगों को जनसत्ता में नौकरी के लिए चुना गया था, उसमें मेरा नाम शामिल था।

अब आप पूछ सकते हैं कि मोदीजी ने ऐसा क्या किया, जो मुझे अच्छे लगने लगे हैं।

दो वजहें हैं। एक तो तीन साल होने जा रहे हैं। पर मोदीजी का नाम किसी भ्रष्टाचार में नहीं उछला है, जो राजनीति में सुखद संकेत है। दूसरी बात कि दिल्ली में नगर निगम चुनाव में उनकी पार्टी ने सभी पुराने पार्षदों के चेहरे बदल दिए हैं। दरअसल यही बदलाव जरूरी होता है। मुझे तो लगता है कि मोदीजी को ऐसा नियम बना देना चाहिए कि कोई भी व्यक्ति एक ही पद पर दो बार से अधिक नहीं रह सकता। चाहे वो पार्षद हो या सांसद। दो टर्म, बस। उसके बाद नए लोगों को इसलिए लाना चाहिए, ताकि नेता-जनता की सैटिंग टूट सके।

वजहें और भी हो सकती हैं। लेकिन फिर कभी।

आज तो इतना ही कि जिस तरह गाँव के मुकुंद चाचा को धीरे-धीरे चाची अच्छी लगने लगी थीं, मुझे भी मोदीजी अच्छे लगने लगे हैं। तब तक अच्छे लगेंगे, जब तक वो राजनीति में नए प्रयोग करते रहेंगे। मैं मोदीजी से कई बार मिला हूँ। लेकिन अब मेरा मिलना हुआ (जिसकी संभावना जल्दी है), तो मैं उनसे अनुरोध करूँगा कि आप अमेरिका की तरह यहाँ भी एक कानून बनवा दीजिए कि कोई दो टर्म से अधिक चुनाव लड़ ही नहीं सकता।

अब आप कहेंगे कि योगीजी क्यों अच्छे लगने लगे हैं?

तो उस पर मैं फिर कभी लिखूँगा। अभी तो इतना ही कि मेरी पोस्ट में राजनीति मत तलाशिएगा। रोज-रोज उदासी की कहानी लिखते हुए मैं कुछ अलग लिखना चाह रहा था, तो लिख दिया।

□

प्यार की कहानी

आज आप तक पहुँचने में देर होनी ही थी। लेकिन प्यार में पड़े हुए आदमी को माफ कर देना चाहिए; इतनी सी देरी के लिए। हालाँकि ये पहला मौका नहीं है, जब मैंने आज के दिन ऐसी देर की है। जब-जब आज की तारीख आई है, मैंने देर की है। पिछले जन्मों की कहानी सुनाने बैठूँगा तो न जाने कितनी लंबी कहानी हो जाएगी, लेकिन अगर मैं इस जन्म की कहानी ही आपको सुनाऊँ, तो पहली बार मैंने ऐसी देर 27 साल पहले की थी।

संजय सिन्हा, जो कभी एक दिन भी स्कूल देर से नहीं पहुँचे, वो आज के ही दिन ही 27 साल पहले देर से दफ्तर पहुँचे थे। मेरे बॉस शंभुनाथ शुक्ल मेरी बाट जोहते-जोहते मेरे हिस्से का काम खुद करने लगे थे। लेकिन मुझे इस बात की रत्ती भर परवाह नहीं थी, न ही चिंता। उस दिन संजय कुमार सिंह भी मेरे साथ थे और एक समय के बाद उनके धैर्य ने भी उनका साथ छोड़ दिया था। लेकिन संजय सिन्हा के धैर्य ने उनका साथ नहीं छोड़ा था। कहा न, प्यार में पड़ा आदमी नौकरी की चिंता नहीं करता।

दस रुपए का एक जन्मदिन कार्ड ढूँढ़ने में मैंने पूरा दिन खर्च दिया था। दक्षिण दिल्ली के सुंदर नगर मार्केट में कार्ड वाला हैरान-परेशान था कि आखिर संजय सिन्हा को कौन सा कार्ड चाहिए, जो एक-एक कर इतने सारे कार्ड उन्होंने छाँट दिए हैं। पर मुझे कोई कार्ड पसंद ही नहीं आ रहा था। संजय सिंह बार-बार घड़ी दिखलाते कि जल्दी करो, वहाँ शंभुजी बाँस लेकर बैठे होंगे। जब तक हम सुंदर नगर के उस मार्केट में स्वीट कॉर्नर नामक रेस्तराँ में बैठकर गर्मागर्म छोले-भटूरे उड़ा रहे थे, तब तक संजय सिंह को बॉस और बाँस की याद नहीं आई थी, लेकिन जैसे ही पेट भर गया, मैं कार्ड ढूँढ़ने के लिए एक दुकान में घुसा, उन्हें दोनों की याद आने लगी।

खैर, साथ-साथ नमक खाए इनसान में इतनी सहनशीलता तो होती है कि वो कुछ देर तक अपने दोस्त का साथ दे। लेकिन जैसे-जैसे नमक का स्वाद घुलता गया, संजय सिंह को देरी की चिंता सताने लगी। वो मुझसे कहने लगे कि तुम जिसके लिए कार्ड

खरीद रहे हो, उसे ठीक से जानते भी नहीं।

मैंने उनकी ओर देखा। क्या सचमुच मैं उस लड़की को ठीक से नहीं जानता, जिसके लिए यहाँ कार्ड छाँट रहा हूँ?

याद करने की कोशिश की। धुँधली सी याद आई कि हजारों साल से उससे मेरा परिचय सा है, फिर संजय सिंह ने ऐसा क्यों कहा?

वैसे संजय सिंह सही कह रहे थे कि उस लड़की से मेरी पहले कोई बातचीत नहीं थी। कोई पुराना परिचय भी नहीं था। दो दिन पहले बेमौसम की बरसात में वो भीग कर आई थी और लजाई सी अपनी कुरसी में धँस कर बैठी थी और संजय सिन्हा ने आगे बढ़कर अपना जैकेट उसे दे दिया था। बस इतना ही परिचय था। फिर उसने इतनी छोटी सी मुलाकात में अपना बर्थ डे मुझे कब और क्यों बता दिया, पता नहीं था। मैंने इससे पहले कभी किसी लड़की को बर्थ डे कार्ड नहीं दिया था। एकाध को हैप्पी बर्थ डे कहा होगा। लेकिन कार्ड पर पैसे खर्च नहीं किए थे। ये सब मुझे फिजूल लगता था। पर उस दिन मैं यही फिजूल काम कर रहा था। उस दिन मैं समय खर्च कर रहा था। उस दिन मुझे बॉस और बाँस की चिंता नहीं सता रही थी।

उस दिन मैं वो सब कर रहा था, जिसे देखकर संजय सिंह का हैरान होना लाजिमी था। आखिर वो दो साल से मेरे साथ थे। हमारा रोज का मिलना-जुलना था। हम साथ-साथ दोपहर का खाना खाते, रात का खाना खाते। हम दोनों ही नहीं सोच सकते थे कि हमारे बीच किसी तीसरे की एंट्री हो सकती है। पर 27 साल पहले आज की ही तारीख थी, जिस दिन तीसरे की एंट्री हो रही थी। मैं कार्ड खरीद चुका था, मैं देर कर चुका था, मैं शंभुजी के तंज को सुनने की तैयारी कर चुका था। मैं वो सब कर चुका था, जो प्यार में पड़ा आदमी करता है।

संजय सिंह डरा रहे थे, मैं नहीं डर रहा था। अब मैं उन्हें कैसे बताता कि प्यार करनेवाले किसी से नहीं डरते, शंभुजी से भी नहीं।

पूरे 27 साल बीत चुके हैं, मेरे डर को मिटे हुए। आज उसी लड़की का हैप्पी बर्थ डे है और इसीलिए मैंने आज देर से आपके पास आने की चिंता नहीं की, बस इतना ही कहना है। उस दिन देर से दफ्तर पहुँचने पर शंभुजी डाँट नहीं रहे थे, बल्कि मेरी बातें सुनकर मुस्कुरा रहे थे। आज आप मुस्कुराइए। प्यार की कहानियाँ मुस्कुराने के लिए ही होती हैं।

□

सब धरा रह जाएगा

मेरे परिचित ने परसों देर रात फोन किया कि संजयजी, प्लीज मेरी मदद कीजिए। अब कोई इतनी रात मदद के लिए फोन करेगा, तो घबराटह तो हो ही जाएगी। मैंने एकदम हड़बड़ाते हुए पूछा कि क्या हुआ? मेरे परिचित ने रुँधे गले से कहा कि उनकी बिटिया 11वीं कक्षा में पास नहीं हो पाई है और अब स्कूल वाले उसका नाम काट रहे हैं।

इतना सुनने के बाद मैं थोड़ा संयत हुआ। मेरी घबराहट थोड़ी कम हुई। मैंने खुद पर नियंत्रण रखते हुए पूछा, अरे, ये कैसे हुआ? स्कूल वाले बच्ची का नाम क्यों काट रहे हैं? परिचित ने कहा कि उसका रिजल्ट थोड़ा खराब हो गया है और अब स्कूल वालों को तो आप जानते ही हैं, स्कूल का रिजल्ट न खराब हो, इसलिए बच्ची को ही स्कूल से बाहर कर रहे हैं।

मैंने उनसे पूछा कि आप मुझसे क्या चाह रहे हैं?

"आप प्लीज स्कूल में प्रिंसिपल को फोन कर दीजिए कि इस बार उसे पास कर दें। वो बोर्ड परीक्षा तक मेहनत कर लेगी और पास हो जाएगी।"

ओह! यानी वो चाह रहे हैं कि स्कूल उसे 11वीं में पास कर दे। पर क्यों? जब वो फेल हो गई है तो इसका मतलब ये हुआ कि वो पढ़ाई में कमजोर है तो 12वीं की पढ़ाई किस तरह कर पाएगी? पर मैं चुप रहा।

मेरे परिचित कह रहे थे कि संजयजी, प्लीज हेल्प मी। आप कर सकते हैं। प्रिंसिपल आपकी बात मान लेंगे।

मैंने इतना ही कहा कि कल बात करके देखता हूँ।

पत्रकार होने के कई नुकसान होते हैं। तमाम रिश्तेदारों, परिचितों को लगता है कि पत्रकार उनकी सिफारिश कर सकते हैं। ये सही है कि स्कूल के प्रिंसिपल मेरे परिचित

हैं। लेकिन एक फेल बच्ची को पास कर देने की सिफारिश भी दुनिया में कोई करता है क्या? करनी चाहिए क्या? पर मैं क्योंकि किसी को दु:खी नहीं देखना चाहता, इसलिए कह देता हूँ कि कोशिश करूँगा।

खैर, अगली सुबह मैंने स्कूल में फोन किया। सिर्फ ये पता करने के लिए कि आखिर माजरा क्या है?

प्रिंसिपल से बात हुई। प्रिंसिपल से जैसे ही मैंने पूछा, वो बिफर पड़े। कहने लगे कि उनकी बच्ची फेल हो गई है तो वो आपसे सिफारिश लगवा रहे हैं। मैंने उन्हें कई बार फोन किया, पत्र लिखे, पर तब माँ-बाप के कान पर जूँ नहीं रेंगी। संजयजी, वो बच्ची पिछले कई दिनों से मनमानी कर रही थी। वो स्कूल बस से आती जरूर थी, पर बाहर से ही कुछ दोस्तों के साथ इधर-उधर घूमने निकल जाती। हमने कई बार उसे डाँटा। कई बार कहा कि पैरेंट्स को बुलाकर लाओ। कई बार शिकायत घर भेजी। पर कोई नहीं आया। अब जब वो फेल हो गई है, हम नाम काटना चाह रहे हैं, तो माँ-बाप चाह रहे हैं कि उसे पास कर दूँ। माँ-बाप के पास जब बच्ची के लिए समय ही नहीं, तो फिर वो उसके लिए इतना सोच भी क्यों रहे हैं?

मेरे परिचित एक कंपनी में बहुत ऊँचे ओहदे पर काम करते हैं। वो कई-कई दिन शहर से बाहर रहते हैं। उनकी पत्नी भी किसी कंपनी में अच्छी पोस्ट पर हैं। उनके पास भी समय नहीं है। एक ही बच्ची है, वो स्कूल जाती है। माँ-बाप उसके लिए जरूरत की हर चीज खरीद देते हैं और सोचते हैं कि बच्ची पढ़ाई कर रही है। स्कूल ने कई बार उन्हें बुलाने की कोशिश की, पर किसी ने समय ही नहीं निकाला। अब फेल होने के बाद वो मुझसे सिफारिश करवा रहे हैं।

मैंने प्रिंसिपल से कुछ कहा नहीं।

मेरी आँखों के आगे माँ घूमने लगी। दीदी स्कूल से आती थी, माँ रसोई से निकलकर दीदी के पास आती और उसके पास बैठ जाती। वो उससे खूब बातें करती। दीदी से स्कूल की ढेरों कहानियाँ पूछती। तब टीचर-पैरेंट मीटिंग नहीं होती थी। आम तौर पर माँ-बाप बच्चों को सरकारी स्कूल में दाखिला दिला कर निश्चिंत हो जाते थे। पर माँ, दीदी से रोज स्कूल की ढेरों बातें करती थी।

दीदी सारी बातें बताती। "आज उपेंद्र सर ने ये पढ़ाया। आज सविता स्कूल आई ही नहीं। आज संजीत को मास्टर साहब ने बेंच पर खड़ा कर दिया। कहा कि होमवर्क नहीं करोगे तो रोज खड़ा करूँगा।"

दीदी तब नौंवी कक्षा में पढ़ती थी। पर माँ उससे रोज स्कूल से आने के बाद खूब बातें करती। फिर उसे कपड़े बदलकर रसोई में आने को कहती। कभी सब्जी कटवाती, कभी आँटा गुँधवाती। अजीब बात थी। मैं भी तब स्कूल जाने लगा था। पर माँ ने मुझसे कभी स्कूल की कहानी नहीं पूछी। मैं सोचता था कि दीदी तो सब बता ही देती है, इसीलिए माँ मुझसे नहीं पूछती। बस वो मुझे रोज रात में सोने से पहले अच्छी-अच्छी कहानियाँ सुनाया करती थी।

मतलब दिन का समय दीदी के लिए। रात राजा बेटा के लिए।

दिन गुरजते गए। फिर माँ एक दिन दुनिया से चली गई। दीदी तब तक बड़ी हो गई थी। माँ के जाने के बाद दीदी ही मेरी माँ बन गई थी। एकदम वैसी ही। माँ जैसे खाना बनाती, माँ की तरह ही मुझे प्यार करती। मुझे ऐसा लगता था कि माँ को पता था कि वो जल्दी चली जाएगी, इसलिए उसने दीदी को बहुत पहले सबकुछ सिखा दिया था।

मैं इस विषय पर इतना नहीं सोचता अगर मेरे परिचित ने अपनी बच्ची की बात मुझे बताई न होती। मैंने बहुत सोचा।

माँ दीदी से रोज स्कूल की बातें पूछा करती थी, दरअसल वो बड़ी हो रही दीदी को पूरा समय देती थी। वो दीदी से बात करके उसकी समस्याओं को समझने की कोशिश करती थी। वो दीदी को रसोई में ले जाकर उसे गृहलक्ष्मी बनने की शिक्षा भी दे रही थी। वो दीदी को एक सुघड़ महिला बना रही थी।

मैंने कई बार आपको ये बात बताई है कि माँ से मैंने जब भी पूछा था कि माँ, मैं बड़ा होकर क्या बनूँगा तो माँ ने यही कहा था कि तुम एक अच्छा आदमी बनना। माँ का कहना था कि आदमी डॉक्टर, इंजीनियर, वकील, जज, कुछ भी बने, ये उतना महत्त्वपूर्ण नहीं। महत्त्वपूर्ण होता है अच्छा आदमी बनना।

लेकिन इसके लिए माँ-बाप को बच्चों को समय देना पड़ता है। बच्चों के निर्माण में स्कूल का योगदान कम, घर का योगदान अधिक होता है। माँ दीदी को बहुत पहले से एक औरत बनने की ट्रेनिंग दे रही थी। मुझे रोज कहानी सुनाकर आदमी बनने की ट्रेनिंग दे रही थी।

आप लोग खुद समझदार हैं। आप समझ रहे हैं कि आज मैं क्या कहना चाह रहा हूँ। पर मैं सिर्फ दुहरा रहा हूँ कि अगर आप भी बहुत व्यस्त रहते हैं, पैसे और शोहरत कमाने में अपने बच्चों को समय नहीं दे पा रहे, उनसे रोज स्कूल की बातें नहीं करते तो आप खुद को धोखे में रख रहे हैं।

संतान सही राह पर नहीं चलेगी तो आपकी सारी कमाई धरी-की-धरी रह जाएगी। अपने बच्चों को पूरा समय दीजिए। स्कूल तो उन्हें सिर्फ ए बी सी डी पढ़ाएगा। उनके चरित्र का निर्माण आपको ही करना है। पर उसके लिए उन्हें समय देना होगा। उनसे बातें करनी होंगी। उन्हें जिंदगी की कहानियाँ सुनानी होंगी।

नहीं तो फिर आपको भी संजय सिन्हा को फोन करना पड़ेगा और संजय सिन्हा प्रिंसिपल से बात करके शर्मिंदा होंगे।

□

नीमच का पोस्ता

हर बच्चे की एक पसंदीदा कहानी होती है। ऐसी कहानी, जिसे वो बार-बार सुनना चाहता है।

मुझे माँ ढेरों कहानियाँ सुनाया करती थी। राजा-रानी की, राम-सीता की, राधा-कृष्ण की। माँ के पास कहानियों का भंडार था। अगर माँ आज होती, तो मैं कहता कि माँ के भीतर कहानियों का पूरा हार्ड डिस्क था। ऐसा हार्ड डिस्क, जिसमें अनगिनत कहानियाँ समाई थीं। माँ से मैं सिर्फ इतना भर कहता कि माँ कोई कहानी सुनाओ, माँ एकदम नई कहानी सुनाना शुरू कर देती।

पर मेरी सबसे पसंदीदा कहानियों में एक थी श्रवण कुमार की कहानी। मैंने ये वाली कहानी न जाने कितनी बार सुनी होगी। माँ मुझसे पूछती भी थी कि इस कहानी को तुम बार-बार क्यों सुनते हो? मैं कहता था, "माँ, पता नहीं क्यों श्रवण कुमार की कहानी आप जब भी सुनाती हैं, तो मेरी आँखों के आगे पूरी कहानी तैरने लगती है। अंधे माँ-बाप को टोकरी में कंधे पर उठाए एक आदमी की तस्वीर। मैं तो सोच में पड़ जाता हूँ कि क्या कोई इतना ताकतवर भी हो सकता है कि वो अपने माँ-बाप को अपने कंधों पर उठाकर तीर्थ पर ले जा सकता है? माँ, श्रवण कुमार सुपरमैन रहा होगा। वो बहुत ताकतवर रहा होगा। भीम से भी अधिक।"

माँ मुस्कुराती। माँ-बाप को अपने कंधे पर उठाने के लिए संतान को सुपरमैन या भीम की तरह होने जरूरत नहीं होती, उसके लिए तो बस मन की ताकत चाहिए। जिसके मन में अपनी जिम्मेदारियों को उठाने की ताकत होती है, वही सबसे शक्तिशाली होता है। तन की शक्ति से आदमी सिर्फ युद्ध जीत सकता है, मन की शक्ति से आदमी अपनी जिम्मेदारियों को जीतता है।"

कल मध्य प्रदेश के नीमच से संजय सिन्हा फेसबुक परिजन सुभाष ओझा मुझसे मिलने दिल्ली आए थे। काफी देर मेरे साथ बैठे।

मैंने यूँ ही उनसे कह दिया कि आप बहुत अच्छा लिखते हैं, तो वो मुस्कुराने लगे। मैंने कहा कि आपके कई लेख मैंने पढ़े हैं। आप बहुत बढ़िया पत्रकार हैं। पर आप नीमच से बाहर क्यों नहीं निकले? आप तो देश के किसी भी अखबार में पत्रकार बन सकते थे।

सुभाष ओझाजी ने एक गिलास पानी पिया। फिर धीरे-धीरे अपनी कहानी सुनाने लगे।

"बचपन से ही पढ़ने-लिखने का शौक था। घर में खेती थी, बाकी भाइयों को कलम का शौक नहीं था, पर मुझे था। स्कूल में पढ़ता था, एक दिन पता नहीं क्या खरीदने के लिए पिताजी से मैंने एक रुपया माँगा था, पिताजी ने मना कर दिया। मना ही नहीं किया, पता नहीं किस मूड में थे, एक थप्पड़ भी मार दिया। बात इतनी बड़ी नहीं थी, पर पता नहीं क्यों उस दिन के बाद मेरे मन में ये बात बैठ गई कि किसी से अपने लिए पैसे नहीं माँगूँगा। मैंने तभी से पत्र-पत्रिकाओं में कुछ-कुछ लिखना शुरू कर दिया। कहीं से पचास रुपए, कहीं से तीस रुपए मिलने लगे। बस मैं पत्रकार बनने लगा। मुक्ता, सरिता और ऐसी ढेरों पत्रिकाओं में मैंने नीमच में बैठकर कॉलेज के दिनों में खूब लिखा।

जब मेरी पढ़ाई पूरी हो गई तो मैंने मुंबई में टाइम्स ऑफ इंडिया ग्रुप में नौकरी के लिए आवेदन भेजा। मेरा टेस्ट हुआ और मुझे नौकरी के लिए चुन लिया गया। हालाँकि इससे पहले मुझे दैनिक भास्कर में भी रख लिया गया था। पर मुंबई और टाइम्स ऑफ इंडिया का क्रेज बड़ा था। बात उन दिनों की है, जिन दिनों इंदिरा गांधी चुनाव हारने के बाद दुबारा मैदान में थीं। लोग जनता पार्टी से ऊब चुके थे। इंदिरा गांधी वापसी के लिए तैयार थीं।

मैं मुंबई जाने के लिए ट्रेन का टिकट कटवा चुका था।

जिस दिन निकलना था, पिताजी सामने खड़े हो गए। बहुत कातर होकर उन्होंने कहा कि घर में किसी बात की कमी नहीं है बेटा, तुम मुंबई चले जाओगे, तो हम लोग कैसे रहेंगे? पूरे खानदान में तुम इकलौते ऐसे हो, जिसने पढ़ाई-लिखाई की है। तुम चले जाओगे तो हम बहुत अकेले पड़ जाएँगे।"

इतना कहकर सुभाष ओझाजी चुप हो गए। कहने लगे कि संजयजी आपके लिए मैं पोस्ता दाना लाया हूँ। भाभी से कहकर इसका हलवा बनवाइएगा। गर्मी के इस मौसम में ठंडई भी बनती है। इससे दिमाग में तरावट आती है।

मैं समझ रहा था कि सुभाष ओझाजी ने जान-बूझकर कहानी बीच में रोक दी है।

मैंने उन्हें टोका।

माँ भी कभी-कभी कहानी बीच में रोक देती थी। मैं कहता था कि माँ, आगे क्या हुआ ? माँ मेरी ओर देखती, फिर कहती कि अरे तुम सोए नहीं ?

"नहीं माँ, पूरी कहानी सुने बिना मैं सोऊँगा कैसे ?"

कल मुझे एक मीटिंग में जाना था। लेकिन कैसे जाता ? यहाँ तो कहानी बीच में रुकी थी।

मैंने सुभाषजी को टोकते हुए पूछा, "आगे क्या हुआ ?"

"आगे कुछ नहीं हुआ। पिताजी ने पहली बार मुझसे कुछ कहा था। पहली बार मुझसे कुछ चाहा था। वो बहुत कम बोलते थे। उन्होंने मुझे पूरी जिंदगी कभी किसी बात के लिए नहीं टोका था। मैं क्या कर रहा हूँ, क्यों कर रहा हूँ, उन्होंने मुझे कुछ नहीं कहा। पर उस दिन जब मैं हाथ में नौकरी की चिट्ठी लिये, मुंबई के लिए निकल रहा था, पिताजी बहुत कातर भाव से सामने खड़े थे। फिर मैं मुंबई नहीं गया। वहाँ से कई बार बुलावा आया, पर मैं नहीं गया। फिर मैं कहीं नहीं गया। पिताजी के साथ खेती में लग गया। बस अपना दिल को बहलाने के लिए यहीं से कुछ-कुछ पत्रकारिता करता रहा। जब तक पिताजी रहे, मैं पिताजी के साथ रहा। जो उन्होंने कहा, मैंने किया। फिर मैं नीमच में ही रह गया।

भैया, नीमच में अफीम की बहुत खेती होती है। अफीम एक ऐसा पौधा है, जिस पर सरकार का नियंत्रण है। इससे दर्द की दवा बनती है। इससे संसार का सबसे महँगा नशा भी बनता है। इस पौधे से दूध निकलता है, उससे अफीम बनती है। जो डोडा चूरा निकलता है, उससे शराब जैसी चीज बनती है। पर बीच में पोस्ता निकलता है, जिसका हलवा बनता है, ठंडई बनती है। एक ही पौधे से इतनी सारी चीजें मिलती हैं। जिंदगी भी अफीम की तरह ही है। जिसे जो अच्छा लगता है, चुन लेता है। मैंने अफीम से पोस्ता चुना। अफीम और डोडा चूरा महँगे जरूर होते हैं, पर ठंडई तो पोस्ता से ही बनती है। मैंने जिंदगी में ठंडई को चुना। सबकी जिंदगी में ऐसे दो राहे आते हैं, जब उन्हें कोई एक चीज चुननी पड़ती है। मैंने भी पिता और कॅरियर में से पिता को चुना। ये सही है कि मैं बहुत बड़ा संपादक नहीं बना, पर अफसोस नहीं। उस दिन जब मैं मुंबई नहीं गया तो पिता के चेहरे पर जो संतोष था, वो मेरी जिंदगी में कुछ भी बन जाने से अधिक बड़ा था।"

मैंने कल अपनी टीम को फोन कर दिया कि मैं मीटिंग में नहीं आऊँगा।

मैंने अपनी आँखें बंद कर ली थीं। माँ कहानी सुना रही थी, सामने श्रवण कुमार माँ-बाप को तीर्थ पर लिये चले जा रहे थे।

□

बैंगन का भर्ता

ऐसा हो ही नहीं सकता है कि बैंगन के भर्ते से दामाद के स्वागत वाली कहानी मैंने आपको पहले न सुनाई हो। पर जब कभी मैं कहीं खाने जाता हूँ या कोई मेरे घर खाने आता है तो मुझे ये वाली कहानी जरूर याद आ जाती है। मुझे लग रहा है कि ये कहानी मैंने आपको पहले भी सुनाई है। लेकिन कहानी का मर्म इतना बढ़िया है कि दुबारा सुन लेने में भी कोई हर्ज नहीं।

एक बार एक दामाद शादी के बाद पहली बार ससुराल गया। वहाँ सास ने दामाद के स्वागत में कई तरह के व्यंजन बनाए। मटर-पनीर की सब्जी, आलू-गोभी दम, पकौड़े, टमाटर की चटनी और बैंगन का भर्ता। दोपहर में भोजन परोसा गया। दामाद थाली में इतनी चीजें देखकर बहुत खुश हो गया। लेकिन उसे बैंगन का भर्ता बिल्कुल पसंद नहीं था। उसने सोचा कि पहले बैंगन का भर्ता खा लेते हैं, फिर अच्छी-अच्छी चीजें खाएँगे। उसने सबसे पहले बैंगन का भर्ता खा लिया। अब वो बाकी चीजों का स्वाद लेना चाह रहा था। पर सास ने देखा कि दामाद की थाली में बैंगन का भर्ता खत्म हो गया, तो उन्होंने थोड़ा और भर्ता डाल दिया।

अब दामाद उलझन में था। क्या करे। कैसे कहे कि उसे भर्ता नहीं पसंद। उसने फिर उस भर्ते को पहले खत्म किया। सास ने और भर्ता डाला। दामाद ने वो भी खा लिया। कई बार ऐसा हुआ और सास के मन में बैठ गया कि दामाद को बैंगन ही बहुत पसंद है। उस दिन दामाद ने कुछ और नहीं खाया। उसका पेट सिर्फ बैंगन के भर्ते से भरा।

इस कहानी का जो मर्म है, उसे मैं पहले भी बता चुका हूँ। पर आज मैं इस कहानी को यहीं रोक कर आपको कहीं और ले चलता हूँ। बात ये है कि जब मेरी शादी हुई थी, तब पिताजी पटना में रहते थे। मेरी शादी पंजाबी परिवार में हुई थी और हमारा खाना-पीना बिल्कुल अलग तरीके का था। बचपन में हम रोटी-सब्जी का नाश्ता करते थे, दोपहर में भात-दाल-सब्जी खाते थे और रात में फिर रोटी या पराँठा चलता था। पर मेरी पंजाबी ससुराल में भात खाने का रिवाज ही नहीं था। जिस दिन मेरी शादी हुई,

उसके अगले दिन मैंने दिल्ली में संजय कुमार सिंह को खाने पर बुलाया था। मैंने पत्नी से कहा था कि तुम कुछ अच्छा सा बना देना।

संजय सिन्हा को पता नहीं पता था कि उनकी सास ने अपनी बेटी को स्कूल-कॉलेज की पढ़ाई में टॉप करना सिखाया था, खाना बनाना नहीं। वो तो लड़की होने के नाते उसने थोड़ा-बहुत सीख लिया था। उसने राजमा बनाना सीख लिया था। रोटी बनानी भी उसे आती थी। भात को वो लोग चावल कहते थे और चावल खाने का रिवाज घर में था ही नहीं। हालाँकि राजमा के साथ चावल ही लोग खाते हैं। लेकिन मेरी पत्नी को चावल पसंद ही नहीं था। खैर, संजय सिंह के लिए पहली बार खाना बना था राजमा और रोटी।

मुझे दिल्ली आए समय बीत चुका था। मैं समझ चुका था कि दिल्ली में लोग दोपहर में दाल, रोटी और सब्जी खाते हैं। ऐसे में उस दिन खाना हमने आराम से खा लिया।

पत्नी बहुत ख़ुश हुई कि वो खाना बनाने की पहली परीक्षा में ही पास हो गई है।

जीवन चलता रहा। कभी दफ्तर की कैंटीन में, कभी एक्सप्रेस ढाबा में, और कभी घर में खाना खाते रहे। फिर एक ऐसा समय आ गया कि पिताजी पटना से हमारे पास दिल्ली चले आए।

मैंने पत्नी से कहा कि अब दफ्तर की कैंटीन, एक्सप्रेस ढाबा बंद। अब घर में खाना बनेगा।

जिस दिन पिताजी आए, दोपहर में खाना बना राजमा और रोटी। जब हम पटना में थे, तब हमारे यहाँ राजमा नहीं बनता था। पता नहीं क्यों। लेकिन हमारे घर राजमा नहीं बनता था। पिताजी शायद राजमा नहीं खाते होंगे। मुझे ठीक से याद नहीं। पर हमारे यहाँ ऐसा माना जाता था कि राजमा खाने से पेट में गैस बनती है। हम दाल खाते थे, ज्यादातर अरहर की दाल। मुझे तो लगता है कि पिताजी चना या उड़द की दाल भी नहीं खाते थे। हाँ, दोपहर में उनका प्रिय भोजन अरहर की दाल, सूखी सब्जी और भात था।

दोपहर में वो रोटी नहीं खाते थे। वैसे भी जब मैं मामा के पास मध्य प्रदेश रहने गया था तो पहली बार मैंने देखा था कि वहाँ लोग दोपहर में रोटी और चावल दोनों साथ खाते थे। पर पटना में हमारे यहाँ चावल और रोटी साथ नहीं खाते थे।

खैर, मैं पत्नी को ये बताना ही भूल गया था कि पिताजी क्या नहीं खाते हैं। उसने मन में बहुत सोचा और खाने में पहले दिन बना राजमा और रोटी।

पत्नी को उम्मीद थी कि उस दिन संजय सिंह को राजमा बहुत पसंद आया था तो

पिताजी को भी राजमा पसंद आएगा। खाने की मेज पर लगा राजमा। पिताजी सोचते रहे कि अब कुछ और आएगा, पर यहाँ तो राजमा रोटी और दही का जुगाड़ था। पिताजी ने थोड़ा सा राजमा खाया। वो मेरी ओर देख रहे थे। मैं चुपचाप राजमा खा रहा था। फिर धीरे-धीरे वो भी राजमा खाने लगे। जिस तरह वो खा रहे थे, मुझे अचानक याद आया कि अरे, पिताजी तो राजमा खाते ही नहीं। अब क्या था, मैं एकदम से पूछ बैठा कि आप राजमा खा लेंगे?

पिताजी ने कहा, "हाँ, इतना अच्छा बना है, क्यों नहीं खाऊँगा, इस तरह वो एक कटोरी राजमा खा गए। पत्नी को लगा कि पिताजी को राजमा बहुत पसंद है, तो उसने एक कटोरी राजमा और सामने रख दिया।"

अब क्या हो। पिताजी उसे भी खा गए।

खाने के बाद पिताजी उठे और थोड़ा टहल कर लेट गए। मैं उनके पास पहुँचा।

"पिताजी, तबीयत तो ठीक है न?"

"हाँ, पेट में थोड़ी गैस सी बन रही है।"

"आपको राजमा सूट नहीं करता। आपने क्यों खाया?"

"अब बहू ने बनाया तो खा लिया।"

"पर आपको कहना चाहिए था कि आप राजमा नहीं खाते।"

"ऐसा कहता तो उसका दिल टूट जाता। उसने इतनी मेहनत से बनाया था।"

"अब आपकी तबीयत खराब हो गई, उसका क्या?"

"तबीयत तो ठीक हो जाएगी। पर उसे बुरा लगता तो मुझे अधिक तकलीफ होती।"

"पर पिताजी...!"

"पर कुछ नहीं बेटा। धीरे-धीरे वो समझ जाएगी कि हम क्या खाते हैं, क्या नहीं। वैसे राजमा पंजाबी लोगों का मुख्य खाना है। वो दाल की तरह राजमा खाते हैं। इसमें काफी प्रोटीन भी होता है। मैं धीरे-धीरे इसे खाने लगूँगा और धीरे-धीरे वो अरहर की दाल भी बनाने लगेगी। तुम चिंता मत करो। वो धीरे-धीरे सबकुछ सीख लेगी। खाने का क्या है, समय के साथ आदमी सब खाने लगता है, सब बनाने लगता है। पर किसी के दिल को चोट नहीं पहुँचानी चाहिए। उसे जो सर्वश्रेष्ठ आता है, उसकी तारीफ करनी चाहिए। जिंदगी में शिकायतें जितनी कम रहेंगी, जिंदगी उतने ही आराम से गुजरती है। जिंदगी इतनी बड़ी नहीं होती कि उसे शिकायतों में गुजारा जाए।"

मुझे याद है कि कैसे पिताजी धीरे-धीरे राजमा खाने लगे थे। दोपहर में रोटी भी खाने लगे थे और मुझे ये भी याद है कि पत्नी अरहर की दाल बनाने लगी थी, दोपहर में भात भी बनाने लगी थी। पिताजी ने कभी बहू की शिकायत नहीं की।

पिताजी को गए हुए बीस साल बीत गए, पर उनकी बहू आज भी उन्हें शिद्दत से याद करती है। घर में राजमा बनता है, तो एक बार पिताजी को वो जरूर याद करती है। कहती है कि शिकायतें न हों तो जिंदगी आराम से गुजरती है।

सचमुच जिन्हें जिंदगी से शिकायतें कम होती हैं, वो खुश रहते हैं।

□

पिताजी

कल दफ्तर से निकलने के बाद मैं राजीव के घर चला गया था। राजीव मेरा दोस्त है। कई दिनों से सोचता-सोचता कल चला ही गया।

राजीव ने मेरा खूब स्वागत किया। बहुत साल पहले हम दोनों साथ-साथ जिम जाते थे। फिर उसने नया फ्लैट खरीद लिया और वहीं शिफ्ट हो गया, तो हमारी मुलाकात कम होने लगी। कई दिनों से मिलने की सोच रहा था और कल मैंने फोन किया कि मैं आ रहा हूँ।

राजीव के घर मैं सबसे मिला। सिर्फ अंकलजी नहीं मिले। मैंने पूछा कि पापा कहाँ हैं, तो राजीव ने बताया कि आजकल अपने कमरे में रहते हैं। बाहर कम ही निकलते हैं। वैसे कुछ हुआ नहीं है, पर बुढ़ापा तो अपने आप में एक बीमारी है।

मैंने कहा कि अंकल से मिल लेता हूँ। पता नहीं फिर कब आना होगा, अंकल से मिले बहुत दिन हो गए हैं।

राजीव ने कहा कि हाँ, हाँ, चलो कमरे में मिल लो। पर आजकल वो थोड़ा अनमने से रहते हैं। थोड़ा झक्की से हो गए हैं। कोई घर आए तो बाहर नहीं निकलते। पर कभी-कभी खुद ही दरवाजा खोल कर बाहर निकल जाते हैं। सामने पार्क में बेंच पर घंटों बैठे रहते हैं, फिर चले आते हैं।

मैं उनके कमरे में गया। अंकल चुपचाप कुरसी पर बैठे थे। मैंने पाँव छुए तो उन्होंने मेरी ओर देखा, पर कुछ कहा नहीं। मैं पाँव छूकर उठ रहा था, तो उन्होंने अपने हाथ मेरे सिर की ओर किए। उनके हाथ काँप रहे थे। मैंने उनकी आँखों में झाँका। कहीं खोई हुई आँखें। ऐसा लगा कि वो मुझे पहचान रहे हैं कि ये संजय है, संजय सिन्हा। फिर लगा कि वो मुझे नहीं पहचान रहे।

अंकल की उम्र बहुत नहीं होगी। अधिक-से-अधिक 70 के होंगे। हाँ, इतनी ही उम्र होगी।

पिछली बार मिला था तो वो मुझे पहचानते थे। मुझसे बातें कर रहे थे। क्रिकेट में उनकी

खूब दिलचस्पी थी। वो एक-एक मैच का हिसाब रखते थे। पर साल-दो साल में ये क्या हो गया?

कुछ देर कमरे में बैठकर मैं बाहर निकला तो मैंने राजीव से पूछा कि तुमने इन्हें डॉक्टर को दिखलाया है?

राजीव ने कहा कि कुछ हो तो डॉक्टर को दिखलाऊँ। इन्हें कुछ नहीं हुआ है। बुढ़ापा है, बस यही बीमारी है। बुढ़ापे में हाथ काँपने ही लगते हैं। कदम थोड़ा डगमगाने ही लगते हैं। आदमी सुस्त हो जाता है। असल में मैं बताऊँ, संजय, तो बुढ़ापा में आदमी जीते-जीते ऊब जाता है।

मैंने राजीव को टोका।

मैंने कहा कि बहुत दुर्भाग्य की बात है कि हम लोग बुढ़ापे को ठीक से परिभाषित ही नहीं कर पाते। जैसे ही हम किसी बूढ़े आदमी की कल्पना करते हैं, हमारी आँखों के आगे झुकी कमर वाले, खाँसते हुए आदमी की तस्वीर बन जाती है। पर ये ठीक नहीं है। क्या अमिताभ बच्चन झुकी कमर वाले और खाँसते हुए दिखते हैं?

मैंने राजीव से कहा कि अपने पापा को कल ही डॉक्टर को दिखलाओ। बुढ़ापा अपने आप में कोई बीमारी नहीं। वो जब मुझे आशीर्वाद दे रहे थे, तब मैंने नोट किया था कि उनके हाथ काँप रहे थे।

"हाँ, हाथ तो बहुत दिनों से काँपने लगे हैं। उन्हें खाने में भी मुश्किल आती है।"

"ओह! तुम इन्हें डॉक्टर को कल ही दिखलाओ। इन्हें डिमेंशिया या पार्किंसन कुछ भी हो सकता है। ये ऐसी बीमारी है, जिसका असर होते-होते बहुत समय बीत जाता है और जब पता चलता है, तो बहुत देर हो चुकी होती है।"

"डिमेंशिया, पार्किंसन? संजय सिन्हा, ये क्या कह रहे हो?"

"मेरे भाई, इतना मत सोचो। इन्हें डॉक्टर को दिखलाओ। ये सारी दिमागी बीमारियाँ हैं। किसी को भी हो सकती हैं। और सुनो, तुम इनका बहुत ध्यान रखना। इन्हें अकेले बाहर मत निकलने दिया करो। इन्हें अकेले पार्क में भी मत जाने देना। जब भी बाहर जाएँ, घर का एक न एक आदमी साथ होना ही चाहिए। वैसे डॉक्टर को दिखलाओगे तो वो बेहतर बताएँगे।"

मेरी बातें राजीव की पत्नी सुन रही थी। वो हँस पड़ी। कहने लगी कि भैया, इन्हें वाकई कुछ नहीं हुआ है। सब सुनते हैं, समझते हैं। बस कोई नया आ जाए, तो ऐसे बैठ जाते हैं।

"पर मैं इनके लिए नया नहीं हूँ। ये मुझे ठीक से पहचान भी नहीं पा रहे थे। पहचानने की कोशिश कर रहे थे। मैंने प्रणाम किया, तो उन्होंने आशीर्वाद देने की कोशिश की। पर शरीर और मस्तिष्क में तालमेल नहीं बैठ पा रहा था। आप प्लीज इन बातों को हँसी में न उड़ाएँ। ये गंभीर बीमारी के लक्षण हो सकते हैं।"

मैंने ये बात पूरी गंभीरता से कही थी। दोनों चुप हो गए थे।

फिर मैंने उन्हें बताया कि मेरे एक मित्र के पिताजी को ऐसी ही बीमारी हुई थी। घर के लोग बुढ़ापा-बुढ़ापा बोल कर हल्के में लेते रहे। उनके हाथ काँपने लगे थे। घर के लोग मान बैठे थे कि बुढ़ापे में आदमी को भूलने की बीमारी लग ही जाती है। मेरे मित्र के पिता चुपपाच ऐसे बैठे रहते थे मानो गंभीर अवसाद में हों। उन्हें न खाने का शौक रह गया था, न कहीं जाने का। बहुत बाद में उन्हें डॉक्टर को दिखलाया गया। डॉक्टर ने उन्हें अल्जाइमर बतलाया था। डॉक्टरी भाषा में उनका दिमाग सिकुड़ गया था। भूलना तो पहला लक्षण था। पर धीरे-धीरे उन्हें हर चीज से अरुचि हो गई थी। उन्हें ये भी पता नहीं चलता था कि वो कहाँ हैं, क्या कर रहे हैं। और एक दिन वो घर से बाहर निकले थे, यूँ ही टहलने के लिए और फिर घर लौट कर ही नहीं आए।

बहुत ढूँढ़ा गया। पर कहीं पता नहीं चला। पुलिस में रिपोर्ट भी की गई। पर एक-एक दिन निकलता चला गया। कई साल बीत गए, मेरे मित्र के पिताजी का पता नहीं चला। वो एक बार बाहर निकले, फिर अपने ही घर का रास्ता भूल गए। उस रास्ते को ही भूल गए, जिस रास्ते से वो न जाने कितनी बार आए-गए थे। उनकी उम्र भी अधिक नहीं थी। पर वो ये भी भूल गए कि उनका घर कहाँ है। उनके परिवार में कौन-कौन है।

मुमकिन है कि उन्हें अपने बेटे, बेटियों के चेहरे रुक-रुक कर याद भी आते होंगे, पर वो बता पाने में असमर्थ हो गए होंगे। पता नहीं किसे मिले होंगे। किसी ने उन्हें यूँ ही लावारिस बूढ़ा मान लिया होगा। कहीं किसी ओल्ड एज होम में डलवा दिया होगा या फिर किसी हादसे के शिकार हो गए होंगे। कुछ पता ही नहीं चला। आज भी मेरे दोस्त के परिवार वाले उन्हें ढूँढ़ते हैं। कहते हैं कि काश, पहले ध्यान दिया होता!

राजीव ने वादा किया है कि वो अपने पिता को लेकर डॉक्टर के पास जाएगा और फिर मुझे फोन करके पूरी बात बताएगा।

मुझे उसके फोन का इंतजार है। उसका फोन आएगा तो आपको भी बताऊँगा आगे की कहानी।

फिलहाल तो इतना ही कि मेरी आज की कहानी को आप सबको सुनाइएगा। सबसे साझा कीजिएगा। और हाँ, अपने घर के बुजुर्गों को अपना समय दीजिएगा। उनमें भूलने

की बीमारी नजर आए, तो हँसिएगा मत, उन्हें डॉक्टर के पास ले जाइएगा। आप आज उनका ध्यान नहीं रखेंगे, तो एक दिन आप सिर्फ अफसोस करेंगे और कुछ नहीं। और हाँ, इस सच को भी याद रखिएगा कि बुढ़ापा सिर्फ आपके दादा-दादी, नाना-नानी या पिता और माँ के लिए नहीं है। आप भी बूढ़े होंगे।

आप आज अपने घर के बुजुर्गों का ध्यान रखेंगे, तो आपकी संतान भी आपका ध्यान रखेगी। आप हँसेंगे, तो आपकी संतान भी आपके बुढ़ापे पर हँसेगी।

□

हैप्पी बर्थ डे

आज मेरे छोटे भाई का जन्मदिन है। मेरा वही भाई, जो चार साल पहले मुझे छोड़कर चला गया, उसका आज जन्मदिन है। मैं चाहूँ तो उसके जन्म के एक-एक पल याद कर सकता हूँ। मुझे सबकुछ याद है कि कैसे उसके जन्म पर बुआ हंसुआ से थाली बजा रही थीं। कैसे पूरे घर में सब खुशी में डूबे हुए थे। कैसे मैं तालाब के किनारे से दौड़ता हुआ घर को भागा था। मुझे याद है, मेरी चप्पल कहीं छूट गई थी। पर मुझे पता था कि मेरे घर छोटा सा बाबू आया है मेरे लिए।

मैंने अपने खिलौने का खूब ध्यान रखा। पर वो भी चार साल पहले अप्रैल का ही महीना था, जिस दिन मेरा भाई मुझसे रूठ गया था। मुझसे क्या, वो पूरी दुनिया से ही रूठ गया था। मुझे नहीं याद कि जन्मदिन वाले दिन मैंने अपने भाई को हैप्पी बर्थ डे कहना एक बार भी भूला हो। जब तक भाई के साथ रहा, सबसे पहले मैं ही उसे हैप्पी बर्थ डे कहता था। वो खुश तो होता था, पर पूछता था कि जन्मदिन क्या होता है?

मैं उसे समझाता कि आज के दिन तुम्हारा जन्म हुआ था। आज के दिन ही तुम दुनिया में आए थे। आज के दिन ही मैं चप्पल को तालाब के पास भूल कर तुम्हें देखने के लिए दौड़ा हुआ घर आया था। तुम बहुत छोटे से थे। बहुत छोटे। इतने कि मैं भी तुम्हें गोद में उठा सकता था। आज के दिन ही तुम माँ की छाती से पहली बार लगे थे। कोई और होता तो मैं बुरा मानता। माँ के दूध में कोई और हिस्सेदार हो, ये मैं सह नहीं सकता था। पर तुम इतने प्यारे थे कि मुझे बिल्कुल बुरा नहीं लगा था।

भाई हँसता। कहता कि भाई किसी का जन्म होता है क्या?

"हाँ, मेरा जन्म हुआ है। तुम्हारा जन्म हुआ है।"

"नहीं भाई, किसी का जन्म नहीं होता। किसी का जन्म नहीं हुआ। न मेरा हुआ, न आपका हुआ।"

"यार, अब फिलॉसफी मत समझाओ। आज के दिन ही तुम्हारा जन्म हुआ था।"

"छोड़ो भाई, तुम उन बुजुर्गों की कहानी सुनाओ, जिनके बच्चों ने उन्हें अकेला छोड़ दिया है। जिन्हे अल्जाइमर्स, पार्किंसन जैसी बीमारियों ने घेर लिया है और घर के लोग उनकी मेमोरी लॉस को गजनी के आमिर खान की तरह समझकर मजाक उड़ाते हैं।"

"मैं उनकी भी कहानी सुनाऊँगा। पर तुम ये सब कहना बंद करो कि किसी का जन्म नहीं होता है। तुम संसार में मेरे सबसे प्यारे हो। तुम ऐसी उदासी वाली बातें मत किया करो।"

"ये उदासी की बातें नहीं भाई। सत्य यही है। सुनो, सत्य सुनो।

आत्मा का कभी न तो जन्म होता है, न कभी उसकी मृत्यु होती है। दरअसल न तो कभी उसका जन्म हुआ है और न ही कभी उसका जन्म होगा। जिस तरह उसका जन्म नहीं होता, उसी प्रकार उसकी मृत्यु भी नहीं होती। शरीर की बेशक मौत हो जाए, पर आत्मा स्थायी है। शरीर अपना रूप बदलता रहता है। वो माँ के गर्भ में जन्म लेता है, बड़ा होता है, धीरे-धीरे कमजोर होता है और फिर खत्म हो जाता है। पर आत्मा के साथ ऐसा नहीं होता। जिसका जन्म होता है, उसी की तो मृत्यु होगी। आत्मा हर तरह के परिवर्तन से मुक्त है।

अब कहो, तुम हैप्पी बर्थ डे किसे कहोगे?"

"पर तुम मेरी जिंदगी में तो इसी दिन आए थे। इस दिन को तो हम सेलिब्रेट कर सकते हैं।"

"मैं सदा से आपकी जिंदगी में हूँ। पहले भी था, आज भी हूँ, आगे भी रहूँगा। शरीर का तो हम स्वयं चयन करते हैं। असल में शरीर हमें मिलता है आत्मा के उत्थान के लिए। जब हम संसार में आते हैं तो खुद से ये वादा करके आते हैं कि इस शरीर में आत्मा का उत्थान करेंगे। ये बात अलग है कि हम में से अधिकतर लोग इसी शरीर को जीवन मान बैठते हैं और वो आत्म उत्थान की बात भूल जाते हैं। उन्हें सत्य याद नहीं रहता। आप लोगों को समय-समय पर ये याद दिलाते रहिएगा कि शरीर क्षण-भंगुर है। उसका कोई हैप्पी बर्थ डे नहीं होता।"

"यार, तुमसे बहस व्यर्थ है। छोड़ो भी इस बहस को। सदियों से इस पर बहस चल रही है। हर आदमी मन-ही-मन इस सत्य को जानता है कि शरीर इस मृत्यु लोक में आत्मा का सिर्फ वाहक है। आज के दिन तुम शरीररूपी वाहन में सवार होकर मुझसे मिलने धरती पर आए थे। उसी की बधाई स्वीकार करो। हैप्पी बर्थ डे टू यू।"

"उसकी बधाई स्वीकार करता हूँ, थैंक यू।"

□

रिश्तों की कमाई

मुझे कोलकाता बुलाया गया है बोलने के लिए। अपनी कहानी सुनाने के लिए। वहाँ माइक होगा, स्पीकर होंगे, लोग होंगे। मैं ढेरों लोगों को अपनी कहानी सुनाऊँगा। मैं सभी को ये बताऊँगा कि इस संसार में कोई भी अकेला नहीं रहना चाहता। हर किसी एक को किसी-न-किसी का साथ चाहिए होता है।

मैं लोगों को बताऊँगा कि इस संसार में तन्हाई से बढ़कर कोई और सजा नहीं। संभव हुआ तो उन्हें वो कहानी भी सुनाऊँगा, जिसे कुछ साल पहले मैंने जिया था। दिल्ली के पासपोर्ट दफ्तर में कार्यरत उस कर्मचारी की कहानी सुनाऊँगा, जिसने मेरे दोस्त का पासपोर्ट बनाने में आनाकानी की थी। मेरे दोस्त ने तत्काल कोटा में पासपोर्ट के लिए आवेदन भरा था, पर उस बाबू ने उससे उस दिन फीस नहीं ली, कहा कि कल आना, आज समय खत्म हो गया है।

मेरा दोस्त मान गया था कि कल भी दफ्तर से छुट्टी लेकर वो पासपोर्ट दफ्तर आ जाएगा। पर मैं नहीं माना था। मैंने उस बाबू से बात की। मैंने महसूस किया कि वो गहरी उदासी में जी रहा है, इसीलिए वो लोगों को उदासी बाँट रहा है।

मैंने भी उस बाबू से अनुरोध किया था कि आज ही फीस ले लो। दो-चार मिनट की देर से क्या फर्क पड़ता है। पर वो नहीं माना था। वो नहीं माना था, मैं भी नहीं माना था। बाबू ने काउंटर बंद कर दिया और अपना लंच बॉक्स उठाकर खाने चल पड़ा था। मैं भी उस बाबू के पीछे-पीछे कैंटीन में घुस गया था। वो अकेला टेबल पर बैठा था, मैं उसके सामने बैठ गया। जब उसने खाना शुरू किया तो मैंने उससे कहा कि एक रोटी मुझे भी खिलाओ। उसने मेरी ओर बहुत हैरान निगाहों से देखा था, पर कुछ कह नहीं पाया था। उसने यकीनन सोचा होगा कि संजय सिन्हा नामक ये आदमी तो एकदम पीछे ही पड़ गया है।

हाँ, मैं पीछे पड़ा था। पर पासपोर्ट से अधिक चिंता मुझे उसके व्यवहार की थी। उसकी

प्लेट में रोटी खाते हुए मैंने उससे पूछा था कि तुम अकेले खाना क्यों खा रहे हो?

वो चुप था। मैंने ये भी कहा था कि तुम्हारा व्यवहार अच्छा नहीं, इसीलिए तुम्हारा कोई दोस्त नहीं। तुम जिस पद पर हो, अगर तुमने अच्छा व्यवहार रखा होता तो न जाने कितने लोग तुम्हार दोस्त होते। मैंने आशंका जताई थी कि तुम्हारी तो अपनी पत्नी से भी नहीं बनती होगी।

तब वो बाबू एकदम बिलख पड़ा था।

उसने तुरंत स्वीकार कर लिया था कि उसकी पत्नी उससे तंग आकर अपने मायके चली गई है, साथ में बेटी को भी ले गई है। वो सचमुच बहुत तन्हा है।

मैंने उसे राय दी थी कि तुमने पैसे बहुत कमा लिये, अब तुम रिश्ते कमाओ। मेरी बातें सुनकर वो थोड़ी देर चुप रहा था, फिर उसने मुझसे कहा था कि साहब, आप काउंटर पर पहुँचिए, मैं आज ही फीस जमा कर लूँगा।

उसने अपना नाम बताया था, चौधरी। मैंने अपना कार्ड उसे दिया था। संजय सिन्हा नाम लिखा था, साथ में मोबाइल नंबर।

बात आई–गई, खत्म हो गई थी। पर चार साल पहले उसने दीवाली के मौके पर मुझे फोन किया और कहा कि साहब, चौधरी बोल रहा हूँ। पासपोर्ट वाला। उसने मुझसे कहा था कि संजयजी, उस दिन आपके जाने के बाद मैंने काफी सोचा।

मुझे लगा कि सचमुच पैसे बहुत कमा लिये, पर रिश्ते नहीं कमाए।

बस उस दिन के बाद मैंने पैसे कमाना छोड़ दिया। अगले दिन मैं छुट्टी लेकर ससुराल गया। पत्नी नाराज बैठी थी। मैं उसके सामने बैठा था। वो खाना खा रही थी, तो मैंने उससे पूछा कि क्या एक रोटी तुम्हारे प्लेट से मैं भी ले लूँ।

सर, उसकी समझ में नहीं आ रहा था कि ये क्या हुआ। वो रोने लगी। फिर वो मेरे साथ घर लौट आई। सर, उस दिन के बाद से पत्नी से मेरी कभी लड़ाई नहीं हुई। अब बिटिया की शादी तय हो गई है। आप जरूर आइएगा। मेरी पत्नी आपसे नहीं मिली। पर वो मिलना चाहती है। बिटिया को आपका आशीर्वाद चाहिए...।

मैं ये कहानी आप लोगों को पहले भी सुना चुका हूँ।

मैं ये कहानी फिर कोलकाता में लोगों को सुनाऊँगा। मुझे ये कहानी सुनानी ही है। मेरी माँ इस संसार में नहीं है। मेरे पिता भी इस संसार में नहीं हैं। मेरा भाई भी मुझे छोड़कर चला गया है। इसलिए मैं ठीक से कह नहीं सकता कि आजकल लोगों के परिवार में कितने लोग रहते हैं और कैसे रहते हैं। पर सुना है कि अब लोग मोबाइल जेब में रखते

हैं, एक-दूसरे को संदेश भेजते हैं। इस भ्रम में रहते हैं कि वो लोगों के संपर्क में हैं। पर मैंने सुना है कि लोग दरअसल अब लोगों से बहुत दूर हो गए हैं। हर आदमी तन्हा हो गया है।

मैं कोलकाता जाकर पूछूँगा कि क्या ये सच है? क्या सचमुच अब बच्चे माँ की छाती से चिपक कर सोते हुए कहानियाँ नहीं सुनते? क्या लोग अब बुजुर्ग माँ-बाप के साथ नहीं रहते? क्या पैसे की चाहत में रिश्तों ने अपना वजूद खो दिया है? क्या पति-पत्नी बात-बात पर झगड़ बैठते हैं? क्या बच्चे माँ-बाप की नहीं सुनते?

अगर ऐसा है, तब तो मैं कोलकाता में अपनी कई कहानियाँ सुनाऊँगा। मैं लोगों को बताऊँगा कि पैसा चाहे जितना कमा लें, खुशी रिश्ते कमाने से ही मिलेगी।

□

नमक-संबंध

तब टूथपेस्ट में नमक नहीं आया था, लेकिन माँ मुझसे अक्सर कहा करती थी कि चुटकी भर नमक लेकर मंजन कर लो। मैं माँ से पूछता था कि नमक क्यों? चीनी क्यों नहीं? माँ कहती थी कि नमक से कीड़े मर जाते हैं, चीनी से कीड़े लग जाते हैं। माँ ये भी कहती थी कि नमक बाजार में चीनी से भले सस्ता हो, लेकिन जिंदगी में नमक का मोल चीनी से अधिक है।

माँ का ये छोटा सा संदेश मेरी जिंदगी में गुरु मंत्र बन गया था। जब मैं बड़ा हुआ और गांधी के नमक सत्याग्रह के बारे में मास्टर साहब पढ़ाने लगे तो मेरी कानों में माँ का कहा गूँजने लगा था। नमक का मोल चीनी से अधिक है। अगर नमक का मोल अधिक न होता, तो गांधीजी दस पैसे किलो बिकने वाले नमक के पीछे इतना बड़ा आंदोलन क्यों खड़ा कर देते?

माँ छोटी-से-छोटी बात के बड़े अर्थ मुझे समझाया करती थी। माँ कहती थी कि नमक स्वाद है। नमक ईमान है। नमक रिश्ता है। बाजार में नमक का मोल चाहे कुछ न हो, लेकिन नमक का हक होता है।

चुटकी भर नमक से मंजन करता हुआ मैं, संजय सिन्हा मन-ही-मन न जाने कितने खयालों में खो जाता। माँ ने समझा दिया था कि दाँत पर नमक रगड़ने से जब चिड़िया की आवाज आने लगे, मतलब दाँत साफ हो गए हैं। मैं उँगली से दाँतों पर थोड़ा सा नमक रगड़ता और दाँत से चीं-चीं की आवाज आने लगती। मैं चहकता, माँ दाँत चमकने लगे हैं और माँ खुश हो जाती। कहती कि अब कुल्ला कर लो।

नमक से दाँत की सफाई रोज नहीं होती थी। हफ्ते में दो बार। पर मन में ये भरोसा बैठ गया था कि नमक से दाँत साफ करूँगा तो कीड़े नहीं लगेंगे। मेरे दाँत चंदन के दाँतों की तरह काले नहीं पड़ेंगे। मैं नमक से मंजन करता हूँ। नमक ईमान है। नमक रिश्ता है। नमक मेरे दाँतों से अपना रिश्ता ईमानदारी से निभाएगा।

खैर, सत्य यही है कि नमक ने अपना हक अब तक अदा किया है। मेरे दाँत एकदम

साफ हैं और एक भी दाँत में कहीं कोई कीड़ा नहीं लगा।

जैसे-जैसे मैं बड़ा होता गया, नमक और रिश्ते का अर्थ मेरे लिए और गहरा होता गया। मैं समझने लगा कि चुटकी भर नमक रिश्तों की हकीकत है। चुटकी भर नमक रिश्तों को जो मजबूती दे सकता है, वो किलो भर चीनी से भी नहीं आ सकती। मैं बड़ा होता गया तो समझता गया कि जो लोग मुँह पर हमेशा चीनी सी मीठी बातें करते हैं, वो अक्सर धोखे में रखते हैं। शुरुआत में तो ये समझ बहुत बड़ी नहीं थी, लेकिन जैसे-जैसे मैं नौकरी में बड़े ओहदे पर पहुँचता गया, मैंने नोट किया कि चीनी की चाशनी लपेटे लोग सुबह-शाम धोखा देने को तैयार रहते हैं, पर जो नमक सी कड़वी बातें कर पाने का दम रखते हैं, वो कभी धोखा नहीं देते। वो धोखा नहीं देते। क्योंकि वो नमक के रिश्ते को निभाना जानते हैं। वो नमक के हक को समझते हैं।

संसार में ऐसा कोई पेशा नहीं, जहाँ नमक और चीनी लेकर लोग न पहुँचते हों। हम में से अधिकतर चीनी को नमक के ऊपर कर देते हैं। हम मीठी-मीठी बातों के झाँसे में आ जाते हैं और जब धोखा खाते हैं, तो अफसोस करते हैं।

मैं अपने रिश्तों में माँ की नसीहत को गुरुमंत्र की तरह मानता हूँ। मैं मानता हूँ कि जो नमक के रिश्तों को समझता है, वो कभी धोखा नहीं खाता। धोखा मीठे में है, नमकीन में नहीं।

आप सोच रहे होंगे कि संजय सिन्हा नमक और चीनी लेकर क्या कहना चाह रहे हैं, तो मैं आपसे सिर्फ इतना ही कहना चाहता हूँ कि मैं कोलकाता गया था। वहाँ हमने संदेश मिठाई खाई। रसगुल्ला भी खाया। पर रिश्तों के चुटकी भर नमक का जो स्वाद जुबाँ पर लेकर लौट रहा हूँ, उसे कभी नहीं भूलूँगा। सचमुच कोलकाता खुशियों का शहर है। कोलकाता उमंगों का शहर है। कोलकाता रिश्तों का शहर है।

यहाँ जिस तरह सबने संजय सिन्हा पर प्यार लुटाया, उसकी जितनी कहानियाँ सुनाऊँ, कम है। बंगाल की खाड़ी से निकले नमक का स्वाद हमारे रिश्तों को सदा महफूज रखेगा। मीठा मैं भूल सकता हूँ। पर नमक नहीं।

आई लव यू, कोलकाता।

सुनो कोलकाता, कभी दिल्ली आना तो याद करना। बंदा एक पाँव पर खड़ा होकर स्वागत करेगा।

मेरे प्यारे परिजनो! आज मैं आपसे ये नहीं कह सकता कि एक चुटकी नमक की कीमत आप क्या जानें, क्योंकि मैं जानता हूँ कि आपको नमक के रिश्तों का सच पता है।

□

एक सेल्फी

मेरा क्या है, मैं तो जिसके साथ चाहूँ फोटो खिंचवा सकता हूँ। बड़े-बड़े नेताओं और अभिनेताओं से मेरी रोज मुलाकात होती है। मेरे जैसे पत्रकार के लिए बड़े-बड़े लोगों से मुलाकात कोई बड़ी बात नहीं। पर दो दिन पहले जब मैं एयरपोर्ट के लिए निकला तो सोचा भी नहीं था कि मैं एक सेल्फी टैक्सी ड्राइवर के साथ लूँगा और आपको एक ड्राइवर की कहानी सुनाऊँगा।

क्या करूँ, संजय सिन्हा का दिल कुछ ऐसा ही है। उन्हें लगता है कि न जाने किस वेश में नारायण मिल जाएँ। दो दिन पहले दिल्ली से कोलकाता के लिए निकलना था। मैंने बहुत सोचा और तय किया कि इस बार टैक्सी से एयरपोर्ट जाऊँगा। सुबह-सुबह मैंने टैक्सी बुक की। टैक्सी आई, मैंने अपना सामान डिक्की में रखने की जगह पीछे की सीट पर रख दिया और ड्राइवर की बगल वाली सीट पर बैठने लगा।

ड्राइवर थोड़ा संकोच में पड़ गया कि मैं उसकी बगल में क्यों बैठ रहा हूँ।

मैंने उससे पूछा कि क्यों, आगे बैठने पर रोक है क्या?

वो हड़बड़ाया।

"नहीं, सर, आप बैठिए, पर लोग पीछे बैठते हैं। कोई ड्राइवर की बगल में नहीं बैठना चाहता।"

"मैं तुमसे बातें करता चलूँगा तो सफर आराम से कट जाएगा।"

"ठीक है, सर।"

"क्या नाम है तुम्हारा?"

"शिवम।"

कार आराम से चली जा रही थी। डी.एन.डी. फ्लाईओवर से होते हुए बारापुला और फिर वहाँ से लोदी कॉलोनी और आगे एयरपोर्ट की ओर। सड़क खाली ही थी। मैंने

बातचीत आगे बढ़ाई।

"इस टैक्सी से कितना कमा लेते हो?"

"साहब, मैं तो सैलरी पर हूँ। टैक्सी चाहे जितनी चले, मुझे उससे फर्क नहीं पड़ता, मुझे मासिक वेतन मिलता है। बारह घंटे के सोलह हजार रुपए।"

"ओह! तुम्हारी अपनी गाड़ी नहीं है? अपनी गाड़ी होती तो तुम ज्यादा कमा सकते थे।"

"हाँ साहब, पर मैं अपनी गाड़ी लेना ही नहीं चाहता। मैं ड्राइवर की नौकरी से खुश हूँ।"

"अच्छी बात है तुम खुश हो। पर अपनी गाड़ी होती तो मर्जी के मालिक होते।"

"उसके लिए मुझे पढ़ाई करनी चाहिए थी।"

"कहाँ तक पढ़े हो?"

"आठवीं तक।"

मैंने उसकी ओर गौर से देखा। उसकी उम्र बीस साल से अधिक नहीं थी।

वो कह रहा था कि सर, सबको पढ़ाई पूरी करनी चाहिए। मैंने जितनी पढ़ाई की है, उसका कोई फायदा नहीं है।

"क्या बात करते हो? पढ़ाई का बहुत लाभ होता है।"

"पढ़ाई का लाभ तो होता है, सर। लेकिन मैं पढ़ाई पूरी नहीं कर पाया, मुझे इसका अफसोस है। हमारे यहाँ स्कूल में टैक्स सिस्टम, लाइसेंस सिस्टम और तमाम जरूरी चीजें नहीं पढ़ाते। मैं अपनी गाड़ी सिर्फ इसलिए नहीं खरीदता, क्योंकि मुझे ठीक से पता ही नहीं कि किस-किस तरह के टैक्स लगते हैं, कितनी तरह के लाइसेंस चाहिए होते हैं। अपनी टैक्सी चलाना इतना आसान नहीं है। जगह-जगह पुलिस वाले रोकते हैं। ये टैक्स, वो कागज। ये तो मालिक की गाड़ी है, मालिक ने समझा दिया है कि जहाँ पकड़े जाओ, मेरी बात करा देना। कभी इधर की पुलिस रोकती है, कभी उधर की। मैं तो मालिक से सीधे बात करा देता हूँ, आगे की वही जानता है। मैं ऐसे झंझटों में फँसना नहीं चाहता। यहाँ तो पता ही नहीं चलता कि कब कौन सा कानून टूट जाता है। दो दिन पहले मेरी आँखों के सामने एक मोटरसाइकिल वाला एक महिला के गले की चेन छीन कर भाग रहा था, मेरी निगाह उस पर पड़ गई। मैंने गाड़ी जरा सी तेज की, पीछा करने के लिए तो पुलिस वाले ने मुझे ही पकड़ लिया। मैं कहता रहा कि वो मोटरसाइकिल वाला...। पर पुलिस वाला मेरे ही पीछे पड़ गया। कहने लगा कि तुमने पीली बत्ती जंप की है।

मैंने उसे समझाने की कोशिश की कि पीछे देखो वो महिला चिल्ला रही है, उसके गले से चेन छीन कर वो भाग रहा है। पुलिस वाले ने कहा कि गाड़ी किनारे लगाओ, चालान कटेगा।

खैर, ये तो मैंने एक अलग बात बताई है। मैं दोनों घटनाओं को जोड़ना नहीं चाहता, पर अपनी टैक्सी चलाने में सचमुच बहुत झंझट है। कोई-न-कोई कानून दिनभर में टूट ही जाता है। कभी गाड़ी जब्त, कभी लाइसेंस। नियम ठीक से पता हो तो आदमी लड़े भी। पर हमें कुछ पता ही नहीं। पढ़ा होता, तो बहस करता। मैं तो कहता हूँ कि सबको पढ़ाई पूरी करनी चाहिए।

सर, यहाँ सबकुछ बहुत आसान लगता है। पर है नहीं। आसान इतना ही है कि नौकरी करो। पैसे कम मिलते हैं, पर झंझट भी कम है। आगे और पढ़ा होता तो शायद कुछ नियम कानून समझा होता, तो अपनी गाड़ी चलाता।"

एयरपोर्ट पहुँचने ही वाला था। मैंने टैक्सी वाले की ओर देखा। फिर उससे कहा कि तुम्हारे साथ एक सेल्फी तो बनती है, दोस्त।

□

पहली कसम

फिल्म 'तीसरी कसम' जब मैंने देखी थी, तब मैं उसे ठीक से समझ नहीं पाया था। फिल्म एक बैलगाड़ी चलाने वाले नौजवान की कहानी है। एक बार वो एक लड़की को अपनी गाड़ी में बिठाता है। रास्ते भर वो उसे अपनी कहानियाँ सुनाता है। बैलगाड़ी हाँकते हुए वो कई यादों से गुजरता है। वो याद करता है कि कैसे उसने एक बार एक चोर को अपनी गाड़ी में बिठाया था और फँस गया था। तब उसने कसम खाई थी कि कभी किसी चोर को अपनी गाड़ी में नहीं बिठाएगा। फिर एक बार वो बाँस लाद कर ले जा रहा होता है, अचानक उस पर मुसीबत आती है और उसने दूसरी कसम खाई थी कि अब कभी वो बाँस का सामान अपनी गाड़ी में नहीं रखेगा।

अब जब वो लड़की को अपनी गाड़ी में ले जा रहा है, उसे अपनी पूरी कहानी सुनाता है। बैलगाड़ी वाला लोक गीतों और कथाओं के माध्यम से अपनी कहानी को याद करता है। सफर लंबा है। लड़की को गाँव से दूसरे गाँव एक मेले में जाना है। लंबे सफर में लंबी बातों के बीच बैलगाड़ी हाँक रहे नौजवान को लड़की से प्यार हो जाता है। फिर उसे पता चलता है कि वो एक नाचने वाली है।

बहुत छोटा था, तब मैंने ये फिल्म देखी थी। ठीक से मुझे कहानी भी याद नहीं। पर इतना याद है कि राज कपूर फिल्म में बैलगाड़ी हाँकने वाले बने थे और वहीदा रहमान वो नर्तकी थीं। नर्तकी बैलगाड़ी वाले पर फिदा तो है, लेकिन उसे अपनी सच्चाई पता है।

फिल्म खत्म होती है राज कपूर की तीसरी कसम से। तीसरी कसम थी कि अब कभी वो किसी नाचने वाली को अपनी गाड़ी में नहीं बिठाएगा।

मेरा ड्राइवर इन दिनों छुट्टी पर है। मैं अपनी गाड़ी खुद ही चला रहा हूँ। पर बहुत जगह मैं गाड़ी चलाने से बचता हूँ। इसकी सबसे बड़ी वजह ये है कि मैं अकेला गाड़ी में बैठा-बैठा बोर होने लगता हूँ। गाड़ी चलाते हुए फोन पर बात कर नहीं सकते। रेडियो

सुनने में मजा नहीं आता। ऐसे में इन दिनों बहुत जगह मैं टैक्सी में चल रहा हूँ या फिर दफ्तर की गाड़ी में।

कल मुझे किसी से मिलने जाना था और मैंने दफ्तर से गाड़ी ले ली। गाड़ी में मैं कल भी ड्राइवर की बगल में यानी आगे की सीट पर बैठा।

संजय सिन्हा अपनी आदत से बाज तो आने वाले नहीं। बस, कल फिर ड्राइवर से बातचीत शुरू हो गई।

"क्या नाम है तुम्हारा?"

"राजेश कुमार।"

"कहाँ के हो?"

"बनारस के पास एक गाँव है।"

"शादी हो गई?"

"नहीं, सर।"

"फिर अकेले हो?"

"बचपन से ही अकेला हूँ, सर।"

अब कहानी में ट्विस्ट आ चुका था। राजेश बचपन से अकेला है, इसका क्या मतलब?

"साहब, मेरे पिता दूसरे शहर में सरकारी नौकरी करते थे। मैं माँ के साथ गाँव में था। गाँव में और रिश्तेदार थे, पर किसी से ज्यादा संबंध नहीं था। गाँव का हाल तो आप जानते ही हैं। जब मैं बहुत छोटा था, एक दिन मेरी माँ बहुत बीमार हो गई। पिताजी माँ को देखने आए थे। फिर माँ मर गई। मैं बहुत रोया। पिताजी कुछ दिन गाँव में रुके, फिर शहर चले गए। मुझे नहीं पता कि वो मुझे किसके पास गाँव में छोड़ गए थे। मैं कैसे पलता रहा, पता नहीं। मैं पिताजी के लिए बहुत रोता था। पर पता नहीं क्यों पिताजी मुझे अपने साथ शहर नहीं ले गए।

मैं बड़ा होता रहा। गाँव के स्कूल में कुछ-कुछ पढ़ाई भी हुई। पर सब रुका सा था। फिर एक दिन पता नहीं किसके साथ रेलगाड़ी में बैठकर दिल्ली चला आया। यहाँ बस में किसी ने खलासी का काम दे दिया। खलासी बनने का फायदा ये हुआ कि पूरी दिल्ली देख ली। बस वाले ने ही बस की ड्राइवरी सिखा दी। ऐसे कई साल गुजर गए।

फिर मुझे यहाँ आपके ऑफिस में ड्राइवर का काम मिल गया।

"पिताजी?"

"यही तो दु:ख है कि पिताजी अब रिटायर होने के बाद गाँव चले आए हैं। वो चाहते हैं कि मैं उन्हें अपने पास दिल्ली ले आऊँ। सर, जब तक वो शरीर से सक्षम थे, उन्होंने घर में किसी को नहीं देखा। अब बूढ़े होने के बाद वो चाह रहे हैं कि मैं उन्हें अपने पास रखूँ। पर मेरा मन ही फट गया है। अब मेरा मन उन्हें अपने साथ रखने का नहीं है। मैं नहीं चाहता कि वो मेरे पास आएँ। वो मुझे रात-दिन शाप देते हैं। खैर...आप बताइए सर, मुझे क्या करना चाहिए?"

मैं चुप था।

मैं कुछ बोल ही नहीं पा रहा था। मेरे पास कोई जवाब नहीं था। आपके पास हो तो जरूर जवाब दीजिएगा। राजेश आज फेसबुक पर अपनी कहानी पढ़ेगा।

अब संजय सिन्हा ने पहली कसम खाई है कि अब वो ड्राइवर की बगल में बैठकर उसकी कहानी नहीं सुनेंगे।

बहुत दु:ख होता है ऐसी कहानियाँ सुनकर। बहुत दु:ख होता है किसी के दरकते रिश्तों की कहानी सुनकर।

रिश्ता सिर्फ दिल की धड़कनों का नाम भर नहीं। रिश्ते जिम्मेदारी भी होते हैं। जिम्मेदारी एक पिता होने की, जिम्मेदारी एक पुत्र होने की।

□

जो है, वो था

स्कूल में मास्टर साहब मुझे पढ़ाते थे कि सूरज की जो किरणें धरती पर पहुँचती हैं, वो आठ मिनट पुरानी होती हैं। ऐसी बातों पर मुझे हैरान होना ही होता था।

"आठ मिनट पुरानी? मतलब सूरज की जिस पहली किरण को हम यहाँ सुबह-सुबह देखते हैं, महसूस करते हैं, वो पहले घटी हुई घटना है?"

"हाँ, पर तुम इतना चौंक क्यों रहे हो, संजय सिन्हा?"

"सर, ये तो बहुत ही हैरान करनेवाली जानकारी है। सूरज का अतीत हमारा वर्तमान है।"

"बिल्कुल सही। इसे समय कहते हैं।"

संजय सिन्हा थोड़ा समझते, थोड़ा उलझते। मैं अपने मन में प्रश्नों का पुलिंदा बनाकर स्कूल से घर लौटता और आते ही माँ के सामने सवालों के उस पुलिंदे को खोल देता।

"माँ, मास्टर साहब कह रहे थे कि सूरज की पहली किरण हम तक पहुँचती है, वो आठ मिनट पुरानी होती है।"

"मास्टर साहब बिल्कुल सही पढ़ा रहे थे बेटा। ये तो सूरज है, जो पृथ्वी के बहुत पास है। ब्रह्मांड में लाखों ऐसे सितारे हैं, जिन्हें तुम रात में टिमटिमाते हुए देखते हो, मुमकिन है कि उनमें से ढेरों सितारे उल्का पिंड बनकर सैकड़ों-हजारों साल पहले खत्म हो चुके हों।"

"पर माँ, जो है ही नहीं, वो नजर कैसे आता है?"

माँ भी मास्टर साहब की तरह कहती, "इसी को समय कहते हैं।"

"ओह माँ, समय क्या है?"

मेरे प्यारे संजय बेटा, समय दूरी नापने की एक इकाई है। जैसे सूरज से पृथ्वी की दूरी

प्रकाश वर्ष में नापते हैं। मतलब सूरज की किरण जो आठ मिनट में धरती तक पहुँचती है, उससे सूरज की दूरी नापते हैं। ऐसे ही हम सभी ग्रहों की दूरी आपस में नाप पाते हैं।

"पर माँ, आप कह रही हैं कि हजारों टिमटिमाते तारे, जिन्हें हम रात में देखते हैं, वो असल में उस रात की टिमटिमाहट नहीं होती?"

"हाँ, जिन्हें तुम उस पल देख रहे होते हो, उस पल की टिमटिमाहट नहीं होती। उनकी टिमटिमाहट हम तक पहुँचने में कितना वक्त लगता है, इससे उनकी दूरी का पता चलता है। हम जिस चीज को भी देखते हैं, उसे हमारी आँखों तक पहुँचने में एक समय लगता है। मतलब जो घटना उस वक्त घटती है, कोई जरूरी नहीं है कि वो उसी वक्त घटी हो।"

माँ उस दिन दर्शन की ऐसी बातें कर रही थी कि मैं हैरान था।

"इसका मतलब ये कि मैं आपको देख रहा हूँ, तो क्या मैं आपको इसी वक्त नहीं देख रहा?"

"मुमकिन है, बेटा। हो सकता है कि बहुत बारीक मशीन से अगर हमारे तुम्हारे बीच की दूरी नापी जाए, तो ये दूरी सेकेंड के लाखवें हिस्से की हो सकती है। मतलब तुम जो मुझे देख रहे हो, या मैं जो तुम्हें देख रही हूँ, वो देखना सेकेंड का हजारवाँ हिस्सा पुराना हो सकता है। ठीक वैसे ही जैसे सूरज जब तुम्हें दिखना शुरू होता है, उस वक्त वो वही सूरज नहीं होता। सूर्य आसमान में उदित होने के आठ मिनट बाद तुम्हें दिखता है। और जब शाम को वो पूरी तरह डूब चुका होता है, उसके आठ मिनट बाद तक तुम्हें दिखता रहता है।"

"इसका मतलब तो ये कि अगर किसी तारे पर जिंदगी हो और वहाँ से पृथ्वी तक देख पाने में पाँच हजार साल का समय लगता हो, तो वहाँ से कोई चाहे तो आज भी हस्तिनापुर में महाभारत का युद्ध होता हुआ देख सकता है?"

माँ बिना हैरान हुए कहती, "बिल्कुल। ये मुमकिन है। यही समय है। हमारे यहाँ इसे ही भूत, वर्तमान और भविष्य कहते हैं। कई ज्योतिषी, जो किसी का अतीत बता देते हैं, वो कुछ खास नहीं करते। वो बीते हुए समय की दूरी में अपने ज्ञान के बल पर पहुँच जाते हैं और जो घटना घट चुकी है, उसे घटते हुए देखकर हमें बता देते हैं कि आपके साथ ऐसा हुआ है। मतलब हमारे साथ जो कुछ घट चुका है, वो किसी और टाइम जोन में उस वक्त घट रहा होता है। ठीक वैसे ही कई बार ज्योतिषी हमें भविष्य की बातें बता देते हैं। मतलब ये कि जो हमारे साथ घटने वाला है, उसे वो पहले से घटते हुए देख लेते हैं।"

"माँ, फिर तो न कुछ घट चुका है, न कुछ घट रहा है और न ही कुछ घटेगा। इसका

अर्थ तो ये हुआ कि सबकुछ पहले से तय है, हम सिर्फ किसी काल खंड में समय के गवाह भर हैं।"

माँ मेरे सिर पर हाथ फेरती, "मेरे बेटा, अभी तुम छोटे हो ऐसी बातें सोचने के लिए।"

बहुत दिनों के बाद माँ बीमार हो गईं। बहुत बीमार। डॉक्टरों ने पिताजी से कह दिया था कि अब वो नहीं रहेंगी।

मैंने माँ से पूछा था, "क्या एक दिन आप हम सबको छोड़कर चली जाएँगी?"

माँ ने मुस्कुराते हुए कहा था, "नहीं, कभी नहीं जाऊँगी। वो तो समय का एक हिस्सा भर होगा।"

माँ चली गई थी। पर मैं जानता था कि माँ कहीं नहीं गई। मैं जब चाहूँ, समय के उस खंड की यात्रा कर माँ को देख सकता था। महसूस कर सकता था। ठीक वैसे ही जैसे किसी तारे पर बैठा कोई एक दूरबीन की मदद से आज भी हस्तिनापुर में कृष्ण को गीता का ज्ञान देते हुए देख और सुन सकता है, एकदम लाइव। ठीक वैसे ही जैसे हम हजारों सितारों को टिमटिमाते हुए देखते हैं, रोज।

मैं बड़ा हो गया। फिर मेरी शादी हो गई। आज के दिन ही मेरी शादी हुई थी। पर वो आज का दिन तो मेरे लिए है। जो टाइम जोन के पिछले हिस्से को देख सकते हैं, वो बता सकते हैं कि मेरी शादी तो हजारों साल पहले ही हो गई थी। जो अगले हिस्से को देख सकते हैं, वो यही कहेंगे कि अभी शादी होनी है। एक ही घटना अलग-अलग टाइम जोन में अलग-अलग समय पर दिखती है। जो अतीत है, वो कहीं वर्तमान है। जो वर्तमान है, वही कहीं भविष्य है।

सब पहले से तय है। सब पहले से घट चुका है।

माँ कहती थी कि रिश्ते कई-कई जन्मों के होते हैं। कई-कई जन्म, मतलब अलग-अलग टाइम जोन। कई-कई जन्म, मतलब प्रकाश वर्ष। कई-कई जन्म मतलब अलग-अलग समय।

जो समय को पहचान लेता है, उसके लिए जिंदगी आसान हो जाती है। ठीक वैसे ही, जैसे हम फिल्म देखते हुए ये समझते हैं कि ये फिल्म है। एक ऐसी फिल्म, जिसे जो व्यक्ति जब देख रहा होता है, उसके लिए वही वर्तमान होता है। जिसने पहले देख लिया, उसके लिए वो अतीत हो गया। और जिसने कल देखनी है, उसके लिए वो भविष्य है। सबकुछ वही रहता है, बस एक गुरु की जरूरत होती है, जिंदगी के सत्य को समझने के लिए।

□

असली करेंसी

अपने प्यार की कहानी सुनाते हुए मैं कई बार लोगों को ये बताता हूँ कि जब मेरी शादी नहीं हुई थी, तब एक दोपहर मैं अपनी होनेवाली पत्नी के इंतजार में दिल्ली के आई.टी.ओ. चौराहे पर घंटों खड़ा रहा था। मेरी होनेवाली पत्नी ने मुझसे मिलने के लिए जो समय दिया था, उस समय का उसने पालन नहीं किया था। उसने इस बात की परवाह नहीं की कि कोई उसका इंतजार कर रहा है।

खैर, वो आई थी। काफी इंतजार के बाद आई थी।

मेरी होनेवाली पत्नी जब पहली बार मुझसे मिलने आई थी, तब उसने समय का पालन नहीं किया था। पहली बार मुझे लगा था कि उसे सिर्फ आज आने में देर हो गई, पर उसके बाद भी वो कभी समय पर नहीं आई। धीरे-धीरे मुझे आदत पड़ गई। हालाँकि उसकी इस आदत का सबसे बड़ा खामियाजा हमें अमेरिका में तब भुगतना पड़ा था, जब एक बार उसके दाँत में दर्द हुआ था। हमने डॉक्टर से मिलने का समय माँगा था, डॉक्टर ने हमें सुबह का वक्त दिया था।

उस दिन हमारे शहर में खूब बर्फ गिर रही थी। हम बहुत मुश्किल से तैयार होकर घर से निकले। हम कुछ देर से डॉक्टर के पास पहुँचे। डॉक्टर ने मेरी पत्नी को उस दिन देखने से मना कर दिया। उसने कहा कि आप तय समय पर नहीं आई हैं, अब दूसरे मरीज को देखने का समय हो गया है। मेरी पत्नी को बहुत हैरानी हुई थी। मैंने डॉक्टर से कहा था कि आप देख तो रहे हैं कि बाहर कितनी बर्फ गिर रही है। ऐसे में गाड़ी चलाने में मुश्किल आ रही थी और इसीलिए देर हुई।

डॉक्टर ने बहुत संयत होकर कहा था कि बर्फ तो मेरे लिए भी गिर रही थी। पर मैं तो समय पर आया था।

हमें थोड़ी शर्मिंदगी तो हुई थी, पर पहली बार लगा था कि समय की क्या कीमत होती है।

दो दिन पहले मेरे बेटे को आई.आई.टी. के हॉस्टल से घर आना था और घर से कुछ सामान लेकर उसे दुबारा हॉस्टल लौटना था। उसने माँ के साथ एक समय तय किया था कि इतने बजे मैं घर आऊँगा, आपसे मिलूँगा, फिर मुझे कॉलेज लौटना होगा। माँ-बेटे की इस मुलाकात के समय के बारे में मुझे पता था।

मेरी पत्नी ने पता नहीं कैसे समय का हिसाब लगाया और उसने तय किया कि वो बाजार से कुछ सामान लेकर समय पर घर लौट आएगी।

माँ-बेटे के बीच मुलाकात का वक्त पाँच बजे शाम का तय हुआ था। पर दिल्ली का ट्रैफिक भला किस समय का पालन करता है?

मेरी पत्नी को घर पहुँचने में आधे घंटे की देर हो गई। मैं दफ्तर में था।

ठीक पाँच बजे बेटे का फोन आया कि पापा मम्मी घर पर नहीं है।

मैंने कहा कि फोन कर लो। उसने कहा कि फोन नहीं उठा रही है। मैं समझ गया था कि पत्नी कहीं चली गई होगी और यही सोचकर गई होगी कि वो दस मिनट में लौट आएगी और लौट नहीं पाई। रही बात फोन की तो महिलाएँ फोन अपने पर्स में रखती हैं और बाहर कई बार फोन की घंटी सुनाई नहीं देती।

अब क्या हो?

मैंने कहा कि तुम कुछ देर रुको। मैं बात करने की कोशिश करता हूँ। बेटे ने कहा कि उसे कॉलेज में एक प्रोजेक्ट सबमिट करना है, इसलिए वो रुक नहीं पाएगा, बल्कि दुबारा चला आएगा।

मैंने उससे कहा कि तुम देख लो।

मैं चाह रहा था कि बेटे से कुछ देर फोन पर बात करता रहूँ, ताकि उतने समय में पत्नी घर पहुँच जाए।

बेटे से मैं कुछ-कुछ बातें कर रहा था। मैंने उससे कहा कि तुम कॉलेज जाओगे, फिर आओगे, इसमें तो टैक्सी के काफी पैसे खर्च होंगे। आदमी को पैसे बचाने चाहिए। बेटा मेरी बात सुन रहा था।

फिर उसने धीरे से कहा, "पापा, टैक्सी वाला जो करेंसी लेता है, उसकी भरपाई आदमी जिंदगी में कई बार कर लेता है। पर सच ये है कि समय सबसे बड़ी करेंसी है। बहुत से लोग धीरे-धीरे इस सच को जान पाएँगे कि समय से बढ़कर कोई दूसरी करेंसी नहीं। आदमी के पास सबकुछ होगा, समय नहीं होगा।"

हमारी बातचीत के बीच पत्नी घर लौट आई थी।

पर मैं बहुत देर तक सोचता रहा। सचमुच समय से बढ़कर कोई और करेंसी नहीं। जिंदगी भर मैं अपने बेटे को ज्ञान देता रहा। पर उस दिन बेटे ने मुझे जो ज्ञान दिया, उसने मेरी आँखें खोल दीं।

मैं कई लोगों की कहानियों को याद करने लगा।

अमिताभ बच्चन अगर किसी से मिलने का समय देते हैं, तो वो दो मिनट पहले पहुँचते हैं। अक्षय कुमार कहीं भी मिलने का वादा करें, वो समय को मिनट दर मिनट फॉलो करते हैं। मैं बहुत से कामयाब लोगों से मिलता हूँ। अधिकतर लोग, जो कामयाब हैं, वो समय का ध्यान रखते हैं।

सत्य यही है कि समय से बढ़कर कुछ भी नहीं।

□

दुःख और कारण

कल मैं जब दफ्तर से घर लौटा तो खाना खाकर आया था। पत्नी एक दिन के लिए बाहर गई है। बेटा हॉस्टल में है। मतलब मैं अकेला था और ऐसे में यही समझिए कि रात में बिल्कुल नहीं सो पाया। कल कमरे में बहुत गर्मी लगी। कल ही मेरे कमरे में नया एसी लगा है। मैंने एसी को ऑन किया और बिस्तर पर लेट कर कुछ पढ़ने की कोशिश करने लगा। कुछ देर में मेरा ध्यान कमरे के तापमान पर गया तो महसूस किया कि गर्मी है। मतलब एसी से ठंडी हवा नहीं आ रही।

एसी के रिमोट पर मैंने कुछ-कुछ बटन दबाए, हवा तेज और धीमी होती रही, पर ठंडी नहीं हुई।

अब मैं बिस्तर से उठकर बैठ गया। मैंने एसी का मैनुअल निकाल कर पढ़ना शुरू कर दिया। एक-एक पन्ना पढ़ता, रिमोट पर बटन दबाता, एसी के ऊपर लगी बत्ती में मुझे कुछ-कुछ हरकत होती दिखती, पर ठंडी हवा नहीं आती।

अब मेरे लिए ये बहुत बड़ा टास्क हो गया कि आखिर नया एसी ठंडा क्यों नहीं कर रहा? जिस दुकान से एसी खरीदा था, उससे तो अब सुबह ही बात हो सकती थी। फिर मैंने कंप्यूटर ऑन करके उस कंपनी का नंबर ढूँढ़ना शुरू किया, जिसका एसी है। काफी ढूँढ़ने के बाद उसका नंबर मिला भी, पर वहाँ से भी यही पता चला कि सुबह ही बात हो सकती है।

अब क्या करूँ। ये तो धोखा है। नया एसी खरीदा। सोचा कि दिल्ली की गर्मी में ठंडी-ठंडी हवा खाऊँगा, पर यहाँ तो गर्म-गर्म हवा निकल रही है।

कभी बिस्तर पर इधर करवट बदलता, कभी उधर। समझ में नहीं आ रहा था कि क्या करूँ। मन वैसे ही दुःखी था कि नया एसी ठीक से काम नहीं कर रहा है। इसी दुविधा में रात आधी से ज्यादा बीत गई। मैंने सोचा कि कंप्यूटर पर कुछ पढ़ लेता हूँ, शायद नींद आ जाए। पर गरमी में नींद कैसे आए?

सारी रात बैठा रह गया।

सुबह सोचा कि आपके लिए कोई कहानी लिखूँ, पर मैं प्रेमचंद थोड़े न हूँ कि खाली पेट की भूख को तकिए से दबाकर कहानी लिखूँ। रातभर अकेला बैठकर चिड़चिड़ करता रहा।

साढ़े छह बजे पत्नी का फोन आया, "गुड मॉर्निंग, संजय।"

"काहे की गुड मॉर्निंग?"

"क्या हुआ, मूड क्यों ऑफ है?"

"सारी रात सोया नहीं। एसी चला ही नहीं। गर्मी में बैठा रहा।"

"गर्मी में क्यों बैठे रहे। पूरा घर खाली है। किसी दूसरे कमरे में सो जाते।"

आएँ! ये तो मेरे ध्यान में आया ही नहीं कि इतने कमरे हैं, किसी और कमरे में सो जाता। पर अपनी झेंप मिटाने के लिए मैंने कहा कि दूसरे कमरे में मैं नहीं सोता। अपना कमरा ही अपना होता है।

पत्नी हँसने लगी। पूरा घर तुम्हारा है। एक कमरे में एसी नहीं चला, तो दूसरे कमरे में आराम से सो जाते। सुबह देखते कि क्या गड़बड़ी है। बेवजह अपनी रात खराब की।

मैं मन-ही-मन बहुत झेंपा हुआ था। पर आसानी से हार मानने का मन नहीं था। मैंने कहा कि वो तो ठीक है, पर...।

"पर क्या? पूरी रात गरमी में रहे, चिड़चिड़ करते रहे। समस्या का समाधान ठंडे मन से ढूँढ़ना चाहिए। तुम जानते थे कि रात में न तो सर्विस सेंटर खुला होगा, न दुकान। जो होना था, सुबह ही होना था, फिर उसके लिए इतनी माथापच्ची की जरूरत क्या थी?"

मेरी पत्नी ने बात सौ फीसदी सही कही थी। मैंने फिर वही तर्क दिया,
"मेरा कमरा...।"

पत्नी ने फिर हँसते हुए कहा कि चलो तुम्हारा कमरा... तुम एसी बंद कर देते, सारी खिड़कियाँ खोल देते और फिर सो जाते।

"पर एसी का क्या?"

"एसी का कुछ नहीं। उसका जो होना था, सुबह ही होना था। एसी इतनी बड़ी चीज नहीं है कि तुम एक भी रात उसके लिए परेशान रहो। सच कहूँ तो जिंदगी में कोई भी समस्या इतनी बड़ी नहीं होती, जिसके लिए तुम अपनी नींद, अपनी खुशी खराब करो।" वो गौतम बुद्ध की मुद्रा में फोन पर मुझे ज्ञान दे रही थी कि दुनिया में दुःख है, दुःख

का कारण है, उसका निवारण है। दुःख का कारण है दुःख को जीने लगना। दुःख को तुरंत छोड़ दो। दुःख का सामना करना पड़ता है, पर सही समय देखकर।"

पत्नी ने कहा कि चाय पी लो, कहानी लिख लो, मैं कुछ देर में आ जाऊँगी। पर इससे पहले तुम सो लेना।

अब मैं दूसरे कमरे में बैठा हूँ, ठंडी-ठंडी हवा खा रहा हूँ। कल रात की पूरी कहानी आपको सुना चुका हूँ। इस उम्मीद में सुनाई है कि आप इस सत्य को समझेंगे कि दुनिया में दुःख होता है। दुःख का कारण होता है तो इसका निवारण भी होता है।

दुःख का कारण है, दुःख को जीने लगना। निवारण है, दुःख को छोड़ देना।

दुःख का सामना करना चाहिए, पर समय देखकर।

□

मन की खुशी

कल दफ्तर से छुट्टी थी। पत्नी ने सुबह ही पूछ लिया था कि संजय, तुम्हारा कोई प्रोग्राम तो नहीं है न? मैंने बिना कुछ सोचे समझे कह दिया था कि आज मैं एकदम फ्री हूँ। कोई काम नहीं।

मेरे मुँह से इतना निकलना था कि पत्नी खुश हो गई। कहने लगी कि आज तुम मेरा एक काम कर दो। तुम मेरे साथ शाम को मेरी सहेली अर्चना के घर चलना।

"अर्चना के घर, मेरा क्या काम?"

"अर्चना की शादी की बात करने। अर्चना दुविधा में है कि शादी करे या न करे। तुम उसे समझा सकते हो। तुम उसे समझा सकते हो कि उसे अब शादी कर लेनी चाहिए। लड़का सिंगापुर में रहता है। लड़का भी उसी की उम्र का है और उसकी भी शादी नहीं हुई है। ऐसे में ये जोड़ी ठीक रहेगी।"

मैं अर्चना को जानता हूँ। वो मेरी पत्नी की सहेली है। हमारे घर भी आती रहती है। हिंदुस्तान में लड़कियों की शादी की जो सामान्य उम्र लोगों ने तय कर रखी है, उसे वो पार कर चुकी है और अब तक उसकी शादी नहीं हुई है। कई बार घरवालों की लेटलतीफी या फिर कोई उचित मैच के नहीं मिल पाने के कारण शादी में देर हो जाती है। और जितना मुझे पता है, वो अब मानसिक रूप से बिना शादी के खुश रहने लगी है। वो अपनी जिंदगी अपने ढंग से जीने लगी है। वो अपना काम करती है, आर्थिक रूप से पूरी तरह आत्मनिर्भर है और खुद को पूरी तरह फिट रखती है। वो योगा करती है, जिम जाती है और अपने ढंग से अपना छोटा सा बिजनेस भी सँभालती है।

सच तो ये है कि अब वो अपने घरवालों को भी सँभालती है।

पर वो जहाँ कहीं भी जाती है, लोग उससे सीधे-सीधे पूछ लेते हैं कि शादी कब करोगी? वो मेरी पत्नी की पक्की सहेली है और मेरी पत्नी भी इधर-उधर नजर रखती है कि कहीं कोई अच्छा लड़का मिल जाए तो वो उससे उसकी शादी की बात चलाए।

मैं कहानियाँ सुना-सुनाकर कई लड़कियों की शादी करा चुका हूँ। मेरी पत्नी ने मुझे इतना महत्त्वपूर्ण काम दिया तो मैं आश्वस्त था कि मैं अर्चना से मिलकर उसे शादी के लिए समझा लूँगा।

मैंने पत्नी से कहा कि जब इतना अच्छा लड़का मिल गया है तो फिर अर्चना को सोचना भी क्यों? उसे तो तुरंत हाँ कर देनी चाहिए।

"मैंने कहा न वो दुविधा में है। वो कह रही थी कि शादी की उम्र निकल गई है। वो अकेले खुश है। उसकी जिंदगी अपने हिसाब से बिल्कुल ठीक से चल रही है। और सबसे बड़ी बात ये कि सबकी शादी क्यों होनी चाहिए?"

"ठीक है, मैं शाम को चलूँगा। मैं अर्चना को समझाऊँगा कि शादी क्यों जरूरी है। उसे क्यों शादी कर लेनी चाहिए। मेरे समझाने से वो एक बार में समझ जाएगी।"

शाम को हम तय समय पर अर्चना के घर पहुँचे। उसने हमारा स्वागत किया। रात में खाना भी वहीं खाना था, पर हम कॉफी पीते हुए ही शादी की बात करने लगे। मैंने अर्चना को समझाया कि तुम कब तक अकेली रहोगी? माँ-बाप अभी तुम्हारे साथ हैं। पर एक दिन वो नहीं रहेंगे। फिर तुम एकदम अकेली पड़ जाओगी। शादी करके तुम एक से दो तो हो जाओगी। पर असल में तुम दो लोग मिलकर संपूर्ण भी हो जाओगे। मैं कॉफी की चुस्की लेते हुए एकदम संजय सिन्हा वाले स्टाइल में ज्ञान दे रहा था। मेरे पास न जाने कितनी लड़कियों की शादी कराने का अनुभव था। अपनी शादी का, अपनी साली की शादी का, अपने दोस्त की बहन की शादी का। मैं एकदम आश्वस्त था कि अर्चना के दिल तक मेरी बात पहुँच रही होगी। जब तक हम खाना खा रहे होंगे, अर्चना कम-से-कम उस लड़के से मिलने के लिए तैयार हो जाएगी।

अर्चना मेरी बातें सुनती रही। फिर उसने मुझसे कहा कि भैया, अब शादी की उम्र ही निकल चुकी है। मैंने उस लड़के से फोन पर बात की थी। मैंने उससे पूछा था कि शादी क्यों करनी है? बातचीत से मुझे ऐसा लगा कि वो परिवार बढ़ाने की चाहत रखता है। पर अब इस उम्र में ये सब संभव नहीं और अगर संभव हो भी तो चाहत नहीं। अब इस उम्र में ऐसी जिम्मेदारी लेने का मन नहीं। इन बातों के लिए तो देर हो ही चुकी है।

मैं उसे अमेरिका की कहानी सुनाने लगा। वहाँ तो लोग काफी उम्र बीत जाने के बाद भी शादी करते हैं।

अर्चना ने कहा कि वहाँ तो लोग कई-कई बार शादी करते हैं। एक से नहीं बनी, तो डाइवोर्स। पर हमारे यहाँ ऐसा नहीं होता। और आपने ही तो अभी एक कहानी लिखी थी कि हिंदुस्तान में शादी के बाद तलाक की गुंजाइश ही नहीं। इतना कहने के साथ

ही वो हँस पड़ी।

मैं गंभीर था। मैंने उससे पूछा कि क्या तुम शादी के बाद नए रिश्ते की जिम्मेदारी से घबरा रही हो?

अर्चना अचानक गंभीर हो गई। उसने बहुत संजीदगी से कहा, "भैया, मैं किसी रिश्ते की जिम्मेदारी से नहीं घबराती। मैं जानती हूँ कि मेरी शादी अगर उससे हो जाएगी तो मैं हर हाल में उसे खुश रख सकती हूँ। मैं उसकी हर कसौटी पर खरी उतरूँगी, मुझे इस बात पर रत्ती भर संदेह नहीं। मैं अपनी सभी जिम्मेदारियों को निभा लूँगी और इसका भरोसा भी दे सकती हूँ कि उसे मुझसे कभी किसी बात की तकलीफ नहीं होगी।"

"फिर दुविधा कहाँ है?"

"मेरे मन में सिर्फ इतना सवाल है कि क्या मैं खुश रह पाऊँगी? मैं खुशी देने की गारंटी ले सकती हूँ, पर खुद खुश रहने की गारंटी मेरे पास नहीं। बस यही मेरी दुविधा है। मैं ढेरों लड़कियों को जानती हूँ, जिन्होंने शादी के बाद अपनी सारी खुशियों को पति और ससुराल पर न्योछावर कर दिया। पर वो खुद खुश नहीं। सच कहूँ तो कइयों को ठीक से पता भी नहीं कि खुशी क्या होती है? वो शादी के बाद बच्चा पालने और रसोई सँभालने में लग गईं। हमारे यहाँ अधिकतर लोग सिर्फ इसलिए शादी करते हैं, क्योंकि सबकी शादी होती है। भैया, मेरी दुविधा इतनी सी है कि क्या मैं खुश रह पाऊँगी? अगर नहीं, तो फिर शादी करने का कोई फायदा नहीं। मैं सबकुछ निभा भले लूँ। पर मेरा खुश रहना भी मेरे लिए बहुत जरूरी है।"

मैं चुप था।

मन में ढेरों सवाल उठने लगे थे। हम में से कितने लोग ये सवाल खुद से पूछते हैं कि क्या हम खुश हैं?

खुद खुश रहना बहुत जरूरी होता है। जो खुश रहते हैं, वही खुशी दे सकते हैं। दु:खी आदमी दु:ख बाँटता है, खुश आदमी ही खुशी बाँटता है। लड़कियों की शादी में हम लड़के की नौकरी, उसका परिवार देखते हैं और शादी करके खुद को जिम्मेदारी से मुक्त कर लेते हैं। काश हम ये देखने और समझने की कोशिश करते कि लड़की खुश भी है या सिर्फ रिश्तों को निभाती चली जा रही है?

मैं अर्चना के घर से लौट आया। पर मन में ढेरों सवाल लिये हुए।

क्या मेरी पत्नी मुझसे खुश है? मैं उसकी खुशी के लिए क्या करता हूँ? मैंने उससे आखिरी बार कब पूछा था कि तुम खुश तो हो न? वो मेरा ध्यान रखती है, मेरे लिए खाना बनाती है, घर की देखभाल करती है। बेटा जब तक स्कूल में रहा, उसका

होमवर्क कराती रही। मेरे पिता और भाई जब तक हमारे साथ रहे, वो उनकी देखभाल करती रही। बाजार जाती है तो अपने लिए एक सामान खरीदने से पहले कई बार देखती है कि कहीं महँगा न हो। मेरे लिए कुछ भी खरीदना हो तो तुरंत तैयार हो जाती है। मुझे सर्दी-खाँसी होती है तो सारी रात मेरी सेवा में लग जाती है। काढ़ा बनाने से लेकर पीठ पर विक्स लगाने तक। पर उसे सर्दी होती है तो मैं इतना भी नहीं पूछता कि विक्स लगा दूँ क्या? मैं इतना ही कहता हूँ कि सर्दी है, ठीक हो जाएगी।

मैं संजय सिन्हा, कल से सोच रहा हूँ कि अर्चना ने जो कहा, क्या सभी लड़कियाँ ऐसा ही करती हैं कि वो जिससे रिश्ता जोड़ लेती हैं, उससे निभा जाती हैं, बिना अपनी खुशी के बारे में सोचे हुए।

"मेरे रंग में रँगने वाली,
परी हो या हो परियों की रानी,
या हो मेरी प्रेम कहानी,
मेरे सवालों का जवाब दो।
दो न।"

□

बीमारी का बाजार

मेरे गाँव में एक महिला सिर पर मटका लेकर घूमती थी और कहती, "दही ले लो, दही। मीठा और ताजा दही। पेट को ठंडक पहुँचाने वाला दही।"

मैं माँ से पूछता था कि माँ, ये दही सिर पर लेकर क्यों घूमती है? माँ कहती कि ये दही बेच रही है, बेटा।

"माँ, ये दही क्यों बेच रही है?"

"इसके पास गाय है। गाय दूध देती है। हमारे घर जो दूध आता है, वो भी यही बेचती है। तुमने देखा होगा, सुबह दूधवाला आता है बाल्टी में दूध लेकर। वो इस दही वाली का पति है। जब दूध बच जाता है, तो उसका दही बना देते हैं और फिर दही बेचते हैं।"

"और दही बच जाए तो?"

"तो उसका घी बना देते हैं। फिर घी बेचते हैं। यही बिजनेस है।"

मेरी माँ ने अर्थशास्त्र की पढ़ाई नहीं की थी। पाँच साल के संजय सिन्हा को बिजनेस का मतलब नहीं पता था। लेकिन उस साल गाँव जाकर पहली बार मैं बिजनेस का मतलब समझ रहा था। मैं समझ रहा था कि जिसके पास गाय होती है, वो पहले दूध बेचता है। दूध से मुनाफा कम हो तो दही बेचता है और अधिक पैसे चाहिए तो वही घी भी बेचता है।

जैसे-जैसे थोड़ा बड़ा होता गया, मैंने सुना कि दूधवाला दूध में अब पानी मिलाकर दूध बेचने लगा है। इससे कम दूध ज्यादा बन जाता है। वाह! क्या बिजनेस है।

संजय सिन्हा के लिए यहाँ तक तो ठीक था। पर बहुत बाद में मैंने सुना कि दूध वाला दूध में यूरिया और पता नहीं क्या-क्या मिलाने लगा है, जिससे दूध की मात्रा और बढ़ने लगी थी।

मैंने माँ से पूछा था कि "माँ, क्या ये भी बिजनेस है ?"

माँ कहती कि नहीं बेटा, "ये चोरी है, बेईमानी है। अपराध है। दूध, दही, घी बेचना बिजनेस है, लेकिन झूठ बोल कर या उसमें मिलावट करके बेचना अपराध है।"

पहली बार मैंने अपराध का मतलब समझा था।

माँ की पाठशाला में पढ़ते-पढ़ते संजय सिन्हा जिंदगी के पाठ को समझ रहे थे।

"पर माँ, दूधवाले का घर तो बहुत बड़ा हो गया है। उसने कई और गाय पाल ली हैं। अब वो दूध की मिठाई भी बनाने लगा है। उसका बिजनेस बढ़ गया है।"

माँ कहती थी कि जिस पैसे को बेईमानी से कमाया जाता है, वो पैसा अच्छा नहीं होता। माँ ये भी कहती थी कि अधिक की कोई सीमा नहीं होती है, संतोष की सीमा होती है। आदमी को संतोष के साथ जीना चाहिए। दूसरों को धोखा देकर कमाया गया पैसा कभी फलता नहीं।

वो माँ थी। उसकी अपनी समझ थी। पर माँ के दिए एक-एक ज्ञान को मैंने जिंदगी में आत्मसात् कर लिया था। मैं गाँव से शहर चला आया था। मुझे नहीं पता कि उस दूधवाले का क्या हुआ ? बेईमानी से कमाया उसका पैसा उसे फला या उसे ले डूबा, ये भी मुझे नहीं पता।

पर कल मैं दफ्तर में बैठा था और मेरे पास एक रिपोर्ट आई, जिसमें लिखा था कि भारत में स्वास्थ्य सेवा का कारोबार अगले सात वर्षों में करीब चार सौ अरब डॉलर का हो जाएगा।

चार सौ अरब डॉलर कितने रुपए होते हैं, इसे आप अपने कैलकुलेटर पर कैलकुलेट करते रहिए, मैं तो नहीं कर पाऊँगा। लेकिन मैं इतना कह सकता हूँ कि इस खबर को पढ़ने के बाद मैं सिहर उठा था।

मुझे नहीं पता कि ऐसे आँकड़े कौन जुटाता है। पर जिन लोगों को इस तरह के आँकड़े जुटाने की जिम्मेदारी दी गई है, उन लोगों के मुताबिक अगले तीन वर्षों में भारत में बूढ़े लोगों की संख्या करीब तेरह करोड़ बढ़ जाएगी और तीस करोड़ से अधिक लोगों पर नई बीमारियों से मरने का खतरा मँडराने लगेगा। अस्पताल की माँग खूब बढ़ेगी और मेडिकल बीमा का कारोबार खूब फलेगा-फूलेगा।

मेडिकल क्षेत्र में ढेर सारी नौकरियों की गुंजाइश बढ़ेगी। भारत के पास ढेर सारी विदेशी मुद्रा भी आने लगेगी।

कोई भी इस रिपोर्ट को पढ़ेगा तो खुश होगा कि भारत मेडिकल के क्षेत्र में बहुत तरक्की

करने जा रहा है। पर मैं दु:खी हो गया।

मैं मन में सोचने लगा कि पहले एक आदमी डॉक्टर बना होगा। फिर उसने दवा की दुकान खोली होगी। फिर अस्पताल भी उसी ने खोला होगा। बहुत दिनों के बाद मुमकिन है कि दवा की फैक्टरी भी उसी ने खोली होगी। बीमा का धंधा भी उसी ने शुरू किया होगा।

कुछ लोग बीमार पड़ते होंगे तो डॉक्टर के पास जाते होंगे। डॉक्टर उन्हें दवा देता होगा। धीरे-धीरे उसने अपने अस्पताल में मरीजों की भर्ती शुरू कर दी होगी। यहाँ तक तो सब ठीक रहा होगा।

पर एक ऐसा वक्त भी आ गया, जब उसे लगा कि और पैसे कमाने चाहिए तो वो बीमारी बेचने लगा।

लोग पेट खराब होने पर उस डॉक्टर के पास गए, उसने कहा कि कैंसर हो गया है। गैस से छाती में दर्द की शिकायत लेकर गए तो कहने लगा कि हार्ट फेल होनेवाला है।

आप सोच रहे होंगे कि संजय सिन्हा सुबह-सुबह उठकर गप मारने लगे हैं। बिल्कुल नहीं। मैंने आपको कालरा साहब की कहानी सुनाई है। वही कालरा साहब जिन्होंने पंद्रह साल पहले दिल्ली के एक नामी अस्पताल से मुझे फोन किया था कि उनकी बाईपास सर्जरी होनेवाली है। मैं चौंका था कि ऐसा क्या हो गया, तो कहने लगे कि रात में छाती में दर्द हुआ था, डॉक्टर के पास आया था। उन्होंने पूरी जाँच की है। और कहा है कि धमनियों में वसा जम गई है। ऑपरेशन होना ही एकमात्र उपाय है।

मैंने उन्हें उस दिन अस्पताल से बुला लिया था। कहा था कि जल्दी मत कीजिए। अगली सुबह उसी अस्पताल में उन्हें दुबारा भेजा था, कहा था कि अपना नाम कुछ और बताइएगा और कहिएगा कि इंश्योरेंस नहीं है। ऑपरेशन के लिए पैसे नहीं हैं। उनकी रिपोर्ट तब बिल्कुल ठीक आई थी। पंद्रह साल बीत गए हैं। कालरा साहब एकदम मस्त हैं। न छाती में दर्द हुआ, न दिल का ऑपरेशन।

मेरी साली को ऐसे ही एक सुबह पेट में दर्द हुआ था तो दिल्ली के एक पाँच सितारा अस्पताल ने कहा था कि अपेंडिसाइटिस हो गया है। तुरंत ऑपरेशन नहीं होने पर जान को खतरा है। वो अस्पताल में ही थी कि मैं वहाँ पहुँच गया। सेकेंड ओपिनियन के लिए मैं उसे वहाँ से अपने एक मित्र डॉक्टर के पास ले गया। उसने सारा चेकअप किया और कहा कि कुछ नहीं है, अपच की वजह से पेट में दर्द हुआ था। इस घटना को भी सत्रह साल बीत चुके हैं। मेरी साली भी एकदम मस्त है।

परसों मेरे घर एक परिचित आई थीं। बताने लगीं कि उनके एक जानने वाले के शरीर

में कई गाँठ बन गई थी, डॉक्टर ने कहा कि कैंसर हो गया है। वो इतना डरा रहे थे कि कोई भी घबरा जाए। पर मरीज ने कहीं और पूरा चेकअप कराया तो पता चला कि वो ऐसे ही गाँठ बन गई हैं, उनसे कोई खतरा नहीं।

इन बातों को सुनकर, देखकर, समझकर और रिपोर्ट पढ़कर माँ की बहुत याद आती है।

जिस डॉक्टर ने ये रिपोर्ट तैयार की है कि भारत में मेडिकल का कारोबार चार सौ अरब डॉलर का हो जाएगा, लाखों लोगों को रोजगार मिलेगा, विदेशी मुद्रा का फायदा होने लगेगा, उस पर मुमकिन है कि कोई तालियाँ बजाए, मैं तो नहीं बजानेवाला। मेरी निगाह में मेडिकल का कारोबार बढ़ना ही मानवता के लिए अपराध है। मेडिकल प्रोफेशन की कामयाबी इसमें है कि लोगों को असल में डॉक्टरों की जरूरत कम पड़ने लगे। पर ऐसा नहीं हो सकता है।

मुझे तो लगता है कि गाँव में दूध बेचने वाले ने पहले दूध में पानी मिलाया। फिर गंदा पानी मिलाया। फिर यूरिया मिलाया। उसके दूध को पीकर हम बीमार पड़े तो उसने अपने एक बेटे को डॉक्टर बना दिया कि वो इलाज करेगा।

केवल डॉक्टर बनने से क्या होता है? उस दूध वाले ने घी में चर्बी मिलानी शुरू कर दी। इससे उसके घी का कारोबार बढ़ा और इधर उसके बेटे की डॉक्टरी का। अब उसी ने दवा भी बनानी शुरू कर दी। मरीज अधिक हो गए तो उसने अस्पताल भी खोल दिया। बीमा का धंधा भी उसी ने शुरू किया।

मुझे यकीन है कि ये चार सौ अरब डॉलर का कारोबार हजार अरब डॉलर के कारोबार में भी बदल जाएगा। आप खुश होइएगा कि भारत तरक्की कर रहा है। लेकिन मैं खुश नहीं होऊँगा। मैं तो इस सत्य को जानता हूँ कि ऐसे कमाया गया पैसा चोरी का पैसा होता है, अपराध का पैसा होता है। ऐसा पैसा कभी फलता नहीं।

इस रिपोर्ट को पढ़कर कोई और खुश हो सकता है, संजय सिन्हा नहीं। संजय सिन्हा के कानों में कल से आवाज गूँज रही है, "बीमारी ले लो, बीमारी। जानलेवा बीमारी।"

□

दो तस्वीरें

हम जहाँ रहते थे, वहाँ कॉलोनी के क्लब में हर हफ्ते एक फिल्म दिखाई जाती थी। हम घर से मोढ़ा लेकर क्लब में जाते और खुले आसमान के नीचे घर्र-घर्र कर घूमती रील के पीछे से फिल्म देखते। मैं चाहता था कि हम पर्दे के एकदम सामने बैठकर फिल्म देखें, पर दीदी समझाती थी कि फिल्म दूर से अच्छी दिखती है। मेरे लिए ये समझ पाना मुश्किल था कि भला दूर से कोई चीज अच्छी कैसे दिखेगी। खैर, उस दिन जो फिल्म दिखाई जानेवाली थी, उसका नाम था 'मेरा गाँव मेरा देश'।

फिल्म शुरू हुई। लेकिन जैसे ही फिल्म में डाकू जब्बर सिंह आया, दीदी ने मेरे हाथ को पकड़ लिया और कहने लगी कि घर चलो।

"पर दीदी अभी तो फिल्म शुरू ही हुई है।"

"हाँ, शुरू हुई है। लेकिन मुझे ये आदमी अच्छा नहीं लगता। ये काले कुर्ते में काला टीका लगाए, पतली मूछों वाला आदमी मुझे बहुत डरावना लगता है।"

मैं दुविधा में था। दीदी को जब्बर सिंह पसंद नहीं और मुझे अभी ढिशुम-ढिशुम का इंतजार था। पर दीदी नहीं मानी। मुझे उस दिन फिल्म बीच में छोड़कर घर आना पड़ा और सच यही है कि मैं आज तक 'मेरा गाँव मेरा देश' फिल्म पूरी नहीं देख पाया।

एक दिन किसी पत्रिका में काले कुर्ते वाले आदमी की तस्वीर छपी थी। मैं दौड़कर दीदी के पास गया और दीदी को बताने लगा कि देखो, इसका नाम जब्बर सिंह नहीं है। ये विनोद खन्ना हैं।

दीदी ने पत्रिका मेरे हाथ से छीन ली और उस फोटो को फाड़ दिया। कहने लगी कि मुझे ऐसी तस्वीरें मत दिखाया करो, मुझे डर लगता है।

उसके बाद मैंने दीदी को कभी विनोद खन्ना की कोई फिल्म देखते नहीं देखा। दीदी के मन में विनोद खन्ना के जब्बर सिंह वाले रोल का भय बैठ गया था। कई ऐसे मौके भी आए, जब मुझे दीदी को चिढ़ाना होता तो मैं उसे विनोद खन्ना की तस्वीर दिखलाता

और वो सचमुच डर जाती।

दीदी कभी विनोद खन्ना से नहीं मिली।

मैं टी.वी. में रिपोर्टिंग करने लगा था। एक दिन मैं सी.आई.आई. की एक मीटिंग में गया था, सामने एक लंबा सा हैंडसम आदमी बैठा था। मैंने गौर से देखा, अरे ये तो विनोद खन्ना हैं। मैं आगे बढ़कर उनसे मिला। विनोद खन्ना भी तपाक से मिले। हम बातचीत करने लगे।

विनोद खन्ना तब राजनीति में आ चुके थे।

मैंने बातों-बातों में उन्हें बताया कि कैसे उनकी एक छवि से दीदी इतना डर गई थी कि आज तक उसके मन में जब्बर सिंह का डर बैठा है। विनोद खन्ना हँसने लगे। कहने लगे कि यही जीवन की सच्चाई है। हम तस्वीरों से मन में तस्वीर बना लेते हैं। कई बार यही तस्वीर जीवन की दिशा बदल देती है।

गौतम बुद्ध तो एक बीमार, एक बुजुर्ग और एक शव को देखकर मोह से मुक्त हो गए थे। जो रोग, शोक, सुख, दुःख, अच्छाई, बुराई की तस्वीरों से प्रभावित होते हैं, वो सच्चे मन के मालिक होते हैं, वरना हम तो रोज-रोज आदमी की बर्बादी की इतनी तस्वीरें देखकर भी विचलित नहीं होते। पर होना चाहिए।

विनोद खन्ना थोड़ा फिलॉसिफिकल होकर कहने लगे कि जब्बर सिंह एक बुरा आदमी था। बेशक वो एक फिल्मी कैरेक्टर था, लेकिन आपकी दीदी का उसे देखकर विचलित होना इस बात का संकेत है कि वो बुराई से नफरत करती होंगी। जो लोग ऐसी तस्वीरों से नफरत करते हैं, वो खुद को बुराई से दूर रखते हैं। जो लोग बुराई से दूर रहते हैं, वो मोह से भी मुक्त होते हैं।

मुझे लगा कि विनोद खन्ना ओशो के साथ इतने साल रहकर आए हैं कि वो जिंदगी से शायद विरक्त से हो गए हैं।

विनोद खन्ना कह रहे थे कि राग में विराग का होना ही जिंदगी का सत्य है। अफसोस हम में बहुत से लोग इस सत्य को देखकर भी नहीं समझते।

कुछ दिन पहले ही विनोद खन्ना की एक तस्वीर सामने आई थी।

उस तस्वीर में विनोद खन्ना काले कुर्ते में डाकू नजर नहीं आ रहे थे, लेकिन अस्पताल के कपड़ों में कंकाल की तरह उनकी उस तस्वीर को देखकर कोई भी सिहर सकता था। मैं भी सिहर उठा था।

मेरा मन नहीं था यकीन करने को कि ये उसी विनोद खन्ना की तस्वीर है, जो शायद

अपने समय में बॉलीवुड के सबसे हैंडसम हीरो थे।

शुरू में ऐसा कहा गया कि ये तस्वीर नकली है। पर मैं जानता था कि वो तस्वीर नकली नहीं थी। वो असली तस्वीर थी। हर शरीर का यही हश्र होना है। बस अंतर इतना है कि कोई सच को समझता है, कोई नहीं समझता।

मेरी बहन ने एक तस्वीर विनोद खन्ना की डकैत वाली देखी थी और उसे डकैत से नफरत हो गई थी। मैंने एक तस्वीर विनोद खन्ना की बीमारी वाली देखी थी और मुझे जीवन से विरक्ति हो गई। जीवन का सत्य समझ में आ गया। ऐसी तस्वीरें होती ही इसलिए हैं, ताकि आप जीवन का सत्य समझ पाएँ।

□

मकान ले लो, मकान

मेरे मित्र को एक मकान चाहिए। वैसे दिल्ली में उनके पिताजी ने एक मकान बनवाया है और अब तक वो उसमें उनके साथ ही रह रहे थे। लेकिन कुछ साल पहले उनकी शादी हो गई और उन्हें तब से लग रहा है कि उन्हें अब अलग रहना चाहिए। मैंने अपने मित्र से पूछा भी कि पिताजी के साथ रहने में क्या मुश्किल है? मैं मित्र के पिताजी के मकान गें गया हूँ। ठीक-ठाक है। तीन कमरे हैं। एक कमरे में माँ और पिताजी रहते हैं। एक कमरा मेरे मित्र का है और एक कमरा मेहमानों के लिए है। मैंने मित्र से पूछा कि तुम्हें इससे अधिक और क्या चाहिए? तुम और तुम्हारी पत्नी दोनों नौकरी में हो। दोनों दिनभर बाहर रहते हो। रात में जब तुम घर आते हो तो माँ-बाप प्यार से तुम दोनों से मिलते हैं। और तुम्हें पूरा घर क्यों चाहिए? एक कमरा तुम्हारे लिए पर्याप्त है। वैसे पूरा घर ही तुम्हारा है।

पर मेरा मित्र मेरी बात से सहमत नहीं हुआ। उसने कहा कि उसे अपना घर चाहिए। अलग घर।

मैंने उसे समझाने की बहुत कोशिश की। ये तक समझाया कि माँ-पिताजी अकेले रह जाएँगे, उन्हें बुरा लगेगा। इतने प्यार से उन्होंने तुम्हें पाला है, तुम्हें पढ़ाया-लिखाया है। तुम अब उन्हें अकेला छोड़ दोगे तो उन्हें दुःख होगा। और फिर तुम्हारा दफ्तर भी वहाँ से दूर नहीं। तुम पति-पत्नी काम पर जाते हो, घर लौट कर आते हो तो कोई तुम्हारा इंतजार करता मिलता है। माँ तो खाना भी बनाकर रखती है। तुम अलग मकान मत लो। तुम साथ ही रहो। दोनों के लिए एक-दूसरे का साथ अच्छा है।

मेरा मित्र संजय सिन्हा का ज्ञान चुपचाप सुनता रहा। सारी बातें सुनने के बाद उसने धीरे से कहा कि उसकी पत्नी की माँ से नहीं बन रही। वो रोज मुझ पर दबाव डाल रही है कि अलग घर ले लो। उसका कहना है कि सबके अपने-अपने मकान होने चाहिए। उसकी दलील है कि यही उम्र जीने की होती है। ऐसे में हम वो सब पिताजी के मकान में रहकर नहीं कर सकते, जो हम करना चाहते हैं।

मेरी एक बुरी आदत है। मैं माँ से अलग होने की बात सुनते ही किसी को बीच में टोक देता हूँ। मैंने अपने मित्र को भी टोक दिया।

"तुम्हारी पत्नी ऐसा क्या करना चाहती है, जिसके लिए तुम अपनी माँ को छोड़ने पर राजी हो गए हो?"

"संजयजी, मैं क्या-क्या बताऊँ। उसे अपनी सहेलियों को पार्टी देने का मन है। वो कहती है कि उसे देर रात डांस करने का मन करता है। वो पता नहीं क्या-क्या करना चाहती है, बस मैं रोज-रोज की किचकिच से तंग आ चुका हूँ। मुझे अब अलग मकान चाहिए।"

मैं अपने मित्र के चेहरे पर तनाव की लकीरें साफ-साफ पढ़ सकता था।

मैं समझ रहा था कि मेरा मित्र दरकते रिश्तों की उहापोह में उलझ गया है। वो माँ को छोड़ना नहीं चाहता, पर पत्नी माँ के साथ रहना नहीं चाहती। उसने यकीनन बहुत कोशिश की होगी, पर बात नहीं बनी। अब उसे अलग मकान चाहिए और इसके लिए मेरी मदद।

मैं उसे अपने साथ लेकर कल एक ब्रोकर के पास गया।

ब्रोकर ने हमें कई मकान दिखलाए। पर मकान बहुत महँगे हो गए हैं। मेरा मित्र कह रहा था कि पिछले दिनों जो नोटबंदी हुई थी, उसके बाद उसने सुना था कि मकान सस्ते हो गए हैं, पर कहाँ सस्ते हुए हैं?

मैंने कहा कि मकान कभी सस्ते नहीं होनेवाले। हाँ, कैश की कमी से थोड़ी सुस्ती जरूर आई होगी, पर मकान के दाम कभी कम नहीं होंगे।

मेरा मित्र मेरी ओर हैरान निगाहों से देख रहा था। वो यही सोच रहा होगा कि संजय सिन्हा तो ऐसे बातें कर रहे हैं जैसे प्रॉपर्टी के अर्थशास्त्र के वही ज्ञाता हैं। वही अर्थ जगत के भविष्यवक्ता हैं। दुनिया कह रही है कि मकान के दाम कम हुए हैं, संजय सिन्हा कह रहे हैं कि मकान के दाम कभी कम नहीं होनेवाले।

मेरे मित्र ने कुछ रुक कर कहा, "यार, सच में सुना था कि मकान सस्ते हुए हैं, पर मकान सस्ते मिल नहीं रहे। तुम ठीक ही कह रहे हो, मकान के दाम कम नहीं होंगे। पर ऐसा क्यों? मैंने तो ये भी सुना था कि मकान ज्यादा बन गए हैं, कोई खरीदार नहीं है। फिर ये ब्रोकर मकान इतने महँगे क्यों बता रहा है?"

मैंने बहुत धीरे से कहा कि मकान की कीमत तुम जैसे लोगों की वजह से नहीं कम हो रही। मकान की कीमत तुम जैसे लोग कभी कम नहीं होने देंगे। आदमी के दरकते रिश्तों का लाभ ये बिल्डर ही तो उठा रहे हैं।

बहुत पहले एक घर होता था। सब उसमें साथ रहते थे। फिर रिश्तों में आजादी की नई परिभाषा का जन्म हुआ कि हमारा नहीं, मेरा मकान होना चाहिए। बिल्डर ने इस नई सोच का फायदा उठाया। वो सीमेंट, कंक्रीट के सपने बेचने लगे। वो आदमी के टूटते रिश्तों में मुनाफा कमाने लगे। और तुम कोई आखिरी बेटे थोड़े न हो, जो अपने पिता का घर छोड़कर अलग मकान खरीदने निकले हो? कुछ साल बाद तुम्हारा बेटा भी तुम्हारा घर छोड़कर अपने लिए मकान ढूँढ़ने निकलेगा। जब सबको अपना मकान चाहिए होगा, तो फिर मकान के दाम कम कैसे होंगे? वैसे तुम इन बातों की चिंता छोड़ो। ये चिंता संजय सिन्हा के हिस्से में है। रिश्तों की बातों का तुम्हारे लिए कोई अर्थ नहीं। तुम तो अपना बजट बताओ, अपना मकान खरीदो।

□

बिजली का बिल

कल छुट्टी का दिन था। एक अच्छे पति का फर्ज अदा करते हुए मैंने भी घर के कई काम किए। इसमें सबसे बड़ा काम था बिजली का बिल देने सोसाइटी के दफ्तर जाना। ये दफ्तर मेरे फ्लैट से दो मिनट की दूरी पर है, लेकिन मैं वहाँ नहीं जाता। वहाँ हमेशा कुछ लोग अपनी शिकायतों का पुलिंदा लिये बैठे रहते हैं। किसी को शिकायत रहती है कि पानी नहीं आ रहा, कोई शिकायत लेकर बैठा है कि उसके पड़ोसी गाड़ी ठीक से पार्क नहीं करते। कोई यही शिकायत लेकर बैठा है कि ऊपर वालों के बच्चे शोर करते हैं। जितने लोग, उतनी शिकायतें। और आपको तो पता है ही कि संजय सिन्हा को शिकायतों से बहुत तकलीफ होती है।

अब अगर कोई ये शिकायत लेकर सोसाइटी के दफ्तर पहुँचे कि ऊपर के फ्लैट में बच्चे खेलते हैं और नीचे धम-धम की आवाज होती है, तो मुझे शिकायत करनेवाले से शिकायत होगी। अरे, बच्चे हैं, खेलेंगे ही। और ऐसा भी नहीं है कि सारा दिन या सारी रात खेलते हैं। कभी एकाध बार उनके दौड़ने की आवाज आ गई तो इसमें शिकायत की क्या बात है ? और अगर शिकायत है भी तो आपके पड़ोसी हैं, ऊपर चले जाओ, जाकर देख लो कि क्या हो रहा है। पड़ोसी के घर जाकर नमस्ते कर लो, उनकी चाय पी लो। दोस्ती कर लो। इसके लिए सोसाइटी के दफ्तर जाकर उनकी शिकायत करना संजय सिन्हा की समझ के परे है।

ऐसे ही कोई चला आएगा कि ऊपर वाले के घर से हमारे घर की बॉलकनी में पौधों से पानी आता है। मेरे भाई, ऊपर वाले की शिकायत ऊपर वाले से सीधे ही कर लो। सोसाइटी का दफ्तर कोई कोर्ट थोड़े न है कि आपकी शिकायतों को दूर करता रहेगा। बस इसी कारण मैं वहाँ नहीं जाना चाहता।

मेरे लिए सोसाइटी का दफ्तर बस बिजली का बिल, पानी का बिल या मेनटेनेंस का बिल देने भर के लिए है। हाँ, आपके घर में किसी बुनियादी जरूरत की पूर्ति नहीं हो

रही हो, तो आप वहाँ जाकर बता दीजिए कि समस्या है।

खैर, इतनी लंबी भूमिका की जरूरत नहीं। मुझे आपको बस इतना बताना है कि कल मैं सोसाइटी के दफ्तर गया था, बिजली का बिल देने।

वहाँ कुछ लोग बैठे थे। एक आदमी जोर-जोर से चिल्ला रहा था, "बिजली इतनी महँगी हो गई है। हर महीने दस हजार से अधिक का बिल आ रहा है। जरूर मीटर में गड़बड़ी है।"

उसके साथ बैठे एक-दो और लोग उसकी हाँ में हाँ मिला रहे थे कि बिजली बहुत महँगी हो गई है। बहुत बिल आने लगा है।

मैं चुपचाप बैठा था। जब मेरी बारी आई तो मैंने वहाँ बैठे कर्मचारी से पूछा कि इनका बिल इतना ज्यादा क्यों आता है? क्या इनके फ्लैट बहुत बड़े हैं?

कर्मचारी ने मेरी ओर देखा और कहने लगा कि फ्लैट बड़ा होने से बिल अधिक नहीं आते, सिन्हा साहब। बिल आते हैं इनके झगड़ालू स्वभाव के कारण।

"झगड़ालू स्वभाव से बिजली के बिल का क्या रिश्ता है?"

"है, सर! वैसे आपको बता दूँ कि इनके फ्लैट आपके फ्लैट से छोटे हैं। अगर आप एरिया के हिसाब से देखेंगे तो इनके फ्लैट आपके फ्लैट से आधे साइज के हैं। एरिया कम है, पर है तो तीन कमरे का फ्लैट ही। लेकिन ये इतने झगड़ालू स्वभाव के हैं कि अपने घर में भी साथ नहीं बैठते। सभी अपने-अपने कमरों में रहते हैं। एक-दूसरे से किसी की नहीं बनती। बेटा अपने कमरे में दिनभर कंप्यूटर, फोन, टी.वी. चलाता रहता है। बेटी अपने कमरे बैठी रहती है। पत्नी अलग ही रूम मैं बैठकर टी.वी. देखती है। ये महाशय ड्राइंग रूम में टी.वी. देखते हैं। अब चार-चार एसी चलते हैं तो बिल तो बढ़ेगा ही। अगर इनका व्यवहार अच्छा रहता तो घर के सभी लोग साथ बैठते, आपस में बातें करते, तो दिनभर एक ही एसी चलता। बिल कम आता। मकान छोटा-बड़ा नहीं होता। न मीटर खराब हैं। ये दिलों की दूरी है, बस।

मैं हैरान होकर उस कर्मचारी की बातें सुन रहा था।

वो कह रहा था कि हम तो अब बिल देखकर समझ जाते हैं कि किसके परिवार में आपस में कितनी बनती है। वो कह रहा था कि सिन्हा साहब, बाकी दिनों की बात छोड़ दीजिए, रात में अलग-अलग कमरों में सोने की बात भी हटा दीजिए। सिर्फ हफ्ते में छुट्टी के दो दिनों को जोड़ लीजिए तो महीने में आठ दिन इनके फ्लैट में दिनभर चार एसी चलते हैं। चार टी.वी. चलते हैं। मैं कई बार इनके घर इनकी शिकायत पर

मीटर और वायरिंग देखने गया हूँ। इनके फ्लैट में कोई आपस में बात नहीं करता। एक फ्लैट में सब अलग-अलग रहते हैं। इसीलिए मैंने कहा कि इनका झगड़ालू व्यवहार इनके अधिक बिजली के बिल का कारण है, पर ये बात इनसे कहे कौन?

संजय सिन्हा को पहली बार लगा कि सोसाइटी के इस दफ्तर में आते रहना चाहिए। यहाँ तो कदम-कदम पर जिंदगी का ज्ञान बिखरा पड़ा है।

बिजली का अधिक बिल आने का मतलब है कि घर में आपसी प्यार की कमी है।

□

कच्ची खबर

मेरी माँ ही सही थी। मैंने उससे जितनी बार पूछा था कि माँ, मैं बड़ा होकर क्या बनूँगा, माँ ने हर बार इतना ही कहा था कि तुम बड़े होकर आदमी बनोगे। एक अच्छा आदमी। मेरी माँ ने मुझसे कभी नहीं कहा कि संजय बेटा, तुम बड़े होकर इंजीनियर बनना, डॉक्टर बनना, आई.ए.एस. बनना या कुछ और बनना। मैं कई बार अपनी माँ की इस चाहत को आपसे साझा कर चुका हूँ। यकीनन आप सोच रहे होंगे कि आज ऐसी क्या आ पड़ी, जो मैं फिर माँ की इच्छा को आपसे साझा करने बैठ गया।

है, वजह है। आज दुबारा, तिबारा जब संजय सिन्हा माँ की इस चाहत को आपसे साझा कर रहे हैं, तो इसकी वजह है।

कल रात मेरे पास बहुत दूर के किसी जानने वाले ने फोन किया कि संजयजी, मदद करें।

"मदद, कैसी मदद ?"

"मेरे बेटे ने आई.आई.टी. में प्रवेश परीक्षा दी थी। आजकल आई.आई.टी. की परीक्षा दो चरणों में होती है, पहले मेन फिर एडवांस। क्योंकि लाखों बच्चे हर साल इस परीक्षा में बैठते हैं, इसलिए अब परीक्षा का स्वरूप इस तरह हो गया है कि जो मेन पास करेगा, वही एडवांस परीक्षा में बैठ सकता है। फिर उसमें चयन होने पर ही छात्र का आई.आई.टी. में दाखिला होता है। मेरे बेटे का रिजल्ट चार दिन पहले निकला है और उसका चयन एडवांस परीक्षा के लिए हो गया था, पर कल जब उसने इंटरनेट पर दुबारा रिजल्ट देखा तो उसमें उसके मार्क्स बदल गए हैं। ये तो घोर बेईमानी है। आप मीडिया में हैं, इसे हाईलाइट कीजिए। खबर टी.वी. पर दिखलाइए। ये तो हम जैसे पिता के सपनों के साथ खिलवाड़ है।" इतना कहकर वो सुबक ही पड़े।

मेरे लिए भारी दुविधा का क्षण था। मेरे लिए ये यकीन कर पाना मुश्किल हो रहा था

आई.आई.टी. की परीक्षा में ऐसा घपला हो सकता है। पहले रिजल्ट कुछ और आया, फिर दो दिन बाद रिजल्ट को इंटरनेट पर बदलकर कुछ और कर दिया गया। मैं मानता हूँ कि हमारे यहाँ परीक्षा में घपलों की शिकायतें आती है, ये भी मानता हूँ कि परीक्षा में नकल की भी शिकायत आती है, लेकिन रिजल्ट में उलट-फेर, वो भी आई.आई.टी. की परीक्षा में, मैं ये मानने को तैयार नहीं था।

मैंने उनसे पूछा कि आपके पास क्या प्रमाण है कि ऐसा हुआ है ?

उन्होंने कहा कि मेरे बेटे ने पहले आए नतीजे का स्क्रीनशॉट कंप्यूटर पर रखा है, वो प्रिंट नहीं निकाल पाया था। बदले हुए रिजल्ट का स्क्रीनशॉट भी है।

मैंने उनसे पूछा कि ऐसा सिर्फ आपके बेटे के साथ हुआ है या किसी और बच्चे के साथ हुआ है ?

उन्होंने कहा कि उसके एक और दोस्त के साथ भी ऐसा हुआ है। वो बच्चा हमारे पड़ोस में ही रहता है। दोनों बच्चे साथ-साथ ही तैयारी कर रहे थे।

मुझे कुछ अजीब सा तो लगा कि दो दोस्तों के साथ ही ऐसा कैसे हुआ ? पर मेरे लिए ये एक बड़ी खबर थी। मैंने उनसे कहा कि आप दोनों रिजल्ट मेरे पास भेजिए। मैं देखता हूँ। रिजल्ट मेरे पास मेल पर आ गए। मैंने देखा कि वाकई पहले जो रिजल्ट था, उसमें वो पास था। पर दो दिन बाद मार्क्स बदल गए थे। उसमें उसकी रैंक बहुत नीचे हो गई थी और वो फेल था।

मैंने अपने यहाँ की इनवेस्टिगेटिव टीम को बुलाया और इस खबर के बारे में चर्चा की।

मेरी टीम ने दोनों रिजल्ट देखे और दस मिनट बाद मेरे पास खबर लेकर आए कि सर, आई.आई.टी. की तरफ से कोई गड़बड़ी नहीं हुई है, बल्कि इन दोनों बच्चों ने घपला किया है। ये दोनों बच्चे फेल थे, पर अपने पिता को धोखा देने के लिए इन्होंने पहले दिन ही रिजल्ट का स्क्रीनशॉट लेकर उसमें कंप्यूटर की मदद से नंबर बदलकर खुद को पास दिखला दिया और दो दिन बाद असली रिजल्ट सामने रख दिया ये कहते हुए कि वो तो पास थे, पर आई.आई.टी. ने उनके साथ धोखा किया।

माँ-बाप ने बच्चों पर यकीन कर लिया। उनमें ऐब ढूँढ़ने की जगह सिस्टम में ऐब ढूँढ़ने लगे और मुझ जैसे पत्रकार के पीछे भागने लगे कि ये तो घोर अन्याय है। भ्रष्टाचार है। चोरी है। उनके बेटे की मेहनत पर पानी फेरने की कोशिश है।

मैं अपने परिचित को अब तक नहीं बता पाया हूँ कि उनके सत्रह साल के बेटे और उसके दोस्त ने असल में घपला किया है। चोरी की है। वो इंजीनियर बनने की जगह चोर बन गए हैं। कैसे कहूँ ? एक बाप इस सच को न समझ पाएगा, न सह पाएगा।

आज मैं आपसे कहना चाहता हूँ कि आप अपने बच्चों पर नजर रखें। आप इस सच को समझें कि बच्चों के ऐसे छोटे-छोटे अपराध की खबर सबसे देर से माँ-बाप तक ही पहुँचती है। असल में ज्यादातर माँ-बाप अपने बच्चों के मामले में सच को समझना ही नहीं चाहते। अगर समझने की कोशिश करते तो समझते कि जिन दो बच्चों के साथ ऐसा हुआ है, वो दोनों एक-दूसरे के परिचित क्यों हैं? जिस रिजल्ट पर मेरा माथा ठनका था, उस पर उनका माथा भी ठनकना चाहिए था।

खैर, आज मैं आपसे कहना चाहता हूँ कि आप प्लीज अपने अरमानों को अपने बच्चों पर मत थोपें और उन पर नजर भी रखें।

हम हिंदुस्तानियों को बीमारी ये है कि जिस दिन हमारी संतान होती है, हम सपना देखने लगते हैं कि मेरा बेटा लाट साहब बन गया है, मेरा बेटा बहुत बड़ा डॉक्टर बन गया है, मेरा बेटा आई.आई.टी. से टॉप करके अमेरिका में इंजीनियर बन गया है। हम अपनी सपनीली जिंदगी का सपना उसकी आँखों से देखने लगते हैं। हम उसे अपना पेट काट कर अंग्रेजी स्कूल में पढ़ाते हैं। महँगी कोचिंग कराते हैं। उस पर इतना दबाव डाल देते हैं कि तुम्हें तो डॉक्टर बनना ही है। तुम्हें इंजीनियर बनना ही है। बच्चे को ये सिखाते ही नहीं कि तुम्हें सबसे पहले आदमी बनना है। एक अच्छा आदमी। इसी का नतीजा है कि बच्चे ने आज बाप को धोखा दिया, कल जहाँ काम करेगा, उस कंपनी को धोखा देगा, फिर समाज को, देश और मानवता को भी धोखा देगा।

आप अगर पिता हैं तो संजय सिन्हा की ये बात याद रखिएगा कि आप अपने बच्चों के साथ सदा नहीं रह पाएँगे। एक दिन बच्चे को इस संसार में आपके बिना भी रहना पड़ेगा। ऐसे में अगर उसे आपने अच्छा आदमी बनने की शिक्षा नहीं दी है, तो आपका बच्चा एक दिन खुद को बहुत अकेला पाएगा। मुमकिन है कि वो किसी भारी मुसीबत में भी फँस जाए। इसलिए जरूरी है कि आप पहले उसे पाठ पढ़ाइए नेकदिल और ईमानदार बनने का। फिर डॉक्टर, इंजीनयर, वकील या कुछ और बनने का।

मेरी माँ कहती थी कि डॉक्टर, इंजीनियर तो आदमी जीवन में एक बार बन गया तो बन गया। पर अच्छा आदमी बनने की प्रक्रिया पूरी जिंदगी चलती है।

□

सबकी माँएँ

मैं रात में दफ्तर से घर आता हूँ और घर आते ही मुझे भूख लग जाती है। पत्नी कहती है कि हाथ–मुँह धो लो, कपड़े बदल लो, डाइनिंग टेबल पर आराम से खाओ, लेकिन मेरा मन करता है कि आते ही टी.वी. पर अपना पसंदीदा कार्यक्रम देखते हुए खाना खाऊँ, फिर कपड़े बाद में बदलता रहूँगा। मेरी पत्नी को ये बात भी अजीब ही लगती है कि संजय सिन्हा टी.वी. न्यूज चैनल में काम करते हैं, दिनभर टी.वी. के सामने ही बैठे रहते हैं, फिर घर आते ही टी.वी. क्यों देखते हैं?

अब उसे कौन समझाए कि दफ्तर में दिनभर मार–धाड़, बम विस्फोट, हत्या और दुर्घटनाओं की खबरों से गुजरने के बाद आदमी चाहता है कि रात में सुकून भरा कोई प्रोग्राम देखकर सोए, ताकि उसे डरावने सपने न आएँ।

खैर, मेरी आज की कहानी का इन बातों से कोई लेना–देना नहीं। कहानी बस इतनी सी है कि कल रात घर आया तो पता चला कि डिनर में इडली, साँभर और चटनी है। गर्मागर्म इडली और साँभर, वाह!

मैंने तय कर लिया कि आज मैं कपड़े बदलकर, गुड ब्वॉय बनकर डाइनिंग टेबल पर डिनर करूँगा।

मैंने कपड़े बदले। मैं कुरसी पर बैठने जा ही रहा था कि देखा कि मेरा बेटा ड्राइंग रूम का दरवाजा खोल कर लॉन में जा रहा है। इतनी रात में वो लॉन में क्या करने जा रहा है?

पत्नी रसोई में खाने को अंतिम रूप दे रही थी, प्लेटें लग चुकी थीं। ऐसे में मेरा बेटा लॉन में क्या ढूँढ़ने गया है? मैं बिना कुछ कहे उसके पीछे–पीछे लॉन तक चला गया। मैंने देखा कि बेटा वहाँ करी पत्ता तोड़ रहा है, पर उससे पहले वो कुछ बुदबुदाया था।

वो पत्ता तोड़ कर मुड़ा, मुझे पीछे देखकर वो हैरान था। पूछने लगा कि आप कैसे आए?

मैंने कहा कि मैं देख रहा था कि तुम अँधेरे में क्या लेने आए हो? उसने धीरे से कहा कि करी पत्ता तोड़ कर लाना था। मम्मी ने साँभर बनाया है, उसी में डलेगा।

"पर तुम अकेले में कुछ कह रहे थे।"

बेटा हँसने लगा। अब संजय सिन्हा की जिज्ञासा और बढ़ गई। आखिर बेटा पत्ता तोड़ते हुए क्या बुदबुदा रहा था?

बेटे ने हँसते हुए कहा कि कुछ नहीं, बस मैं पत्ते तोड़ने से पहले पौधे से अनुमति ले रहा था। उससे पूछ रहा था कि मैं इतनी रात में कुछ पत्ते तोड़ लूँ न?

हम बात करते हुए डाइनिंग रूम में चले आए। करी पत्ता उसने रसोई में मम्मी को दिया और आकर कुरसी पर बैठ गया।

बेटे ने तो बहुत छोटे से वाक्य में अपनी बात बता दी थी। लेकिन संजय सिन्हा का मन इतने से कहाँ मानने वाला था। मैंने आगे पूछा कि ये बात मेरी समझ में नहीं आई कि तुम पौधे से पूछकर पत्ते क्यों तोड़ रहे थे?

बेटे ने आराम से कहा कि मम्मी ने सिखाया है कि सूर्यास्त के बाद जब भी कोई फूल-पत्ते तोड़ने हों तो पौधे से अनुमति लेकर ही तोड़ना चाहिए।

"बहुत अजीब सा ज्ञान है।"

"इसमें अजीब क्या है। इतना तो आपकी मम्मी ने आपको बताया ही होगा कि पौधे में भी जान होती है। पौधे सजीव होते हैं। दिन में वो जागे रहते हैं। दिन में आपके पास उनकी अनुमति होती है। पर रात में तो वो सो जाते हैं। ऐसे में उनसे बिना पूछे कुछ लेना तो ठीक नहीं है। अव्वल तो रात में पत्ते तोड़ने ही नहीं चाहिए। लेकिन अगर बहुत जरूरी हो तो अनुमति लेकर ही तोड़ने चाहिए। ये वैसे ही है कि कभी मैं आपके पर्स से पैसे लूँ तो आपको बताकर ही लूँ। इसमें इतनी हैरानी वाली कोई बात नहीं है।"

टेबल पर उजली-उजली इडली लग चुकी थी। करी पत्तों की खुशबू से भरा साँभर भी आ चुका था। पर संजय सिन्हा किन्हीं यादों में खोए थे।

मेरी माँ मुझे कहानियाँ सुनाती थी। माँ ने मेरा निर्माण कहानियों के स्कूल में किया था। माँ का पूरा जोर चरित्र निर्माण पर था। इसका मतलब मेरे बेटे की माँ भी उसे कहानियाँ सुनाती है। उसका जोर भी चरित्र निर्माण पर है।

दुनिया की सभी माँएँ एक सी होती हैं।

□

भरोसे की मौत

मेरे पास एक खबर आई थी कि एक पति-पत्नी कार में कहीं जा रहे थे कि एक आदमी ने उनकी कार रुकवाई और बहुत नजदीक से उसने उन पर गोली चलाई। इत्तेफाक से गोली किसी को लगी नहीं, लेकिन इस बीच पत्नी ने उस आदमी की कलाई पकड़ ली और बहुत बहादुरी से उससे पिस्तौल छीन ली। पिस्तौल छीन कर उसने उसे अपने पति को दे दी कि अब इसे छोड़ना नहीं।

पति जो अब तक पूरे मामले में चुप बैठा था, घबराया सा था, जैसे ही उसके हाथ में पिस्तौल आई, उसने पत्नी पर गोली दाग दी।

इसके आगे की खबर में मैं चाहूँ तो आपको ये बता सकता हूँ कि उस गोली से पत्नी की मृत्यु हो गई या ये भी बता सकता हूँ कि पत्नी को फिर गोली नहीं लगी और वो बच गई। पर मैं इस कहानी का अंत कुछ इस तरह करना चाहता हूँ कि जैसे ही पत्नी ने पति के हाथ में पिस्तौल दी और पति ने पिस्तौल पत्नी की ओर तानी, पत्नी मर गई।

ये खबर मेरे पास अलग से नहीं आई थी। ये एक सच्ची घटना है और इसी हैडिंग से ये खबर अखबार में छपी भी थी—'अपराधी से बची, पति ने मार दिया'।

खबर लिखने वाले ने इस खबर को संजय सिन्हा की निगाहों से नहीं लिखा था, उसने खबर में ये बताने की कोशिश की थी कि उत्तर प्रदेश में अपराध कितना बढ़ गया है। कैसे दिन-दहाड़े गाड़ी रोक कर किसी को मार दिया जा रहा है।

मैंने अपने दफ्तर में इस खबर पर कई लोगों से चर्चा की। अधिकतर लोगों ने यही कहा कि हाँ, ये बढ़ते अपराध की एक सामान्य खबर है। शायद इसीलिए हम टी.वी. वालों ने इसे तरजीह दी ही नहीं। आखिर इसमें इतनी बड़ी बात भी क्या है कि एक महिला को रोक कर किसी ने गोली मार दी।

पर जब संजय सिन्हा इस खबर से गुजर रहे थे, तब उनकी आँखों के आगे शाहरुख खान की फिल्म 'डर' का एक सीन घूम रहा था। मैंने पहले भी इस सीन की चर्चा कई बार की है।

याद कीजिए, फिल्म में शाहरुख खान जूही चावला को अपने साथ एक बोट पर लेकर गए हैं। वहाँ उन्होंने उसे अपनी माँ की शादी का जोड़ा पहनने को दिया है। वो चाहते हैं कि जूही चावला यानी किरण उस जोड़े को पहनकर उनके साथ शादी कर ले। किरण से प्यार कॉलेज के दिनों का है और उनके मन में ऐसा बैठा है कि वो भी उनसे बहुत प्यार करती है। लेकिन तभी बोट पर किरण के मंगेतर सनी देओल चले आते हैं और शाहरुख खान के साथ उनकी खूब मारपीट होती है। दोनों एकदम बराबरी पर लड़ रहे होते हैं। तभी जूही चावला बाहर आती है और सनी देओल को देखकर खुश हो जाती है। बाहर आते ही वो जोर से चीख कर सनी से कहती है, "मारो, इसे मार डालो।"

जूही के इतना कहने के बाद भी फिल्म खत्म नहीं होती। पर संजय सिन्हा के लिए फिल्म वहीं खत्म हो जाती है। फिल्म में जूही के इतना कहने के बाद शाहरुख खान दस सेकेंड तक उसकी ओर देखते हैं। फिर वो प्रतिवाद छोड़ देते हैं। उसके बाद उनके मुँह पर सनी देओल का एक घूसा पड़ता है, पर शाहरुख उलट कर नहीं मारते। कई दर्शक हैरान होते हैं कि आखिर अब तक बराबरी पर लड़ रहे शाहरुख रुक क्यों गए?

फिल्म के अंत में शाहरुख खान मर जाते हैं।

पर संजय सिन्हा के लिए शाहरुख खान फिल्म खत्म होने के बहुत पहले मर गए थे। वो उसी वक्त मर गए थे, जिस वक्त जूही चावला अपने मंगेतर से कहती है कि मारो, इसे मारो। फिल्म में वो बेशक शाहरुख से प्यार नहीं करती थी, पर शाहरुख को ये लगता था कि वो उनसे प्यार करती है, कह नहीं पाती। पर जिस पल उन्हें ये पता चलता है कि वो उनसे प्यार ही नहीं करती, उनकी तो उसी पल मौत हो जाती है।

उस महिला ने भी पिस्तौल लिये गुंडे का सामना इस भरोसे से किया था कि उसका पति उसके साथ है। उसका प्यार उसके साथ है। प्यार के साथ होने के एहसास ने उसमें हिम्मत भर दी थी। उसने बिना किसी बात की परवाह किए उस आदमी के हाथ से पिस्तौल छीन ली थी। पर जब पति ने ही पिस्तौल तान दी, तो वो समझ गई कि ओह! तो ये सब पति का किया हुआ ही था। उसी ने उस क्रिमिनल को वहाँ बुलाया था। उसी ने मारने की साजिश रची थी। सेकेंड के जिस हजारवें हिस्से में भी उसे इस सच का पता चला, उसी समय उसके जीने की वजह ही खत्म हो गई।

आदमी दुश्मन का मुकाबला कर सकता है, पर प्यार में धोखे का नहीं। जब किसी का भरोसा टूटता है, तो आदमी टूट जाता है। भरोसा टूटा हुआ आदमी कई बार जीते जी मर जाता है।

जब विश्वास को चोट लगती है तो जीने की वजह खत्म हो जाती है। इसीलिए फिल्म

में जो शाहरुख खान बराबरी से मुकाबला कर रहे थे, उनके हाथ रुक गए। जिस महिला ने उस आदमी से पिस्तौल छीन ली, जिसने उस पर गोली दागी थी, उसी महिला ने अपने पति से प्रतिवाद करने की कोशिश तक नहीं की। क्यों करती? जब पति ने ही पिस्तौल तान दी, उसके बाद उसके पास जीने की क्या वजह बची भी थी?

न किसी का भरोसा तोड़िए, न किसी का भरोसा टूटने दीजिए। जहाँ भरोसा है, वहीं जिंदगी है।

□

अकेले हम

कल शाम स्विमिंग करके लौटा और अपने घर के लॉन में आराम से चाय पी रहा था कि सामने एक बुजुर्ग सज्जन दिखे। उनसे मेरी निगाहें मिलीं और लॉन के छोटे से गेट को खोल कर वो मेरे सामने चले आए। मेरी समझ में नहीं आ रहा था कि वो कौन हैं और मुझसे मिलने क्यों आए हैं? हालाँकि मैंने उन्हें नमस्ते कहा था, पर उन्होंने मेरी ओर न तो हैरत भरी निगाहों से देखा, न नमस्ते का जवाब ही दिया। वो चुपचाप कुरसी पर बैठ गए।

अब ऐसे कोई आकर बैठ जाए तो कोई भी हैरान होगा। मैं सोचने की कोशिश कर रहा था कि ये कौन सज्जन हैं? क्या मैं इन्हें जानता हूँ? क्या ये मुझे पहचानते हैं? ढेरों सवाल मन में थे। तभी एक नौकरनुमा आदमी भागा-भागा मेरे सामने पहुँचा और अंकल का हाथ पकड़कर उठाने लगा। अंकल जाना नहीं चाह रहे थे और वो आदमी जोर-जबर्दस्ती कर रहा था। वो कह रहा था कि कहीं भी घुस जाते हैं, देखते नहीं। हर घर को अपना घर समझने लगते हैं।

नौकर बोले जा रहा था, मैं सुन रहा था। आखिर मैंने उससे पूछा कि समस्या क्या है?

"समस्या तो कुछ नहीं है, साब। मैं रोज सुबह-शाम इन्हें टहलाने के लिए नीचे लेकर उतरता हूँ। दो-तीन बार ये ऐसी हरकत कर चुके हैं। आज आपके घर में घुस आए, कुछ दिन पहले किसी और के घर में घुस गए थे। पिछले कुछ दिनों से इनकी ये आदत देख रहा हूँ कि अपना घर ही भूल जाते हैं।"

मैंने नौकर को टोका कि अगर तुम्हें लगता है कि ये अपना घर भूल जाते हैं, तो फिर तुम इन्हें अकेला क्यों छोड़ते हो? नौकर ने कहा, "साब, इन्हें नहीं छोड़ता। पर आज एक फोन आ गया और मैं दो मिनट के लिए उसमें व्यस्त हो गया और ये आपके घर में घुस गए।"

मैं पूरी बात समझ गया।

कुछ ही दिन पहले मैंने अपने एक मित्र की कहानी आपको सुनाई थी। मैंने बताया था कि मैं अपने मित्र के घर गया था। वहाँ उस दिन मित्र के पिता संजय सिन्हा को नहीं पहचान पा रहे थे। मैंने आपको ये भी बताया था कि उनके हाथ काँप रहे थे। तब मैंने अपने मित्र से कहा था कि तुम अपने पापा को डॉक्टर को दिखलाओ, तो मेरे मित्र और उसकी पत्नी दोनों ने कहा था कि इन्हें कोई बीमारी नहीं, ये तो बस यूँ ही बुढ़ापा है।

मेरे मित्र ने अपने पिता की बीमारी को गंभीरता से नहीं लिया था। उसने अपने पिता की बीमारी को बीमारी माना ही नहीं था। मैं अपने मित्र को बहुत समझा कर आया था कि वो पिताजी का इलाज जरूर कराए। ये पार्किंसन, डिमेंशिया, अल्जाइमर जैसी बीमारी हो सकती है। समय पर इलाज नहीं होने से एक दिन मरीज का पूरा दिमागी रूप ही बदल सकता है।

मुझे उम्मीद है कि आपको मेरी कुछ दिन पुरानी वो कहानी जरूर याद होगी। आपको याद होगा कि मेरे बहुत कहने के बाद मेरे मित्र ने मुझसे वादा किया था कि वो अपने पापा को डॉक्टर के पास ले जाएगा, उनका इलाज कराएगा। मैंने भी आपसे वादा किया था कि मैं उससे फोन करके पता करूँगा कि वो डॉक्टर के पास गया या नहीं?

मैंने अपने मित्र को फोन किया था।

उसने उस दिन मुझसे ये कहा था कि डॉक्टर से बात नहीं हो पाई है। वो थोड़ा व्यस्त हो गया था।

मैंने मित्र पर फिर दबाव डाला था कि वो अपने पिता को जरूर दिखलाए। इसके बाद मेरी उससे बात नहीं हुई। मुझे पूरी उम्मीद थी कि उसने अपने पिता को डॉक्टर को दिखला दिया होगा। उनका इलाज शुरू हो गया होगा।

मैं भी अपने काम में व्यस्त हो गया था। लेकिन मेरे मन में था कि मैं मित्र के घर जाऊँगा, उसके पापा से मिलकर आऊँगा।

कल जब मेरे घर पड़ोस के अंकलजी अपना घर भूल कर चले आए और उनके नौकर ने बताया कि इन्हें बुढ़ापे की वजह से भूलने की बीमारी हो गई है तो अचानक मुझे अपने मित्र के पिता की याद आई। मैंने देर रात मित्र को फोन किया।

सुनिए, अगर आप चाहें तो आज संजय सिन्हा की कहानी को यहीं रोक सकते हैं। इससे आगे नहीं पढ़ना चाहें तो प्लीज न पढ़ें, क्योंकि मैं आज इसके आगे कुछ लिखना ही नहीं चाहता। मेरा मन कल रात से बहुत ख़राब है। मैं परेशान हूँ। मेरे मन में रह-रहकर सवाल उठ रहा है कि क्या जिंदगी सचमुच एक पहेली है?

मैं नहीं चाहता था कि सुबह-सुबह इस तरह की कहानी आपको सुनाऊँ, पर क्या करूँ।

मेरे पास जो होगा, वही तो दूँगा।

मेरे मित्र ने मेरा फोन उठाया था और जोर-जोर से रोने लगा था। उसके पापा घर से अकेले यूँ ही सुबह चुपचाप निकले और रात तक लौट कर नहीं आए थे। मेरे मित्र ने इस झिझक में मुझे फोन नहीं किया था, क्योंकि मैंने उससे इस बात का अंदेशा दस दिन पहले ही जताया था।

वो कह रहा था, "पापा सुबह घर से कैसे निकले, कहाँ निकले, किसी को नहीं पता। सफेद पायजामा और कुर्ते में वो बाहर निकले हैं। पुलिस को इत्तला कर दी गई है।"

मैं ईश्वर से प्रार्थना करता हूँ कि मेरे मित्र के पिता जहाँ भी हों, कुछ देर के लिए ही सही, उनकी याद लौट आए और वो अपने घर का पता बता पाएँ और घर लौट आएँ।

मेरे पास ऐसे ढेरों दु:खदायी उदाहरण हैं, जिनमें अपनी याददाश्त खो कर परिजन एक बार घर से चले गए तो फिर लौट कर नहीं आए। शुरू में अपने परिजन की बीमारी को बीमारी नहीं मानने वाले घर के लोग आज भी रात में उठकर रोना शुरू कर देते हैं।

मेरे मित्र ने थोड़ी सी लापरवाही की। जिस दिन मैंने उससे अपने पिता को डॉक्टर के पास ले जाने को कहा था, उसके पास उस दिन समय नहीं था। और अब पूरा जीवन पड़ा है, अपनी उस भूल पर अफसोस करने के लिए, रोने के लिए।

जो लोग अपने रिश्तों के फर्ज की अनदेखी करते हैं, एक दिन तन्हा हो जाते हैं, रोने के लिए। मैं पुलिस थाने के खूब चक्कर लगाऊँगा अपने मित्र के पिता की तलाश में, पर सोच लिया है कि मित्र के घर नहीं जाऊँगा आँसू बहाने।

अपने मित्र के बहते आँसुओं पर भी मुझे अफसोस नहीं होनेवाला। मुझे अफसोस है उस पिता पर, जिसने अपना सबकुछ अपनी संतान पर लुटा दिया, एक दिन खुद यूँ ही अकेले कहीं खो जाने के लिए।

□

रिश्तों की खुशी

मेरी माँ कभी अमेरिका नहीं गई। वो कभी विमान में भी नहीं चढ़ी। उसने कभी हारवर्ड विश्वविद्यालय की उस रिपोर्ट को भी नहीं पढ़ा, जिसमें बड़े-बड़े वैज्ञानिक 75 वर्षों तक शोध करके इस नतीजे पर पहुँचे कि आखिर खुशी क्या है।

उस दिन मेरे घर में बहुत भीड़ थी। बहुत से लोग घर पर आए थे। कई लोग कमरे में खड़े थे, कई लोग आँगन में थे और कई लोग घर के बाहर जहाँ पीपल का पेड़ था, वहाँ खड़े थे। मैं तब निकर पहनने वाला छोटा बच्चा था। मैं भी बहुत से लोगों के साथ कमरे के एक कोने में खड़ा था। माँ जमीन पर लेटी हुई थी। सफेद चादर से ढकी हुई, पर चेहरा नजर आ रहा था। एक छोटे बच्चे की तरह मासूम और मुस्कुराता हुआ।

लोग रो रहे थे, माँ नहीं।

मैंने कभी माँ को रोते हुए नहीं देखा। मैंने कभी माँ को उदास नहीं देखा। बहुत गंभीर और लंबी बीमारी में भी माँ को मैंने कभी दुःखी नहीं देखा। माँ हमेशा खुश रहती थी। ऐसा नहीं था कि माँ के पास बहुत पैसे थे या तब मेरे घर लंबी-लंबी गाड़ियाँ थीं। हमारे घर में तब ऐसी ढेरों चीजें नहीं थीं, जो आज हैं। पर माँ संतुष्ट और प्रसन्न रहती थी।

माँ ने पता नहीं खुशी की ऐसी कौन सी किताब पढ़ ली थी कि वो मुझे हमेशा ही बहुत खुश दिखती थी। मेरे घर कोई रात के दो बजे चला आए, माँ खुश दिखती। कोई कई-कई दिनों तक आकर रुक जाए, माँ खुश दिखती थी। माँ सबके लिए खाना बनाती, उनके रहने का इंतजाम करती। मैंने कभी उसे किसी को झिड़कते हुए नहीं देखा, कभी किसी पर गुस्सा करते नहीं देखा, कभी किसी की बुराई करते नहीं सुना और न कभी उसे किसी से कोई शिकायत ही हुई।

यहाँ तक कि जब वो बहुत बीमार पड़ गई, तब भी उसे जिंदगी से कोई शिकायत नहीं हुई।

मेरे मन में ये सवाल बहुत दिनों से था कि आखिर माँ कभी दुःखी क्यों नहीं होती थी।

संजय सिन्हा के मन के उस सवाल को अमेरिका के वैज्ञानिकों ने पहले पढ़ लिया था और इस पर बहुत लंबा शोध किया। शोध में उन्होंने पाया कि संसार में अधिकतर लोग खुश नहीं हैं और इसकी वजह है।

अमेरिकी वैज्ञानिकों ने कई लोगों को अपने पास बुलाया। उनसे पूछा कि आपको किस चीज से सबसे अधिक खुशी मिलती है? पचास फीसदी से अधिक लोगों ने यही कहा कि उन्हें पैसों से खुशी मिलती है। कुछ लोगों ने कहा कि उन्हें शोहरत से खुशी मिलती है। कुछ लोगों ने काम और कॅरियर को प्राथमिकता दी। इन सबकी चाहतों पर शोध चलता रहा। अंत में वैज्ञानिकों ने पाया कि ये सभी लोग जो पैसा, शोहरत और कॅरियर के पीछे भागते रहे, वो अंत में खुद को खुश नहीं रख पाए। पर इनसे इतर जिन लोगों ने रिश्तों को अहमियत दी, जिन लोगों ने रिश्तों को जिया, वो अंत तक खुश रहे। इस शोध में शामिल डेढ़ हजार लोगों में से अब कुछ ही लोग जीवित बचे हैं और अभी शोध चल ही रहा है। पर वैज्ञानिकों ने अभी तक के शोध में यही पाया है कि जिन्होंने बेहतरीन रिश्तों को तरजीह दी, उनकी खुशी का स्तर सबसे ऊपर रहा।

वैज्ञानिकों ने लिखा है कि जिनके पास अच्छे रिश्ते होते हैं, वो संसार में सबसे अधिक खुश रहते हैं। खुशी के आधार की इस रिपोर्ट में आखिर में इतना ही लिखा है कि जिन लोगों ने पैसों की कामना की थी, जिन लोगों ने घर, गाड़ी, सोना, शेयर, शराब, विलासिता, अमीरी और ढेरों चीजों की कामना की थी, वो आखिर में बहुत खुश नहीं थे। पर जिन लोगों ने खुद को रिश्तों में रखा था, वो आखिर तक खुश रहे। मतलब रिश्ते खुशी देते हैं। वही खुशी अंत तक साथ देती है।

इस रिपोर्ट को देखने के बाद संजय सिन्हा को उनके सवाल का जवाब मिल गया कि माँ हमेशा खुश क्यों रहती थी। माँ की लोगों के साथ रिश्तेदारी अनंत थी। मैं कई बार आपको बता चुका हूँ कि मेरी याद में एक भी दिन ऐसा नहीं गुजरा होगा, जिस दिन हमारे घर कोई रिश्तेदार नहीं आया होगा। ऐसा एक भी दिन मुझे याद नहीं कि हमारे घर चार और लोगों के लिए खाना न बना हो। माँ की मौसेरी बहन की ननद की देवरानी के मामा भी हमारे घर किसी काम से आए तो खुश होकर गए। ऐसे कई रिश्तेदार हमारे घर आते थे, जिनसे न हम पहले कभी मिले थे, न दुबारा कभी मिलना हुआ। ऐसे ही हमारे गाँव से कोई भी कभी बीमारी के इलाज के लिए चला आता तो महीनों रह जाता। कोई यूँ ही शहर घूमने चला आया तो रह गया तो रह ही गया।

और जिस दिन माँ बीमार हो गई, उस दिन के बाद तो मैंने यही देखा कि लोग माँ से मिलने पता नहीं कहाँ-कहाँ से चले आते थे। माँ की बीमारी के उस एक साल में हमारे घर लोगों का ताँता लगा रहा।

माँ कभी अकेली नहीं रही। आज मैं हारवर्ड विश्वविद्यालय की उस रिपोर्ट के सच को समझ गया हूँ कि माँ सचमुच कभी दु:खी नहीं हुई तो उसकी सिर्फ एक वजह थी कि माँ रिश्तों को जीती थी।

इस रिपोर्ट का पूरा सार इतना ही है कि जो आदमी रिश्तों को जीता है, वही खुश रहता है। जिनके पास लोग नहीं होते, उनके पास चाहे सबकुछ हो, वे अंत तक खुश नहीं रह पाते।

माँ ने तो बिना इस रिपोर्ट को पढ़े खुशी का मंत्र जान लिया था।

पर हम तो वैज्ञानिक शोध के बाद जान चुके हैं, फिर देर किस बात की?

आइए, हम खुशी की इस रेसेपी को आज से ही अमल में लाने की कोशिश करते हैं। कोशिश इतनी ही कि जब तक रहें, बेहतरीन रिश्तों को जिएँ। जब तक रहें, खुश रहें।

□

चोर

आजकल मैं एक चोर की तलाश कर रहा हूँ। वो चुपके से मेरे घर में घुस गया और मुझे पता ही नहीं चला। मुझे ही नहीं, मेरे घर में किसी को पता नहीं चला। सच कहूँ तो पता चलते-चलते भी काफी समय निकल गया और अब लग रहा है कि सबकुछ जानते समझते हुए भी मैंने चोर को घर में घुसने दिया।

यकीनन आप सोच रहे होंगे कि संजय सिन्हा के घर कब और कैसे चोर घुस गया कि उन्हें पता ही नहीं चला। आप हैरान हो रहे होंगे कि संजय सिन्हा इतनी सुरक्षा वाली सोसाइटी में रहते हैं, फिर चोर की हिम्मत कैसे हुई, जो चुपचाप उनके घर में घुस गया।

रुकिए, जैसे ही मैं आपको बताऊँगा कि वही चोर आपके घर में भी घुस गया है, तो आप चौंक जाएँगे। जैसे ही मैं आपको बताऊँगा कि उस चोर ने आपके घर में भी चोरी की है, तो फिलहाल तो आप हँसेंगे कि संजय सिन्हा बहकी-बहकी बातें करने लगे हैं। लेकिन जैसे ही आप ठीक से घर में झाँकेंगे, आप समझ जाएँगे कि बात तो सही है। आप सोच में पड़ जाएँगे कि सचमुच एक चोर कब घर में घुस गया, पता ही नहीं चला।

जिन दिनों मैं जनसत्ता अखबार में काम करता था, मेरी ड्यूटी कुल छह घंटे की होती थी। तीन शिफ्ट होती थी, सुबह दस से चार बजे तक, दोपहर में तीन से नौ बजे तक और रात में आठ से दो बजे तक। शायद हमें थोड़े कम पैसे मिलते होंगे, पर हमारे पास अपने लिए खूब समय होता था। छह घंटे की नौकरी ऐसी थी कि हम तीन से नौ की शिफ्ट में काम करने के बाद जब घर लौटते, तो भी हम खाना बनाकर खा लेते थे। मैं और मेरी पत्नी साथ-साथ रसोई में लगते और आधे घंटे में कुछ बढ़िया बना लेते। फिर साथ-साथ डाइनिंग टेबल पर बैठकर डिनर करते। सुबह ब्रेकफास्ट भी साथ करते थे।

मुझे याद है कि मेरे पिताजी भी जब दफ्तर जाते थे, तो वो नाश्ता करके घर से निकलते

थे, दोपहर में लंच घर आकर करते थे और फिर शाम को चाय के समय घर पहुँच जाते। मतलब वो काम करते थे और पूरे परिवार के साथ जिंदगी जीते थे। शादी-ब्याह में परिवार के साथ जाने का उनके पास समय होता था। खानदान में किसी की शादी हो, हम जरूर जाते थे। गर्मी की छुट्टियों में हमारी नानी और बुआ का घर हम बच्चों के लिए स्वर्ग बन जाता था। हम खूब खेलते थे।

पता नहीं कब और कैसे अधिक देर तक दफ्तर में रुकना फैशन बन गया। पहले तो प्रिंट से इलेक्ट्रॉनिक मीडिया में जब मैं आया, तो छह की जगह नौ घंटे की ड्यूटी हो गई। फिर बड़े घर में शिफ्ट करने के लालच ने घर से दफ्तर की दूरी बढ़ा दी। और एक ऐसा समय आ गया कि मेरी सारी ऊर्जा सिर्फ और सिर्फ दफ्तर आने-जाने, वहाँ काम करने में खर्च होने लगी। पहले साथ-साथ लंच छूटा, फिर ब्रेकफास्ट और अब डिनर। किसी ने ये फैला दिया कि रात का खाना शाम को ही खा लेना चाहिए। मतलब पत्नी और बेटे के साथ रात का खाना गया। दोपहर का खाना पहले ही जा चुका था। सुबह भागते हुए तैयार होने के चक्कर में नाश्ता साथ बैठकर करने का रिवाज कब खत्म हुआ, पता ही नहीं चला।

और अब तो ये आलम है कि रात में जब घर आता हूँ तो इतना थक चुका होता हूँ कि कई बार जूते पहने हुए सोफा पर ही निढाल होकर गिर पड़ता हूँ।

शुरू में पता नहीं चला। पर पिछले कुछ दिनों से मैं अपने समय को ढूँढ़ रहा हूँ। मैंने काफी ढूँढ़ा है, पर समय नहीं मिल रहा। पत्नी से बात की, बेटे से पूछा। सबने यही कहा कि अरे, उनका समय भी नहीं मिल रहा। मतलब हम तीनों को पता ही नहीं चला कि कौन हमारे समय को चुपके से हमारी जिंदगी से चुरा कर ले गया।

मैं तो मीडिया में हूँ। मैं ऐसे ही थोड़े न मानने वाला था। शहर के सारे पुलिस अधिकारी मेरे मित्र हैं। बड़े-बड़े नेता मेरे मित्र हैं। मैंने सबको फोन लगाया कि मेरा समय किसी ने चुरा लिया है। यहाँ तक कि मेरी पत्नी और बेटे को भी चोर ने नहीं छोड़ा है। बहुत बेदर्दी से उसने उनके समय को भी चुरा लिया है। प्लीज, आप रिपोर्ट लिखें और चोर को पकड़ें। हमें तो पता ही नहीं चला कि कई दिनों या कई वर्षों से हम जी ही नहीं रहे, जीने की तैयारी कर रहे हैं, बस। पहले मैं जीता था, पर लगता है किसी ने चोरी नहीं की, डकैती ही कर ली है।

संजय सिन्हा की शिकायत सुनकर उनके पुलिस अधिकारी मित्र भी हैरत में पड़ गए। जितनों को मैंने फोन किया, सब के सब चुप हैं। बड़े-बड़े नेताओं की सिफारिश भी काम नहीं आ रही, क्योंकि जिनसे मैंने कहा कि मेरे घर से समय की चोरी हो गई है,

सबने अपना सिर पकड़ लिया। सबने यही कहा है कि ओह! उसी चोर ने उनके घर भी सेंध लगाई और उन्हें भी पता नहीं चला। मेरे सारे मित्र हैरान हैं, परेशान हैं।

मेरा और मेरे मित्रों का तो जो जाना था, चला गया। पर आप अपने घर पर कड़ी चौकसी रखिएगा। ध्यान रखिएगा कि कोई चोर आपके समय को चुरा कर भाग न जाए। वो बड़ा शातिर है, कब घर में घुसता है, पता भी नहीं चलता। उस पर नजर रखने के लिए आपको बस इतना ही करना है कि चाहे जो हो, सुबह नाश्ता आप परिवार के साथ करेंगे। दोपहर का भोजन करने के लिए घर आना शायद मुश्किल हो, पर रात में खाना सब साथ खाएँगे।

हफ्ते में एक दिन सबके साथ सिनेमा देखेंगे, बाजार जाएँगे, बच्चों के साथ कोई गेम खेलेंगे, तो चोर की हिम्मत नहीं होगी आपके घर में घुसने की। करना आपको ही है। नहीं तो एक दिन आप भी मेरी और मेरे दोस्तों की तरह रिपोर्ट-पर-रिपोर्ट लिखाते रह जाएँगे, लेकिन जो चला जाएगा, वो लौट कर नहीं आएगा। कैसे आएगा? बचपन से यही सुनता आ रहा हूँ कि जो समय एक बार चला जाता है, फिर लौट कर नहीं आता।

□

संतान

बहस छिड़ गई थी कि आदमी को जिंदगी में क्या चाहिए होता है ? मैं इस तरह की बहस से खुद को बचाता हूँ। आमतौर पर मैं ऐसी बहस में पड़ना नहीं चाहता, क्योंकि इसमें अगर आप जीत भी गए, तो भी हार ही जाएँगे। अब दोस्तों से, परिचितों से इस पर भला क्या बहस की जा सकती है !

मेरे कई जानने वाले उस दिन उस पार्टी में बैठे थे। मेरे सभी परिचित बढ़-चढ़कर अपने वैभव का प्रदर्शन कर रहे थे। कोई कह रहा था कि उसने फलाँ जगह कोठी खरीद ली है, तो कोई कह रहा था कि उसने तो पूरा होटल ही खरीद लिया है।

बड़े लोग, बड़ी बातें चल रही थीं।

ऐसे में किसी ने मुझे टोका कि संजय सिन्हा आपने क्या कमाया जिंदगी में ?

मैं चुप था। मेरे पास मेरे परिचितों की तरह बैंक बैलेंस नहीं। हम पति-पत्नी दोनों खूब मेहनत करते हैं और अपनी हैसियत से ठीक-ठाक जिंदगी जीते हैं। हमने मेहनत से जितना कमाया है, वो हमारे लिए कम नहीं। पर हाँ, हमारे पास बहुत बड़ा बैंक बैलेंस नहीं, हम किसी होटल के मालिक नहीं, हमारे पास कोठियाँ नहीं।

ऐसे में मैं भला क्या कहता ?

पर मेरे परिचित नहीं माने। उनमें से एक ने मुझसे कहा कि संजयजी, आपने इतनी पढ़ाई की, आपने इतने साल नौकरी की, पर आपके पास कुछ नहीं है सिवाय नौकरी के। हमारे पास देखिए, हमने तो ठीक से स्कूल की पढ़ाई भी नहीं की, पर हमने कितने पैसे कमाए। कितनी शानदार जिंदगी जी रहे हैं हम।

मैं सिर्फ मुस्कुराता रहा।

पर जब बार-बार कुछ बोलने को कहा तो मैंने सबसे सिर्फ इतना ही कहा कि मुझमें और आपमें एक अंतर है।

सबने पूछा, क्या?

मैंने कहा कि आप में से कितने लोग चाहते हैं कि उनकी संतान उनकी तरह बने?

सब के सब चुप।

मैंने फिर पूछा कि सोचिए, क्या आप चाहते हैं कि आपके बच्चे भी ठीक से स्कूल-कॉलेज की पढ़ाई न करें और आपकी तरह ही पैसे कमाने लगें?

सबने कहा, नहीं, हम चाहते हैं कि हमारे बच्चे खूब पढ़ें। आई.आई.टी. में जाएँ। एम.बी.ए. करें। डॉक्टर बनें। असल में बच्चे ठीक से पढ़ाई नहीं कर रहे, इसलिए हमारी चिंता ये भी है कि हम उनके लिए कुछ अधिक छोड़ जाएँ, या पैसों के बूते उन्हें सेट कर दें।

मैंने बहुत गंभीरता से कहा कि यही अंतर है। आप नहीं चाहते कि आपके बच्चे आपकी तरह बनें। इसका मतलब है कि आपके दिल के किसी कोने में ये बात बैठी है कि आप जिस तरह की कमाई करते हैं, उस तरह की कमाई आपको पसंद नहीं। आप पैसे जरूर कमा रहे हैं। लेकिन आप अपनी संतान को अपनी तरह नहीं बनाना चाहते।

मुझे देखिए। मेरे पिता मुझे बैठा कर समझाया करते थे कि तुम मेरी तरह बनना। मैं अपने बेटे को समझाता हूँ कि तुम बड़े होकर मेरी तरह बनना। मेरे पिता को अपने काम पर भरोसा था, अपनी कमाई पर भरोसा था कि वो सौ फीसदी ईमानदारी से कमाया पैसा था। मुझे भी खुद पर भरोसा है कि चाहे जितना भी हो, एक-एक रुपया मेहनत का है, टैक्स देकर कमाया है।

मेरे पिता ने मुझे सिखाया था कि पैसे कितने कमाए, इससे अधिक महत्त्वपूर्ण है कि पैसे कैसे कमाए। मैंने अपने बेटे को भी यही सिखाया है कि पैसे कितने कमाए की चिंता मत करना। सिर्फ इस बात का ध्यान रखना कि कैसे कमाए।

आपकी कमाई का तरीका ही आपको ऐसा हौसला देता है कि आप चाहते हैं कि आपकी संतान आपकी तरह निकले, आपके पदचिह्नों पर चले।

मेरे वही परिचित मेरे ऐसा कहने के बाद से खुद से पूछ रहे हैं कि उन्होंने सचमुच में क्या कमाया? कुछ कमाया भी या यूँ ही सीमेंट, ईंट, कंक्रीट के जंगलों में उलझ कर रह गए हैं?

□

मर जाना किसी का

कल दफ्तर से निकल ही रहा था कि मेरी निगाह टी.वी. स्क्रीन पर पड़ी और मेरे कदम ठिठक गए।

खबर चल रही थी कि बड़ौदा में एक दूल्हे की शादी के मंडप तक पहुँचने से पहले ही मौत हो गई। वो अपने दोस्त के कंधे पर था और खुशी से झूम रहा था, अचानक वो बेहोश हुआ और मर गया।

हमारे लिए ये खबर थी। एक सनसनीखेज खबर। जब कोई मर जाता है तो हमें लगता है कि ये खबर है। हमें जिंदगी में उतना रस नहीं मिलता, जितना मौत में मिलता है। सभी पत्रकारों के लिए ये खबर थी, लेकिन मेरे लिए दुःख था, अफसोस था, शोक था, क्रोध था।

2 अप्रैल, 2013 को मेरे पास पुणे से एक अनजान व्यक्ति का फोन आया था और उसने मुझसे सिर्फ इतना पूछा था कि क्या आप संजय सिन्हा बोल रहे हैं? मेरे हाँ कहते ही उसने कहा था शायद आपके छोटे भाई की तबीयत बहुत खराब हो गई है। वो कुरसी पर बैठे-बैठे ही लुढ़क गए हैं। फोन करनेवाले ने मुझसे कहा नहीं था, लेकिन मैंने सुन लिया था कि वो कह रहा था कि उसकी साँस बंद हो गई है।

मेरा जवान भाई, जो कभी बीमार नहीं पड़ा, साठ सेकेंड में इस संसार को छोड़कर चला गया था। सबने कहा था, मैंने मान लिया था कि उसे अचानक दिल का दौरा पड़ा था और वो बच नहीं पाया। सबने कहा था मैंने मान लिया था कि जीवन और मृत्यु ईश्वर के हाथ में है।

भाई की मौत को मैं सह नहीं पाया था। मैं कई डॉक्टरों से मिला। अपने दिल का हाल बताया। बताया कि भाई के जाने के बाद मेरी जीने की चाहत ही नहीं बची। डॉक्टरों ने मुझे ज्ञान दिया। मुझे बताया कि होनी को कोई टाल नहीं सकता। और एक डॉक्टर ने मुझसे कहा कि मरना तो एक दिन सबको है। लेकिन सोचिए कि कितनों को ऐसी मौत

नसीब होती है, जिसमें कोई तकलीफ नहीं हुई और हँसता-खेलता वो संसार से चला गया।

डॉक्टर ने मुझे समझाने को समझा दिया था। लेकिन मैंने अपने भाई की मौत की सच्ची वजह जाननी चाही। मैंने देश-विदेश में कई लोगों से बात की। बीमारी की तह तक गया।

आपको याद होगा कि मैंने पहले भी इस पर कहानी आपको सुनाई थी। मैंने लिखा था कि दिल्ली के पास नोएडा के ग्रेट इंडिया प्लेस मॉल में साल भर पहले एक आई.ए.एस. अधिकारी की ऐसे ही मृत्यु हो गई थी। वो अपनी पत्नी और बच्ची के साथ रेस्तराँ में खाना खा रहे थे कि अचानक गिरे, साँस रुकी और दिल सदा के लिए बंद हो गया। उनकी पत्नी ने एंबुलेंस और डॉक्टर को फोन किया था, पर वो बहुत पहले मर चुके थे। ठीक वैसे ही, जैसे मेरे भाई की मौत हो गई थी। ठीक वैसे ही जैसे एक दिन बैठे-बैठे फिल्म स्टार संजीव कुमार की हो गई थी। अमजद खान की हो गई थी। शफी इनामदार की हो गई थी। विनोद मेहरा की हो गई थी। पौराणिक कहानियों में सत्यवान की हो गई थी। सत्यवान की पत्नी सावित्री तो अपने पति की अचानक हुई मौत को सह नहीं पाई थी और उसकी छाती पर सिर पटक-पटक कर वो खूब रोई थी। कहते हैं कि उसकी चीख-पुकार और शव की छाती पर सिर पटकने से यमराज भी घबरा गए थे और उन्हें उसके पति की आत्मा को लौटाना पड़ा था।

सोचिए, सावित्री ने एंबुलेंस को फोन करने में, डॉक्टर को या वैद्य को बुलाने में जरा भी समय जाया नहीं किया था। उसने पति की छाती पर सिर पटकना शुरू कर दिया था। जोर-जोर से हाथ मारने लगी थी और पति की साँसें लौट आईं थीं। दुनिया ने मान लिया कि वो सती-सावित्री थी, इसलिए वो भगवान से लड़कर अपने पति की जान लौटा लाई थी।

काश हमारे हुक्मरान पौराणिक कहानियों को पढ़कर ही सही, उन्हें तर्क की कसौटी पर कसने की सोचते और हमारे बच्चों को ये सब पढ़ाते, तो कल शाम बड़ौदा में दोस्त के कंधे पर नाचते हुए सैकड़ों आदमियों की मौजूदगी में दूल्हे की मौत नहीं हुई होती। मेरे छोटे भाई की मौत फोन करनेवाले की आँखों के आगे नहीं हुई होती। संजीव कुमार, शफी इनामदार, अमजद खान, विनोद मेहरा की मौत भी नहीं हुई होती।

काश हमारे हुक्मरान असली पढ़ाई का मतलब समझते और उसे स्कूल की किताबों में पढ़ना अनिवार्य कर देते! काश वो मौत के आगे जीवन के मोल को समझते! अगर वो समझते तो मिडल स्कूल में बच्चों की प्राथमिक चिकित्सा की पढ़ाई के सिलेबस में

इसे शामिल करा देते। बच्चों को स्कूल में पढ़ा दिया जाता कि इस तरह अगर किसी की साँस रुक जाए, दिल की धड़कन बंद हो जाए तो इसे हार्ट अटैक नहीं कहते, बल्कि हार्ट फेल होना कहते हैं। इसे सडेन कार्डियक अरेस्ट कहते हैं। ये किसी को भी हो जाए, तो आदमी बच सकता है। पर बचने के लिए कुछ मिनट का ही समय होता है। उसमें करना कुछ नहीं होता, बस सावित्री आसन से उसकी छाती के बीच में दोनों हाथों को बाँध कर जोर-जोर से मारना होता है। अधिकतर मामलों में साँस लौट आती है। आदमी जी उठता है।

मैं सुनी-सुनाई बात नहीं कर रहा। मैंने खुद इस प्रयोग को एक बार जयपुर से दिल्ली आते हुए बहरोड में किया है। मेरी बस में सवार एक लड़की मेरी आँखों के आगे खड़ी-खड़ी गिरी थी। भीड़ उसे घेर कर खड़ी हो गई थी। सब लोग कह रहे थे कि कोई डॉक्टर को फोन करो। पर क्योंकि अपने भाई को खोने के बाद मैंने इस विषय को गंभीरता से पढ़ा था और समझा था, तो मैंने उसकी नाक पर हाथ लगाया, साँस बंद हो चुकी थी। दिल को छूकर देखा तो धड़कन रुकी हुई थी। मैंने एक चांस लिया था कि सावित्री आसन से उसकी छाती के बीच में अपने दोनों हाथों जोर-जोर से मारा। साठ सेकेंड से भी कम वक्त लगा था, यमराज को उसकी जान लौटानी पड़ी थी। पचास लोगों की मौजूदगी में उसका दिल फिर धड़कने लगा था। ये कहानी भी मैं पहले आपको सुना चुका हूँ। कुछ देर में ही वहाँ एक डॉक्टर भी चले आए थे और उन्होंने सबके सामने यही कहा था कि अगर उसके साथ ऐसा नहीं किया जाता तो वो मर ही चुकी थी। उसे सडेन कार्डियक अरेस्ट हुआ था।

मेरी कहानी सुनने के बाद आज आप एक बार फिर गूगल पर जाकर सडेन कार्डियक अरेस्ट और सावित्री आसन के बारे में पढ़िएगा और फिर संजय सिन्हा के इस गुस्से को जायज ठहराइएगा कि हमारे हुक्मरान किस तरह जिंदगी के पाठ को लोगों को नहीं पढ़ने देते। जो सबक अमेरिका के स्कूलों में हर बच्चे को पढ़ाया जाता है, आम आदमी को ऐसी स्थिति में जिस मशीन से शॉक देना होता है, उस मशीन को चलाना सिखाया जाता है, उसे हम समझने की कोशिश भी नहीं करते। हम अंग्रेजी पढ़ते हैं, पर जीवन को नहीं पढ़ते।

हमारे हुक्मरानों के लिए असल में जिंदगी का मोल है ही नहीं। होता तो वो ऐसे विषयों को पढ़ाई में शामिल कराते। पर फुर्सत किसके पास है जीवन का पाठ पढ़ने की। प्रेम का पाठ पढ़ने की। रिश्तों का पाठ पढ़ने की। हमें तो नफरत का पाठ पढ़ाने में मजा आता है। हमें मौत का पाठ पढ़ाने में मजा आता है।

आप संजय सिन्हा के गुस्से पर मत जाइए। वो तो ऐसी मौत पर पूरी भीड़ को ही हत्यारा मान बैठते हैं। वो हुक्मरानों को हत्यारा मान बैठते हैं। पर उनके मानने से क्या होगा, आप तो टी.वी. देखिए और मौत के खेल को देखकर उस पर चर्चा कीजिए कि अरे ऐसे कैसे कोई शादी के मंडप में जाने से पहले ही मर गया।

थोड़े से अफसोस के बाद इसे ईश्वर की मर्जी कहकर अपने काम में लग जाइएगा।

आपको नहीं रोना है। रोना उनको है, जिनके अपने चले जाते हैं, जरा सी अज्ञानता से, जरा सी लापरवाही से। जैसे मैं रो रहा हूँ।

□

दान

मेरे एक परिचित बता रहे थे कि उनके बेटे ने माँ से कहा है कि वो कभी शादी नहीं करेगा।

मैंने परिचित से कहा कि आपका बेटा तो अभी दस साल का भी नहीं हुआ है। उसे भला ऐसा कहने की क्या जरूरत पड़ गई? वो तो अभी शादी का मतलब तक नहीं समझता होगा।

मेरे परिचित ने मुस्कुराते हुए बताया कि उनके दस साल के बेटे ने उनके मोबाइल में व्हाट्सऐप पर एक मेसेज को देखकर ऐसा बोला।

"ऐसा कौन सा संदेश था?"

"इन दिनों व्हाट्सऐप पर एक वीडियो चल रहा है, जिसमें ये दिखलाया गया है कि एक बूढ़ी और अंधी माँ अपने बेटे से मिलने उसके घर पहुँचती है, तो बेटे के सिक्योरिटी गार्ड उसे धक्के मार कर वहाँ से निकाल देते हैं। बाहर निकली अंधी माँ सड़क पर किसी गाड़ी से टकरा जाती है और उसकी मृत्यु हो जाती है। बाहर भीड़ जुटती है, तो उसका बेटा भी बाहर निकलता है। बुढ़िया के हाथ में एक चिट्ठी होती है, जिसमें लिखा होता है कि बचपन में बेटा अंधा था, तो माँ ने उसे अपनी आँखें दान की थीं।

बेटे को पहली बार पता चलता है कि जो बेटा माँ को छोड़कर पत्नी के साथ शहर में रह रहा होता है, उसकी आँखें माँ की दी हुई हैं। बस इसी वीडियो को देखने के बाद मेरे बेटे ने माँ से कल आकर कहा कि वो कभी शादी नहीं करेगा। वो कभी माँ को नहीं छोड़ेगा।"

इतनी कहानी सुनने के बाद संजय सिन्हा के मुँह से सहज भाव से निकला, वाह! बहुत मार्मिक कहानी है। पर इस कहानी पर बेटे ने जब माँ से कहा कि वो कभी शादी नहीं करेगा, हमेशा माँ के साथ रहेगा, तो माँ की प्रतिक्रिया क्या थी? और बेटे के मन में ये

भाव क्यों आया कि वो पत्नी के साथ है, इसलिए माँ के साथ नहीं रह सकता?

मेरे परिचित ने कहा कि माँ की प्रतिक्रिया क्या होगी? वो तो एकदम इमोशनल हो गई। उसने बेटे को गले से लगा लिया। और कहा, "अले मेला बेटा, माँ से इतना प्यार कलता है। और शादी नहीं करेगा, ऐसा उसने इसलिए कहा, क्योंकि उसे लगा होगा कि शादी के बाद माँ छूट जाती है।"

संजय सिन्हा परिचित की बातों को सुनकर चुप थे। मन में सोच रहे थे कि उम्र के कितने नाजुक पड़ाव पर एक माँ ने बेटे के मन में इस भाव को पनप जाने दिया कि विवाह के बाद जिस औरत से बेटे का रिश्ता जुड़ता है, वो रिश्ता माँ से उसे दूर कर देता है।

असल में ये रिश्तों का एक कुचक्र है। इसे बिना सोचे-समझे हम बाल मन में बिठा देते हैं। एक तरफ लड़कियों की माँएँ अपनी बेटियों को ट्रेनिंग दे रही होती हैं कि शादी के बाद वहाँ पति की जो माँ तुम्हें मिलेंगी, वो तुम्हारी दुश्मन होंगी। दूसरी तरफ बेटों की माँएँ अपने उस बेटे को गले लगाकर इमोशनल होने लगती हैं, जिसमें वो किसी संदेश को देखकर, सुनकर या पढ़कर मन में ये भाव पैदा होने देता है कि शादी के बाद जो औरत उसकी जिंदगी में आती है, वो माँ से उसे दूर कर देती है। परवरिश के ये दोनों ही भाव एक भावी रिश्ते के लिए नासूर बन जाते हैं। बाद में इन रिश्तों के जिस हश्र की कहानियाँ हम सुनते हैं, उनमें भले बेटे के सुरक्षा गार्ड ने बूढ़ी और अंधी माँ को घर में नहीं घुसने दिया, पर दोष बेटे की पत्नी पर जाकर फूटता है। असल में उसके बाल मन में ऐसी कहानियों से दो औरतों के बीच के द्वंद्व का जो जहर पैदा हुआ, उसे बचपन में माँ ही दूर कर सकती थी। अगर वो अपने बेटे को गले लगाकर ये नहीं कहती कि अले मेला बेटा, माँ से इतना प्यार कलता है...तो बेटे के मन में शादी के साथ माँ के छूटने का खौफ नहीं पनपता।

संजय सिन्हा को लगता है कि लड़के की माँ को ये कहना चाहिए था कि नहीं बेटा, इसमें तुम्हारी पत्नी का क्या कसूर? वो तो रानी बेटी होगी। तुम्हें और मुझे दोनों को वो बहुत खुश रखेगी।

उधर लड़की की माँ अगर अपनी बेटी को ये पाठ पढ़ाती कि तुम जिस घर में जाओगी, तुम्हारे रूप और गुण को देखकर तुम्हारे पति की माँ तुम्हें गले से लगा लेगी और कहेगी, "अरे मेरी रानी बेटी, तुम्हारी माँ ने तुम्हें कितना संस्कारी और गुणवान बनाया है। तुम मेरा कितना खयाल रखती हो।"

दो औरतों के बीच का ये रिश्ता संसार का सबसे सुंदर रिश्ता हो सकता था, अगर

बचपन में ही इन दो रिश्तों के बीच की खाई को पाटने का काम दोनों ओर से माँएँ करतीं।

रिश्तों के संसार में देर है अँधेर नहीं। आज से भी कोशिश करके देखिए। फिर सुरक्षा गार्ड की क्या हिम्मत, जो किसी अंधी बुढ़िया को धक्के मार कर निकाल सके।

□

भविष्यवाणी

मेरे दफ्तर में कई तरह के पंडित आते रहते हैं। कोई उन्हें हाथ दिखलाता है, कोई कुंडली। कल शाम एक पंडितजी अपने प्रोग्राम का आइडिया लेकर हमारे पास आए थे। मेरे एक साथी ने यूँ ही उन्हें अपनी हथेली दिखा दी और पूछ बैठा कि पंडितजी जरा देखिए तो मेरा भविष्य कैसा है?

पंडितजी ने हथेली को पढ़ना शुरू कर दिया। कहने लगे कि आपकी जिंदगी में सबकुछ ठीक है, लेकिन आपको अपनी जुबान पर नियंत्रण रखना होगा। वही आपकी दुश्मन है। आपके विकास में बाधा है। उसकी वजह से होता हुआ काम रुक सकता है। दोस्त दुश्मन बन सकते हैं।

मेरा साथी तो एकदम सन्न रह गया। वो एकदम चहक उठा, "आप बिल्कुल सही कह रहे हैं, पंडितजी। मुझसे किसी की गलती बर्दाश्त ही नहीं होती। मैं किसी से डरता भी नहीं। अगर कोई गलत करता है, तो फिर मैं सह नहीं पाता और मेरे मन में जो आता है, मैं बिना भय के बोल देता हूँ। और इसका खामियाजा भी भुगतने को तैयार रहता हूँ।"

पंडितजी मुस्कुराने लगे। उनकी विद्वत्ता पर मुहर लग गई थी।

मेरा साथी जब मेरे केबिन से बाहर निकला तो मैंने पंडितजी से कहा कि आपने तो बहुत सही बताया। मेरे उस साथी का प्रमोशन कई सालों से रुका पड़ा है। वो है तो मेहनती, पर ये भी सच है कि वो दोस्त कम, दुश्मन अधिक बना लेता है। उसका सबकुछ ठीक चलता है। लेकिन ऐन वक्त पर वो ऐसी कोई बात कह बैठता है कि उससे कोई भी नाराज हो जाता है। मैंने भी उसे कई बार समझाया है कि बेवजह दुश्मनी नहीं बढ़ानी चाहिए। पर कई लोगों को ये भ्रम होता है कि वो सत्य के इतने बड़े पुजारी हैं कि वो अपना सबकुछ गँवा कर भी दोस्त को दुश्मन बनाने पर उतर आते हैं। पर जो भी हो, पंडितजी, आपने बहुत सही भविष्यवाणी की।

पंडितजी मुस्कुराने लगे। कहने लगे कि संजयजी, कुंडली एक चीज होती है। हाथ की

लकीरों में भी बहुत कुछ होता है। लेकिन आपके साथी के मामले में मैंने न तो उनकी कुंडली देखी है, न उनके हाथ की लकीरों को पढ़ने की कोशिश की है। मैं तो लिफ्ट से ऊपर आ रहा था, तो ये भी किसी के साथ थे। ये लिफ्ट में अपने साथी से बातें कर रहे थे। किसी से कह रहे थे कि मैंने तो आज उसे वो कह दिया है, जिसे कहने की किसी में हिम्मत नहीं। मैंने उसकी सारी पोल खोल दी है।

बस मैंने इतना सुना था। जब ये मेरे पास अपनी हथेली दिखाने आए तो मैंने उन्हें पहचान लिया। मैंने इनकी किसी लकीर को पढ़ने की जहमत नहीं उठाई है, बस लिफ्ट वाली बात सुनकर मैंने कह दिया कि आपकी जुबान ही दुश्मन है। आपके बनते काम बिगड़ जाएँगे। दोस्त दुश्मन बन जाएँगे।

पंडितजी कह रहे थे कि इसमें कोई रॉकेट साइंस की जरूरत नहीं थी। कुछ लोगों को बीमारी होती है बढ़-चढ़कर बोलने की। किसी को बेवजह नीचा दिखलाने की। ऐसे लोग इस बात से खुद को अधिक संतुष्ट दिखलाने की कोशिश करते हैं कि वो किसी से नहीं डरते। वो किसी को कुछ भी कह सकते हैं। अब आपके साथी जब लिफ्ट में किसी से ये कह रहे थे कि मैंने वो कह दिया है, जिसे कहने की किसी में हिम्मत नहीं, तो यकीनन उन्होंने किसी ऐसे व्यक्ति को आज अपना दुश्मन बना लिया है, जो कुछ तो होगा ही। वरना वो ऐसा नहीं कहते कि किसी की हिम्मत नहीं उन्हें कुछ कहने की। मैं नहीं जानता कि वो किसकी बात कर रहे थे, पर इतना कह सकता हूँ कि आज उन्होंने केवल बड़बोलेपन में एक व्यक्ति से बिगाड़ मोल लिया होगा। अब चाहे वो किसी से कुछ भी कहें, उन्हें मन में लग रहा होगा कि एक दुश्मन और बढ़ गया।

ऐसे लोग अपना नुकसान समझ तो लेते हैं। लेकिन समझ तब आती है, जब नुकसान हो चुका होता है। ऐसे लोगों को कई बार दूसरे भी इस्तेमाल कर लेते हैं अपना हित साधने के लिए। लोग जब जान जाते हैं कि ये आदमी किसी को कुछ भी बोल सकता है तो लोग उनसे कुछ भी बुलवा देते हैं। बाद में उनकी पीठ ठोंकते हैं कि वाह! तुम्हारी हिम्मत के क्या कहने!

अपनी वाहवाही में वो आदमी समझ नहीं पाता कि उसने अपना क्या नुकसान कर लिया। असल में हर रिश्ते की एक अहमियत होती है। जो लोग सोच समझकर बोलते हैं, बड़बोले नहीं होते, उनके दुश्मन कम होते हैं। जिनके दुश्मन कम होते हैं, उनकी प्रगति की राह भी आसान होती है। पर जो लोग किसी के बहकावे में आकर या अपने अधिक बोलने की आदत के कारण कुछ भी बोलने को अपनी शान समझते हैं, उनके दुश्मन भी बैठे बिठाए बनते रहते हैं। और इतना तो आपको भी पता ही है संजयजी कि दुश्मन और बीमारी को छोटा समझना नहीं चाहिए।

पंडितजी बोल कर मुस्कुरा रहे थे।

मैं सोच रहा था कि इन्हें काम पर रख लेता हूँ। ये पंडित कैसे होंगे, पता नहीं, लेकिन जिंदगी की भाषा जो समझे, रिश्तों की भाषा जो समझे, उससे बड़ा पंडित भला दूसरा कौन हो सकता है।

खैर, मैं पंडित नहीं हूँ; लेकिन आज एक भविष्यवाणी मैं भी करता चलूँ कि दोस्ती से फायदे होते हैं, दुश्मनी से नुकसान। इसके लिए लकीरों को पढ़वाने की जरूरत नहीं। खुद को पढ़ने की जरूरत होती है, बस।

□

दुआ का दर्द

मेरे परिचित का फोन आया था कि मैं उनसे मिलूँ। उन्होंने इतने कातर स्वर में मुझे अपने घर बुलाया था कि मुझे जाना ही पड़ गया। नोएडा से जनकपुरी की दूरी बहुत अधिक भी नहीं है, लेकिन वहाँ जाने में मुझे दो घंटे से अधिक लग गए।

दो सौ गज की उनकी कोठी के बाहर एक बल्ब जल रहा था, जिसकी रोशनी इतनी कम थी कि उसके जले होने या बुझे होने में शायद कोई अंतर नहीं था। घर के बाहर पहुँचकर मैं दो मिनट के लिए ठिठका था। समझ में नहीं आ रहा था कि मैं सही जगह पहुँचा भी हूँ या नहीं। कई सालों के बाद आया था। पहले यहाँ रौनक हुआ करती थी। आज घर के बाहर छाई उदासी को देखकर मेरे मन में ये दुविधा हुई कि मैं सही जगह पहुँचा या नहीं।

पता बिल्कुल सही था।

मैंने दरवाजे के बाहर लगी घंटी बजाई। दो मिनट में दरवाजा खुला, सामने मेरे परिचित थे।

मुझे देखकर परिचित बहुत खुश हुए। उन्होंने मुझे दरवाजे पर ही गले लगा लिया। उनकी पत्नी भी मुझसे मिलने आईं। मैंने उन्हें नमस्ते की। और जैसा कि होता है, जब कोई किसी के घर जाता है तो पहले ड्राइंग रूम में सोफे पर बिठाया जाता है, फिर पूछा जाता है कि आप कैसे हैं? आने में तकलीफ तो नहीं हुई? क्या लेंगे? ठंडा या गर्म? तो इस तरह की सारी औपचारिकताएँ हुईं।

मेरे परिचित ने बिना अधिक समय गँवाए मुझसे ये मनवा लिया कि मैं रात का खाना वहीं खाऊँगा।

घर में छाई उदासी को देखकर लग रहा था कि मेरे परिचित मुझसे कुछ खास कहना चाहते हैं। पर बात शुरू कौन करे।

मैंने ही पूछा कि आपके दोनों बेटे लगता है, पूरी तरह बाहर ही सेटल हो गए हैं?

"हाँ, मनोज तो ऑस्ट्रेलिया में ही सेटल हो चुका है। उसे वहाँ स्थायी रूप से रहने की अनुमति मिल गई है। वो पीआर कहते हैं न! वो उसे मिल गया है। उसने वहीं मकान खरीद लिया है।

सौरभ तीन साल के लिए अमेरिका गया था, लेकिन वो भी अब ग्रीन कार्ड के लिए कोशिश कर रहा है, मतलब वहीं रहना चाहता है। संजयजी, एक बार जो बाहर चला जाए, वो फिर भला कहाँ लौट कर आता है?

"अच्छा है, यहाँ की रोज-रोज की किचकिच से दूर है। वहाँ जिंदगी अच्छी तो है ही।"

"पता नहीं। मैं तो कभी बाहर नहीं गया।"

"तो आप जाइए। मैं तो कहता हूँ कि आप छह महीने अमेरिका रहिए और छह महीने ऑस्ट्रेलिया। दोनों बेटे अच्छा कमाते हैं, दोनों की शादी हो चुकी है, आप आराम से रहेंगे। भाभीजी का भी मन लगेगा।"

"काश ऐसा होता संजयजी! दोनों बेटों को पढ़ाने में अपनी जिंदगी गुजार दी। अब दोनों चले गए। दोनों का अपना परिवार है। अब हम कहाँ जाएँगे? हम तो एकदम अकेले रह गए हैं। इस घर में दिनभर इधर-से-उधर डोलते रहते हैं। न भूख लगती है, न नींद आती है। लगता है जिंदगी अकेली रह गई है। मेरी पत्नी तो अब कुछ बोलती ही नहीं। एकदम चुप्पी साधे रहती है। आपको इसीलिए तो बुलाया था कि कुछ बातचीत करेंगे। थोड़ा मन लगेगा, वरना पूरा घर अब काटता है।"

मेरे परिचित कुछ-कुछ और बोल रहे थे। मैं कई साल पीछे की यादों में चला गया था। अधिक पुरानी याद भी नहीं। मेरे परिचित की माँ इसी मकान में रहने गाँव से दिल्ली आई थीं। तब ये पति-पत्नी दोनों व्यस्त थे। दोनों अपनी नौकरी में व्यस्त थे। दोनों अपने बच्चे पालने में व्यस्त थे। माँ घर में अकेली रहती थीं। फिर माँ से बहू की खूब खटपट होने लगी थी। मेरे परिचित ने माँ को शायद किसी वृद्ध आश्रम में भेज दिया था। कहा था कि वहाँ देखभाल ठीक होगी। हर हफ्ते वहाँ जाकर वो मिल आएँगे और माँ का अकेलापन भी दूर होगा।

माँ चली गई थी।

फिर माँ हमेशा के लिए चली गई थी।

मुझे याद है कि तब मेरे परिचित की पत्नी कम नहीं बोलती थीं। जब माँ थीं, तब मैं एक रात ऐसे ही घर आया था। दोनों बच्चे अपने-अपने कमरे में थे। सीढ़ी के पास जो तिरछी सी जगह बचती है, माँ वहीं एक फोल्डिंग चारपाई पर लेटी थीं। मेरी परिचित की पत्नी ने मुझी से कहा था कि संजय भैया, जब से इनकी माँ गाँव से यहाँ आई हैं,

समझिए कि हम न कहीं जा सकते हैं, न किसी को बुला सकते हैं।

फिर उन लोगों के बीच क्या बात हुई, मुझे नहीं पता। पर सुना कि माँ को किसी ऐसी जगह भेज दिया गया था, जहाँ वो कई बुजुर्गों के साथ आराम से रह सकती थीं। हालाँकि माँ अधिक दिन नहीं रहीं। भगवान ने उन्हें अपने पास बुला लिया था।

मेरे परिचित तब बहुत व्यस्त रहते थे। उनका फोन मेरे पास भी कम ही आता था।

परिचित के घर खाना खाते हुए अचानक मेरी निगाह सीढ़ी के पास वाली तिरछी जगह पर चली गई, जहाँ एक फोल्डिंग चारपाई लगी थी, जिस पर माँ लेटी थीं।

मैंने परिचत की ओर गौर से देखा। वो तो कह रहे थे कि माँ नहीं हैं। पर वहाँ तो माँ लेटी थीं। मैं बहुत पास गया। माँ को मैंने प्रणाम किया और पूछा कि माँ, कैसी हैं आप?

माँ रुँआसी सी लगीं। कहने लगी कि देखो संजय, मेरे बेटे ने पूरा घर वृद्धाश्रम बना दिया है। उसके बेटे उसे छोड़कर चले गए हैं। वो बहुत अकेला रह गया है। तुम कभी-कभी आते रहना।

मैंने अपनी आँखें मलीं। फिर मुझे वहाँ माँ नहीं दिखी। वहाँ मुझे फूलों का गुलदस्ता दिखा।

समझ में नहीं आ रहा था कि क्या हो रहा है। क्या माँ फूल बन गई है? माँ ने ऐसा क्यों कहा कि संजय, मेरे बेटे ने अपने घर को ही वृद्धाश्रम बना लिया है। क्या मेरे परिचित का घर सचमुच वृद्धाश्रम बन गया है?

मैं वहाँ से निकला। गाड़ी में बैठा।

बंद गाड़ी में भी मेरे परिचित की आवाज मेरे कानों में आ रही थी। संजय आते रहना। अकेले मन नहीं लगता। पूरा घर खाली है। लगता है हम वृद्धाश्रम में रह रहे हैं।

मैं तो रुका हूँ

माँ अकेली है। बहुत मेहनत से बेटे को पढ़ाया, बड़ा किया।

बड़ा होने के बाद बहुत अमीर घर में बेटे का रिश्ता हो जाता है। बेटा शादी कर लेता है और माँ को छोड़कर ससुराल रहने चला जाता है और वहाँ मौज की जिंदगी जीने लगता है।

बेटे के चले जाने से माँ उदास है। पर बेटे को माँ की रत्ती भर परवाह नहीं। वो अमीर ससुराल में पत्नी के साथ मस्त है।

माँ एक दिन बेटे के ससुराल पहुँच जाती है। माँ को अपनी ससुराल में देखकर बेटा चौंक जाता है। पर वो करे क्या? माँ बेटे से रो-रोकर कहती है कि वो अब अपने घर कभी नहीं जाएगी। उसे अकेलापन बहुत सताता है। वो अब बेटे के साथ ही रहेगी।

बेटे को ये बात बिल्कुल अच्छी नहीं लगती। वो चाहता है कि माँ से कह दे कि वो यहाँ से चली जाएँ। उसे लगता है कि माँ के वहाँ आने से ससुराल में उसकी इज्जत कम हो जाएगी। ससुराल वाले क्या सोचेंगे कि कैसी माँ है, जो बेटे के पास उसके ससुराल रहने चली आई है। बेटा दुविधा में है।

बेटा अपनी पत्नी से कहता है कि माँ को एक दिन रहने देते हैं, कल उसे वापस घर छोड़ आऊँगा।

माँ बेटे के पास एक दिन रहती है। अगले दिन बेटा योजना बना रहा है कि कैसे माँ को वापस घर छोड़ आए।

बेटा बहुत हिम्मत करके माँ के पास ये कहने के लिए आता है कि माँ आपको यहाँ से जाना होगा। वो जैसे ही माँ के पास आता है, माँ बेटे को गले से लगा लेती है और कहती है कि तुम इस संसार के सबसे अच्छे बेटे हो। तुम मुझसे बहुत प्यार करते हो। अब मैं जब तक जीवित रहूँगी, तुम्हारे साथ ही रहूँगी। मैं ईश्वर से प्रार्थना करूँगी कि तुम्हारी संतान भी तुम्हारी तरह ही हो।

अब आप सोच रहे होंगे कि संजय सिन्हा आज किस तरह की फिल्मी कहानी लिख रहे हैं। जिंदगी की कहानी को छोड़कर वो सिनेमाई कहानी कब से लिखने लगे। असल में थोड़ी अलग परिस्थितियों में फिल्मी सीन ही है।

खैर, आप कहानी के अगले पड़ाव पर आइए।

बेटा, जो माँ को घर से चले जाने को कहने के लिए मन पक्का करके आया है, वो माँ के मुँह से जैसे ही सुनता है कि ईश्वर तुम्हें भी तुम्हारी तरह ही संतान दे, रुक जाता है। एक माँ अपने बेटे के लिए इससे बड़ी दुआ और क्या माँग सकती है कि बेटे का बेटा भी उसी की तरह हो।

बेटा बिलख पड़ता है और कहता है कि माँ तुम चिंता मत करो। तुम हमेशा मेरे पास रहोगी, मेरे साथ रहोगी।

असल में किसी भी पिता के लिए सबसे बड़ी दुआ और बद्दुआ यही है कि उसकी संतान उसकी तरह बने। बेटा अपना सच जानता है। अपने मन का सच जानता है। वो माँ को घर से निकालने के लिए आया है। पर माँ बेटे का सच नहीं जानती। वो बेटे के मन को नहीं पढ़ पाती है, इसीलिए उसने कहा कि वो ईश्वर से प्रार्थना करेगी कि

उसकी संतान भी उसी की तरह हो।

डाकू अंगुलिमाल ने बुद्ध को रोक लिया था। वो बुद्ध को लूटना चाहता था। जैसे ही बुद्ध के पास पहुँचता, बुद्ध उसे दूसरी ओर नजर आने लगते। परेशान होकर अंगुलिमाल ने बुद्ध से कहा था कि तू रुकता क्यों नहीं पथिक ?

बुद्ध ने कहा था, "मैं तो रुका हुआ हूँ। तू कब रुकेगा ?"

संजय सिन्हा की फिल्मी कहानी के बेटे को उस दिन अपनी सोच पर बहुत ग्लानि हुई थी। उसने माँ की दुआओं में अपना भविष्य देख लिया था। उसके बाद वो रुक गया। बुद्ध रुके हुए ही थे। रुकना अंगुलिमाल को था।

ध्यान रखिएगा, सबकी माँएँ यही आशीर्वाद देती हैं कि संतान की संतान उसी की तरह हो।

□

साधु का चरित्र

मेरा एक-दोस्त अक्सर मुझसे मेरी पहनी हुई कमीज माँग कर पहन लेता है। मेरे जूते भी उसे फिट आते हैं, तो वो जूते भी ले लेता है। मैं भी उसे छोटे भाई की तरह प्यार करता हूँ और वो जितने हक से वो माँगता है, उतने ही प्यार से मैं उसे अपनी चीजें दे देता हूँ।

हमारा ये रिश्ता पिछले कई वर्षों से इसी तरह चला आ रहा है।

मेरा दोस्त पुलिस अधिकारी है।

पिछले दिनों मेरे एक जानने वाले ने मुझसे पूछा कि आपके मित्र तो इतने बड़े पुलिस अधिकारी हैं, तो आपकी पुरानी कमीज क्यों माँग कर पहन लेते हैं?

मैंने उन्हें इतना कहकर टालना चाहा कि वो मेरा छोटा भाई है। छोटे भाइयों को हक होता है, बड़े भाइयों से माँगने का।

मेरे जानने वाले बहुत हैरान थे।

एक पुलिस वाला, जो जब चाहे, जहाँ से चाहे, कुछ भी ले सकता है, वो संजय सिन्हा की कमीज पहनकर खुश होता है।

मैंने जानने वाले की आँखों की उस हैरानी को पढ़ लिया। मैं समझ गया कि उन्हें ये बात हैरान कर रही है कि पुलिस वाले तो कहीं से भी पैसे खाते हैं, आम तौर पर उनकी छवि बेईमान की होती है, फिर भला वो ऐसा क्यों है?

यकीनन मेरा वो दोस्त मेरी कमीज प्यार में पहनता है, लेकिन मैंने अपने जानने वाले से कहा कि मेरा ये दोस्त बहुत ईमानदार है, ऐसे में मुझसे माँगने पर आपको हैरान नहीं होना चाहिए, बल्कि आपको उसकी इज्जत करनी चाहिए, क्योंकि वो मुझसे प्यार में माँगता है। वो अपनी वर्दी और अपने पद का दुरुपयोग नहीं करता। ऐसे ही ईमानदार अफसरों की वजह से हम और आप महफूज हैं।

मेरे जानने वाले ने मुझसे कुछ कहा नहीं। पर मुझे लगा कि उन्हें इस बात पर यकीन ही नहीं हुआ कि कोई पुलिस वाला सचमुच इतना ईमानदार भी हो सकता है।

अब सुनिए राजा और बहरूपिया की कहानी। अब आप पूरी कहानी को बहुत ध्यान से सुनिएगा।

एक राजा के पास एक बहरूपिया आया और उसने राजा से कहा कि वो रूप बदलने में इतना माहिर है कि कोई उसे पहचान ही नहीं सकता। राजा ने कहा कि चाहे तुम जितने रूप बदलो, मैं तुम्हें पहचान लूँगा।

राजा और बहरूपिया के बीच शर्त लग गई। बहरूपिया ने कहा कि आप जिस दिन मुझे नहीं पहचान पाएँगे, आप एक स्वर्ण मुद्रा मुझे इनाम में देंगे।

राजा तैयार हो गया। बहरूपिया रोज नए रूप में राजा के पास आता, राजा उसे पहचान लेता।

बहरूपिया बहुत हैरान था कि चाहे जिस रूप में भी वो आए, राजा पहचान लेता। धीरे-धीरे बहरूपिया ने राजा के पास आना बंद कर दिया।

कई दिन बीत गए।

एक दिन अचानक राज्य में खबर उड़ी कि पास के गाँव में एक बहुत पहुँचे हुए महात्मा आए हैं। लंबी दाढ़ी, गेरुआ वस्त्र और माथे पर गजब का तेज। महात्मा की तारीफ सुनकर राजा का भी मन उनसे मिलने का हुआ। राजा महात्मा के पास पहुँचे। महात्मा के चेहरे पर सचमुच गजब का तेज था। राजा महात्मा से बहुत प्रभावित हुए और उन्हें सोने के सिक्कों से भरी एक थैली भेंट की।

पर महात्मा ने उनसे वो थैली नहीं ली। महात्मा ने कहा कि ये सिक्के उनके किसी काम के नहीं।

राजा इस बात को सुनकर और प्रभावित हुआ। आखिर में वो उन्हें प्रणाम करके लौट आया। एक दिन महात्मा भी अचानक गाँव छोड़कर चले गए।

बात आई-गई हो गई।

कुछ दिनों के बाद अचानक एक दिन बहरूपिया फिर राजा के पास लौट आया। राजा ने बहरूपिया को देखा तो पूछा कि तुम कहाँ चले गए थे भाई?

बहरूपिया मुस्कुराने लगा। उसने कहा कि वो कहीं नहीं गया था। वो तो यहीं था।

राजा ने हैरानी से पूछा कि तुम कहाँ थे? किस भेष में थे? बहरूपिया ने कहा कि गाँव में जो महात्मा आए थे, वो मैं ही तो था। आपने मुझे पहचाना नहीं था। अब आप मुझे

शर्त वाली एक स्वर्ण मुद्रा दीजिए।

राजा बहुत हैरान हुआ। राजा ने कहा कि वो तो मैं दे ही दूँगा, लेकिन तुम ये बताओ कि मैं तो तुम्हें महात्मा के रूप में सोने से भरी पूरी थैली दे रहा था, तब तुमने उसे नहीं लिया और अब एक मुद्रा लेने चले आए हो, क्यों?

बहरूपिया हँसा। उसने कहा कि महाराज, तब मैं महात्मा के भेष में था। अगर मैं स्वर्ण मुद्राओं से भरी आपकी उस थैली को ले लेता और फिर एक दिन गायब हो जाता तो आपका और लोगों का भरोसा साधु-महात्माओं से उठ जाता। आदमी जिस भूमिका में रहता है, उसे वैसे ही चरित्र का निर्वाह भी करना चाहिए। मैं साधु था तो साधु के चरित्र को जी रहा था। अब बहरूपिया हूँ तो अपना इनाम लेने आपके पास चला आया हूँ।

पूरी कहानी सुनने के बाद मेरे जानने वाले ने मेरी ओर देखकर कहा, "संजयजी आज मुझे जवाब मिल गया है।"

मैंने कुछ कहा नहीं। पर मैं समझ गया था कि सचमुच मेरे जानने वाले को ये जवाब मिल गया था कि साधु की भूमिका में साधु सा चरित्र ही रखना चाहिए।

□

अहंकार

ऐसा नहीं है कि आज मैं जो कहानी आपको सुनाने जा रहा हूँ, वो आपने पहले नहीं सुनी होगी। पक्के तौर पर सुनी होगी। मेरी माँ ने ये कहानी सुनाई तो आपकी माँ ने भी सुनाई ही होगी। पर आज मेरा मन कर रहा है, इस कहानी को याद करने का। आपको सुनाने का।

असल बात ये है कि संजय सिन्हा जब कहानी सुनाते हैं, तो फिर उस कहानी का मर्म चाहे न बदले, लेकिन संदर्भ नया होता है। अब आज की कहानी को आप पहेली मत समझिएगा, मर्म तो आप तुरंत समझ जाएँगे, संदर्भ सोचकर बताइएगा।

कहानी इस तरह है कि एक बार राजा रामजी के महल के बाहर एक कुत्ता उनसे मिलने आया। राजा रामजी कुत्ते से मिले।

कुत्ते ने रामजी से शिकायत की, "मैं चुपचाप रास्ते में बैठा था कि अचानक एक आदमी वहाँ से गुजरा और उसने मेरे सिर पर लाठी दे मारी। मेरा सिर फट गया और बहुत खून निकला। मैं चाहता हूँ कि उस आदमी को सजा मिले, जिसने एक निरीह पशु पर हाथ उठाया।"

रामजी ने फौरन उस आदमी को महल में बुलाने का आदेश दिया।

आदमी आ गया। रामजी ने देखा कि वो बहुत ही गरीब आदमी था। उन्होंने उससे पूछा कि तुमने इस कुत्ते के सिर पर लाठी क्यों मारी? आदमी ने कहा कि वो रास्ते में बैठा था। उसका इस तरह रास्ते में बैठे रहना उसे अच्छा नहीं लगा और उसने एक लाठी उसके सिर पर दे मारी।

मामला साफ था। कुत्ते ने शिकायत की थी, आदमी ने अपराध कबूल लिया था, राजा सबकुछ सुन चुके थे। अब सवाल था कि आदमी को सजा क्या मिले?

राजा रामचंद्र ने अपने मंत्रियों से मंत्रणा की। सबसे पूछा कि आखिर इस अपराध की सजा क्या है? सभी मंत्री हैरान थे। कानून की सारी किताबें खँगाली गईं कि कुत्ते के

साथ किए गए अपराध पर आदमी को क्या सजा मिले।

आखिर में मंत्रियों ने रामजी से कहा कि राजन, इसके लिए हम सजा तय नहीं कर सकते। बेहतर होगा कि कुत्ते से ही पूछ लिया जाए कि आदमी को क्या सजा दी जानी चाहिए?

माँ इतनी कहानी सुनाकर चुप हो जाती। संजय सिन्हा माँ की ओर देखते। अब क्या होगा? क्या कुत्ता आदमी के सिर पर लाठी मारने की बात कहेगा? माँ अपने बेटे के कौतूहल को देखती।

फिर कहानी आगे बढ़ाती। रामजी ने कुत्ते से पूछा कि तुम इस आदमी को क्या सजा देना चाहोगे?

कुत्ते ने कहा कि इस आदमी को फलाँ मठ का प्रमुख बनवा दीजिए। बस इसकी सजा इतने से पूरी हो जाएगी। रामजी मुस्कुराने लगे पर पूरी सभा हैरान थी। ये क्या सजा हुई? एक गरीब आदमी, जिसके पास खाने के लिए भी पैसे नहीं, उसे मठ का प्रमुख बना दिया जाए, किसी के गले बात उतर ही नहीं रही थी।

जिस आदमी ने कुत्ते को लाठी से मारा था, वो भी हैरान था, पर खुश था। अच्छा हुआ, कुत्ते को मारा तो मठ का प्रमुख बनने का मौका मिला। अब पूरी जिंदगी आराम से निकल जाएगी।

आदमी चल पड़ा मठ प्रमुख बनने।

पर पूरी सभा, जो कुत्ते के फैसले से हैरान थी, उसने पूछा कि आखिर इस सजा का मतलब क्या है?

कुत्ते ने सभा को बताया, "पिछले जन्म में मैं उसी मठ का प्रमुख था। प्रमुख बनने से पहले मैं बहुत विनम्र था, लेकिन जब मैं प्रमुख बन गया तो मुझमें अहंकार आने लगा। धीरे-धीरे मेरे अहंकार का आकार इतना बढ़ गया कि मैंने आदमी को आदमी मानना ही छोड़ दिया।

उस अहंकार का नतीजा ये हुआ कि मृत्यु के बाद मुझे कुत्ते का जन्म मिला। मैं लाचार, बेबस, रास्ते पर लोगों के जूठन खाकर किसी तरह जीवनयापन कर रहा हूँ। ऐसे में उस आदमी ने, जिसने मुझे मारा, उसे जब मठ का प्रमुख बना दिया गया है, वो भी वही गलती करेगा, जो मैंने की थी। बस अगले जन्म में वो कुत्ता बनेगा और कोई उसके सिर पर आते-जाते लाठी मारेगा। इससे उसकी सजा पूरी होगी।"

माँ कहानी सुनाकर कहती कि जब हम सत्ता में होकर अहंकार का दामन थाम लेते हैं,

तो फिर हमारी सजा ऐसे ही पूरी होती है। आदमी को इस बात का खास ध्यान रखना चाहिए कि जब वो सत्ता में हो, तो अहंकार उसके सिर पर न चढ़ पाए।

कहानी छोटी है। आपने पहले भी सुनी ही होगी। लेकिन कुछ कहानियाँ कभी पुरानी नहीं पड़तीं। पुरानी इसलिए नहीं पड़तीं, क्योंकि उसमें संदेश गहरा छिपा होता है।

□

भगवान का डर

मैं माँ से पूछता था, "माँ, क्या हमें भगवान से डरना चाहिए?"

माँ कहती थीं, "हाँ, बेटा डरना चाहिए। लेकिन तब, जब तुमने कोई गलती की हो। अगर तुमने कोई गलत काम नहीं किया, तो फिर किसी से डरने की जरूरत नहीं। अगर तुम गलती नहीं करोगे तो भगवान तुमसे प्यार करेंगे। ठीक वैसे ही जैसे मैं करती हूँ। ठीक वैसे ही जैसे तुम कोई गलत काम करने के बाद मुझसे से भी डरोगे।"

"हाँ माँ। जैसे मुन्ना उस दिन स्कूल से भाग कर सिनेमा देखने चला गया था और फिर अपने घर में बहुत डरा-डरा सा पहुँचा था।"

"हाँ, बेटा जब आदमी गलती करता है तो वो डर में जीता है। इसलिए कोशिश करना कि कोई गलती हो ही नहीं।"

"पर माँ, हमें कैसे पता चलेगा कि हमने कोई गलती की है या नहीं?"

"पता चल जाता है बेटा। तन की आँखें भले दूसरों को देखती हैं। पर मन की आँखें खुद को देखती रहती हैं। मन की आँखें ही हमें डरने पर मजबूर करती हैं।"

"मतलब मन ये बता देता है कि हम जो कुछ कर रहे हैं, वो गलत है?"

"बिल्कुल। तभी तो कहा गया है कि जग से चाहे भाग ले कोई, मन से भाग न पाए।"

माँ-बेटे का ये संवाद खूब चलता था। मेरी माँ को कभी इस बात की चिंता नहीं हुई कि उनका संजू बेटा स्कूल में क्या पढ़ता है, उसके कितने नंबर आते हैं, पर माँ का ध्यान इन बातों पर खूब रहता था कि उनके बेटे से भूल कर भी कोई भूल न हो। माँ का पूरा ध्यान चरित्र निर्माण पर था।

कल मैं जबलपुर के लिए निकला। घर से एयरपोर्ट पहुँचते हुए टैक्सी एक लाल बत्ती पर रुकी तो भाग कर दो लोग हमारी टैक्सी के पास पहुँचे। एक लड़का हाथ में नींबू और मिर्ची लटकाए हुए था और दूसरी एक महिला काले कपड़ों में काली का रूप

धारण किए थी, आई थी। नींबू-मिर्ची वाले को तो मैं कई बार देख चुका हूँ, पर काली माँ के दर्शन पहली बार हुए।

नींबू मिर्ची वाले ने ड्राइवर की ओर एक गुच्छा किया तो ड्राइवर ने उसे ले लिया। बदले में उसने उसे दस का नोट दिया।

काली माँ जब जीभ निकाले हुए सामने आईं, तो ड्राइवर ने डाँट कर भगा दिया।

इतना सब देखने के बाद संजय सिन्हा भला कुछ न पूछें, ऐसा कैसे हो सकता था? मैंने ड्राइवर से पूछा कि भाई मिर्ची वाले से तुम डर गए, लेकिन काली माँ से जरा भी नहीं डरे। आखिर क्यों?

हरी बत्ती हो चुकी थी। टैक्सी ड्राइवर ने गाड़ी आगे बढ़ाई और धीरे से कहा, "सर, दस रुपए में मिर्ची और नींबू घाटे का सौदा नहीं है। खाने में ये सलाद और चटनी के काम आ जाते हैं। पर काली माँ का रूप धरे ये बहरूपिया मेरे किस काम की?

"क्या तुम्हें डर नहीं लगता?"

"काहे का डर साहब? मैंने कोई गलत काम थोड़े न किया है? जो गलत करेगा, वो डरेगा। मैं तो ईमानदारी से अपनी टैक्सी चलाता हूँ, जो मिलता है, वो मेरे लिए पर्याप्त है। मेरी माँ ने मुझे यही सिखाया था कि अगर तुम गलत काम नहीं करोगे तो तुम्हें किसी से डरने की जरूरत नहीं पड़ेगी। साहब, डर बहुत बड़ा कारोबार बन गया है। कोई भगवान के नाम पर डरा रहा है, कोई शैतान के नाम पर।"

ड्राइवर गाड़ी चलाते हुए कुछ-कुछ बोल रहा था। लेकिन मैं अपनी यादों में खो गया था। मैं सोच रहा था कि सबकी माँएँ अपने बच्चों को यही सिखाती हैं कि गलत काम मत करना। गलत नहीं करोगे, तो डरना नहीं पड़ेगा। कुछ लोग माँ की बात मान लेते हैं। कुछ लोग नहीं मानते।

जो मान लेते हैं, वो नींबू और मिर्ची की चटनी बनाकर खा जाते हैं। जो नहीं मानते, वो जिंदगी भर डर के कारोबारियों के हाथ खुद चटनी बनते रहते हैं।

□

मेरा जादू चल गया

मैं कोई जादूगर नहीं हूँ। लेकिन माँ के दिए ज्ञान से मैं कभी-कभी जादू कर देता हूँ।

मेरे एक जाननेवाले ने मुझे फोन किया था कि संजयजी, आप मेरे घर आ सकते हैं? बड़ा कमाल का निमंत्रण था। कोई किसी को भला ऐसे बुलाता है क्या? बुलाने वाले सीधे-सीधे कहते हैं कि आप मेरे घर आइए। ये क्या अंदाज हुआ कि क्या आप मेरे घर आ सकते हैं?

खैर, मैं समझ गया था कि बुलाने वाला परेशान है और अपनी परेशानी साझा करने के लिए मुझे बुला रहा है।

मैं अपने जानने वाले के घर पहुँचा और वहाँ पहुँचकर मेरा पाला जिस सन्नाटे से पड़ा, मैं समझ गया कि यहाँ सबकुछ ठीक नहीं है।

मेरे जानने वाले ड्राइंग रूम में एक सोफे पर अधलेटे पड़े थे।

इनकी शादी के अभी कुछ ही साल हुए होंगे। पर घर की मायूसी अपनी कहानी खुद ही बयाँ कर रही थी।

मैंने अपने जाननेवाले से पूछा कि क्या हुआ? बड़ी मायूसी से उन्होंने कहा कि कई दिनों से रोज घर में झगड़ा चल रहा है। हमारी नहीं बन रही। आज सुबह भी हमारा खूब झगड़ा हुआ और अब हम दोनों तलाक चाहते हैं। समझ में नहीं आ रहा कि क्या करें? कैसे करें?

मैंने कहा कि जब आप दोनों ने तलाक चाह ही लिया है तो फिर कैसे और क्या? जब नहीं बन रही तो छोड़िए एक-दूसरे को।

मेरे जानने वाले चुप हो गए।

फिर मैंने उनसे से पूछा कि आपकी पत्नी नजर नहीं आ रहीं। कहाँ हैं?

उन्होंने भी धीरे से ही कहा कि संजयजी, वो ऊपर कमरे में बंद हैं।

"आपने मुझे क्यों बुलाया? और बुलाया है तो चाय-वाय पूछने का जुगाड़ तक नहीं। पत्नी को ऊपर से बुलाइए।"

"मैं नहीं बुलाऊँगा। हमारी बातचीत ही बंद है। मुझे नहीं पता। पर शायद उसने सुबह से कुछ खाया-पिया भी नहीं।"

"ओके, तो आपने मुझे अपने तलाकनामे का गवाह बनाने के लिए बुलाया है। कोई बात नहीं, मैं ही आपकी पत्नी को बुला लाता हूँ।"

मेरे जानने वाले की पत्नी मुझे भैया बुलाती हैं और रिश्ते के इसी हक से मैंने उनके कमरे के दरवाजे पर खट-खट की तो उन्होंने मुझे देख लिया। अनमनाई सी उठीं और आकर मुझे नमस्ते किया। कहने लगीं, "अरे संजय भैया, आप कब आए? आइए, बैठिए।"

"बैठूँगा क्या? यहाँ तो चाय तक का जुगाड़ नजर नहीं आ रहा।"

अपनी उदासी को ढकते हुए उन्होंने कहा, "मैं चाय बनाती हूँ, आप बैठिए तो सही।"

मैंने कहा कि आप नीचे आइए, वहीं बैठेंगे।

उन्होंने कुछ कहा नहीं। महिलाओं में एक अच्छी आदत ये होती है कि जब तक बात खुल न जाए, वो दूसरों के सामने अपना दुःख नहीं जताती। मेरे जानने वाले की पत्नी को लग रहा था कि मैं यूँ ही चला आया हूँ, तो उनकी आँखों ने चाहे मुझसे अपना दुःख जितना बयाँ किया हो, पर मुँह से उन्होंने अब तक कुछ नहीं कहा था।

खैर, मैं नीचे उतरा। कुछ ही मिनटों में मुँह और आँखें साफ करके वो भी पहुँच गईं।

चाय बनी। चाय पीते हुए मैंने दोनों से बात शुरू की।

ऐसा लगा कि बात बहुत बिगड़ चुकी है। दोनों ने यही कहा कि अब बहुत हो गया, अब साथ रहना असंभव है। तलाक ही विकल्प है।

मैंने पूछा भी कि क्या दिल के किसी कोने में प्यार का एक दीपक भी नहीं जल रहा?

दोनों ने कहा, "नहीं। अब सब खत्म हो चुका है।"

"सोच लीजिए।"

"संजयजी, सोचने को कुछ बचा ही नहीं।"

मैं एक मिनट को चुप रहा। फिर मैंने पूछा कि आपके पास एक रुपए का सिक्का होगा?

दोनों मेरी ओर आश्चर्य से देखने लगे। कैसा आदमी है, इतनी गंभीर बात चल रही है।

जिंदगी के इतने बड़े निर्णय पर बात करने के लिए संजय सिन्हा को बुलाया गया है, और ये महाराज कह रहे हैं कि एक रुपए का सिक्का है क्या?"

दोनों ने एक साथ ही कहा कि हाँ, वो तो मिल जाएगा। पर आप सिक्के का क्या करेंगे?

"मैं एक जादू करूँगा।"

दोनों जानते थे कि अब सिक्के का जुगाड़ किए बिना बात आगे बढ़ेगी नहीं।

मेरे जानने वाले ने इधर-उधर ढूँढ़ा, फिर पूछा कि सिक्के की जगह दस के नोट से काम नहीं चलेगा क्या?

"अरे भाई, जहाँ सुई की जरूरत हो, वहाँ तलवार से काम नहीं चलता। मेरा काम तो चवन्नी और अठन्नी से भी चल सकता है, पर वो अब मिलती नहीं। इसलिए एक रुपए का सिक्का माँगा है।"

थोड़ा इधर-उधर ढूँढ़ने के बाद उन्हें पूजा वाली जगह पर एक सिक्का मिल गया।

वो सिक्का लेकर आए और मैंने दोनों को अलग-अलग करके कहा कि मैं सिक्का उछालूँगा। हैड आया तो आप अलग हो जाइएगा और टेल आया तो साथ रहने की एक कोशिश और कीजिएगा।

दोनों ने कहा कि उनके मन में कोई दुविधा नहीं। अब कोई रास्ता बचा ही नहीं।

मैंने कहा फिर भी एक बार हैड-टेल वाली कोशिश करके देख लीजिए। दोनों चुप थे। मैंने सिक्का उछाला, पत्नी ने कहा कि हैड। सिक्का नीचे गिरने से पहले मैंने उसे मुट्ठी में रोक लिया। वो हैरान होकर देख रही थीं।

मैंने फिर सिक्का उछाला, पति ने भी कहा हैड। सिक्का नीचे आया और मैंने उसे मुट्ठी में बंद कर लिया।

अब दोनों ने पूछा, इसका क्या मतलब हुआ? आपने हैड और टेल तो होने ही नहीं दिया।

मैंने कहा कि अभी सब बताऊँगा। अभी तो संजय सिन्हा ने सिर्फ जादू किया है। बस मुझे सिर्फ इतना पूछना है कि जिस पल सिक्का हवा में था, तब क्या आपके मन के किसी कोने में ये भाव आया था कि काश हैड न आए। काश आपका फैसला पलट जाए? देखिए झूठ मत बोलिएगा। सेकेंड के हजारवें हिस्से में भी ये भाव आया था?

पति ने एक गंभीर चुप्पी के बाद कहा, हाँ, पल भर को लगा था कि हैड की जगह टेल आ जाए।

पत्नी से मैंने पूछा। उन्होंने भी यही कहा कि हाँ, एक क्षण के लिए ऐसा लगा था।

मैं हँस पड़ा। यही जादू था। कई बार हमारे मन में जब दुविधा हो तो हमें सिक्का उछाल कर हैड और टेल कर लेना चाहिए। सिक्का जब हवा में होता है, तब हमारा मन सच कह देता है। कई बार हम हैड बोलते हैं, टेल चाहते हैं। कई बार हम टेल बोलते हैं, हैड चाहते हैं।

आपका सच सामने आ चुका है। आप दोनों अलग-अलग होना चाहते हैं। पर मन के एक कोने में प्यार का एक दीप अभी जल रहा है।

मैंने सिक्का लौटाया और कहा कि रात में साथ बैठकर सिक्का उछाल कर मन को टटोलिएगा, फिर सुबह मुझे फोन कीजिएगा।

अब जब मैं आपको अपने जानने वाले की कहानी सुना रहा हूँ, तो फोन भले अब तक नहीं आया है। पर मैं जानता हूँ कि प्यार के एक दीप ने रात में प्यार के हजार और दीपों को जला दिया होगा।

यही है माँ का दिया दिया ज्ञान कि कभी-कभी सेकेंड के हजारवें हिस्से के सच को भी सुन लेना चाहिए। मैंने माँ के उसी ज्ञान से कल अपने जानने वाले के घर जाकर जादू किया है। आप भी दुविधा में हों तो मुझे बुला लीजिएगा। मैं जादूगर हूँ नहीं। लेकिन आपको भी जादू दिखा सकता हूँ। रिश्तों का जादू।

□

रिश्तों का अवसाद

कल मनीषा कोइराला से मुलाकात हुई। मनीषा से ये मेरी दूसरी मुलाकात थी। जब मैं मनीषा से पहली बार मिला था, तब मनीषा की फिल्म 'दिल से' रिलीज हुई थी।

आप मनीषा को जानते हैं। लेकिन आप उसी मनीषा को जानते हैं, जिस मनीषा से मैं कई साल पहले मिला था। शोख, चंचल, बिंदास और स्टारडम से भरी हुई।

अब आप सोच रहे होंगे कि संजय सिन्हा फिर एक फिल्मी कलाकार की कहानी सुनाने बैठ गए। मेरा यकीन कीजिए, आज मैं आपको किसी फिल्मी कलाकार की कहानी नहीं सुनाने जा रहा। आज मैं आपको एक ऐसी लड़की की कहानी सुनाने जा रहा हूँ, जिसके लिए बहुत साल पहले अनिल कपूर ने गाना गया था—"एक लड़की को देखा तो ऐसा लगा...।"

कल सचमुच एक लड़की को देखा तो मुझे वैसा ही लगा, जैसा अनिल कपूर को फिल्म '1942 अ लव स्टोरी' में उन्हें देखकर लगा था।

वही मुस्कुराता चेहरा, वही चमकीली आँखें। पर बदल गई थी तो जिंदगी के प्रति मनीषा की सोच।

आम तौर पर बहुत से फिल्मी सितारे एक नकली जिंदगी को जीते-जीते उसी को सच मान बैठतें हैं। वो पर्दे के झूठ को जिंदगी की हकीकत मान बैठते हैं। कहानी के चरित्र को वो जिंदगी में उतार लेते हैं। मैं ऐसे बहुत से फिल्मी सितारों को जानता हूँ, जो पर्दे के सच को जीवन का सत्य मान कर उसी में समाहित हो गए।

मीना कुमारी और दिलीप कुमार इसके सर्वश्रेष्ठ उदाहरण हैं। मीना कुमारी के बारे में मैंने बहुत लोगों से सुना है कि वो दुःखांत फिल्में करते-करते अपनी जिंदगी को भी दुःखांत बना बैठी थीं। उन्हें खुद को ट्रेजडी क्वीन कहलाने में मजा आने लगा था। ऐसा नहीं था कि उनकी जिंदगी में कभी रोशनी का कोई चिराग था ही नहीं। लेकिन उन्होंने

फिल्मी कहानी को जीवन का सच मान लिया था। एक बार धर्मेंद्रजी से मेरी बात मीना कुमारी के विषय में हो रही थी, तो उन्होंने मुझे कुछ कहानियाँ अपनी यादों से सुनाई थीं, कभी उसकी चर्चा अलग से करूँगा। पर आज मैं इतना ही कहना चाहता हूँ कि मीना कुमारी ने अपने दु:ख को खुद से जोड़ लिया था और मृत्यु के दिन तक वो उसी दु:ख को जीती रहीं।

अपनी तन्हाई को उन्होंने अपना हथियार बना लिया था। ऐसा ही गुरुदत ने अपने साथ किया था। उनकी पत्नी गीता दत्त ने भी उसी अवसाद को दिल से लगा लिया था। कई नाम हैं, कभी सबकी चर्चा करूँगा।

मुझे पता नहीं कि ऐसा मुझे लिखना चाहिए कि नहीं। लेकिन सुना है कि ऐसे ही ट्रेजेडी किंग की भूमिका को जीते-जीते दिलीप कुमार भी एक समय अवसाद में चले गए थे। उन्होंने पर्दे के चरित्र को जीवन का चरित्र मान लिया था। दिलीप कुमार और मीना कुमारी की जिंदगी में ऐसा कोई दु:ख वास्तव में था नहीं, जिसकी वजह से दोनों को खुद को ट्रेजेडी किंग और क्वीन कहलाने में मजा आना चाहिए था। जैसा दु:ख मीना कुमारी की जिंदगी में रहा होगा, वैसा दु:ख हम सबकी की जिंदगी में हो सकता है। पर हम उससे उबर जाते हैं। हम अतीत से बाहर निकल आते हैं।

जानते हैं क्यों?

क्योंकि हम कठिनाइयों के विश्वविद्यालय में पढ़े होते हैं। प्रेमचंद का कहना था कि कठिनाइयों से बढ़कर कोई दूसरा विश्वविद्यालय नहीं। जो यहाँ ईमानदारी से पढ़कर निकलना चाहता है, वो अपनी मुश्किलों और अपने दु:ख पर विजय प्राप्त कर लेता है। जो यहाँ आकर यहीं रुक जाना चाहता है, वो उन्ही मुश्किलों को जीता रह जाता है।

कल मैं जब मनीषा कोइराला से मिला तो लगा कि वो कठिनाइयों के विश्वविद्यालय से पढ़कर बाहर निकल आई हैं। आपको पता ही होगा कि मनीषा को कुछ साल पहले कैंसर हो गया था। मैंने उनके इलाज के दौरान की कुछ तस्वीरें भी देखी थीं, ऐसा लग रहा था कि अब वो कभी फिल्मों में लौट कर नहीं आएँगी।

मैंने कभी सोचा भी नहीं था कि मैं मनीषा से दुबारा मिलूँगा।

पर कल मेरी मुलाकात मनीषा से हुई। काफी लंबी बातचीत हुई। मनीषा ने कहा कि आदमी को संघर्ष से घबराना नहीं चाहिए। कभी-कभी किसी पर भारी मुसीबत आ जाती है। बिना बताए आ जाती है। सब चीज अपने हाथ में नहीं होती। ऐसे में जब जैसा हो, उसे उसी रूप में स्वीकार करते हुए जीवन के संघर्ष में जुटे रहना चाहिए।

मनीषा ने कहा था कि इतने साल कैमरे से दूर रहने के बाद एक समय ऐसा लगने लगा

था कि अब वो शायद कभी कैमरे के आगे नहीं आ पाएँगी। उन्हें ये डर सताने लगा था कि कहीं वो एक्टिंग ही न भूल जाएँ। पर उन्होंने हिम्मत की और ख़ुद को कमरे में कैद करने की जगह कैमरे के सामने किया।

मनीषा मुस्कुराते हुए कह रही थीं, "संजयजी, हमें अपना काम ईमानदारी से करना चाहिए, बाकी सब ऊपर वाले की मर्जी पर छोड़ देना चाहिए।"

कृष्ण ने युद्ध के मैदान में अर्जुन से यही तो कहा था, "कर्म पर तुम्हारा अधिकार है, फल पर नहीं। तुम कर्मफल के लिए कुछ मत करना और अकर्म में भी तुम्हारी आसक्ति नहीं होनी चाहिए।"

मनीषा बीमारी से अभी-अभी उबरी हैं। उनके चेहेर पर बीमारी की टीस का एक छोटा सा अंश भले हो, पर अपनी मुस्कान से उन्होंने उस पर भी विजय प्राप्त की है। फिल्मों में काम करने के अलावा वो अब लोगों को जिंदगी के संदेश भी देती हैं।

मनीषा कठिनाइयों के विश्वविद्यालय से पढ़कर बाहर निकल आई हैं। उन्होंने फिर से रिश्तों को जीना शुरू कर दिया है।

जो लोग रिश्तों को जीते हैं, वो अवसाद से बाहर निकल आते हैं। वो दु:ख को जीत लेते हैं। जो ऐसा नहीं करते, वो उसी में फँस कर रह जाते हैं। मीना कुमारी और गुरुदत बन जाते हैं।

□

पुरानी जिंदगी

कल बहुत दिनों के बाद स्टोर की सफाई में मैं लगा था।

मेरे फ्लैट के नीचे बेसमेंट में एक बड़ा सा स्टोर है, जहाँ हम अपनी उन चीजों को रख देते हैं, जिनका बहुत दिनों से इस्तेमाल नहीं कर रहे होते हैं। पुराना सोफा, गद्दे, बड़े-बड़े सूटकेस, टेबल और पता नहीं क्या-क्या।

स्टोर की सफाई के दौरान मेरा ध्यान एक टी.वी. सेट की ओर गया। एल.जी. कंपनी का वो टी.वी. धूल में सना पड़ा था।

मैंने उसे बाहर निकलवा कर उसकी सफाई कराई और बहुत देर तक उसे छूकर महसूस करता रहा।

करीब सत्रह साल पहले मैंने इस टी.वी. को खरीदा था। कई बार अखबार में इसका विज्ञापन देखा था। तब भारत के बाजार में पतले वाले टी.वी. नहीं आए थे। पुराने जमाने का मोटा वाला टी.वी. ही मिलता था। ऐसे में एलजी ने प्रोजेक्शन टी.वी. लॉन्च किया था। ये टी.वी. प्रोजेक्टर से चलते थे। स्क्रीन का आकार बहुत बड़ा होता था।

अखबार में टी.वी. का विज्ञापन देखकर मेरा मन मचल गया था कि इसे खरीद लेता हूँ।

अपने अमेरिका प्रवास में मैंने देखा था कि लोग आराम कुरसी पर लेट कर टी.वी. देखते हैं।

मेरा बहुत मन था कि मैं भी इसी तरह आराम से बैठकर टी.वी. देखूँगा।

मुझे याद है कि इस टी.वी. के साथ कंपनी एक सिंगल सीट वाला सोफा (रेक्लाइनर) भी बेच रही थी। विज्ञापन में यही छपा था कि सारी चिंता छोड़कर आराम से अपनी जिंदगी जिएँ।

मैं इस टी.वी. को खरीदने के लिए बेचैन हो गया था। पत्नी ने टोका भी कि संजय, तुम इसे खरीद तो लोगे पर कभी देखोगे नहीं।

मैंने दलील दी थी कि मैं कुछ भी नया करना चाहता हूँ तो तुम रोक देती हो। देखो, अगर इसे मैं खरीद लूँगा तो फिर मैं चैन से बैठकर इस पर मैच देखूँगा। फिल्में देखूँगा और रोज की भाग-दौड़ से खुद को मुक्त कर लूँगा।

पत्नी समझ चुकी थी कि संजय सिन्हा ने इसे खरीदने का मन बना लिया है तो अब खरीद कर ही मानेंगे।

आखिर जब पत्नी मान ही गई तो हम बाजार गए। लाख रुपए से ऊपर का टी.वी. था। कई बार उस सोफे पर हम बैठे, जो हमें ऑफर में मिल रहा था। उस पर बैठकर ऐसा लगता जैसे राजा का सिंहासन मिल गया हो। टी.वी. ऑन किया। 56 इंच का स्क्रीन, देखकर लगा जैसे हम सिनेमा हॉल में बैठे हैं। तब इतने पैसे एकाउंट में नहीं थे, पर टी.वी. तो खरीदना ही था। दुकानदार समझा रहा था कि इसकी बहुत माँग है। उसके पास सीमित सेट ही उपलब्ध है, जल्दी करें। आज ही खरीद लें।

आखिर मैंने क्रेडिट कार्ड से भुगतान करके टी.वी. खरीद लिया। हालाँकि मेरे घर में टी.वी. पहले से था। पर इतना बड़ा नहीं था।

टी.वी. आ गया।

अब इसे कहाँ फिट करूँ, ये बड़ी समस्या थी। मेरे घर में इतने बड़े टी.वी. के लिए तब जगह ही नहीं थी। कभी ड्राइंग रूम में, तो कभी बेड रूम में।

इतना महँगा टी.वी. था कि मुझे लगता कि ज्यादा देखने से टी.वी. खराब हो जाएगा। मैं इसे ढक कर रखता था। इसके पैनल पर जो स्टीकर चिपका था, उसे भी नहीं निकाला कि कहीं टी.वी. पुराना न पड़ जाए। आखिर इतना महँगा टी.वी. है, इसे ऐसे कैसे पुराना होने दें।

टी.वी. पड़ा रहा। मैं कुल मिलाकर एक पूरी फिल्म या एक पूरा मैच मैंने इस पर नहीं देखा। असल में समय ही नहीं मिला। सुबह से शाम तक दफ्तर के चक्कर में फुर्सत कहाँ मिलनी थी?

कई साल तक टी.वी. यूँ ही चमकता रहा।

आखिर मैंने पुराने घर के एक छोटे से स्टोर में इसके साथ मिले सोफा और टी.वी. को ये कहकर रखवा दिया कि कभी बड़े घर में शिफ्ट करूँगा तो वहाँ देखूँगा।

कई साल बीत गए।

तब तक बाजार में नए तरह के टी.वी. आ गए। एल.सी.डी., एल.ई.डी., ओ.एल. डी., कर्व और न जाने कौन-कौन से। मैंने एक एल.सी.डी. टी.वी. खरीदा, क्योंकि वो

दीवार पर टँग जाते थे। फिर एल.ई.डी. का जमाना आया तो लगने लगा कि एल.सी.डी. उसके आगे मोटा है। एल.ई.डी. भी आ गया। और इन चक्करों में मेरा प्रोजेक्शन टी.वी. धरा-का-धरा रह गया।

इस बीच हम बड़े घर में शिफ्ट कर गए। ट्रक पर जब सामान आ रहा था, तब स्टोर से उठकर ये टी.वी. भी बड़े घर में पहुँच गया। वहाँ के स्टोर से निकला था, यहाँ के स्टोर में घुस गया।

मुझे याद भी नहीं रहा कि मैंने कभी क्रेडिट कार्ड से इतना महँगा टी.वी. खरीदा था।

कल जब स्टोर की सफाई में टी.वी. पर नजर गई तो मैं बहुत देर तक टी.वी. को छूकर महसूस करने की कोशिश करता रहा। मुझे याद आया कि क्रेडिट कार्ड से खरीदने को मैंने खरीद तो लिया था, पर कई महीनों तक उसका भुगतान मुझे चुभता रहा था। मेरे घर का बजट बिगड़ गया था।

टी.वी. मैंने खरीद लिया था। लेकिन एक भी दिन मैं चैन से इसे बैठकर नहीं देख पाया था।

आज इस टी.वी. को देखकर मैं बहुत सोच में डूब गया था। हम जिंदगी को जीने की तैयारी तो बहुत करते हैं, लेकिन जीते बिल्कुल नहीं। हम रोज के संघर्ष में, चीजों को जुटाने में खुद को इतना व्यस्त कर लेते हैं कि हम जीना ही भूल जाते हैं। टी.वी. जस-का-तस पड़ा है। उस पर चिपका स्टीकर तक वैसे ही है। बस मैं जस-का-तस नहीं हूँ। अपनी जिंदगी के सत्रह साल खो चुका हूँ। कान के ऊपर के दो-चार बाल सफेद हो गए हैं।

हम में से अधिकतर लोग यही गलती करते हैं। जिंदगी को जीते नहीं। सोचते हैं एक दिन जी लेंगे। वो एक दिन कभी नहीं आता। जिंदगी स्टोर में पड़ी रह जाती है।

आज ये टी.वी. चाहे जस-का-तस ही हो। लेकिन मुझे पता है कि इसकी तकनीक बदल चुकी है।

ऐसा ही होता है। जो लोग जीने के बारे में सोचते हैं, वो सोचते रह जाते हैं।

टी.वी. नया रह जाता है, जिंदगी पुरानी पड़ जाती है।

□

मर्द और औरत

अगर चूहेदानी को हाथ में उठाकर चूहा छोड़ने बाहर नहीं जा पाना नामर्दगी है तो यकीनन आप मेरी मर्दानगी पर संदेह कर सकते हैं।

मेरी पत्नी ने कल मुझे बहुत उकसाया कि संजय तुम मर्द हो, इस चूहे को बाहर छोड़ आओ। पर मैं चूहेदानी को हाथ तक लगाने के लिए तैयार नहीं हुआ।

वैसे हमारे यहाँ चूहे कभी रहे नहीं, लेकिन ग्राउंड फ्लोर का घर होने के कारण पिछले दिनों पता नहीं कहाँ से एक चूहा घर में घूम रहा था।

एक चूहे के घूमने से मुझे परेशानी नहीं थी, लेकिन पत्नी को थी।

चूहे से नफरत पर पूरी दास्ताँ वो मुझे सुना चुकी थी। आलमारी से आज तक एक कपड़ा नहीं कटा, लेकिन पत्नी ने मुझे बहुत डराने की कोशिश की कि सारे कपड़े वो काट डालेगा। उसने ये भी समझाने की कोशिश की चूहे ही प्लेग के कारक होते हैं।

मैंने कई बार उससे कहा कि ऐसे हर चूहा प्लेग अपनी पीठ पर लेकर नहीं घूमता। पर पत्नी को चूहे के ऐसे घूमने से बहुत तकलीफ थी।

उसे उम्मीद थी कि चूहे को पकड़ने के लिए मैं कुछ-न-कुछ करूँगा। पर मैं एक चूहे के लिए कुछ करने को तैयार नहीं था।

मेरी पत्नी का दु:ख घर में काम करनेवाली नौकरानी से नहीं देखा गया। वो पता नहीं कहाँ से एक छोटी सी चूहेदानी लेकर चली आई और उसने उसमें ब्रेड लटका कर रसोई में रख दिया। नौकरानी चूहेदानी लगाकर घर चली गई। दिनभर उसमें चूहा नहीं फँसा। लेकिन जब रात में मैं घर लौटा तो पत्नी ने बताया कि उस डिब्बे में चूहा फँस गया है।

"चूहा फँस गया? पर चूहे को क्यों फँसाया? वो छोटा सा चूहा कोई नुकसान तो पहुँचा नहीं रहा था। इधर-उधर कभी-कभी दौड़ता था, फिर गायब हो जाता था।"

"पर वो नुकसान पहुँचा सकता था। अब वो पकड़ा गया है। तुम उसे गाड़ी में बहुत दूर ले जाकर छोड़ आओ।"

"मैं नहीं हाथ लगाने वाला। तुम खुद क्यों नहीं छोड़ आती?"

"कैसे मर्द हो? चूहे से डरते हो।"

महिलाओं को जब काम निकलवाना होता है तो सीधे मर्दानगी पर चोट करती हैं। पर संजय सिन्हा भला कहाँ फँसने वाले थे। मैंने भी कह दिया कि अगर चूहे को पकड़ना ही मर्दानगी है तो फिर मुझे मर्द नहीं होने का रत्ती भर अफसोस नहीं।

अजीब संकट था। चूहा चूहेदानी में फँसा हुआ था और उसे छोड़ने जाने को कोई तैयार नहीं था।

अब क्या हो? क्या चूहा रातभर उसी चूहेदानी में रहे? सुबह काम वाली घर आएगी, तो वो उसे कहीं दूर जाकर छोड़ आएगी।

मैंने पत्नी से पूछा भी था कि इसे दूर क्यों छोड़ना? घर के बाहर ऐसे ही छोड़ दो। पत्नी ने समझाया कि चूहे बहुत समझदार होते हैं, वो लौट कर फिर यहीं चला आएगा। इसलिए उसे दूर छोड़ना ही उचित होगा, ताकि वो रास्ता भूल जाए।

खैर, अभी चूहे पर मुझे शोध तो करना नहीं था, तो मैं चुप ही रहा। मुझे नहीं पता कि मैं सचमुच चूहे से डरता हूँ या नहीं। पर इतना तय था कि मैं चूहेदानी को उठाकर चूहा छोड़ने नहीं जा सकता था। पता नहीं कैसी अजीब सी फीलिंग आती है। उस अजीब सी फीलिंग के चलते ही मैं अपनी नामर्दगी स्वीकारने को तैयार था।

पत्नी ने काफी छेड़ा कि घर में कोई घुस जाए, फिर तुम क्या करोगे? एक चूहे से डर रहे हो।

घर में कोई घुसेगा, तब की तब देखेंगे। पर चूहा नहीं छू सकता। चाहे तुम जितना ललकारो, मैं चूहे को हाथ नहीं लगाऊँगा। मैं तो कहता हूँ तुम इस चूहेदानी को यहीं खोल दो। चूहा भले घर में नाचे, लेकिन मैं उसे इस तरह बंद करके हाथ में उठाकर छोड़ने नहीं जा सकता।

पत्नी जानती थी कि मैं सचमुच ऐसा नहीं कर सकता।

अब तय हुआ कि सुबह काम वाली आएगी, वही चूहे को बाहर छोड़कर आएगी।

मैं इसके लिए तैयार हो गया। रात अधिक हो गई, मैं सोने चला गया। आधी रात में खटर-पटर की आवाज आई तो मैं भाग कर रसोई में गया। देखा कि पत्नी चूहेदानी में ब्रेड के टुकड़े डाल रही है।

मैंने उससे पूछा कि तुम सोती क्यों नहीं? छोड़ो चूहे की चिंता।

पत्नी ने कहा कि चूहा बेचारा ब्रेड खाने के लिए इसमें घुसा था। अब रातभर वो भूखा न रह जाए, इसलिए थोड़ी ब्रेड ऊपर से डाल देती हूँ, ताकि इसे तकलीफ न हो।

हे भगवान! प्लेग फैलाने वाला, घर के सारे कपड़ों काट देने वाला, संसार का सबसे दुष्ट प्राणी, जिसे पकड़ने के लिए मेरी पत्नी ने पता नहीं कितने जतन किए, अब उसे उसकी भूख की चिंता सता रही है। एक चूहे के लिए वो आधी रात को जाग रही है।

यार, महिलाएँ ऐसी ही होती हैं क्या?

मर्द नामर्द हो सकता है, लेकिन औरत औरत ही रहती है।

□

औरों का हिस्सा

गाँव से लीची आई थी। लाल-लाल, मीठी-मीठी लीची।

लीची का मौसम कुछ ही दिनों का होता है। ऐसे में गाँव से लीची कोई लेकर चला आए तो समझ लीजिए कि अपना बचपन कोई हरी-हरी पत्तियों में समेट कर ले आया है। बहुत साल पहले जब हम कुछ भी खाने से पहले कैलोरी के बारे में नहीं सोचते थे, बहुत साल पहले जब पेड़ से तोड़ कर आम और लीची को फ्रिज की जगह बाल्टी में भिगो कर हम खाने बैठते थे, तब माँ कहती थी खाने के बाद गिनते नहीं। जितना मन हो, उतना खाओ।

आम और लीची, ये दोनों फल संजय सिन्हा खाते जाते थे, पेट भर जाता था मन नहीं।

जैसे-जैसे हम बड़े होने लगे, कमबख्त कैलोरी जी कहीं से निकल जिंदगी में समा गई। माँ चली गई और पत्नी आ गई। माँ ने मुझसे कभी ये नहीं कहा था कि इतने ही आम खाओ, इतनी ही लीची खाओ। पर पत्नी की बारीक निगाह इस बात पर रहती है कि मैं क्या खा रहा हूँ और कितना खा रहा हूँ।

"संजय, तुमने कल ही चावल खाए थे, अब आज नहीं। कल कटहल की सब्जी खाकर आए हो, आज बाबा रामदेव की लौकी मिलेगी।"

पहले मुझे लगता था कि मेरी पत्नी मेरी माँ तो है नहीं, जो मुझसे माँ जैसा प्यार करेगी, पर मैंने देखा कि वो मेरे बेटे की माँ तो है, वो उसे भी टोकती रहती है, ये खाना है, ये नहीं।

खैर, अब न पत्नी को बदला जा सकता है, न उसकी टोका-टाकी को। किसी ने ठीक ही कहा है कि अगर आप मुकद्दर को मानते हैं, तो जो मिल जाए, उसी को मुकद्दर मान लेना चाहिए। मैंने मान लिया है कि यही मेरा मुकद्दर है कि ये इतना खाओ, ये मत खाओ।

पर कल जब गाँव से कोई लीची लेकर आया तो मेरा मन था कि सारी लीची फ्रिज

में रख दी जाए और धीरे-धीरे मैं सारी लीची खा जाऊँ। पत्नी और बेटे को लीची के विषय में अधिक पता नहीं। इसलिए उनकी दिलचस्पी इस फल में कम ही थी। यहाँ के लोग सेब खाते हैं, अंगूर खाते हैं। खाने को न्यूजीलैंड से आनेवाले अजीब-अजीब फल भी खान मार्केट और बंगाली मार्केट से खरीद कर लाते हैं और खाते हैं। पर लीची, बेर, भंटकोइयाँ, जंगली जलेबी और मकोय जैसे फल यहाँ के लोगों को पता ही नहीं। कई के नाम तो मैं भी भूल गया हूँ। कई फल के स्वाद याद हैं, नाम नहीं। पर मुझे तो छठ के मौके पर सूरज भगवान को चढ़ाया जानेवाला घाघर नींबू तक खाने में अच्छा लगता था। यहाँ अपनी पत्नी और बेटे को बताऊँ कि हमारे यहाँ घाघर नींबू होता है, जो फुटबॉल के आकार का होता है, दोनों हँस पड़ेंगे कि संजय सिन्हा अपने गाँव की तारिफ करने बैठे तो टेनिस बॉल के बराबर वाले नींबू को फुटबॉल बराबर बताने लगे हैं।

खैर, छोड़िए। आज इतनी पुरानी यादों में जाना ही नहीं। आज तो बस लीची की कहानी सुनानी है।

कल लीची लेकर कोई आया था।

शाम को कुछ मित्र घर पर मुझसे मिलने चले आए। पत्नी ने उनसे पूछ लिया, "भैया आप लीची खाएँगे?"

ये दिल्ली में रहनेवाले बिहारी मित्र भला क्यों मना करने लगे? तड़ से कह बैठे, "अरे वाह लीची! जरूर खाएँगे।"

मेरी पत्नी तीन प्लेट में लीची लेकर आई और सामने रख दी।

मेरा कलेजा फटा जा रहा था। अरे, सेब रख देती। अंगूर रख देती। केला, चीकू, चुकंदर, कीवि, जो मर्जी फल को रख देती। इस लीची ने क्या बिगाड़ा है, जिसे तुम मेरे दोस्तों को बाँट रही हो। मैं तीन-चार दिनों तक दस-दस लीची खाता रहता। मन में सब सोचता रहा।

मेरे दोस्त लीची छील-छील कर खाने लगे। मैंने भी फुल स्पीड से अपने आगे रखी लीची को छील-छील कर खाना शुरू कर दिया। मीठी-मीठी लीची मुँह में जाकर घुल जा रही थी। अपने हिस्से की पूरी लीची मैं खा चुका था। सारी लीची खत्म हो चुकी थी। बस मेरे मित्र की प्लेट में एक लीची बची रह गई थी।

वो मुझसे बातें कर रहा था और मेरी आँखें उस एक लीची पर लगी थीं।

आखिर में मैंने बात करते-करते वो लीची भी उठा ली और धीरे से उसे भी छील कर मुँह में डाल लिया।

अरे ये क्या? ये आखिरी लीची खराब थी। उसका स्वाद एकदम सड़ा हुआ था। मैं तुरंत थू-थू करने लगा। पूरा मुँह कड़वा हो गया।

मेरा मित्र मेरी ओर देख रहा था। उसने मुझसे कहा कि संजय तुमने मेरी प्लेट वाली वाली लीची भी खा ली क्या? मैंने उसे छोड़ दिया था, वो खराब थी।

मैं बाथरूम में जाकर कुल्ला कर रहा था। पूरा मूड खराब हो चुका था। लीची का स्वाद मिट चुका था। अब एक भी लीची बची नहीं थी, जिससे स्वाद को फिर से लीचीमय किया जा सके।

मुँह साफ करके, माउथ वाश के स्वाद को जीभ में अटका कर मैं वापस सोफे पर लौटा। प्लेट की तस्वीर उतारी और तय कर लिया कि आपको ये जरूर बताऊँगा कि लालच का फल हमेशा कड़वा ही होता है। मैंने ये भी तय कर लिया था कि आपको बताऊँगा कि जिनकी निगाह दूसरों की थाली की ओर होती है, वो अपनी थाली का स्वाद नहीं ले पाते।

आदमी को अपने हिस्से की जिंदगी को जीना चाहिए। अफसोस! हम दूसरों की जिंदगी पर नजर रखते हैं। मौका मिलने पर हम दूसरे के हिस्से पर हाथ भी मार बैठते हैं। जब हम ऐसा करते हैं तो नहीं समझ पाते कि असल में ऐसा करके हम अपनी जिंदगी की मिठास को खो बैठते हैं।

जो मिला है, वही मुकद्दर है। अपने मुकद्दर को संतोष के साथ जो जीने की कला जान लेते हैं, उनकी जुबाँ का स्वाद कभी कड़वा नहीं होता। पिताजी कहा करते थे कि अंत भला तो सब भला। पर जो दूसरों के हिस्से पर नजर रखते हैं, उनका अंत भला नहीं होता।

□

पंडित और मंत्र

वैसे तो मैं दूध का धुला हूँ और अगर शादी के पहले के अपने सौ-दो सौ प्रेम प्रकरणों की चर्चा छोड़ दूँ, तो शादी के बाद मैंने ज्यादा ताक-झाँक नहीं की है, पर ऐसा भी नहीं है कि बिल्कुल नहीं की है। हाँ, इतना कह सकता हूँ कि अपने तमाम जानने वालों की तुलना में विवाहोपरांत प्रेम प्रकरण के मामले में मैं अधिक शरीफ रहा हूँ। फिर भी दुनिया भर के दार्शनिकों ने अगर ऐसा कहा है कि इश्क पर किसी का जोर नहीं, तो मैं ऐसा नहीं कहूँगा कि मैंने इधर-उधर कभी देखा ही नहीं। पर उस तरह नहीं, जिस तरह शादी के पहले देखा करता था।

अब आप तो अपने ही हैं, आपसे क्या छिपा है। करने को तो मैं सबसे पहले बेबी दीदी से ही प्रेम कर बैठा था। बेबी दीदी मेरी बड़ी दीदी की दोस्त थीं और मुझे निकर पहनना उन्होंने ही सिखाया था, और निकर वाली उम्र में ही मैंने उन्हें अपनी ओर से शादी का प्रस्ताव दे दिया था। तब मेरे पास तर्क भी खूब था। मैंने कहा था कि संजय गांधी कोई नसबंदी कार्यक्रम चला रहे हैं। लोगों के ऑपरेशन हो रहे हैं। ऐसे में अगर उन्होंने शादी पर भी रोक लगा दी तो हम दोनों कुँवारे रह जाएँगे, तो क्यों नहीं हम आपस में ही शादी ही कर लें।

बेबी दीदी बहुत हँसी थीं। संजय गांधी के किए की चिंता संजय सिन्हा को हो रही थी। मेरे प्रस्ताव के साल-दो साल बाद ही बेबी दीदी की किसी और से शादी हो गई थी और मैं तड़प कर रह गया था। फिर तो मुझे न जाने कितनी बार प्यार हुआ। कितनी लड़कियों को देखकर मैंने मन-ही-मन तय किया कि यही मेरी पत्नी बनेगी। लेकिन मेरे चाहने से क्या होता! मेरी पहली चाहत के कोई पंद्रह साल बाद मेरी शादी हुई।

दिल्ली में पंडितजी शादी करा रहे थे और मुझसे कहलवा रहे थे कि संजय सिन्हा अब तुम किसी और लड़की को देखना भी मत। सुख में, दुःख में, ट्रेन में, प्लेन में, मुहल्ले में, दफ्तर में; कहीं भी अब तुम्हारी जीवन संगीनी यही है और तुम इसके अलावा किसी

और की ओर देखोगे तो पिटोगे। मैंने भी अग्नि के फेरे लेते हुए पंडितजी ने जो कहा, कह दिया।

शुरू में तो पंडितजी से किए सभी वादे ठीक से याद रहे, पर मन तो मन ही है।

वैसे तो खुद को कोशिश करके रोकने में मैं काफी कामयाब रहा हूँ, लेकिन दस-बीस बार इधर-उधर मन चला ही गया होगा। पर अपने मित्रों से तुलना करूँ तो मेरा आँकड़ा शून्य ही माना जाना चाहिए।

लेकिन मैंने जब भी इधर-उधर झाँका, पकड़ा गया। मैंने एक-दो लोगों से पूछा भी कि मैं हर बार फँस क्यों जाता हूँ, तो वो हँस कर कहते, "संजय सिन्हा तुम भोलू राम हो। ऐन वक्त पर तुम्हारा सिद्धांत खड़ा हो जाता है।"

हालाँकि ऐसा नहीं है कि मेरे ऐसे मित्र अपने घरों में पकड़े नहीं जाते, लेकिन वो मर्द हैं। असली मर्द दुश्मनों की गोलियों से छलनी होकर भी मैदान में डटे रहते हैं।

वैसे कई बार मैंने भी मित्रों के आगे मर्दानगी बघारने की कोशिश भी है। पर ये सच है कि मेरा सिद्धांत मेरे सामने पहले खड़ा हो जाता है। मैंने एक-दो पंडितों को अपनी हथेली भी दिखलाई है। पंडितों ने भी यही कहा है कि शुक्र का स्थान बहुत अच्छा है, लेकिन बृहस्पतिजी उनके ऊपर सवार हैं। ऐसे में वो हर बार सिद्धांत बनकर मेरे आगे आकर खड़े हो जाएँगे।

मैंने कई बार बृहस्पति को चैलेंज करने की कोशिश भी की है। पर जब भी की है, पत्नी ने पता नहीं कैसे पकड़ लिया है। कोई पंद्रह साल पहले बिपाशा बसु से जब मैं पहली बार मिला था, तब मैं उन्हें देखकर एकदम खुश हो गया था। सुनहरे बाल, चमचम चेहरा। घर लौटा सिर्फ इतना बताया था कि आज बिपाशा बसु से मिला हूँ तो पत्नी ने कुछ दिनों बाद मेरे जन्मदिन पर मुझे उनकी फिल्म 'जिस्म' की सी.डी. गिफ्ट कर दी।

मैंने पूछा भी कि इस फिल्म की सी.डी. गिफ्ट क्यों की? फिल्म तो हम देख चुके हैं। वो कहने लगी, क्यों तुम्हें तो बिपाशा बहुत अच्छी लगती है न? तो बार-बार उसे देखो।

पहली बार ऐसा लगा था, जैसे मेरी चोरी पकड़ी गई हो।

मन में यही सवाल उठा था कि ये महिलाएँ मन की बात कैसे ताड़ लेती हैं।

फिर तो कभी किसी लड़की की ओर देखा, कभी किसी से बतियाया, किसी के साथ कॉफी पी, हर बार पकड़ा गया। ऐसा नहीं है कि किसी ने घर आकर मेरी चुगली की हो। बस मैं पकड़ा गया। जैसे ही घर में घुसता, पत्नी पूछ बैठती कि आजकल बहुत मौज चल रही है। मैं झेंप जाता। समझ में नहीं आता था कि आखिर मेरी पत्नी ने कहीं

मेरे पीछे सी.सी.टी.वी. कैमरा तो नहीं लगवा रखा है।

मैंने शुरू में ही कहा है कि वैसे तो मैं दूध का धुला हूँ। लेकिन मेरे दूध से धुले होने में पत्नी के उस सी.सी.टी.वी. की भी उतनी ही भूमिका रही है, जितनी बृहस्पति देवता की रही है। एक तो मैंने शादी के बाद अधिक दाएँ-बाएँ देखा नहीं, पर देखा भी तो सिद्धांत जी सामने आकर खड़े हो गए। सिद्धांत जी की भी परवाह छोड़कर मैंने दो कदम आगे बढ़ाए तो पत्नी का सी.सी.टी.वी. उसे सब लाइव दिखाने लगा।

कितना सुनाऊँ? इतना ही समझ लीजिए कि संजय सिन्हा हर बार पकड़े गए हैं। मतलब शादी के बाद के प्रेम में उन्होंने किया चाहे कुछ न हो, पर गिलास हर बार बारह आने का तोड़ा है।

मुझे किसी और बात की चिंता नहीं रही, सिवाय इस बात के कि मैं आखिर हर बार पकड़ा कैसे जाता हूँ। मैंने अपने एक-दो दोस्तों से पूछा भी था, सबने यही कहा कि पत्नियों के पास सूँघने की शक्ति होती है। जब भी हम कुछ गड़बड़ करते हैं, वो सूँघ लेती हैं।

मुझे उनकी बातों पर भरोसा नहीं था।

पर कल जब से मैंने अखबार में खबर पढ़ी है कि महिलाएँ पुरुषों के मन को पढ़ लेती हैं, मैं सारा सच समझ गया हूँ। अखबार में आपने भी पढ़ ही लिया होगा कि वैज्ञानिक शोध करके इस निष्कर्ष पर पहुँच गए हैं कि महिलाएँ पुरुषों की आँखों में झाँक कर उनके मन में चल रहे विचारों को पढ़ लेती हैं।

खबर इस तरह है कि लंदन में कैंब्रिज विश्वविद्यालय के वैज्ञानिकों ने शोध किया है और ये पाया है कि महिलाओं के भीतर मर्दों की आँखों में झाँक कर उनके मन को पढ़ लेने का गुण होता है। दुनिया भर में करीब 8900 लोगों पर ये शोध हुआ है और यही पाया गया है कि महिलाओं में ईश्वरीय गुण होता है आँखों में झाँक कर मन को पढ़ लेने का।

ओह! आखिर यही सच सामने आया है कि महिलाओं में सचमुच सूँघ लेने की शक्ति होती है। अब राज खुल गया है। बिपाशा बसु की पहली फिल्म की सी.डी. का राज भी और आलिया भट्ट के साथ बैठकर गप मारने के बाद पत्नी की ओर से ये पूछे जाने का राज भी कि आजकल बहुत तैयार होकर ऑफिस जाते हो।

समझ में आ गया है सारा सच। लाख कोशिश कर लूँ, मेरी पत्नी मेरी आँखों के जरिए मेरे मन के चोर को पकड़ ही लेगी।

अब भलाई इसी में है कि चोरी की आदत छोड़ दूँ, क्योंकि उसकी पकड़ने की आदत तो जाने से रही।

अब भलाई इसी में है कि पंडित ने जिन–जिन मंत्रों को पढ़वाया था कि सुख में, दुःख में, ट्रेन में, प्लेन में, मुहल्ले में, दफ्तर में कहीं भी रिश्तों में बेवफाई नहीं करूँगा, उसे मैं याद रखूँ।

जो इस मंत्र का जप करेगा, उसका तो रिश्ता निभता रहेगा। जो नहीं करेगा, उसका मालिक भगवान भी नहीं।

□

भाग्यवाली

चंद्रवती मेरे घर बीस साल से अधिक रही। बीस साल से अधिक समय तक वो हमारे घर के काम करती रही। बर्तन धोने से लेकर झाड़ू-पोंछा और कपड़ों की धुलाई तक का जिम्मा उसी पर था। शुरू में करीब दो सौ रुपए महीने उसकी सैलरी तय हुई थी, जो धीरे-धीरे बढ़कर कई हजार रुपए होती चली गई। जैसे-जैस मेरी सैलरी बढ़ती गई, उसकी सैलरी भी बढ़ाता गया।

चंद्रवती, क्योंकि सिर्फ हमारे घर काम करती थी, इसलिए जब मैं कुछ सालों के लिए अमेरिका चला गया, तब भी हमने चंद्रवती को नौकरी से नहीं हटाया। हमने उसे घर की एक चाबी दे दी थी कि तुम हफ्ते में एक दिन घर की सफाई करती रहना, तुम्हारे पैसे एकाउंट में ट्रांसफर होते रहेंगे। ऐसा ही हुआ। हम अमेरिका में रहे, चंद्रवती यहाँ हमारे पीछे भी घर की देखभाल करती रही और जब हम वहाँ से वापस आए तो फिर वो पूरी तरह काम पर लग गई।

पिछले साल जब हमने पुराना मुहल्ला छोड़ा तो चंद्रवती का साथ भी छूट गया।

हम नए घर में आए तो मन में यही था कि चंद्रवती को जो सैलरी हम दे रहे थे, वो पैसे अब बच जाएँगे, क्योंकि नए मुहल्ले में हम जिसे भी काम पर रखेंगे, उसे उतने पैसे नहीं देने होंगे। चंद्रवती तो बीस साल से अधिक हमारे साथ रही, मेरा बेटा उसकी गोद में खेला और उसने हमारे घर की देखभाल घर के सदस्य के रूप में की, तो उसे हम जितने पैसे देते थे, वो आम काम वाली की सैलरी से दुगुना-तिगुना अधिक था। ऐसे में हमारे पास काम वाली के हिस्से के आधे से अधिक पैसे बचने थे।

पर नहीं बचे।

ऐसा मत सोचिएगा कि संजय सिन्हा कंजूस हैं और पैसों के बचने से बहुत खुश हो रहे थे, दरअसल मैं आपको जिस सच्ची घटना के बारे में बता रहा हूँ, उसका आधार एक छोटी सी कहानी है। वो कहानी भी आपको सुनाऊँगा, हो सकता है आपने पढ़ी भी

हो, पर पहले आप मेरी आपबीती सुनिए। हमने जब नया घर लिया तो सभी खर्च जोड़ लिये। सबका हिसाब बना लिया। हमने ये भी जोड़ लिया कि चंद्रवती की सैलरी के इतने पैसे, जो हमें कामवाली पर नहीं खर्च करने, वो बच जाएँगे।

पर हम तब ये जोड़ना भूल गए कि घर के पीछे लॉन की देखभाल कौन करेगा। नए मकान में शिफ्ट हुए कुछ समय हो गया, तब अचानक याद आया कि इतने बड़े लॉन की देखभाल के लिए तो एक माली चाहिए। माली ढूँढ़ा गया। उसने बताया कि वो इतने पैसे महीने में बतौर सैलरी लेगा, इतने पैसे खाद-पानी पर खर्च होंगे, इतने पैसे पौधे लाने पर।

पूरा हिसाब जोड़ा गया तो वो चंद्रवती की सैलरी से ऊपर चला गया।

कोई बात नहीं। हमें कोई नुकसान नहीं हो रहा था।

अब सुनिए आगे की कहानी। मेरे पास वर्षों से एक ड्राइवर थ, जिसका नाम था—आशु। पिछले दिनों आशु ने अपना काम करने की इच्छा जताई। आशु के बिना मुझे मुश्किल तो होनेवाली थी, पर अच्छा लगा कि वो आगे बढ़ने की सोच रहा था। पलभर को ये भी मन में आया कि चलो, कुछ पैसे बचेंगे।

आशु चला गया। जिस दिन आशु गया, मेरे पास एक छोटा सा फ्लैट है, जो किराए पर लगा था, उसका किराएदार उसे खाली करके चला गया। अब तक वो छोटा सा फ्लैट किराए पर नहीं लगा है। इस तरह जो रुपए ड्राइवर की सैलरी के बचे, किराए वाले मिलने बंद हो गए।

मतलब फिर न फायदा था, न नुकसान हुआ।

अब सुनिए वो कहानी, जिसे किसी ने मुझसे साझा किया है।

एक आदमी ने भगवान से पूछा कि जिंदगी में उसके हिस्से में कितना धन लिखा है? भगवान ने कहा कि तुम रोज एक रुपया कमा सकते हो। आदमी खुश हो गया। वो रोज एक रुपया कमाने लगा। उसी में जीने लगा। फिर जिस दिन उसकी शादी हुई, अचानक उसे एक रुपए की जगह ग्यारह रुपए का काम मिल गया। आदमी ने फिर भगवान से पूछा कि प्रभु आपने तो एक ही रुपए कमाने की बात कही थी, यहाँ तो ग्यारह रुपए मिल गए। भगवान ने कहा कि इसका मतलब तुम्हारी शादी हो गई है। वो दस रुपए तुम्हारी पत्नी के भाग्य के हैं। जब संजय सिन्हा इस कहानी को व्हाट्सऐप पर पढ़ रहे थे, तो चंद्रवती की सैलरी उनकी आँखों के आगे घूमने लगी। मतलब माली जो पैसे मुझसे ले रहा है, वो चंद्रवती के हिस्से की कमाई थी।

उस आदमी की शादी को साल भर बीत गया। उसका एक बेटा हो गया। जिस दिन

बेटा हुआ, उस दिन आदमी को किसी काम के बदले 41 रुपए मिले। आदमी खुशी में झूमता हुआ फिर भगवान को मिलने पहुँच गया। प्रभु अब आप क्या कहेंगे? मेरी कमाई तो ग्यारह से बढ़कर 41 रुपए हो गई।

भगवान ने मुस्कुराते हुए कहा, "बेटा, वो तीस रुपए तुम्हारे बेटे के भाग्य के हैं।"

आशु जिस महीने गया, उसी महीने मेरा एक छोटा फ्लैट, जो किराए पर था, खाली हो गया। पूरे बीस हजार रुपए, जो संजय सिन्हा के बचे थे, वो उधर से कम हो गए। जानते हैं क्यों?

क्योंकि वो किराया मेरे पास ड्राइवर के हिस्से का आ रहा था।

हम सोचते हैं कि कमाने वाले हम हैं। पर ये सच नहीं है। हमें पता नहीं होता कि हम किसके-किसके भाग्य से कमाई कर रहे हैं। इसलिए जिस पर जितना पैसा खर्च हो रहा है, आप उसके लिए शोक मत कीजिए। यही समझिए कि माध्यम भले आप हैं, पर भाग्य उसका है, जिस पर आपका पैसा खर्च हो रहा है।

मैंने इस सच को कई बार महसूस किया है। आप भी करते ही होंगे।

संसार में जो भी हो रहा है, उसे करनेवाला कोई और है। इस छोटे से सत्य को जो समझ गया, वो खुशहाल है। जो नहीं समझ पाता, वो रात-दिन खुद की किस्मत को कोसता रहता है।

□

अन्न और मन

रात में जब सब लोग खाना खा लेते थे, उसके बाद माँ रात में रसोईघर को साफ करती थी। बर्तन रात में ही धुल जाते, रसोई का फर्श धुलता और जब सब एकदम चकाचक साफ हो जाता, फिर माँ सोने जाती।

पिताजी कभी-कभी माँ को टोकते भी थे कि रात में सफाई की क्या जरूरत है, सुबह साफ कर लीजिएगा। पर माँ नहीं मानती थी। वो कहती थी कि रात में रसोईघर में लक्ष्मीजी आती हैं और लक्ष्मीजी वहीं आती हैं, जहाँ साफ-सफाई होती है।

अब ये एक ऐसा तर्क था, जिस पर चाहे जितनी बहस हो सकती थी। पर माँ बिना किसी बहस में पड़े रसोईघर को पूरी तरह साफ करके ही सोने के लिए कमरे में जाती।

जब मैंने स्कूल जाना शुरू नहीं किया था, तब हमारे घर गैस वाला चूल्हा भी नहीं आया था। माँ गोबर के कंडे और कोयले से चूल्हा जलाती। चूल्हा जलते ही माँ दोनों हाथ जोड़कर हवा में ही किसी को प्रणाम करती। एक बार सुबह-सुबह मैंने माँ से पूछा था कि माँ, आप किसे प्रणाम करती हैं, तो माँ ने कहा था कि अग्नि देवता को। संजय सिन्हा के लिए वो समय भारी दुविधा का था। रात में लक्ष्मीजी रसोई में आती हैं, सुबह-सुबह अग्नि देवता आते हैं, पर दिखते दोनों नहीं।

खैर, संजय सिन्हा को नहीं दिखने का अर्थ ये तो नहीं कि ऐसा होता ही नहीं होगा। माँ को दोनों दिखते थे।

फिर घर में गैस वाला चूल्हा आ गया। माँ को अब गैस की पहली लौ में भी अग्नि देवता दिखने लगे थे। वो उन्हें प्रणाम करने लगी थी।

माँ जब खाना बनाती थी, तब मैं अक्सर रसोई में खड़ा रहता था। माँ खाना बनाते हुए भी रसोईघर को कई-कई बार साफ करती थी। मैंने भी माँ से पूछा था कि माँ आप इतनी सफाई क्यों करती हैं?

माँ कहती थी कि रसोई में अन्न पकता है और हम जैसा अन्न खाते हैं, वैसा हमारा मन

बनता है। अगर साफ-सफाई रखोगे तो मन भी साफ रहेगा। गंदे अन्न से मन भी गंदा होता है।

माँ खाना बनाती रहती, संजू बेटा देखता रहता।

जब मैं बहुत छोटा था, तब मैं कुम्हार बनना चाहता था। पर थोड़ा बड़ा होने के बाद मेरे दिल में खाना बनाने का शौक जागा था, जो आज तक कायम है। मेरा यकीन कीजिए अगर मैं पत्रकार नहीं बना होता, तो रसोइया बना होता। मेरा आज भी मन करता है कि नौकरी छोड़कर खाना बनाया जाए, ढाबा खोला जाए। मैं कुछ मित्रों से अक्सर बचपन के इस शौक और इस भावी योजना पर चर्चा करता हूँ।

खैर, अपनी इसी चाहत की वजह से मैं आज भी कभी-कभी रसोईघर में घुस जाता हूँ और कोशिश करता हूँ कि कुछ तो करूँ।

कल रविवार था। मैं एक रसोइया को पकड़ लाया और कहने लगा कि मुझे पोहा बनाना सिखा दो। वो पोहा बनाना सिखाने लगा।

पहले पोहा को पानी में धो लीजिए। फिर गाजर, प्याज, बींस, आलू को धो कर काटिए। गैस पर एक चम्मच तेल को कड़ाही में गर्म कीजिए। राई का फोरन डालिए और फिर उसके लाल होने के बाद गाजर, प्याज, बींस और आलू को उसमें डाल कर भूनिए। अब पोहा में थोड़ा नमक, थोड़ी हल्दी, थोड़ी मिर्च और छोटा चम्मच चीनी डाल कर उसे हाथों से मिलाइए।

इतना होने के बाद गैस के दूसरे बर्नर पर एक छोटी कड़ाही में बहुत थोड़ा सा घी डाल कर उसमें मूँगफली भूनिए।

जब प्याज, गाजर भुन जाए तो उसी कड़ाही में पोहा डाल दीजिए और थोड़ी देर तक उसे साथ में पकाइए। अब गैस से उतार कर उसमें मूँगफली डालिए और फटाफट प्लेट में परोस दीजिए।

मैंने पूरी नसीहत सुन ली। जब प्याज भुन रहा था, तब गैस के दूसरे बर्नर पर जिस पर मूँगफली तल रहा था, उसमें से दो दाना मूँगफली उठाकर मैंने मुँह में डाल लिया।

मुझे पोहा बनाना सिखा रहा रसोइया भड़क गया।

कहने लगा कि ये ठीक बात नहीं है सर। इससे खाना जूठा हो जाता है। आप पूरा बनने का इंतजार कीजिए। चूल्हे से उठाकर कभी नहीं खाना चाहिए।

मैं हैरान होकर उसे देख रहा था।

वो बोल रहा था, "सर, यहाँ अग्नि देवता का निवास है। खाने को हमेशा चूल्हे से उतार

कर ही चखना चाहिए। ऐसे खाना जूठा होता है। इससे अन्न खराब हो जाता है। खराब अन्न से मन भी खराब होता है। जैसा अन्न खाएँगे, वैसा मन होगा। खाना स्वादिष्ट बनता ही तब है, जब उसमें तमाम मसालों के साथ अच्छे मन का तड़का लगता है। जिंदगी में चाहे सब हो। पर मन ठीक नहीं तो सब होना भी व्यर्थ हो जाता है।"

मैंने गौर से देखा कि रसोइया कुछ नहीं बोल रहा था। वो अपने काम में लगा था। शायद माँ सामने खड़ी थी और पूछ रही थी कि अन्न और मन का पाठ भूल गए क्या बेटा?

□

मन का सच

अरुणा की शादी वरुण से हुई थी।

दोनों साथ-साथ खुश थे। दोनों मिलकर प्रॉपर्टी का बिजनेस करते थे। वो एक आदर्श परिवार था, हम दो हमारे दो। लेकिन पता नहीं किस बात पर परसों पति-पत्नी में कहा-सुनी हुई और पति ने पत्नी को एक थप्पड़ मार दिया। एक थप्पड़ से पत्नी इस कदर आहत हुई कि गाजियाबाद के अपने फ्लैट की पाँचवीं मंजिल से वो कूद कर मर गई।

अभी तक मैंने जो कुछ लिखा है, वो एक खबर है। यकीनन आपने भी खबर पढ़ी ही होगी। हो सकता है कि आपने इस पर चर्चा भी की हो कि लोगों को क्या हो गया है, बात-बात पर जान देने को तैयार हो जाते हैं। आपने शायद ऐसा भी सोचा हो कि जमाना कहाँ-से-कहाँ चला गया है।

लेकिन संजय सिन्हा ऐसा नहीं सोचते। उनका मन घटना की तह तक जाने की जगह मन की तह को टटोलने लगता है। उन्हें माँ की सुनाई वो कहानी याद आने लगती है, जिसमें एक राजा ने एक फकीर से खुशी का मंत्र पूछा था। जीने का आधार पूछा था।

असल में राजा ने नगर भ्रमण के दौरान एक फकीर को प्रसन्न देखकर उससे पूछा था कि तुम्हारे पास कोई दौलत नहीं, फिर भी तुम प्रसन्न कैसे हो?

फकीर ने कोई जवाब नहीं दिया था।

राजा ने फकीर को बहुत सा धन देने का प्रस्ताव दिया था। कहा था, "जो चाहो, ले लो, तुम्हारी जिंदगी खुशहाल हो जाएगी।"

फकीर ने ये कहकर कुछ भी लेने से मना कर दिया था कि मन की खुशी का इन बातों से कोई संबंध ही नहीं।

राजा भारी दुविधा में था।

मन की खुशी? ये क्या है? यहीं उसने फकीर से खुशी का मंत्र पूछा था और ये स्वीकार भी किया था कि बतौर राजा उसके पास सबकुछ है, बस खुशी नहीं। उसने फकीर से कहा था कि सबकुछ होने के बाद भी उसका मन जीने का नहीं करता, क्यों?

फकीर ने राजा को पास बिठाया था और समझाया था कि खुशी का कारण बाहर नहीं, भीतर है। खुशी का आधार तन नहीं, मन है। तन का सुख सीमित खुशी दे सकता है, मन का सुख असीमित खुशी देता है।

राजा हैरान होकर फकीर की ओर देख रहा था।

माँ कहानी आगे बढ़ाती, इससे पहले संजय सिन्हा भी माँ की ओर भी हैरान निगाहों से देखते। माँ ये क्या कह रही है? क्या मुझे ढेर सारी टाफियाँ मिल जाएँगी तो मैं खुश नहीं हो जाऊँगा?

माँ कहानी आगे बढ़ाती।

आदमी इस संसार में सबसे अधिक खुद से प्यार करता है। वो बड़ी से बड़ी बीमारी में भी जीने की चाहत रखता है। वो बुढ़ापे में भी मरना नहीं चाहता। वो हर परिस्थति से जीने के लिए लड़ता है। वो तन की तकलीफों को सहता हुआ भी जीता चला जाता है। पर जिस दिन उसके मन को चोट लगती है, वो उसे नहीं सह पाता। मन ही आत्मा है। आत्मा का सुख-दुःख अलग होता है। शरीर का दुःख उसे जीने से विचलित नहीं करता, लेकिन आत्मा का दुःख जीने से विचलित कर देता है। फकीर कह रहा था, "देखो राजन, मेरे पास कुछ भी नहीं। शरीर पर पूरे वस्त्र तक नहीं। पर मैं मन से संतुष्ट हूँ। मैं मन से संतुष्ट हूँ, इसलिए मैं खुश हूँ। तुम मन से असंतुष्ट हो, इसलिए दुःखी हो। मैं जीना चाहता हूँ, तुम नहीं जीना चाहते। क्या विडंबना है?"

राजा ने पूछा था, "आदमी मरना क्यों चाहता है?"

"सुनो राजन, आदमी इस संसार में सबसे अधिक खुद से प्यार करता है। प्यार मन का भाव है। आत्मा का भाव है। जब मन को किसी वजह से चोट लगती है, तो जीवन से उसका मोह भंग हो जाता है और वो मरना चाहता है। असल चीज है मन को समझना। मन ही सुख और दुःख को मससूस करता है।"

"ओह! तो क्या भविष्य में संजय सिन्हा गाजियाबाद के जिस बिजनेसमैन की पत्नी के मर जाने की कहानी सबको सुनाएँगे, उसमें भी उस महिला के मन का भाव प्रबल होगा? क्या वो मन से आहत होकर पाँचवीं मंजिल से कूद जाएगी, बिना अपने बच्चों का अच्छा-बुरा सोचे?"

"बिल्कुल। यही सत्य है।"

अरुणा की शादी वरुण से तेरह साल पहले हुई थी। दोनों की जिंदगी मजे में गुजर रही थी। एक बेटा और बेटी के होने के बाद तो जिंदगी में खुशियाँ-ही-खुशियाँ थीं। पैसे की कोई तंगी नहीं थी। सुबह से सबकुछ ठीक ही था। पर शाम को किसी बात पर पति-पत्नी में झगड़ा हो गया और गुस्से में पति ने पत्नी को थप्पड़ मार दिया।

पति-पत्नी में झगड़ा कोई बड़ी बात नहीं। शायद हर घर में ऐसा होता हो। पर पता नहीं क्या हुआ कि अरुणा पाँचवीं मंजिल की बॉलकनी से कूद गई और मर गई।

अब सारी कागजी कार्रवाई होगी। पाँचवीं मंजिल से गिरने के बाद तन पर कहाँ-कहाँ चोट लगी, इसकी पड़ताल होगी। डॉक्टर एक-एक हड्डी का ब्योरा लिख देंगे। पर कोई डॉक्टर ये नहीं बता पाएगा कि उस महिला के मन के किस तंतु को चोट लगी थी। मन को जाँचने वाली मशीन का आविष्कार नहीं हुआ है।

लेकिन कोई संजय सिन्हा से पूछेगा तो वो उसे फकीर की भाषा में समझा देंगे कि अरुणा को वरुण ने जब थप्पड़ मारा तो चोट शरीर पर भले लगी, पर टूटा मन था। एक आदमी, जिसने तेरह साल पहले अग्नि के फेर लेकर उसे जीवन संगिनी बनाने का वादा किया था, सुख-दुःख में साथ देने का वादा किया था, जिसके वादे पर वो हर हाल में उसके साथ रहने को तैयार होकर अपना घर छोड़कर चली आई थी, उसे जब उसके जीवन साथी ने थप्पड़ मारा, तो चोट तन पर नहीं, मन पर लगी। मुमकिन है पति ने ऐसा पहले भी किया हो, पर उस दिन वो सह नहीं पाई। उस दिन मन का दुःख इतना बड़ा हो गया कि तन का सारा सुख उसके आगे फीका पड़ गया।

यही है सुख और दुःख का आधार।

हमें कभी ऐसा कुछ करना ही नहीं चाहिए, जिससे दूसरों का मन दुःखे। जब दूसरों का मन हम नहीं दुःखाते तो हम स्वयं को भी खुश रखने में कामयाब होते हैं।

राजा तो फकीर की बात समझ गया था। उसने अपना जीवन लोक कल्याण में लगा दिया और आत्मा से प्रसन्न रहने लगा था।

हम आत्मा के सच को कब समझेंगे? हम समझेंगे भी या अरुणा और वरुण की तरह जीते चले जाएँगे और एक दिन मर जाएँगे?

□

अनुशासन की डोर

संजय सिन्हा की बहुत अजीब सी आदत है। कहना कुछ चाहते हैं, कहने कुछ और लगते हैं। आज कहानी ये सुनानी है कि दो दिन पहले मेरी बहन जब मेरे घर आई थी तो अपने कुत्ते को भी साथ लाई थी। कुत्ता कहने से उसके प्यारे कुत्ते का अपमान न हो जाए, इसलिए मैं सीधे-सीधे आपको बता दूँ कि उसके कुत्ते का नाम जेरी है। वो जहाँ कहीं भी जाती है, जेरी को साथ लेकर जाती है। वैसे मुझे जेरी से रत्ती भर नफरत नहीं, लेकिन पता नहीं क्यों मुझे लगता है कि कहीं गलती से भी उसने मुझे काट लिया तो कहीं चौदह इंजेक्शन न लेने पड़ जाएँ। हालाँकि मेरा डर निराधार है। जेरी को आदमी के साथ रहने की पूरी ट्रेनिंग मिली है। उसे पता है कि कब उसे भौंकना है, कब उसे खाना है। कब वो सोफे के ऊपर चढ़ सकता है और कब उसे नीचे जमीन पर बैठना है।

मैं जब भी जेरी से मिलता हूँ, मेरी बहन उससे कहती है कि देखो मामा आया है।

क्या करूँ मेरी बहन का जेरी से प्यार देखकर मुझे ये भी सहना पड़ता है। मेरी बहन की ट्रेनिंग अगर फलीभूत हुई तो वो कभी-न-कभी मुझसे मिलकर मेरे पैरों को छूकर मुझे प्रणाम मामा भी कह ही बैठेगा। मेरे कहने का आशय इतना ही है कि वो एक ट्रेंड कुत्ता है। सुसु-पॉटी को पेट में चाहे घंटों दबाए रखे, जब तक उसे घर के बाहर नहीं ले जाया जाता, वो गंदगी नहीं फैलाता।

अब आप ये मत सोचने लगिएगा कि संजय सिन्हा सुबह-सुबह जेरी की कहानी क्यों सुनाने बैठ गए? दरअसल आज मैं जेरी की कहानी इसलिए सुनाने आया हूँ, क्योंकि उस दिन सुबह मैं टहलने निकला तो बहन ने कहा कि भैया जेरी को भी बाहर साथ ले जाओ। ये थोड़ा फ्रेश हो जाएगा।

मैंने कहा कि तुम भी साथ चलो।

बहुत बचपन में हम भाई-बहन साथ घूमने जाते थे। शादी के बाद तो इस तरह साथ

गप करते हुए टहलने का कभी मौका ही नहीं मिला। जब उसकी शादी नहीं हुई थी तब हम दोनों का घर एक था। खेलते हुए, दौड़ते हुए हम घर की ओर भागते तो दोनों यही कहते कि हम अपने घर जा रहे हैं और दोनों एक ही घर में दौड़कर पहुँच जाते।

फिर उसकी शादी हो गई।

सिर्फ शादी नहीं हुई, उसका घर ही बदल गया।

कभी-न-कभी भाई-बहन के प्यार की कहानी भी जरूर लिखूँगा। पर आज तो आपको जेरी की कहानी ही सुनानी है।

मैं अपनी बहन और जेरी के साथ टहलने निकला। जेरी जंजीर में बँधा था और जगह-जगह कुछ-कुछ सूँघता हुआ खुश होकर चला जा रहा था। पता नहीं क्या सूँघ कर कहीं-कहीं वो रुक कर सुसु करता।

मैंने अपनी बहन से पूछा कि तुम जेरी को अगर जजीर में न बाँधो तो क्या होगा?

बहन ने कहा कि वो इधर-उधर भागेगा। उसे सँभालना मुश्किल हो जाएगा।

सुबह-सुबह सिर्फ मेरी बहन ही नहीं, कई लोग अपने-अपने कुत्तों को टहलाते हैं। पहले मुझे यही पता था कि वो टहलाते हैं। पर पहली बार मुझे ये पता चला था कि टहलाने का अर्थ ही है, उसे सुसु और पॉटी कराना।

खैर, लंबी बात क्या करूँ, सीधे-सीधे मुद्दे पर आ जाता हूँ।

एक आदमी अपने साथ दो कुत्तों को लेकर घूम रहा था। एक कुत्ता तो जंजीर में बँधा था, दूसरा खुला घूम रहा था। दोनों दिखने में एक से थे।

मैं बहुत हैरान था कि मालिक ने एक को जंजीर में बाँध रखा था, दूसरे को आजाद छोड़ा था, क्यों?

संजय सिन्हा इतना देखकर भी सवाल न पूछें, ऐसा भला कैसे हो सकता था? मैंने अपनी बहन से पूछा कि तुम तो कह रही थी खुला कुत्ता तंग करता है। देखो, ये खुला है, बिल्कुल तंग नहीं कर रहा, बल्कि जो जंजीर से बँधा है, वही थोड़ा इधर-उधर कर रहा है।

मेरी बहन मुस्कुराने लगी। कहने लगी, "भैया बिल्कुल सही कह रहे हो। जो अनुशासन की डोर में बँधना सीख लेता है, वो आजाद हो जाता है। वो तंग नहीं करता। तंग वही करता है, जो अनुशासन की डोर में खुद को नहीं बाँधता। जो अनुशासन की डोर में नहीं बँधता, उसे जंजीर से बाँधना पड़ता है। खुला वही है, जो आजादी का अर्थ समझता है। मालिक ने दूसरे कुत्ते को भी जंजीर से आजाद करने की कोशिश की होगी,

पर उसने अपनी हरकतों से खुद को फिर जजीरों में जकड़ लेने को मजबूर किया होगा। हम गुलाम होते ही तब हैं, जब अपनी आजादी का दुरुपयोग करने लगते हैं।"

मैं समझ गया था। आदमी हो या कुत्ता, अगर वो अनुशासन के बंधन को समझता है, तो उसे जंजीरों में कोई नहीं जकड़ता।

□

नाना का जाना

मेरे ऑफिस में काम करनेवाले एक जूनियर साथी ने कल फोन किया कि उसके नानाजी का निधन हो गया है, इसलिए वो सुबह की शिफ्ट में नहीं आ पाएगा।

नानाजी के निधन की खबर से कोई भी विचलित हो ही जाएगा। मैंने कहा कि तुम बिल्कुल परेशान मत हो, मैं ऑफिस को देख लूँगा, तुम वहाँ की व्यवस्था देखो और किसी तरह की जरूरत हो तो मुझे बताना।

मेरे नाना का जब निधन हुआ था, तब मैं बहुत छोटा था। मुझे अपने नाना का चेहरा भी याद नहीं। माँ ने ही बताया था कि नानाजी ने मरने से पहले मुझे अपनी गोद में बिठाकर बहुत देर तक प्यार किया था। माँ ने ये भी बताया था कि नानाजी ने मरने से पहले मीठा दलिया खाने की इच्छा जताई थी। उस दिन दीवाली थी और ठीक दीवाली की शाम को नानाजी ने देह त्याग दिया था।

मैं तब साल भर का रहा होऊँगा।

पर जब मैं बड़ा हुआ तो घर में मेरे नानाजी की इतनी चर्चा होती थी कि मुझे कभी लगा ही नहीं कि मैंने असल में अपने नाना को नहीं देखा। उनकी तस्वीर मैंने देखी थी और मेरे मन में पूरा चलचित्र बस गया था कि नानाजी मुझे गोद में बिठाकर चम्मच से दलिया खिला रहे हैं। वो मुझे बहुत प्यार कर रहे हैं। फिर वो इस संसार से अचानक चले गए।

नानाजी के चले जाने का शोक हर दीवाली को मैंने महसूस किया। माँ हर दीवाली अपने पिता को याद करके अपने आँसू पोंछती। और जब माँ के निधन के बाद मैं आगे की पढ़ाई के लिए अपने मामा के पास चला गया तो वहाँ मैंने अपने नाना के चले जाने के दुःख को और शिद्दत से महसूस किया। मुझे याद है कि मामा दीवाली का त्योहार नहीं मनाते थे। मामा के घर दीवाली पर एक दीपक तक नहीं जलता था। पूरा शहर पटाखे फोड़ रहा होता था, फुलझड़ी जला रहा होता था, हमारा घर नाना को याद करता

था।

मेरे नाना मतलब मेरी माँ के पिता, मेरे मामा के पिता। मैं नाना के जाने के दुःख को उनकी आँखों में महसूस कर सकता था। इसलिए जब मेरे ऑफिस के साथी ने फोन किया कि उसके नाना नहीं रहे, तो मैंने उसके दुःख में खुद को शामिल बताया और यही कहा कि तुम यहाँ की चिंता बिल्कुल न करो।

सुबह मैं ऑफिस जल्दी चला गया और वहाँ का काम देख लिया।

शाम को मैं अपने कुछ साथियों के साथ बैठकर देर रात न्यूज कार्यक्रम की मीटिंग कर रहा था कि अचानक मेरा वो साथी मुझे ऑफिस में नजर आया, जिसने सुबह नानाजी की मृत्यु के बाद छुट्टी ली थी। मैंने उसे पास बुलाया, कहा कि तुम तो छुट्टी पर थे, फिर ऑफिस क्यों आ गए?

मेरे साथी ने कहा कि उसने तो सुबह की छुट्टी ली थी। तब नानाजी को अंतिम संस्कार के लिए ले जाना था। अंतिम संस्कार हो गया, अब कुछ करने को था ही नहीं, तो वो ऑफिस चला आया। जब सब काम हो गया तो फिर छुट्टी खराब करने की क्या जरूरत है?

किसी की माँ के पिता का निधन हो जाए और वो छुट्टी न ले, ये संजय सिन्हा की समझ के बाहर की बाद थी।

मैंने अपनी भावनाओं पर काबू किया और उससे बातचीत की। पूछा कि अंतिम संस्कार तो ठीक से हो गया न?

"बहुत मुश्किल हुई सर। सुबह उनकी मृत्यु हुई थी। दोपहर में हम उनके पार्थिव शरीर को लेकर दिल्ली के पास ही गढ़ गंगा तक गए थे। हमने सोचा था कि वहाँ कोई पंडित मिल जाएगा तो पूजा पाठ करा कर अंतिम संस्कार करा देंगे। घर पर वैसे ही लोग कम थे, आसपास के लोग इतनी दूर जाने को तैयार नहीं हुए। दो-चार लोग घर पर आए थे, पर सबको काम पर जाना ही था। बहुत मुश्किल से हम चार-पाँच लोग घाट तक पहुँचे।

पर सर, कल वहाँ दोपहर में एक भी पंडित नहीं दिखा, जो अंतिम संस्कार की पूजा करा देता। हमने काफी ढूँढ़ा। बहुत परेशानी हुई। फिर किसी ने फोन पर एक पंडित से बात की। पंडित ने फोन पर मंत्रोच्चार किया, हमने स्पीकर ऑन करके नानाजी का अंतिम संस्कार कर दिया। मैं सीधे वहाँ से ऑफिस चला आया हूँ, अपनी छुट्टी बचाने के लिए। असल में सभी लोग काम पर चले गए।

मेरा साथी बहुत खुश निगाहों से मेरी ओर देख रहा था कि बॉस बहुत खुश होगा उसके

ऐसा करने से। बॉस सोचेगा कि देखो कितना कर्मठ है ये। बॉस शाबाशी देगा कि वाह! तुम कितने महान् हो।

पर बॉस सदमें में था।

क्या सचमुच आर्थिक मूल्यों के आगे मानवीय मूल्य बिल्कुल खत्म हो गए हैं? क्या रिश्ते सचमुच अब सिर्फ एक संबोधन भर बचे हैं?

असल में हम भीड़ में घिरे हुए तन्हा लोग हैं।

मैं तो अपने साथी के नाना के बारे में सोचकर हैरान हूँ कि जिस आदमी को चार लोगों का कंधा भी मुश्किल से नसीब हुआ, जिसे एक पंडित का मंत्रोच्चार तक नसीब नहीं हो पाया, वो जीवन में कितना तन्हा रहा होगा। जिसका नाती एक छुट्टी बचाने की फिराक में रहा, वो नाना कितना बदनसीब रहा होगा।

पर यही होना है, हम सबके साथ। हमने आर्थिक मूल्यों के आगे नैतिक मूल्यों की गर्दन को जिस तरह मरोड़ा है, उसका प्रतिफल यही है कि जीवन के एक मोड़ पर हर आदमी को तन्हा हो जाना है, एकदम तन्हा।

मैंने अपने साथी से पूछा था कि तुम्हारे नानाजी के रिश्ते लोगों से कैसे थे?

उसने कहा था कि सर उनकी किसी से बनती ही नहीं थी। पैसों की कोई कमी नहीं थी। लेकिन वो अपने आगे किसी को समझते नहीं थे। जवानी तो ठीक से निकल गई थी, पर जब बुढ़ापे ने दस्तक दी और वो बीमार हो गए तो बहुत अकेले पड़ गए थे। सर, मृत्यु से तो उन्हें मुक्ति मिली है। वो बहुत बुरे हाल में थे।

मेरा साथी बोल रहा था, मैं सुन रहा था।

यही होता है। जब हम जिंदगी के किसी मोड़ पर रिश्तों से खुद को दूर करने लगते हैं तो हम कल्पना भी नहीं कर पाते कि एक दिन हम भीड़ के बीच तन्हा रह जाएँगे। पूरी तरह तन्हा।

□

चिड़िया के बच्चे

घर की बॉलकनी में कबूतरी ने अंडे दिए थे।

दुनिया इधर-से-उधर हो जाए, लेकिन कबूतरी उन अंडों को छोड़कर कहीं नहीं जाती थी। मेरे एक दूर के रिश्तेदार, जो मेरे दोस्त भी थे, मुझे समझाते थे कि संजय देखो, कुछ दिनों में इन अंडों से बच्चे बाहर निकल आएँगे।

मैं उनसे पूछता था, "कबूतरी के बच्चे जब बड़े हो जाएँगे तो अपनी माँ के साथ ही रहेंगे न?

रिश्तेदार संजय सिन्हा के सवाल पर हँसते और कहते, "नहीं पगले, पक्षी के बच्चे जब तक छोटे होते हैं, तभी तक माँ के साथ उनका रिश्ता होता है। जब उनके पंख उग जाते हैं, तो वो कहीं और उड़ जाते हैं। बहुत दूर चले जाते हैं।

"फिर तो इनकी माँ को इनकी याद आएगी न?"

"नहीं। ये मनुष्य थोड़े न हैं? इन्हें भगवान ने उतनी ही याद दी है, जितनी चाहिए।"

मैं मन-ही-मन सोचता कि अच्छा हुआ मैं पक्षी नहीं।

बहुत दिन बीत गए।

मेरे उस दूर के रिश्तेदार की शादी हो गई। उन्हें दूसरे शहर में नौकरी भी मिल गई। वो अपनी पत्नी के साथ वहीं चले गए। उनकी माँ वहीं पुराने शहर के पुराने घर में रह गईं।

मुझे याद है, मेरे दूर के रिश्तेदार की माँ अपने बेटे को याद करके बहुत रोती थीं।

बहुत दिनों के बाद एक दिन मैं अपने दूर के रिश्तेदार के घर गया था। मैंने उनसे कहा था कि आपकी माँ आपको बहुत याद करती हैं। रोती हैं। कहती हैं कि बेटा छोड़कर चला गया। अकेले मन नहीं लगता।

मेरे रिश्तेदार ने कुछ कहा नहीं था। मैंने उनसे ये भी कहा था, "आप तो चिड़िया नहीं, फिर आपको भी माँ की याद आती होगी। यहाँ तो आपका घर बहुत बड़ा है। आप माँ

को अपने पास बुला लीजिए। पर वो चुप थे।

मुझे ठीक से याद नहीं। लेकिन एक दिन खबर मिली थी कि माँ अपने बेटे को याद करते-करते इस संसार से चली गई थीं।

माँ चली गईं, टंटा ही खत्म हो गया।

कई और साल बीत गए।

मेरे दूर के रिश्तेदार, जो मेरे दोस्त भी थे, उनके बच्चे भी बड़े हो गए। बड़े होकर वो बच्चे विदेश चले गए।

दो दिन पहले मैं उनके घर गया था, वो बहुत उदास थे। कह रहे थे बच्चों की बहुत याद आती है।

मैं मन-ही-मन सोच रहा था कि उन लोगों की याद पक्षी जितनी ही हो जानी चाहिए, जो खुद कभी पंख आने के बाद कहीं दूर उड़ चुके होते हैं।

अगर ऐसा होता तो मेरे वो रिश्तेदार, जो अपनी माँ को छोड़कर कभी उड़ गए थे, आज अपने बच्चों के उड़ जाने पर अकेलेपन का शोक नहीं मना रहे होते।

□

अतिथि देवो भव

कल मैं दिल्ली से पटना की उड़ान पर था। खिड़की वाली सीट भरी थी, बीच वाली सीट पर मैं था और सबसे किनारे वाली सीट खाली थी। शुरू में मुझे लगा कि शायद ये सीट खाली ही रहेगी। पर उड़ान से ठीक पहले एक सरदारजी वहाँ चले आए।

सरदारों से अपनी खूब बनती है।

बचपन से सुनता आया हूँ कि सरदार यारों के यार होते हैं। मुझ जैसे आदमी को सफर में यारों के यार मिल जाएँ तो दो घंटे की उड़ान आधे घंटे की भी नहीं रहती।

मेरी पत्नी पंजाबी है। शादी के समय तक मैं भी यही जानता था कि हर पंजाबी सरदार होता है। मैं तो दिल्ली में था, तब अगर मैं यही जानता था तो मेरे घर वाले पटना में थे, उनका सामान्य ज्ञान इस मामले में क्या रहा होगा?

शादी के दो दिन बाद जब मैं पत्नी के साथ पटना आया था, तो सबके मन में यही था कि संजय सिन्हा की पत्नी तो रोज गुरुद्वारा जाती होंगी तो यहाँ आते ही जब कहीं उसे ले जाने की योजना बनी, तो पिताजी ने कहा कि सबसे पहले इसे श्री हरमंदिरजी, पटना साहिब ले चलते हैं।

मेरा जन्म पटना में हुआ है। जन्म के कुछ साल बाद ही पटना छूट गया था। पर मुझे दो साल पटना में रहने और पढ़ने का मौका मिला, जब मैं बड़ा हो गया था। पूरा पटना मेरा घूमा हुआ था। पर मैं कभी तखत श्री पटना साहिब नहीं गया। मुझे पता था कि ये गुरु गोविंद सिंह का जन्मस्थल है, पर कभी नहीं गया। लेकिन शादी के बाद; क्योंकि पत्नी पंजाबी थी, तो सबके मन में यही आया कि सबसे पहले वहाँ जाकर मत्था टेकना जरूरी है।

मैं अपने छोटे भाई और कुछ मित्रों के साथ पटना साहिब गया। काफी देर हम वहाँ रहे। बहुत अच्छा लगा। हालाँकि इससे पहले मैं अमृतसर गुरुद्वारा जा चुका था। वहाँ जाकर

भी मुझे आत्मिक शांति मिली थी।

हम लोग पटना साहिब से लौट कर घर आए तो पिताजी ने मेरी पत्नी से कहा था कि दुबारा जब तुम जाना चाहो, जा सकती हो। पिताजी को लग रहा था कि मेरी पत्नी सरदारनी है और जैसे हम रोज मंदिर जाते हैं, उसी तरह वो गुरुद्वारा जाती होगी।

खैर, आज कहानी प्लेन में मिले सरदारजी की। आप सोचेंगे कि संजय सिन्हा को हर बार प्लेन में कोई-न-कोई ऐसा मिल ही जाता है, जहाँ से वो कहानी ढूँढ़ निकालते हैं। आप बिल्कुल सही सोच रहे हैं। मेरी बगल में एक हैंडसम नौजवान सरदारजी बैठे थे। अब यारों के यार सरदार बगल में हों तो संजय सिन्हा बातचीत न शुरू करें, ये संभव ही नहीं।

सरदारजी ने बताया कि वो हरियाणा में करनाल के रहनेवाले हैं। दिल्ली विश्वविद्यालय के हिंदू कॉलेज से उन्होंने पढ़ाई की है। अब बिजनेस करते हैं। बढ़िया हिंदी, अंग्रेजी बोल रहे सरदारजी बीच-बीच में पंजाबी में अपनी कहानी सुना रहे थे। बिजनेस से लेकर राजनीति तक की।

हमने खूब बातें कीं। मैंने उन्हें बताया कि मैं पत्रकार हूँ तो सरदारजी बहुत खुश हुए। कहने लगे कि पत्रकार तो देश की आँख होते हैं। फिर हमने चाय मँगाई।

सरदारजी से मैंने पूछा कि आप करनाल में रहते हैं तो क्या पटना किसी बिजनेस के सिलसिले में जा रहे हैं? सरदारजी ने कहा—नहीं, पटना साहिब जाना है, मत्था टेकने।

"पटना साहिब? सिर्फ दर्शन के लिए पटना?"

"हाँजी, सब तीरथ कर आया हूँ, बस यही रह गया था। कल सुबह न्यूजीलैंड के लिए उड़ना है। बड़ा मन था, यहाँ आने का, तो सोचा आज ही चला जाऊँ। शाम की फ्लाइट से वापस दिल्ली और फिर कल न्यूजीलैंड।"

मैंने फिर पूछा कि आप न्यूजीलैंड घूमने जा रहे हैं?

"नहीं जी, मेरा परिवार वहीं रहता है। मेरी पत्नी, मेरे बच्चे सब वहीं हैं। मैं वहीं बिजनेस करता हूँ।"

"पर आप तो कह रहे थे कि आप करनाल में रहते हैं।"

"जी, वो मेरा घर है। मेरे पिताजी वहीं रहते हैं। मेरी माँ वहीं रहती हैं। तो मैं वहीं का हुआ न?"

मैं चुप था।

सरदारजी ने कहा कि मेरे पिताजी कहते हैं कि आदमी को अपना मूल घर हमेशा याद

रखना चाहिए। वो चाहे जहाँ सेटल हो जाए, जहाँ जिंदगी गुजारे, उसकी जड़ जहाँ है, वो वहीं का रहनेवाला है। मुझे पंजाबी ठीक से नहीं आती। पर सरदारजी ने मुस्कुराते हुए कहा था, जो अपना पिछवाड़ा भूल जाते हैं, वो कहीं के नहीं होते। मेरा पिच्छा करनाल है। इसलिए मैं रहूँ चाहे जहाँ, रहनेवाला करनाल का हूँ। मन करनाल में है।

मुझे कहानी मिल गई थी।

आप दुनिया में चाहे जहाँ रहें, आपका पता आपका देश है, आपका शहर है। आप वहीं के हैं, वहीं के रहनेवाले हैं।

मैंने सरदारजी से पूछा कि आप पटना साहिब कैसे जाएँगे?

कहने लगे, "टैक्सी कर लूँगा।"

"नहीं, अब आप टैक्सी नहीं करेंगे। अब आप हमारे शहर में हैं।"

मैं अपना पिच्छा कैसे भूल जाऊँ।

अतिथि देवो भव!

□

कर्म से बनता है भाग्य

माँ कहती थी कि किसी के भाग्य को कोई नहीं जानता। पर जो अपने कर्म पर नजर रखते हैं, उनके भाग्य का द्वार अपने आप खुलता चला जाता है।

जब मैं पटना में पढ़ाई कर रहा था, तो हम तीन-चार दोस्त रोज साइकिल से राजभवन के सामने बने फव्वारे तक जाते। वहाँ कुछ देर बैठते। हम अपनी भावी जिंदगी की तैयारियों पर चर्चा करते। अपनी जिंदगी की तैयारियों के बीच मुझे लगता था कि एक दिन मैं राज भवन के भीतर तक जाऊँगा। राज्यपाल से मिलूँगा। पर तब ये हमारे लिए बहुत बड़ी बात होती थी।

मुझे राजभवन बहुत आकर्षित करता था।

मैं देश के कई प्रधानमंत्रियों से मिल चुका हूँ। बातें कर चुका हूँ। पर बिहार के राज भवन का आकर्षण पहले प्यार की तरह मन में बसा था।

जब मैं पत्रकार बन गया तो कई नेताओं से मेरी मुलाकात होने लगी।

लेकिन जब दो दिन पहले शाम को मुझे पटना में आयोजित एक समारोह में बिहार के तत्कालीन राज्यपाल महामहिम श्री रामनाथ कोविंदजी (वर्तमान में राष्ट्रपति) के साथ बैठने का मौका मिला तो लगा मेरा एक सपना साकार हो गया है।

बिहार के राज्यपाल के साथ बैठना मेरा भाग्य था। उनके साथ करीब एक घंटा बैठा। कार्यक्रम चलता रहा, बीच-बीच में महामहिम से मेरी बात होती रही। मैंने उन्हें अपनी किताब 'रिश्ते' दी तो उसके कुछ पन्ने वो वहीं बैठे-बैठे पढ़ गए और उन्होंने मुझसे कहा कि पूरी किताब पढ़कर आपसे फोन पर बात करूँगा।

मेरे लिए वो आनंद का क्षण था।

महामहिम ने मुझसे पूछा भी कि अगली बार पटना कब आना है?

मैंने कहा था कि जुलाई में। उन्होंने कहा कि मुझसे मिलना।

जिस राज भवन के बाहर हम अपने दोस्तों के साथ अपने रिश्तों की कहानियों को साझा करते थे, अपनी जिंदगी के सपने बुना करते थे, जहाँ से उम्मीद का सफर शुरू हो रहा था, आज उसी राज भवन से मुझे समय मिल रहा था। मैं मन-ही-मन अपनी किस्मत को शुक्रिया कह रहा था।

मैं अपने भाग्य पर इतरा रहा था कि देखो, संजय सिन्हा तुम आज राज भवन के मुखिया के साथ बैठे हो। उनसे अपने रिश्तों की कहानियाँ साझा कर रहे हो। उन्हें बता रहे हो कि कैसे फेसबुक पर एक इतना बड़ा परिवार खड़ा हो गया।

आदरणीय कोविंदजी से जब मैं मंच पर बैठे-बैठे 'संजय सिन्हा फेसबुक परिवार' की चर्चा कर रहा था, तो वो हैरान होकर मेरी बातें सुन रहे थे। उन्हें ये बात ही बहुत आश्चर्यजनक लगी कि सोशल साइट पर किसी की कहानियों को पढ़कर लोग आपस में एक-दूसरे से जुड़ गए हैं। उन्हें रिश्तों का ये आधार बहुत रोमांचित कर रहा था। वो मुझसे इस बारे में और बातें करना चाह रहे थे। पर मंच पर कितनी बातें होतीं?

तय हुआ कि अगली बार जब वो दिल्ली आएँगे, तो मैं उनसे मिलने जाऊँगा। या फिर जब मैं पटना आया तो मुझे राज भवन में आने का निमंत्रण मिल ही चुका था।

कल दोपहर जब मैं पटना से लौट कर दिल्ली पहुँचा तो मेरे एक साथी ने मुझे फोन किया कि आपने फेसबुक पर जो तस्वीर डाली है, वो कोविंद साहब की है क्या?

मैंने कहा हाँ। कल उनसे मिला था। काफी बातें कीं। कल अपनी मुलाकात की कहानी सबको सुनाऊँगा।

मेरा साथी मुझे बता रहा था कि जब आप फ्लाइट में थे, तभी ये एनाउंस हो गया कि बिहार के राज्यपाल श्री रामनाथ कोविंदजी बीजेपी की ओर से भारत के अगले राष्ट्रपति होंगे।

मेरी तो समझ में नहीं आ रहा था कि किस तरह की प्रतिक्रिया जताऊँ।

संजय सिन्हा ने सपना देखा था बिहार के राज भवन में जाने का और वो अब जाएँगे राष्ट्रपति भवन।

माँ ठीक ही कहती थी। आदमी का भाग्य कोई नहीं जानता। एक दिन पहले हम साथ बैठे थे, तब दोनों नहीं जानते थे कि हमारी अगली मुलाकात बिहार के राज भवन में नहीं, देश के राष्ट्रपति भवन में होनेवाली है।

यही है भाग्य।

एक पूरा दिन भी नहीं बीता, हमारी छोटी सी मुलाकात ऐतिहासिक मुलाकात बन गई।

आदमी को अपने कर्म पर यकीन करना चाहिए, भाग्य के द्वार खोलने के लिए तो वो बैठा ही है।

ये रिश्ता क्या कहलाता है?

मेरे ऑफिस में काम करनेवाले मेरे साथी प्रमोद ने मुझे फोन करके कहा कि उसे एक दिन की छुट्टी चाहिए।

आम तौर पर वो छुट्टी नहीं लेता। बिना वजह तो कभी नहीं। मैं चाहता तो बिना पूछे भी कह ही सकता था कि हाँ ले लो छुट्टी। लेकिन संजय सिन्हा कुछ न पूछें, ऐसा भला कैसे हो सकता था?

मैंने पूछ ही लिया कि छुट्टी क्यों ले रहे हो?

"सर, पिताजी की तबीयत खराब है। उनके गले के पास एक घाव हो गया है, डॉक्टर को दिखलाया। तो उसने पूरी जाँच की और कहा कि इसका ऑपरेशन करना होगा। आज ऑपरेशन है, पता नहीं कितना समय लग जाए, इसलिए छुट्टी चाहिए।"

"ठीक है, छुट्टी ले लो। और किसी चीज की जरूरत हो तो बताना।"

प्रमोद ने छुट्टी ले ली। ऑपरेशन थोड़ा लंबा चला। डॉक्टर ने जितना समय बताया था, उससे अधिक समय लगा। जाहिर है प्रमोद ने एक दिन की छुट्टी और बढ़ा ली।

दो दिनों के बाद जब वो ऑफिस आया तो सहज जिज्ञासा में मैंने पूछ लिया कि सब ठीक है न?

"हाँ, सर सब ठीक से हो गया।"

"घर में लोगों को काफी चिंता रही होगी। सभी परेशान रहे होंगे।"

"सर, यहाँ माँ हैं, मेरी पत्नी हैं। सभी अस्पताल में ही थे। गाँव में पिताजी की माँ हैं, भाई हैं। हमने किसी को वहाँ खबर ही नहीं की। अगर बता देते तो पिताजी की माँ यानी मेरी दादी बहुत परेशान होतीं, इसलिए हमने किसी को कुछ बताया ही नहीं। बस चुपचाप जैसा डॉक्टर कहते रहे, हम करते रहे। अब सब ठीक है। हफ्ते भर तक ड्रेसिंग चलेगी, फिर सब ठीक हो जाएगा। फिर सबको खबर कर देंगे।"

दो दिन बीत गए।

दो दिनों के बाद प्रमोद ने मुझे बताया कि मध्य प्रदेश में देवास के पास गाँव से उसके चाचा का फोन आया था कि दादी दो दिनों से कुछ खा-पी नहीं रहीं। बस चुपचाप बिस्तर पर लेटी हुई हैं। उनसे काफी पूछा गया कि तकलीफ क्या है, तो उन्होंने बस इतना ही कहा कि पता नहीं क्यों कुछ करने का जी नहीं कर रहा। भूख नहीं लग रही,

प्यास नहीं लग रही। जी उचाट सा है।

चाचा ने फोन करके अपनी ओर से ये बताने की कोशिश की थी कि गाँव में पिताजी की माँ की तबीयत खराब है।

प्रमोद ने बताया कि गाँव में किसी को पिताजी की बीमारी के बारे में नहीं बताया गया था। दादी चिंता में न पड़ जाएँ, इसलिए पिताजी की बीमारी को बहुत छिपा कर उनका इलाज कराया गया।

पर जिस वक्त पिताजी को ऑपरेशन के लिए अस्पताल ले जाया जा रहा था, गाँव में उसी वक्त दादी का जी उचाट होने लगा था। इधर पिताजी का ऑपरेशन शुरू हुआ, उधर दादी, जो दिनभर एक्टिव रहती थीं, बिस्तर पर लेट गईं। दो दिन पिताजी अस्पताल में रहे, दादी ने दो दिनों कुछ नहीं खाया। उन्हें पिताजी की बीमारी के बारे में कुछ पता नहीं था, पर उनके दिल के किसी तंतु को पूरी भनक लग गई थी।

फिर पिताजी ने दादी से फोन पर बात की। जब उनकी बात हो गई, तो दादी बिस्तर से उठ गईं और खाना खाने लगीं।

प्रमोद मुझसे पूछ रहा था, "संजय सर, क्या सचमुच माँ का अपने बच्चे के साथ नाभी का रिश्ता पूरी जिंदगी जुड़ा रहता है? जिसे हम संसार से छुपा लेते हैं, उसे माँ का मन महसूस कर लेता है? क्या सचमुच रिश्ते बेतार के तार से जुड़े होते हैं?"

वो सवाल पर सवाल कर रहा था।

मैं चुप था।

मैं कैसे समझाता कि माँ बच्चे को सिर्फ जन्म भर नहीं देती, वही उसके शरीर में रक्त बनकर बहती भी रहती है। संसार से आप अपनी तकलीफ छिपा सकते हैं, पर माँ से कैसे?

दिल के भीतर समाहित रिश्तों का चिप माँ तक पूरी खबर पहुँचा ही देता है।

बेटा दिल्ली में बीमार पड़ता है, माँ हजार मील दूर बिस्तर पकड़ लेती है।

□

बेटा ही बाप है

मेरे बेटे को अगले महीने अपनी नई नौकरी पर बाहर जाना है।

ऐसे में मुझे जब भी मौका मिलता है, मैं उसे दुनियादारी के बारे में बताने लगता हूँ। मैं उसे बताता हूँ कि दुनिया में किस तरह के लोग होते हैं, किस तरह कदम-कदम पर लोग धोखा देने को तैयार रहते हैं। मैं उसे समझाता हूँ कि अब तक तुम स्कूल-कॉलेज में सैद्धांतिक पढ़ाई हासिल करने में व्यस्त रहे, लेकिन अब तुम प्रयोग के संसार में जा रहे हो।

वहाँ तुम्हारा पाला ऐसे लोगों से पड़ेगा, जो झूठ बोलते हैं, बेईमानी करते हैं, धोखा देते हैं। अब तक तुम बहुत महफूज परिस्थितियों में रहे, पर अब तुम्हें वास्तविक संसार का सामना करना है।

कल भी मैं अपने बेटे को समझा रहा था कि अब बाहर जाने के बाद किस तरह के लोगों से तुम्हारा पाला पड़ सकता है। बेटा मेरी पूरी बात ध्यान से सुनता रहा। फिर उसने मुझसे पूछा कि क्या आप जब नौकरी करने बाहर निकल रहे थे, तो आपके पिताजी ने आपको इसी तरह सबकुछ समझाया था?

मैं सोच में पड़ गया।

क्या मेरे पिताजी ने मुझे इसी तरह समझाया था?

मेरे पिताजी मुझे समझाते थे कि अगर कोई तुम्हें धोखा दे तो भी तुम किसी को धोखा मत देना। वो कहते थे कि धोखा देने से धोखा खाना बेहतर होता है। धोखा खाने में तो सिर्फ कुछ भौतिक नुकसान ही होगा। लेकिन किसी को धोखा देने से आत्मिक नुकसान होता है।

बेटे के सवाल पर मैं कुछ देर चुप रहा। फिर मैंने कहा, "हाँ, मेरे पिताजी भी मुझे ऐसे ही जिंदगी का पाठ पढ़ाया करते थे। उन्होंने मुझे भी दुनियादारी समझा कर ही भेजा

था। पर वो समय अलग था। नैतिक मूल्य तब जीवित थे। पहले भी लोग गलत काम करते थे। पर तब लोग अपनी आत्मा की आवाज भी सुनते थे। समय के साथ-साथ उनका प्रतिशत बढ़ गया है। अब ईमानदार लोग कम होते हैं। अब लोग नैतिक शिक्षा को महत्त्व नहीं देते।"

बेटा मेरी बातों को बहुत ध्यान से सुन रहा था।

बेटे ने पूरी बात सुनी, फिर उसने कहा कि वाकई दुनिया इतनी खराब हो गई है, जितनी आप बता रहे हैं, तो ये चिंता की बात है। वो कह रहा था कि आई.आई.टी. में पढ़ते हुए उसके मन में हमेशा यही रहा कि उसे एक बेहतरीन इंजीनियर बनना है, नई-नई चीजें बनानी हैं। पर यहाँ आप जिस तरह की चिंता जता रहे हैं, उसमें तो चीजों के निर्माण से अधिक जरूरी बेहतर इनसान बनने की पढ़ाई की जरूरत अधिक है। वो कह रहा था कि पापा, हमें नर्सरी की पढ़ाई से लेकर इंजीनियरिंग की पढ़ाई तक कभी नैतिक शिक्षा का पाठ कहीं नहीं पढ़ाया गया। क्योंकि ये पाठ नहीं पढ़ाए जा रहे, इसीलिए मानवीय मूल्यों का पतन हो रहा है।

माँ-बाप भी अब अपने बच्चों को वही पढ़ाई करा रहे हैं, जिसमें उनकी सैलरी अधिक हो, कोई नैतिकता को कामयाबी का मापदंड मान ही नहीं रहा। पहले मैंने कभी इन बातों को सोचा ही नहीं। पर अब लग रहा है कि देश में अच्छे इंजीनियरिंग कॉलेज से अधिक अच्छी नैतिक शिक्षा के पाठ को पढ़ाने वाले कॉलेज की जरूरत है।

वो मुझे आश्वस्त कर रहा था, "पापा, आप चिंता मत कीजिएगा। मैं धोखा खाने से उतना नहीं डरूँगा, जितना किसी को धोखा देने से डरूँगा। असल में स्कूल-कॉलेज में अगर नैतिक शिक्षा पर जोर रहता, तो कोई माँ-बाप अपने बच्चों को ये पाठ पढ़ाते ही नहीं कि तुम किसी से धोखा मत खाना। असल में सबको इतना ही पढ़ाने की जरूरत है कि तुम धोखा मत देना।

मैंने बेटे से कहा था कि अब जमाना अधिक खराब हो गया है।

बेटा मुझे समझा रहा था कि जमाना ठीक हो सकता है, अगर हर माँ-बाप अपने बच्चों को ये पाठ पढ़ाने लगें कि पैसा कितना कमाया, उससे अधिक जरूरी है ये समझना कि पैसा कैसे कमाया।

जब मैं नौकरी के लिए बाहर निकल रहा था, तो मेरे पिता ने यही बात मुझसे कही थी कि संजय बेटा, तुम हमेशा इस बात पर ध्यान देना कि पैसा कैसे कमाया, कितना कमाया, ये महत्त्वपूर्ण नहीं होगा। आज मेरा बेटा मुझे यही समझाता हुआ खुद नौकरी

पर निकलने की तैयारी कर रहा है।

सचमुच पुत्र एक दिन पिता बन जाता है।

अब मुझे चिंता नहीं है। जिसने ये पाठ पढ़ लिया हो कि धोखा खा लूँगा, दूँगा नहीं, उसे किसी परिस्थिति से घबराने की जरूरत नहीं। मैं बेकार ही चिंता करके उसे दुनियादारी समझा रहा था।

□

साहबों की भाषा

मेरे एक परिचित ये बताते हुए बहुत खुश हो रहे थे कि उनके बेटे को ठीक से हिंदी नहीं आती। उनके बेटे ने दिल्ली में रहकर अंग्रेजी स्कूल में पढ़ाई की है और वो अब ठीक से हिंदी नहीं बोल पाता, नहीं पढ़ पाता। एक अनिवार्य विषय के रूप में भी उसने हिंदी की पढ़ाई नहीं की। उसने उसकी जगह फ्रेंच की पढ़ाई की है।

मेरे परिचित मुझसे अपने बेटे की इस उपलब्धि की चर्चा करते हुए बहुत खुश थे कि आजकल के बच्चे तो हिंदी समझते ही नहीं।

मैं भी खुश था कि चलो उनका बेटा अमेरिका और इंग्लैंड में नौकरी के लिए पूरी तरह फिट है। बच्चे अमेरिका या इंग्लैंड चले जाते हैं तो माँ-बाप अकेलेपन का दंश भले सहें, लेकिन उनकी आत्मा तृप्त रहती है। वो ये कहने के लायक तो होते हैं कि उनका बच्चा विलायत में है।

खैर, संजय सिन्हा को आज उन बच्चों की कहानी नहीं सुनानी, जो यहाँ रहकर हिंदी नहीं पढ़ते, नहीं समझते।

उन्हें कहानी सुनानी है अमेरिका के पेंसिलविनिया यूनिवर्सिटी के उन बच्चों की, जो सात समंदर पार से चार दिन पहले हिंदुस्तान आए हैं, हिंदी का बाजार तलाशने। वो एक महीना हिंदुस्तान में रहेंगे और अलग-अलग क्षेत्र के लोगों से मिलेंगे। इसी कड़ी में वो दो दिन पहले हमारे ऑफिस पहुँचे थे। मुझे ऑफिस में बताया गया कि अमेरिका से चार विद्यार्थी आए हैं और मुझे उनसे मिलना है। वो भारत की टी.वी. पत्रकारिता को समझना चाहते हैं।

मैं बहुत हैरान था कि अमेरिका से कोई हिंदी चैनल के ऑफिस में क्या समझने आएगा।

दोपहर में खाने के बाद वो हमारे दफ्तर आए। चार विद्यार्थी थे और उनके साथ एक शिक्षक भी थे।

मैं कॉन्फ्रेंस रूम में उनसे मिलने गया। चारों ने कुरसी से खड़े होकर मुझे 'नमस्ते' कहा और फिर अपना परिचय हिंदी में देना शुरू किया।

मैं हैरान था। अमेरिका से आए ये बच्चे हिंदी बोल रहे थे।

चारों ने बताया कि वो अमेरिका में मैनेजमेंट की पढ़ाई कर रहे हैं और उनकी पढ़ाई में एक विषय हिंदी भी है।

मैंने हैरानी से पूछा कि हिंदी क्यों? हिंदी से क्या लाभ है? हमारे बच्चे तो हिंदी बोलना, समझना और पढ़ना छोड़ रहे हैं। फिर आप लोग वहाँ हिंदी सीख रहे हैं? क्या फायदा?

वो चारों बच्चे हैरान होकर मेरी ओर देख रहे थे। कैसा संपादक है, जो ये नहीं जानता कि हिंदी की क्या अहमियत है। वो आँखें फाड़ कर संजय सिन्हा की ओर देख रहे थे।

उनमें से एक ने कहना शुरू किया कि सर, हम मैनेजमेंट की पढ़ाई कर रहे हैं। हम हिंदी इसलिए पढ़ रहे हैं, क्योंकि दुनिया भर के व्यापारियों के लिए भारत आज भी सोने की चिड़िया है। दुनिया में चाहे कोई कहीं भी कारोबार करे, भारत में उसके उत्पाद के सबसे अधिक उपभोक्ता हैं। अमेरिका में 'एप्पल' कंपनी का फोन बनता है। लेकिन उसकी सबसे अधिक खपत कहाँ होती है? भारत में। कोरिया की सैमसंग कंपनी टी.वी., टैबलेट, फोन और दुनिया भर की चीजें बनाती है तो सबसे अधिक उसकी खपत कहाँ है? भारत में। जापान तो बहुत छोटा सा देश है। उसकी होंडा, टोयोटा कारें सबसे अधिक कहाँ बिकती हैं? भारत में।

सर, दुनिया के लिए भारत बहुत बड़ा बाजार है।

हम हिंदी इसीलिए पढ़ रहे हैं, क्योंकि हमें खुद को भारत के बाजार से जोड़ना है। हम यहाँ के दौरे पर इसलिए आए हैं, ताकि हम यहाँ के बाजार को समझ सकें। किसी को समझने के लिए उसकी भाषा से खुद को जोड़ना पड़ता है। हम यहाँ के राजनैतिक माहौल को समझना चाहते हैं। हम यहाँ के मीडिया को समझना चाहते हैं। हम यहाँ के सरकारी सिस्टम को समझना चाहते हैं।

भारत में आज भी जन-जन की भाषा हिंदी ही है। हिंदी वाले ही यहाँ के उपभोक्ता हैं। इसलिए मैनेजमेंट के हमारे कोर्स में हिंदी को एक भाषा के रूप में हमें पढ़ाया जा रहा है। वैसे चीन भी एक बड़ा बाजार है। लेकिन चीन में प्रोडक्शन लाइन बहुत बड़ी है, इसलिए वहाँ बाहरी माल की खपत कम है, जबकि भारत में कलम से लेकर कार तक विदेशी है। आज दुनिया के हर देश की निगाह भारत पर है।

वो चारों बच्चे कुछ-कुछ और बोल रहे थे।

मैं इतिहास के पन्नों में समा गया था। कई सौ साल पहले इंग्लैंड, पुर्तगाल, स्पेन, फ्रांस और न जाने कहाँ-कहाँ से विदेशी भारत आए थे और यहाँ आकर हमारी भाषा सीख कर हमीं पर शासन करने लगे थे। शुरू में ये कहकर आए थे कि यहाँ हम हल्दी, मिर्च और सिल्क का कारोबार करने आए हैं, पर वो हमसे 'टुम्हारा नाम क्या है, टुम कहाँ का रहनेवाला है, टुम क्या खाटा' है जैसी हिंदी बोलते हुए हमारे मालिक बन गए थे।

और हम?

हम उनकी भाषा सीख कर उनके दास बन गए थे।

अंग्रेजों ने हमें अंग्रेजी सीखने पर मजबूर किया, अपने फायदे के लिए। हिंदी उन्होंने खुद सीखी, अपने फायदे के लिए।

आज भी विदेश में जो लोग हिंदी सीख रहे हैं, वो अपने फायदे के लिए ही सीख रहे हैं। हम जो अंग्रेजी अपने बच्चों को पढ़ा रहे है, वो मजबूरी में पढ़ा रहे हैं और उन्हीं के फायदे के लिए पढ़ा रहे हैं।

हमारे बच्चे विदेश जाकर कॉल सेंटर में नौकरी करते हैं, उनकी सेवा करते हैं।

वो हिंदुस्तान आकर बिजनेस करते हैं और हम यहाँ उनकी सेवा करते हैं।

आप मन में खुश होते रहिएगा कि आज से सत्तर साल पहले भारत अंग्रेजों से आजाद हो गया था। पर संजय सिन्हा की मुलाकात जब से उन चार विदेशियों से हुई है, वो समझ गए हैं कि अपने बच्चों को 'मेकॉले' के स्कूल में पढ़ा कर हम एक बार फिर गुलाम बन गए हैं। फर्क इतना है कि अब वो वहाँ बैठकर इंटरनेट से हमारे बच्चों पर शासन कर रहे हैं।

वो पहले हमारे लिए जरूरत पैदा करते हैं, फिर जरूरत का माल हमें टिकाते हैं। हमीं से बनवाते हैं, हमें ही बेचते हैं।

आप खुश होते रहिए कि आपका बच्चा तो गिटपिट-गिटपिट अंग्रेजी बोलता है। सुबह-सुबह गुड मॉर्निंग बोलता है। पर सात समंदर पार से आए मेहमान आपको नमस्टे कहकर आपके बाजार का अध्ययन करके अमेरिका लौट जाएँगे और फिर आपसे बेहतर हिंदी और अंग्रेजी बोल कर आप पर हुक्म चलाएँगे।

तैयार हैं न आप? होना भी चाहिए। आखिर आपने अपने बच्चे को साहबों के यहाँ काम करने लायक शिक्षा इसीलिए तो दी है।

□

मनेर के मगरमच्छ

नदी के किनारे एक पेड़ था। उस पर एक बंदर रहता था। नदी में एक मगरमच्छ रहता था। बंदर रोज पेड़ से जामुन तोड़ कर मगरमच्छ को खिलाया करता था। मीठे-मीठे जामुन खाकर मगर बहुत खुश होता था। एक दिन मगर कुछ जामुन लेकर अपनी पत्नी के पास गया। मगर की पत्नी ने जामुन चखा। इतना मीठा जामुन खाकर उसने मगर से पूछा कि कहाँ से लाए?

मगर ने कहा कि नदी के किनारे जामुन के पेड़ पर एक बंदर रहता है। वही खिलाता है।

मगरमच्छनी के मुँह से निकला, क्या वो रोज जामुन खाता है?

मगर ने कहा, "हाँ, वो तो जामुन के पेड़ पर ही रहता है। उसे क्या कमी है?"

मगरमच्छनी के मुँह से लार टपकने लगी। आह, जब जामुन इतना मीठा है तो इसे रोज खाने वाले का कलेजा कितना मीठा होगा!

आगे की कहानी आपको पता है। आपको पता है कि मगरमच्छनी ने कैसे मगर को उकसाया कि वो किसी तरह जाकर बंदर को यहाँ लेकर आए, वो उसका कलेजा खाएगी। आपको ये भी पता है कि कैसे मगर बंदर को अपनी बातों में फँसा कर नदी के बीच तक ले आया था, फिर उसने बंदर को सच बता दिया था कि मगरमच्छनी को उसका कलेजा खाना है। बंदर ने ये कहकर अपनी जान बचाई थी कि कलेजा तो पेड़ पर है। पहले कहते तो साथ ले आता।

मीठे जामुन के पेड़ पर रहनेवाला बंदर उस दिन मगर से बच गया था।

पर मीठे लड्डुओं के शहर मनेर में रहनेवाली 'चंचल' मगरों से नहीं बच पाई।

पटना से पचास किलोमीटर दूर एक शहर है—आरा। आरा मेरा ननिहाल है। पटना से आरा जाते हुए बीच में एक छोटी सी जगह पर हमारी गाड़ी रुकती थी। पिताजी मुझे बताते थे कि यहाँ के लड्डू दुनिया भर में मशहूर हैं।

वहाँ लड्डू की कई दुकानें सड़क के किनारे थीं। हम एक दुकान में घुसते। वहाँ काउंटर पर बहुत मोटा आदमी बैठा होता था। पिताजी को देखते ही दोनों हाथ जोड़कर उन्हें प्रणाम करता। पिताजी जब तक कुरसी पर बैठते, एक लड़का प्लेट में चार-छह लड्डू लेकर आता। हम उन लड्डुओं को खाते। पीले-पीले मोतीचूर के लड्डू मुँह में जाते ही घुल जाते। फिर पिताजी दो-चार डिब्बे पैक कराते कि इन्हें जमुना चाचा के घर देंगे, मिथिलेश मामा के घर देंगे। पिताजी मन-ही-मन तय कर चुके होते थे कि कितने लोगों के घर जाना है।

लड्डुओं की पैकिंग चलती रहती, मैं मन-ही-मन सोचता रहता कि जब यहाँ के लड्डू इतने अच्छे हैं, तो यहाँ रहनेवाले लोग कितने अच्छे होंगे।

मैं मनेर कभी नहीं घूमा। लेकिन उन लड्डुओं की वजह से मनेर मेरे मन में एक मीठे से एहसास के रूप में बस गया था।

बहुत साल बीत गए। मैं पटना से भोपाल गया और भोपाल से दिल्ली चला आया। पर मनेर की मिठास जस-की-तस बची रही।

अक्तूबर 2012 की बात है, मेरे पास खबर आई कि मनेर में दो बहनों पर किसी ने तेजाब फेंक कर उन्हें जला दिया है। मैं जानता हूँ कि दिल्ली के अखबारों और न्यूज चैनलों के लिए ऐसी खबरें हैड लाइन नहीं होतीं। दो लड़कियाँ छत पर सो रही थीं और किसी ने उनके चेहरे पर तेजाब फेंक दिया तो इसमें खबर क्या है?

पर मेरे लिए वो खबर थी। मेरे लिए इसलिए खबर थी, क्योंकि वो लड़कियाँ मेरे लड्डुओं के शहर की थीं। जैसे ही मैंने मनेर पढ़ा, मैंने विस्तार से खबर की पड़ताल की।

दो बहनें, चंचल और सोनम छत पर सो रही थीं। अचानक उन्हें लगा कि उनका चेहरा पिघल रहा है। उन्हें लगा कि किसी ने खौलता लोहा उन पर उड़ेल दिया है। उनकी आँखें खुलीं, चार लड़के सामने खड़े थे और दोनों बहनों पर तेजाब डालते हुए हँस रहे थे। "बहुत गुमान है न अपनी सुंदरता पर, तो ये लो तुम्हारी सुंदरता सदा के लिए खत्म कर रहा हूँ।"

चारों चंचल और सोनम पर तेजाब छिड़क कर भाग गए।

दोनों बहुत चीखीं, बहुत चिल्लाईं।

घर के लोग छत पर आए तो बेटियों की ये हालत देखकर सदमें में चले गए।

मुझे याद है, मैं न्यूज रूम में बैठा था। मेरे पास खबर आई थी कि पटना के पास मनेर

में दो बहनों पर कुछ बदमाशों ने तेजाब फेंक दिया।

ओह! मीठे लड्डुओं के शहर में मीठे-मीठे लोगों पर मगरमच्छों की नजर लग गई?

मैं विचलित हुआ। पर संजय सिन्हा जैसे किसी एक पत्रकार के विचलित होने से भला क्या फर्क पड़ता है?

बहुत साल बीत गए। आपने शायद चंचल की कहानी पढ़ी हो। आपने पढ़ा हो कि उन दोनों बहनों का चेहरा पूरी तरह जल गया था।

दोनों का चेहरा कोई देख ही नहीं सकता था। देखने वाले अपनी आँखें बंद कर लेते थे। आखिर में उन बहनों ने अपने चेहरे को ही बंद कर लिया था, ताकि समाज को तकलीफ न हो।

दो साल पहले पटना से अपने परिजन मुकेश हिसारिया ने मुझे अपने एक कार्यक्रम में निमंत्रित किया था। उन्होंने बताया कि तेजाब-पीड़ित लड़कियों से वो मुझे मिलवाना चाहते हैं। मैं पटना गया था। मुझे अपनी एक किताब का विमोचन करवाना था।

वहाँ मैं पहली बार कई तेजाब-पीड़ित लड़कियों से मिला। उन्हीं में से एक थी, मनेर की चंचल।

मैं सोचकर गया था कि किसी वी.आई.पी. से अपनी किताब का विमोचन करवाऊँगा। पर वहाँ इन तेजाब-पीड़ितों से मिलने के बाद मुझे लगा कि मेरी किताब 'उम्मीद' का विमोचन इन्हीं के हाथों हो तो कितना अच्छा होगा। मैंने मुकेश हिसारियाजी से बात की। उन्होंने उन लड़कियों से बात की और फिर मेरी किताब का विमोचन तेजाब-पीड़ित लड़कियों के हाथ हुआ।

अब आप सोच रहे होंगे कि संजय सिन्हा ने जामुन, बंदर, मगरमच्छ की कहानी सुनाते-सुनाते ये कहाँ तेजाब-पीड़ितों की कहानी सुनाने लगे।

मैं आज आपसे अपने दुःख को साझा करना चाहता हूँ। कल मुकेशजी ने मुझे संदेश भेजा कि मनेर की चंचल जिंदगी से लड़ती हुई दो दिन पहले इस संसार से चली गई।

मैंने जब ये खबर सुनी, मेरा दिल बैठ गया।

मीठे जामुन के पेड़ पर रहनेवाला बंदर तो मगरमच्छ से बच निकला था, पर मीठे लड्डुओं के शहर में रहनेवाली सुंदर चंचल मगरमच्छों से नहीं बची।

एक बंदर ने मगरमच्छ के धोखे की कहानी दुनिया को सुना दी। सभी ने मगरमच्छों को जामुन खिलाना बंद कर दिया। चंचल ने चेहरे पर तेजाब फेंकने वाले मगरमच्छों की कहानी घूम-घूमकर दुनिया को सुनाई, पर अब भी हमारे समाज में बहुत से लोग हैं, जो

उन मगरमच्छों को लड्डू खिला कर पाल रहे हैं।

तुम जहाँ भी हो चंचल! तुम्हें संजय सिन्हा का सलाम।

तुम जहाँ भी रहो तेजाब के मगरमच्छो! लानत है तुम पर। एक दिन तुम्हें अपने किए का हिसाब देना ही होगा। यहाँ न सही, वहाँ सही। पर देना ही होगा।

कोई अपने कर्मों से न बचा है, न बचेगा।

□

भक्त की भक्ति

जिन दिनों मैं अखबार में नौकरी करता था, मेरे एक साथी ने अपने घर से एक मासिक पत्रिका निकालने की तैयारी शुरू कर दी थी। वो नौकरी करते हुए भी पत्रिका की तैयारी में लगे हुए थे। अब कोई पत्रिका निकालने की तैयारी करेगा, तो उसे कुछ लोगों की जरूरत पड़ेगी ही। उन्होंने अपने दफ्तर से ही एक-दो लोगों को अलग से काम करने के लिए उकसाया।

अलग से काम, मतलब अतिरिक्त आमदनी।

कायदे से कोई भी व्यक्ति नौकरी करते हुए दूसरा ऐसा काम नहीं कर सकता, जिससे आर्थिक फायदा हो। पर वो बहुत गोपनीय ढंग से अपने काम को अंजाम दे रहे थे। उन्होंने अपने साथ एक ऐसे आदमी को भी जोड़ लिया था, जो उनका भक्त था।

मुझे अपने साथी के इस काम की जानकारी थी। मैंने उन्हें मना भी किया कि आप ऐसा कोई काम मत कीजिए, जिससे आपकी नौकरी पर बन आए। मैंने उन्हें ये भी समझाने की कोशिश की कि आपने ऑफिस के जिस आदमी को अपने साथ जोड़ा है, उसकी जगह आप बाहर के आदमी को रख लें। मेरे साथी ने कहा कि उस आदमी को उन्होंने इसलिए रखा है, क्योंकि वो उनका बहुत-बहुत खयाल रखता है। एक हद तक उनका भक्त ही है।

मैंने उन्हें समझाने की कोशिश की कि भक्ति से काम नहीं चलता। आप जिस काम को करने जा रहे हैं, उसमें आपको बुद्धिमान व्यक्ति की जरूरत है, मूर्ख भक्त की नहीं।

मेरे साथी नहीं माने।

उन दिनों एप्पल कंपनी का एक कंप्यूटर नया-नया बाजार में आया था। उसे मैकेंटोश कहते थे। मेरे साथी ने वही कंप्यूटर खरीदा। करीब दो लाख रुपए का।

वो मुझे उस कंप्यूटर के बारे में खूब बताया करते थे। एक दिन दफ्तर के कंप्यूटर में कुछ समस्या आ गई और काम कुछ देर के लिए रुक गया। संपादक समेत कई लोग कंप्यूटर रूम के बाहर खड़े होकर बातें कर रहे थे। सभी इस चिंता में थे कि कंप्यूटर

जल्दी ठीक नहीं हुआ तो अखबार कैसे निकलेगा।

बात से बात चल रही थी। संपादकजी बता रहे थे कि पहले हाथ से ही पूरा अखबार कंपोज होता था। तब इस तरह की समस्या नहीं आती थी। समय अधिक लगता था, पर हम तकनीक के गुलाम नहीं थे। जब से कंप्यूटर आया है, हम तकनीक के गुलाम होते जा रहे हैं।

मैं भी वहीं खड़ा था। सबकी बातें सुन रहा था।

अचानक मेरे उस साथी का भक्त बोल पड़ा कि आजकल नया मैकेंटोश कंप्यूटर आया है, जो खराब नहीं होता। वो बहुत फास्ट काम करता है।

सभी 'भक्त' की ओर मुड़ गए। अरे वाह! तुमने कहाँ देखा मैकेंटोश?

भक्त जोश में आ गया। बताने लगा कि फलाँ ने खरीदा है। वो उसी पर अपनी पत्रिका निकालेंगे।

उनकी बात खत्म होने तक इंजीनियर ने आकर बताया कि कंप्यूटर सिस्टम ठीक हो गया है। अब काम शुरू हो जाएगा।

आगे की कहानी सुनाने की जरूरत ही नहीं। पर आप जानते हैं कि संजय सिन्हा बीच में कहानी छोड़ नहीं सकते। उस दिन अखबार तो निकला था, पर मेरे उस साथी को भी नौकरी से निकाल दिया गया था, जो नौकरी में रहते हुए अपनी पत्रिका निकालने की पूरी तैयारी कर चुका था।

एक राजा था। उसने एक बंदर पाल रखा था। बंदर मालिक का भक्त था। संसार इधर-से-उधर हो जाए, बंदर राजा का साथ नहीं छोड़ता था।

एक दिन बंदर राजा का पैर दबा रहा था। एक मक्खी राजा के पैर पर आकर बार-बार बैठ जाती। बंदर ने उसे हटाने की बहुत कोशिश की। मक्खी मान ही नहीं रही थी। आखिर उसने मन में ठान लिया कि वो उस मक्खी को जिंदा नहीं छोड़ेगा। जैसे ही मक्खी राजा के पाँव पर आकर बैठी, उसने एक बड़ा सा पत्थर लाकर राजा के पैर पर दे मारा।

आगे क्या हुआ होगा, आप खुद ही अंदाजा लगा सकते हैं।

अब आप सोचेंगे कि संजय सिन्हा ने आज भक्तों की कहानी क्यों सुनाई?

असल में मुझे आपको सिर्फ इतना बताना है कि भक्त अगर मूर्ख हों, तो भगवान के लिए भी समस्या बन जाते हैं।

□

बाबुल की दुआएँ

दीदी की शादी हो रही थी और लाउडस्पीकर पर गाना बज रहा था, "बाबुल की दुआएँ लेती जा, जा तुझ को सुखी संसार मिले...।"

दीदी पीली साड़ी में एकदम दुबक कर बैठी थी। मैं माँ के पास गया था और पूछा था, "माँ बाबुल कौन हैं?"

माँ ने मुझे अपनी गोद में समेटते हुए कहा था, "बाबुल मतलब पिताजी।"

"फिर इस गाने में पिताजी की दुआओं को ले जाने की बात क्यों की जा रही है? क्यों कहा जा रहा है कि पिताजी की दुआएँ लेती जा, इससे तुझे सुखी संसार मिलेगा?"

माँ जानती थी कि संजू बेटा के मन में कोई सवाल उठ खड़ा हुआ है, तो वो उसे पूरी तरह शांत करके ही चुप बैठेगा। माँ ने बताना शुरू किया कि इस गाने का अर्थ ये है कि शादी के बाद तुम्हारी दीदी अपनी ससुराल चली जाएगी। पर पिताजी की दुआएँ वो साथ लेकर जाएगी, तो ससुराल में उसे सब बहुत प्यार करेंगे। वो हमेशा बहुत खुश रहेगी। बड़ों की दुआओं में बहुत दम होता है। बड़े हमेशा चाहते हैं कि उनके बच्चे खुश रहें। खूब फले-फूलें।

माँ जब बाबुल की दुआओं की कहानी सुना रही थी, तब शायद पूरी बात संजय सिन्हा की समझ में न आई हो, पर कल जब कदम संस्था के लोग सुबह-सुबह मेरे घर आए और उन्होंने घर के बगीचे में आम का एक पौधा रोपा, तो सरदार गुरमीत सिंहजी ने मुझसे कहा कि कुछ साल बाद जब ये पौधा थोड़ा बड़ा हो जाएगा, तो आप किसी बड़े आम के पेड़ की कलम को इसकी शाखा से जोड़ दीजिएगा।

"किसी बड़े पेड़ की कलम से क्या मतलब?"

सरदार गुरमीत सिंह ने कहा, "जब किसी बड़े आम के पेड़ के छोटे से टुकड़े को इसकी शाखा से बाँध देंगे तो इस पेड़ में बहुत मीठे आम लगेंगे और पेड़ की उम्र भी बढ़ जाएगी।"

संजय सिन्हा गुरमीत सिंहजी की बात बहुत ध्यान से सुन रहे थे। वो कह रहे थे कि वो ऐसा कई बार कर चुके हैं और पेड़ पर मीठे आम लगते उन्होंने खुद देखा है।

गुरमीतजी जब ऐसा कह रहे थे, मेरी आँखों के आगे पीली साड़ी में लिपटी हुई दीदी की तस्वीर उभर आई।

दस सेकेंड के लिए मैं खुद को माँ की गोद में सिमटा हुआ पा रहा था।

मैं माँ की गोद में सिमटा हुआ था और उनसे पूछ रहा था, "माँ, पिताजी की दुआओं से दीदी का संसार सुखी कैसे हो जाएगा?"

माँ कह रही थी, "बड़ों की दुआओं में बहुत दम होता है। बड़े चाहते हैं कि उनके बच्चे हमेशा खुश रहें। खूब फले-फूलें।"

बहुत साल पहले मेरी पत्नी ने घर की छत पर बनाए अपने गार्डेन में बाँस के पौधे के एक गमले को खिसकाते हुए मुझसे कहा था कि संजय, इस पौधे को दूसरे पौधे के पास कर देते हैं। मैंने टोका तो उसने कहा था कि अकेला पौधा सूख जाता है। उसने ये भी कहा था कि पौधे के साथ रखने से ये खुद को अधिक महफूज महसूस करेगा और लहलहा उठेगा।

कल गुरमीतजी कह रहे थे कि किसी बड़े पेड़ की कलम से इस पौधे को जोड़ देंगे तो इसकी उम्र बढ़ जाएगी। इसमें फल लगने लगेंगे।

कल जब पौधा मेरे घर के बगीचे में लग गया और सभी लोग चले गए, तो मैं बहुत देर तक आम के पौधे के पास अकेला बैठा रहा। मेरे कानों में गाना बज रहा था,

"बाबुल की दुआएँ लेती जा, जा तुझ को सुखी संसार मिले।"

सचमुच बड़ों की दुआओं में बहुत कुछ होता है। आप भी अपने अपने बड़ों की दुआएँ लीजिए। जिनके पास बड़ों की दुआएँ होती हैं, उनका संसार सुखी होता है। चाहे वो आदमी हो या पौधा।

□

घर की कीमत

मेरे एक दोस्त ने दिल्ली में गोल्फ व्यू वाला एक फ्लैट खरीदा है। वो मुझे अपना नया फ्लैट दिखलाने ले गया था। बीसवीं मंजिल के उस फ्लैट के नीचे गोल्फ क्लब की हरियाली दिख रही थी। मेरा दोस्त बहुत खुश होकर बता रहा था, "संजयजी, इस व्यू के लिए मैंने घर के अधिक पैसे दिए हैं, जबकि ऐसा ही घर अगर मैं दूसरी तरफ लेता, तो मुझे कई लाख रुपए सस्ता मिलता।"

इन दिनों दिल्ली और तमाम बड़े शहरों में गोल्फ व्यू वाले मकानों की बहुत माँग बढ़ गई है।

जिस फ्लैट की खिड़की से बाहर का दृश्य हरा-भरा या मनोरम दिखता है, बिल्डर उस फ्लैट की कीमत अधिक वसूलते हैं। लोग भी ऐसे फ्लैट की कीमत अधिक देने को तैयार रहते हैं।

मैंने दोस्त के फ्लैट से नीचे झाँका। बीस मंजिल नीचे खूब हरियाली दिख रही थी।

मेरे दोस्त की अपनी पत्नी से नहीं बनती। दोनों बात बात पर झगड़ पड़ते हैं। दोनों के मन नहीं मिलते। मुझे नहीं पता कि उनकी आपस में क्यों नहीं बनती। लेकिन जब मैं फ्लैट देखकर घर लौट रहा था, तो सोच रहा था कि इन्होंने इतना सुंदर घर खरीदा है, शायद अब उनकी आपस में बनने लगे। घर के बाहर का नजारा बहुत खूबसूरत है, यकीनन अब दोनों के मन मिलने लगेंगे।

आप सोच रहे होंगे कि संजय सिन्हा घर के बाहर की खूबसूरती से कहाँ मन के मिलन को जोड़ रहे हैं। ऐसा भला कभी होता है क्या?

आप ठीक ही सोच रहे हैं। ऐसा नहीं होता। मन का मिलन मन के भीतर के नजारे से होता है, मकान के बाहर के नजारे से उसका कोई संबंध नहीं होता।

राजा हरिश्चंद्र ने जब अपना सबकुछ दान कर दिया था, तो वो बनारस के पास श्मशान घाट पर अपनी पत्नी तारा के साथ फूस की एक झोंपड़ी बनाकर रहने लगे थे। एक रात

जब बहुत तेज बारिश हो रही थी तो हरिश्चंद्र ने अपनी पत्नी से कहा कि तुम्हें भी कहाँ मेरे चक्कर में इस फूस की झोंपड़ी में रहना पड़ रहा है, जिसकी छत टपक रही है और चारपाई भी टूटी हुई है। कहाँ तुम महल में रहनेवाली राजरानी थी। सैकड़ों नौकर-चाकर तुम्हारी सेवा में लगे रहते थे। चारों ओर बगीचा था और फूलों की खुशबू थी। आह...!

तारा मुस्कुराई थीं। सचमुच फूस की छत टपक रही थी। चारपाई टूटी हुई थी। रानी राजा के और करीब होते हुए कान में फुसफुसा रही थीं, "खाट टूटत, टपकत जग माही, प्रिय की बाँहों में कुछ बूझत नाहीं।"

जब कोई अपने प्रिय की बाँहों में होता है, तो टूटी चारपाई और टपकती छत के कोई मायने नहीं होते। असल चीज है प्रियतम का साथ।"

कल गोल्फ व्यू वाले फ्लैट को देखने के बाद लौटते हुए मुझे पता नहीं क्यों ये कहानी बार-बार याद आई।

दिल्ली की सड़क पर देर रात गाड़ी चलाता हुआ मैं संजय सिन्हा, सड़क के किनारे खड़े कई फ्लैटों को देख रहा था। किसी के आगे पार्क था, किसी के आगे मॉल। बिल्डर ने अलग-अलग नजारों की अलग-अलग कीमत वसूली होगी।

बिल्डर व्यापारी होते हैं। व्यापारी बाजार की नब्ज समझते हैं।

काश! कोई बिल्डर ऐसे फ्लैट बेचता, जिसमें बाहर का नजारा नहीं, भीतर का नजारा मायने रखता।

तन की सुंदरता की मियाद होती है। मन की सुंदरता अंतहीन होती है। काश! कोई बिल्डर दिल्ली में ऐसे मकान बनाता और बेचता, जिसमें रहकर मन में प्यार बढ़ता। मन मनोरम होता।

आपके संजय सिन्हा को यकीन है कि अगर किसी बिल्डर ने ऐसा कोई फ्लैट बना दिया, तो उसकी कीमत किसी भी गोल्फ व्यू, पार्क व्यू, मॉल व्यू, स्विमिंग पूल व्यू वाले फ्लैट से अधिक होगी। होनी भी चाहिए।

हरिश्चंद्र की पत्नी तारा ने यही कहा था कि असल चीज है प्रियतम की बाँहों में होना। जिनके मन मिलते हैं, उनके लिए बाहरी सुख की भला क्या कीमत और जिनके मन नहीं मिलते, उनके लिए भी बाहरी सुख की क्या कीमत?

सुख भीतर है। बाहर तृष्णा।

मकान की कीमत बाहरी नजारे से तय होती है। घर की कीमत तो भीतरी नजारे से ही तय होती है।

□

कहानी किस्मत की

कभी-कभी वो हो जाता है, जिसके बारे में हमने सपने में भी नहीं सोचा होता। मुझे एक-एक क्षण याद है। तारीख थी 18 जून। शाम के सात बजे थे। मैं बिहार के पूर्व राज्यपाल रामनाथ कोविंदजी के साथ पटना के श्रीकृष्ण मेमोरियल हॉल में बैठा था।

मैंने पहले भी आपसे ये बात साझा की है कि जब मैं कॉलेज में पढ़ रहा था, हम कुछ दोस्त साइकिल से रोज शाम बिहार राज भवन के सामने बने फव्वारे के पास जाते और अपने भावी सपनों की चर्चा करते। मैं हर बार कहता कि एक दिन मैं राज भवन के अंदर जाऊँगा। वहाँ राज्यपाल से मिलूँगा।

बाल मन की बातें थीं। कोई योजना नहीं थी, पर लगता था कि ऐसा होगा।

जब मैं पत्रकारिता में आया तो राजनेताओं से मेरा मिलना-जुलना होने लगा। पर मेरी दिलचस्पी फिल्मी सितारों में अधिक, राजनेताओं में कम रही। हालाँकि आपको ये बता दूँ कि बतौर पत्रकार बॉलीवुड मेरे कार्यक्षेत्र का हिस्सा कभी नहीं रहा। लेकिन पता नहीं कैसे मेरी दोस्ती फिल्मी सितारों से होती चली गई और मैं अपने ऑफिस में अपने काम के अलावा अघोषित रूप से फिल्म एक्सपर्ट भी माना जाने लगा। मेरी फिल्मी जानकारी इतनी सीमित है कि मैं मल्टी स्टार वाली फिल्मों की कहानी समझ ही नहीं पाता। मुझे एकदम सीधी-सपाट फिल्में ही समझ में आती हैं, मैं उन्हीं की कहानी समझ पाता हूँ।

जिन फिल्मों में हीरो विलेन की पिटाई करता है, वो फिल्में मुझे सबसे अच्छी लगती हैं। खैर, मुझे आज फिल्मी कहानी नहीं सुनानी। मुझे तो इतना बताना है कि उस दिन रामनाथ कोविंदजी के साथ जब मैं मंच साझा कर रहा था, तो ये सोचकर खुश हो रहा था कि मेरा वो सपना पूरा हुआ, जिसके बारे में मैंने सोचा भी नहीं था।

एक अति मृदुभाषी, विद्वान व्यक्ति के साथ मैं बैठा था। बिहार के कुछ कामयाब लोगों को अवार्ड मिल रहा था, जिसे गवर्नर साहब खुद अपने हाथों से दे रहे थे। वो

बार-बार अपनी कुरसी से उठते, बार-बार बैठते। कई बार किसी का नाम अनाउंस होता, तो वो मुझसे पूछते, "संजयजी, ये कौन हैं?"

मैं धीरे से उनके कान में बताता कि इनका नाम ये है, ये फिल्मकार हैं, ये समाजसेवक हैं। रामनाथ कोविंदजी मुस्कुराते, फिर जैसे ही अवार्ड पाने वाला सामने आता, वो कुरसी से खड़े होकर उससे हाथ मिलाते, फोटो खिंचवाते और बधाई देते।

जब मैं छोटा था, मैंने सुना था कि गवर्नर को लाटसाहब भी कहते थे।

बाद में स्कूल-कॉलेज में तो ये शब्द इतना सुना कि मुझे लगने लगा कि आदमी को लाटसाहब ही बनना चाहिए। साहब तो कोई भी हो सकता है, पर लाटसाहब की बात ही अलग है।

मैं कई राष्ट्रपतियों से मिल चुका हूँ, कई गवर्नर से मिल चुका हूँ। पर उस दिन घंटे भर उनके साथ बैठकर मैंने महसूस किया कि लाटसाहब भी विनम्र हो सकते हैं। इतने कि हर बार कुरसी से खड़े हों, हर व्यक्ति को नाम से बधाई दें।

मैं यकीन के साथ कह सकता हूँ कि रामनाथ कोविंदजी को उस दिन नहीं पता रहा होगा कि कुछ ही घंटों बाद उनका भाग्य उन्हें देश के सर्वोच्च पद पर बिठाने का संयोग रच रहा है। वहाँ से चलते हुए मैंने आदरणीय कोविंदजी से हाथ मिलाया और हम दोनों ने तय किया कि अपने अगले पटना आगमन पर मैं राज भवन जाऊँगा, उनसे मिलूँगा। उन्होंने वादा किया कि मेरी किताब 'रिश्ते' पढ़ने के बाद वो मुझे अपनी प्रतिक्रिया भी देंगे। वो इस बात से हैरान थे कि कोई आभासी दुनिया में पचास हजार लोगों का परिवार भी खड़ा कर सकता है।

उनसे काफी बातें हुईं।

वो राजभवन की ओर निकल गए, मैं अपने होटल की ओर।

लगातार यात्राओं से मैं बहुत थक गया था। कमरे में ही खाना खाने के बाद मैं सो गया। सुबह नींद खुली तो दिल्ली के लिए फ्लाइट ली और पटना के कार्यक्रम की तस्वीरें फेसबुक पर डालीं।

फ्लाइट में फोन बंद हो गया। पर जैसे ही मैं दिल्ली हवाई अड्डे पर उतरा, मेरे सहयोगी प्रमोद चौहान का फोन मेरे पास आया कि सर, आपको बहुत देर से फोन लगा रहा हूँ। मैंने पूछा कि क्या हुआ?

"सर, आज आपने फेसबुक पर बिहार के राज्यपाल कोविंदजी के साथ तस्वीर डाली है।

तो क्या कल आप उनसे मिले? आपको पता चल गया कि वो भारत के अगले राष्ट्रपति हो सकते हैं।"

"क्या कह रहे हो? कल तो उन्होंने ऐसा कुछ बताया नहीं। बल्कि उन्हें भी नहीं पता रहा होगा। क्योंकि उन्होंने मुझे अगली बार राजभवन बुलाया है।"

"पर सर, मैं दफ्तर में बैठा हूँ। अभी-अभी खबर आई है।"

मैं एयरपोर्ट पर हैरान खड़ा था। सोच रहा था कि कभी-कभी वो हो जाता है, जिसके बारे में हम सपने में भी नहीं सोचते।

कल राष्ट्रपति चुनाव के नतीजे आए। आदरणीय कोविंदजी जीत गए। अब तय है कि वो राष्ट्रपति बन जाएँगे। चुनाव जीतने के बाद कोविंदजी ने मीडिया से कहा, "कभी सोचा नहीं था कि इस पद के लिए चुना जाऊँगा।"

सचमुच कभी-कभी वो हो जाता है, जिसके बारे में हमने सोचा नहीं होता।

कुछ समय पहले तक आदरणीय कोविंदजी को नहीं पता था कि वो देश के सर्वोच्च पद पर विराजेंगे।

पर मैं दावे से कह सकता हूँ कि बचपन में अगर किसी ज्योतिषि ने उनकी कुंडली देखी होगी, तो यही कहा होगा कि ये बच्चा एक दिन सर्वोच्च पद पर होगा।

सर्वोच्च पद मतलब क्या? तब किसी ने ऐसा सोचा भी नहीं होगा कि सर्वोच्च पद यानी राष्ट्रपति बन जाना।

बहुत सी भविष्यवाणियाँ भविष्य के गर्भ में छिपी रहती हैं।

आदमी को सिर्फ कर्म करते रहना चाहिए, किस्मत जिंदगी को उस मुकाम पर पहुँचा ही देती है, जहाँ पहुँचना लिखा होता है।

अब आपसे क्या कहूँ, मेरी कुंडली बाँचने वाले पंडित ने भी मेरी माँ से यही कहा था कि ये बालक एक दिन सर्वोच्च पद पर पहुँचेगा।

सबको पता है कि देश में राष्ट्रपति बनना ही सर्वोच्च पद पर पहुँचना है। इससे ऊपर कुछ भी नहीं। फिलहाल तो मैं अपने भाग्य पर इतरा रहा हूँ कि अपने को राष्ट्रपति भवन में जाने का मौका मिलेगा। क्यों न मिले? आखिर रिश्तों की किताब वहाँ तक पहुँच गई है।

कोविंदजी अपने भाग्य पर इतरा रहे हैं। संजय सिन्हा अपने भाग्य पर।

आदमी को अपने भाग्य पर इतराना ही चाहिए, क्योंकि कभी-कभी वो हो जाता है, जिसके बारे में हमने सपने में भी नहीं सोचा होता।

□

तन और मन

एयरपोर्ट पर एक लड़की हाथ में ट्रे लेकर खड़ी थी। ट्रे में कई छोटे-छोटे कप थे। दिल्ली से पटना की मेरी उड़ान में अभी समय था। मैं जब भी एयरपोर्ट पहले पहुँच जाता हूँ, वहाँ मौजूद एक-एक दुकान में झाँकता हूँ। समझने की कोशिश करता हूँ कि आखिर कोई एयरपोर्ट जाकर शॉपिंग क्यों करता है।

अपनी जिज्ञासा की इसी कड़ी में मेरी निगाह वहाँ मौजूद कॉफी की दुकान 'स्टारबक्स' के बाहर खड़ी लड़की पर पड़ी।

कई लोग आते, लड़की से कुछ पूछते, कप उठाकर कॉफी पीते और चलते बनते।

संजय सिन्हा के लिए ये हैरानी की बात नहीं थी। अपने अमेरिका प्रवास में उन्होंने देखा था कि बड़े-बड़े मॉल में खाने-पीने की चीजों का प्रचार ऐसे ही किया जाता है। पहले लोगों को मुफ्त में खिलाया जाता है और पसंद आने पर खरीदने को कहा जाता है। पर दिल्ली एयरपोर्ट पर ये प्रयोग कुछ हैरान करनेवाला लगा।

काफी देर तक सब देखने के बाद मैं उस लड़की के पास गया।

लड़की मेरी ओर देखकर मुस्कुराई। फिर उसने कहा कि सर, आप कॉफी पीकर देखिए। कोल्ड कॉफी में नया फ्लेवर है।

मुझे हल्की सी प्यास भी लग रही थी, मैंने कॉफी का कप उठाया और धीरे-धीरे पीने लगा। कॉफी वाकई अच्छी थी।

अब संजय सिन्हा कॉफी पीकर बिना कुछ बोले तो लौट नहीं सकते थे। उन्होंने लड़की से बातचीत शुरू कर दी।

"आप लोगों को मुफ्त में कॉफी क्यों पिला रही हैं?"

"सर, लोग कॉफी पीने के बाद खरीदेंगे। ये कंपनी की ओर से प्रमोशन है।"

"तो क्या आप यहाँ एयरपोर्ट पर कॉफी के पैकेट बेच रही हैं, जिसे खरीद कर हम घर

ले जा सकते हैं ?"

"नहीं सर। हम तो कॉफी बनाकर बेचते हैं। आप कॉफी यहीं पी सकते हैं।"

"कमाल है। आप यहाँ मुफ्त कॉफी लोगों को पिला रही हैं और चाह रही हैं कि कॉफी पीने के बाद लोग दुबारा खरीद कर पिएँ ?"

"पर सर, ये तो बहुत कम है। इतनी सी कॉफी से क्या होगा ? अगर आपको पसंद आए तो आप और कॉफी खरीद कर पी सकते हैं।"

बातचीत दिलचस्प मोड़ पर थी। मैंने देखा कि कई लोग यहाँ से मुफ्त कॉफी पीने के बाद दुकान के भीतर जाकर कॉफी खरीद कर भी पी रहे थे। पर ढेरों लोग वहाँ आते, लड़की से पूछते कि ये क्या है और जैसे ही पता चलता कि ये प्रमोशनल कॉफी है, चुपचाप उठाकर उसे पीते और धीरे से खिसक लेते।

मैंने बात आगे बढ़ाई। लड़की से कहा कि इस तरह मुफ्त में अगर आप कॉफी पिलाएँगी तो मुझे नहीं लगता कि कोई खरीद कर पीना चाहेगा। और आप जो कह रही हैं कि ये कप छोटे हैं, इतने से क्या होगा, तो क्या कोई दो कप मुफ्त में पीना चाहेगा तो आप मना करेंगी ?

लड़की ने बहुत गंभीर होकर कहा, "मैं क्यों मना करूँगी। ये कंपनी का प्रमोशनल ऑफर है, मैं किसी को मना नहीं करूँगी।"

मैंने मस्कुराते हुए कहा कि फिर तो यही समझिए कि बहुत से लोग मुफ्त में कॉफी पीकर ही खिसक जाएँगे, खरीद कर पीने वाले कुछ ही लोग होंगे।

अब लड़की मुस्कुराने लगी। उसने धीरे से कहा, "सर, ये तो अपना-अपना मन है।"

"मन ?" ये छोटी सी लड़की और इतना बड़ा शब्द ?

बात मेरी नहीं, कोई भी ये सुनकर रुक जाता। लड़की कह रही थी कि ये तो अपना मन है कि कोई मुफ्त में दो-तीन कॉफी पीकर खुश हो रहा है और चालाक बनकर खिसक जा रहा है।

मैंने बहुत गौर से उस लड़की की ओर देखा। उसकी आँखों में संजय सिन्हा के लिए एक कहानी तैर रही थी।

मैंने धीरे से पूछा, "तुम इस शब्द का अर्थ भी समझती हो ?"

"जी सर, मन कुछ नहीं, बस चेतना में तैरता हुआ बादल भर है। सच कहूँ तो मन ही आदमी की मुक्ति में रुकावट है। जो मन पर नियंत्रण करना सीख लेता है, वही तन पर भी नियंत्रण कर पाता है।"

मैं हैरान निगाहों से लड़की को देख रहा था। हाथ में कॉफी की ट्रे। कुछ हजार रुपयों की नौकरी। और ज्ञान इतना विस्तृत?

लड़की कह रही थी, "एक-दो कप कॉफी मुफ्त में पीकर कोई खुश हो जाए, तो हमें अफसोस नहीं। ये तो बिजनेस है। आज मुफ्त पीकर जाएगा, अगली बार खरीद कर पिएगा। या हो सकता है दो घूँट कॉफी पीकर उसे अच्छा लगे और वो फिर अभी ही खरीद कर कॉफी पी ले। पर जो लोग मुफ्त की दो-तीन कप कॉफी पीकर चले जा रहे हैं, उनके बारे में सोचिए। उन्हें लग रहा होगा कि उनका तन तृप्त हो गया। असल में वो अतृप्त मन हैं। जिन्हें कुछ भी मुफ्त पाने की आदत पड़ जाती है, वो कभी तृप्त नहीं होते। वो कभी मुक्त भी नहीं होते। आप अधिक मत सोचिए, एक कप कॉफी और पीजिए, खुश रहिए।"

फ्लाइट में बैठकर संजू बाबा सोच रहे थे कि सचमुच जो मन पर नियंत्रण करना सीख लेता है, वही तन पर नियंत्रण कर पाता है।

मन का क्या है, वो तो चेतना में तैरता हुआ बादल भर है। बढ़े हुए मन की सजा तो बेचारा तन ही भुगतता है।

□

सीधी बात

मैं पिताजी के साथ बाजार गया था।

साथ में मेरा छोटा भाई भी था। पिताजी सामान खरीद रहे थे, मैं भाई के साथ वहीं खड़ा था।

साबुन, मंजन, तेल, सब पिताजी खरीद चुके थे। जब वो पैसे देकर चलने ही वाले थे कि मैं दौड़कर उनके पास गया और मैंने उनसे कहा, "बाबूजी, सलिल टॉफी खाने को कह रहा है।"

पिताजी ने पीछे मुड़ कर देखा, छोटा भाई तब वहाँ गुब्बारे से खेल रहा था। पिताजी मुस्कुराए और उन्होंने दुकानदार से कहा कि इसे टॉफी दे दीजिए।

मैं टॉफी पाकर खुश हो गया।

हम घर चल पड़े। रास्ते में पिताजी ने मुझे समझाना शुरू किया, "संजू, अगर तुम कुछ चाहते हो, तो सीधी बात कहनी चाहिए। कभी किसी और का नाम लेकर या घुमा-फिरा कर बात नहीं कहनी चाहिए।"

मैं था तो छोटा, पर समझ गया कि वो समझ गए हैं, टॉफी मुझे चाहिए थी, छोटे भाई को नहीं। मन-ही-मन मैं थोड़ा शर्मिंदा भी हुआ। पर वो मेरी जिंदगी का एक पाठ था। उस दिन मैंने समझ लिया था कि अगर आपको कुछ चाहिए तो अपनी बात एकदम सीधे-सीधे कहनी चाहिए।

मैं बड़ा हुआ। मैं भोपाल के हमीदिया कॉलेज में पढ़ रहा था।

पढ़ाई पूरी होने ही वाली थी और सामने सवाल था कि मैं बड़ा होकर क्या बनूँगा। घर में भी खूब चर्चा होती थी। संजय आई.ए.एस. की परीक्षा देगा, संजय लॉ की पढ़ाई करेगा वगैरह-वगैरह। मेरा लालन-पालन एक सरकारी अधिकारी के घर में हुआ था और मैं उसका नफा-नुकसान देख रहा था। मैं देख रहा था कि मेरे आई.पी.एस. मामा,

जिन्हें सब सलाम करते थे, कैसे छोटे-छोटे नेताओं के आगे उन्हें झुकना पड़ता था।

पहले ट्रांसफर का सामान खुला नहीं कि दूसरा ट्रांसफर हो गया। अर्जुन सिंह मुख्यमंत्री बने तो फलाँ जगह पोस्टिंग हो गई। महीने भर बाद मोतीलाल वोरा मुख्यमंत्री बन गए तो पोस्टिंग कहीं और हो गई। बड़ा अजीब सा हो गया था।

जिस पद को पाने के लिए लोग इतनी मेहनत करते हैं, उसकी ये दुर्गति?

फाइनली मैंने तय किया कि सरकारी नौकरी नहीं करूँगा।

तब एम.बी.ए. वगैरह का इतना जोर नहीं था। हमें पता भी नहीं था। अब सवाल था कि संजय सिन्हा क्या करेंगे?

मैंने तय किया कि क्यों नहीं पत्रकार बना जाए। मैं जनसत्ता अखबार बहुत शिद्दत से पढ़ता था। मैंने एक पत्र सीधे जनसत्ता के प्रधान संपादक प्रभाष जोशीजी के नाम लिखा और बिना किसी भूमिका के ये लिखा कि मैं इतिहास में एम.ए. कर रहा हूँ। मैं पत्रकार बनना चाहता हूँ।

दस दिनों के बाद मेरे पास एक तार आया कि आप टेस्ट देने दिल्ली चले आएँ।

बाकी तो इतिहास है। उस पत्र पर मुझे लिखित परीक्षा के लिए बुला लिया गया था। मेरा इंटरव्यू हुआ और मुझे जनसत्ता में नौकरी मिल गई। मेरा सपना पूरा हुआ।

पिछले दिनों मैं दिल्ली से बाहर एक सम्मान समारोह में गया था। वहाँ भीड़ में कई लोगों से मैं मिल रहा था। अचानक एक लड़की मुझसे मिलने आई। उसने मुझसे हाथ मिलाया और अपना परिचय दिया कि वो एक अखबार में रिपोर्टर है। मैं हैरान था, इतनी छोटी सी लड़की और पत्रकारिता कर रही है। मुझे लग रहा था कि वो कॉलेज में पढ़ रही होगी।

फिर मुझे याद आया कि कभी मैं भी तो इतना ही छोटा था। उसने बताया कि कॉलेज की पढ़ाई खत्म कर वो पत्रकार बन गई है। उसे बचपन से ही पत्रकारिता का शौक रहा है। उसने कभी कोई दूसरी नौकरी पाने की कोशिश ही नहीं की।

मैं चुपचाप उसकी बातें सुन रहा था। वो आत्मविश्वास से भरी थी।

मैंने उसके अच्छे भविष्य की कामना की। उसने मेरी ओर देखा और कहा कि सर, मुझे इलेक्ट्रॉनिक मीडिया में आना है।

कुल ढाई मिनट की मुलाकात में लड़की ने साफ-साफ कह दिया था कि इलेक्ट्रॉनिक मीडिया में नौकरी करनी है। उस समारोह में मैं बहुत व्यस्त था और ढेर सारे लोगों से घिरा था। उस लड़की ने अपना कार्ड मुझे दिया।

बस। बात खत्म हो गई।

मैंने आज सुबह अपना सूटकेस खोला तो मेरी निगाह उस कार्ड पर पड़ी। मैं आज कहानी कुछ और लिखना चाह रहा था, पर वो कार्ड मुझे बार-बार पिताजी की याद दिला रहा था।

पिताजी मुझसे कह रहे थे कि अपनी बात सीधी कहनी चाहिए।

मैंने सोच लिया है कि जल्दी ही उस लड़की को लिखित परीक्षा और इंटरव्यू के लिए मेल भेज दूँगा। ठीक वैसे ही, जैसे बहुत साल पहले मेरे पास प्रभाष जोशी ने तार भिजवाया था।

उसने अपनी कोशिश बिना लाग-लपेट के की। मैं उसकी कोशिश को अंजाम देने का माध्यम बनूँगा।

बाकी उसकी मेहनत, उसकी किस्मत।

□

जहाँ रिश्ते हैं, वहीं जिंदगी है

माँ के जाने के बाद पिताजी एकदम खामोश हो गए थे।

उनकी रोज की दिनचर्या एकदम बदल गई थी। पहले वो सुबह थोड़ी देर टहलते थे, फिर चाय पीते थे और साथ में अखबार पढ़ते थे। उनके अखबार पढ़ते-पढ़ते माँ कटोरी में गर्म पानी लाकर रख देती थी। पिताजी गर्म पानी में शेविंग ब्रश को मुलायम कर उसमें साबुन लगाते और दाढ़ी बनाते थे।

माँ इतनी देर में रसोई में पिताजी के लिए नाश्ता बनाती। पिताजी दाढ़ी बनाकर बाथरूम में चले जाते और फिर तैयार होकर बाहर निकलते। बाहर निकलते ही पूजा घर में घुसते और दुर्गाजी की तस्वीर के सामने खड़े होकर कुछ देर पूजा करते थे।

तब तक माँ नाश्ता टेबल पर लगा चुकी होती थी और पिताजी नाश्ता करने बैठ जाते।

माँ पिताजी के साथ बैठकर उन्हें नाश्ता करते हुए देखती थी। पिताजी टेबल से कुछ भी उठाकर अपनी प्लेट में नहीं डालते थे। ये माँ की जिम्मेदारी थी कि पिताजी की प्लेट में क्या-क्या देना है।

पिताजी माँ से घर की बातें करते, दफ्तर की बातें करते, परिवार की बातें करते, इंदिरा गांधी और जय प्रकाश नारायण की बातें करते थे।

एक दिन माँ बीमार होकर दुनिया से चली गई।

माँ के जाने के बाद पिताजी की दुनिया बदल गई थी। वो खामोश रहने लगे थे। उन्होंने टहलना छोड़ दिया था। पूजा वो माँ के जाने के बाद भी करते थे, लेकिन छोटे से मंदिर में दुर्गाजी के साथ-साथ माँ की भी तस्वीर लग गई थी।

माँ के जाने का दुःख मुझे भी बहुत था। पर मेरे मन में हमेशा ये बात रहती थी

कि पिताजी माँ के नहीं रहने से बहुत अकेले पड़ गए हैं। मैं छोटा था। तब पिताजी मुझसे न घर की बातें कर पाते थे, न दफ्तर की। इंदिरा गांधी और जय प्रकाश नारायण के बारे में वो मुझसे क्या चर्चा करते। मुझसे तो बस इतना ही पूछते कि स्कूल गए थे कि नहीं? मैथ्स की पढ़ाई कैसी चल रही है और आजकल अंग्रेजी का होमवर्क कैसा है?

मैंने पिताजी में इस बदलाव को बहुत करीब से महसूस किया था।

मैं समझता तो था कि आदमी को जिसके साथ रहने की आदत पड़ जाती है, उसके बिना जिंदगी कितनी मुश्किल होती है। लेकिन मैं समझकर भी नासमझ था। मैं जानता था कि माँ के बिना पिताजी बहुत तन्हा हो गए हैं।

हालाँकि मैंने कभी पिताजी को अकेला नहीं छोड़ा, पर जीवन संगिनी की कमी को मैं दूर कर ही नहीं सकता था। कोई भी नहीं कर सकता था। माँ के जाने के बाद पिताजी के दोस्त वगैरह हमेशा घर आते रहते थे। मेरे घर में हमेशा कोई-न-कोई आता रहता था। मेहमान आते, खुद खाना बनाते और हमें भी खिलाते, खुद भी खाते।

पिताजी को ग्रीन लीफ चाय पीने की आदत थी। ऐसे में माँ के जाने के बाद सबसे बड़ी समस्या चाय की आई। हमें वैसी चाय बनानी आती नहीं थी। हम जिससे चाय बनाने को कहते, वो खूब दूध और चीनी वाली चाय बनाकर रख देता।

पिताजी से वो चाय नहीं पी जाती थी।

बाद में मैंने हॉर्लिक्स से चाय बनानी शुरू कर दी। मुझे लगा कि पिताजी दूध वाली चाय नहीं पसंद करते, तो हॉर्लिक्स वाली चाय उन्हें पसंद आएगी। मैं चाय बनाता पिताजी पी लेते। उनका कोई दोस्त आता, पिताजी कहते कि संजय हॉर्लिक्स वाली चाय बना दो।

मेहमान हैरान रहता कि चाय में हॉर्लिक्स? पर वो मेरी खोज थी।

घर में कोई महिला नहीं थी। बाप-बेटा एक-दूसरे का हाथ थामे जिंदगी की गाड़ी को खींच रहे थे।

माँ के जाते ही एक दिन में हमारा 'घर' मकान में बदल गया था। ईंट-सीमेंट का 'मकान'।

फिर मैं बड़ा हो गया। मेरी शादी हो गई।

मेरी पत्नी का मायका दिल्ली में है। मतलब मायका और ससुराल दोनों दिल्ली में। शादी के 27 साल हो गए हैं। इन 27 सालों में वो सात दिन भी मायके में नहीं रही है। कभी मायके गई तो दिन में गई और रात में लौट आई। या फिर कभी मायके में रुकने का मन हुआ तो मैं भी साथ हो लिया। वो अमेरिका गई तो मैं भी साथ चल पड़ा। मतलब ये कि हम अकेले रहे ही नहीं। माँ के जाने के बाद मुझे चाहे जितना अकेले रहना पड़ा हो, पर मेरी शादी के बाद मेरा वो अकेलापन दूर हो गया। कभी दफ्तर के काम से अकेले रहने का मौका मिला तो और बात है, पर आम तौर पर नहीं।

इन 27 सालों में मैं भूल ही गया कि अकेले रहना क्या होता है।

दो दिन पहले मेरी पत्नी बेटे के साथ जबलपुर चली गई। बस यूँ ही घूमने। ये देखने की संजय सिन्हा का सेकेंड होम कैसा है।

पत्नी गई तो मैंने दोस्तों को बताया कि मैं अकेला हूँ। मेरे चार यार घर पहुँच गए। खुद खाना बनाया, मुझे खिलाया और चले गए। रात तो कट गई। पर सुबह नींद खुलने के बाद मन के कोने में रसोई से चाय बनने की खटर-पटर आती रही। लगा कि अभी मेरी पत्नी चाय लेकर आ रही होगी।

बहुत देर तक जब वो नहीं आई तो मेरा मन खटका। क्या हुआ संजय, आज तो बहुत देर हो गई है।

फिर याद आया कि पत्नी तो घर पर है ही नहीं। ओह! आज चाय नहीं मिलेगी। आज दरवाजे के बाहर पड़ा अखबार खुद ही उठकर लाना होगा।

नाश्ते के समय तक खुद को बहुत अकेला महसूस करता रहा।

फिर ऑफिस चला गया। रात में घर लौटा तो अकेला था। न टी.वी. देखने का मन किया, न कुछ खाने का। चुपचाप अकेला बैठा रहा।

अकेले बैठकर सोचता रहा कि जीवन संगिनी के बिना आदमी कितना अकेला हो जाता है। रह-रहकर पिताजी की याद आती रही। उनका चेहरा आँखों के सामने घूमता रहा। कैसे माँ के बिना पिताजी 'सुनसान' हो गए थे। घर में सब थे, बस जीवन संगिनी नहीं थी।

कल मुझे ग्रीन लीफ चाय की बहुत याद आई। कल मुझे टेबल पर उस नाश्ते की भी बहुत याद आई, जिसे मैं पत्नी के बार-बार मनुहार करने के बाद आकर बैठकर खाता था।

पिताजी को सोलह साल लगे, पत्नी से मिलने जाने में।

मैं दो दिन नहीं रह पाया। मैं खुद जा रहा हूँ, उसे लाने के लिए जबलपुर।

दो दिनों में पिताजी की पीड़ा को मैंने महसूस कर लिया है।

सचमुच अकेलापन सजा है। पर अफसोस कि जब हम साथ-साथ होते हैं, रिश्तों को उतनी अहमियत नहीं देते, जितनी जुदाई के बाद महसूस करते हैं।

आप अपने रिश्तों को समझें। जहाँ रिश्ते हैं, वहीं जिंदगी है।

□

कथा कर्मनारायण की

ताऊजी के घर में हर पूर्णमासी पर पंडितजी सत्यनारायण भगवान की कथा सुनाते थे। आँगन में पूजा होती थी। सब लोग नहा धो कर तैयार हो जाते और पंडितजी शंख बजाते और घर का पूरा माहौल भक्तिमय हो जाता था।

सत्यनारायण भगवान की कथा में कहीं सत्यनारायण की चर्चा नहीं होती थी। कथा होती थी कलावती की। कलावती भगवान की भक्त थी। पर जब वो एक बार अपने भगवान की पूजा भूल गई तो फिर उस पर दुःखों का पहाड़ टूट पड़ा और जैसे ही उसने दुबारा पूजा की, उसके बुरे दिन दूर हो गए।

पंडितजी पूरे मनोयोग से ये बात साबित करते कि जैसे कलावती के दिन फिरे, सबके दिन फिरें।

संजय सिन्हा को कहानी बहुत अच्छी लगती थी। एक पूजा से कलावती की मुसीबतें मिट गईं, इससे बढ़कर और क्या चाहिए? पर जब मैं बड़ा हुआ और उन महान् लोगों से मेरी मुलाकात होने लगी, जिन्हें ईश्वर के होने पर संदेह होता है, तो उन्होंने मुझसे सवाल पूछना शुरू किया कि तुम्हारे सत्यनारायण भगवान की कथा में सत्यनारायण कहाँ हैं? वहाँ तो कहानी कलावती की है। कलावती ने पूजा नहीं की तो उसका सब बिगड़ गया, कर ली तो सब ठीक हो गया। ये तो पूजा की महिमा की कहानी है।

मैं बहुत सोचता। फिर बात मेरी समझ में आने लगी कि असल में ये सत्य की पूजा की कथा है। ये व्रत की महिमा की कथा है। ये कथा है आदमी की नीयत की। जो सत्य का साथ नहीं छोड़ता, जो ईमानदारी से जीवन जीने को अपना धर्म मानता है, उसकी मुसीबत एक दिन दूर हो ही जाती है। एक दिन वो कामयाबी की मंजिल तक पहुँच ही जाता है। बस कथा एक माध्यम है, जीवन के व्रत के पालन का।

लीजिए, आज आपको कर्मनारायण की कथा सुनाता हूँ। हेमा की ये कहानी मैंने आपको पहले भी सुनाई है।

भोपाल में मेरे घर में टॉयलेट साफ करनेवाली महिला को एक दिन बाथरूम में हीरे की एक अँगूठी मिली, तो उसने उसे धोकर वापस कर दिया।

अँगूठी हफ्ता भर पहले खोई थी और हम उसे काफी ढूँढ़ कर थक चुके थे।

जब सफाई वाली महिला को अँगूठी यूँ ही मिल गई और उसने उसे वापस कर दिया, तो संजय सिन्हा ने उससे पूछा कि क्या तुम्हें पता है ये अँगूठी कितने की होगी? उसने कहा, दाम तो नहीं पता साहब। लेकिन बहुत महँगी होगी। सोना और हीरा तो महँगे ही होते हैं। मैंने पूछा कि तुम्हारे मन में क्या ऐसा नहीं आया कि बाथरूम में गिरी चीज न भी मिले तो कोई तुम पर तो शक नहीं करता। तुम रख लेती।

उसने दोनों कानों को हाथ लगाया। कहा, "साहब पिछले जन्म की गलतियों के बाद तो आज इस जन्म में ये गरीबी देख रही हूँ, अभी भी नहीं चेती तो फिर तो अगले कई जन्मों का चक्र बिगड़ जाएगा। कहीं तो रोक लगानी ही होगी।"

टॉयलेट साफ करनेवाली महिला को मैंने मन-ही-मन प्रणाम किया।

एक दिन वो मेरे पास आई कि उसकी बेटी दसवीं में पढ़ती है, उसे आप कुछ पढ़ा दीजिए, ताकि वो हाई स्कूल ठीक से पास कर ले। मैं उस लड़की से मिला। मुझे वो मेधावी लगी। मैंने उसे अपने एक शिक्षक के पास भेज दिया। लड़की प्रथम श्रेणी से पास हुई। फिर उसका परिचय भोपाल में ही एक रूसी अध्ययन संस्थान की अपनी एक टीचर से मैंने करा दिया। बात तब की है, जब रूस का विघटन नहीं हुआ था। 1987 की बात है, उस लड़की ने रूसी भाषा में पढ़ाई शुरू कर दी। फिर उसे सोवियत संघ से स्कॉलरशिप मिल गई। जिस लड़की ने कभी ट्रेन नहीं देखी थी, एक दिन हवाई जहाज से मॉस्को चली गई।

मैं जिन दिनों मॉस्को गया था, वो मुझसे मिली थी।

फिर सोवियत संघ का विघटन हो गया। बहुत से लोग जो वहाँ पढ़ने गए थे, शराबी-कबाबी बनकर रह गए और अय्याशी करके वापस आ गए। लेकिन वो लड़की वहीं रही। उसने बदलते हुए रूस के साथ खुद को आत्मसात् किया। वो आज मॉस्को में बहुत बड़ा व्यापार सँभाल रही है। दुनिया भर की यात्रा करती है। कोई साल भर पहले पता चला कि उसकी माँ, जो हमारे घर काम करती थी, वो बेटी के पास चली गई। कोई बता रहा था कि भोपाल की अरेरा कॉलोनी में उसका बहुत बड़ा बँगला है। दिल्ली-मुंबई में तो है ही। सिंगापुर और पता नहीं कहाँ-कहाँ है।

क्या समझे?

उसने अच्छाई का दामन नहीं छोड़ा। उसने पुण्य का दामन नहीं छोड़ा। उसने ईश्वर की उँगली नहीं छोड़ी।

कहानियाँ किसी व्यक्ति की नहीं होतीं। कहानियाँ होती हैं सिर्फ इस तथ्य को याद दिलाने के लिए, जो अपने धर्म का पालन नहीं छोड़ता, वही सुखी रहता है।

कहानियाँ बार-बार हमें ये याद दिलाती हैं कि बुराई का अंत बुरा होता है। भलाई का अंत भला।

□

प्रेम गीत

दफ्तर में कमरतोड़ काम करने के बाद घर में घुसा ही था कि पत्नी मुस्कुराती हुई सामने आ खड़ी हुई।

"कैसा रहा आज का दिन?"

मैं सोफे पर बैठकर पाँव सीधा करने की कोशिश कर ही रहा था कि ठंडे पानी का गिलास सामने आ गया। पुराने जमाने में पानी की बोतल साथ लेकर चलने का प्रचलन नहीं था। पिताजी जब दफ्तर से घर आते थे, तब माँ सबसे पहले उनके सामने पानी का एक गिलास रखती थी। पिताजी गटागट पानी पी जाते थे। ऐसा लगता था मानो पिताजी बहुत देर से प्यासे हों और माँ को ये बात पता थी।

तब न मोबाइल फोन थे, न पानी की बोतल थी। पर आजकल तो हर आदमी अपने साथ पानी की बोतल लेकर चलता है। पता नहीं किसने फैला दिया है कि आदमी को दिनभर पानी पीते रहना चाहिए। मैं भी जब दफ्तर के लिए निकलता हूँ, पानी की एक बोतल मुझे पकड़ा दी जाती है। रास्ते में घूँट-घूँटकर पानी पीता जाता हूँ। वापसी में भी पानी पीते हुए आता हूँ।

संजय सिन्हा रोज की तरह जूते उतार कर अर्ध लेटन मुद्रा में टी.वी. की ओर देख रहे थे। पत्नी वहीं बैठ गई। धीरे-धीरे वो बताने लगी कि दिनभर उसने क्या किया। फिर मैं बताने लगा कि मैंने क्या किया। कौन सा नया शो टी.वी. चैनल पर शुरू किया। किसने आज ठीक से काम नहीं किया।

इन्हीं बातों के बीच हम रात का खाना खाते हैं और फिर सो जाते हैं।

पर उस दिन पत्नी ने मुझसे एक सीधा सा सवाल पूछ लिया, "संजय, तुम्हें सबसे रोमांटिक गाना कौन सा लगता है?"

हांय! ये क्या सवाल हुआ? मेरा माथा ठनका। पत्नी ऐसे सवाल करे तो पति को सतर्क हो जाना चाहिए।

पत्नी मुहब्बत के गीत का टेस्ट क्यों ले रही है ? किसी दुश्मन दोस्त ने उसके कान तो नहीं भर दिए कि संजय सिन्हा आजकल दफ्तर में लड़कियों को बहुत ज्ञान दे रहे हैं। या फिर कहीं उसने हमारे सिक्योरिटी हैड से मिलकर दफ्तर के सी.सी.टी.वी. का पासवर्ड तो अपने मोबाइल से नहीं जोड़ लिया ?

कोई भरोसा नहीं है। मेरे एक मित्र मुझे बता रहे थे कि वो दुनिया में चाहे कहीं रहें, फोन पर अपने घर को देख सकते हैं। उन्होंने घर में सी.सी.टी.वी. लगवा लिया है और इंटरनेट की मदद से घर की तस्वीरें कहीं भी देख सकते हैं। मैंने पूछा इससे क्या फायदा होगा, तो उन्होंने कहा कि काम वाली कुछ चोरी करेगी, तो पकड़ लेंगे।

मैं चुप था। मेरे घर में कभी किसी चीज की चोरी नहीं हुई, पर अगर मैं रँगे हाथ भी किसी को गलती करते पकड़ लूँ, तो मैं उसे टोक नहीं पाऊँगा। मेरे मन में हमेशा ये बात रहेगी कि उसे कैसे सच बता कर खुद की नजरों से गिरा दूँ। मैं जानता हूँ कि आदमी दसवीं मंजिल से गिर कर शायद बच जाए, पर अपनी निगाहों से गिर कर वो टूट जाता है। बड़े से बड़ा चोर जब कहता है कि उसने चोरी नहीं की, तो वो कानूनी सजा से कम, अपने मन की सजा से अधिक डरता है। वो झूठ बोलता है कि उसने चोरी नहीं की, मतलब वो उसे पता होता है कि चोरी करना बुरी बात होती है।

खैर, आज चोर-चोरनी की बात नहीं करनी।

पत्नी ने रोमांटिक गीत के बारे में पूछा तो मेरे मन में यूँ ही खटका बैठ गया। इत्तेफाक से दफ्तर में मैंने एक एंकर को किसी स्क्रिप्ट की शुरुआत मुहब्बत भरे नगमें के साथ करने की सलाह दी थी। मैंने उसे समझया था कि अपने प्रधानमंत्री इजराइल के दौरे पर गए हैं, और वहाँ की सरकार ने एक फूल का नाम मोदीजी पर करने की घोषणा की है, तो तुम आज शुरुआत इस गाने के साथ करना कि फूल तुम्हें भेजा है खत में, फूल नहीं मेरा दिल है...।

मेरे दफ्तर में सब जानते हैं कि संजय सिन्हा स्क्रिप्ट की शुरुआत एकदम अलग अंदाज में करते हैं। खैर, मैं एंकर को मुहब्बत गीत का ज्ञान देकर लौटा ही था कि पत्नी ने पूछ लिया कि कौन सा गाना सबसे अधिक रोमांटिक है ?

मैं समझ गया कि आज किसी ने अपनी दोस्ती ठीक से निभाई है। किसी ने मेरी पत्नी को फोन करते बता दिया है कि आजकल प्रधानमंत्री की स्क्रिप्ट में भी संजय सिन्हा मुहब्बत के गीत ठूँसने लगे हैं।

मेरी आँखें चौड़ी हो चुकी थीं। मेरी पत्नी शक्की नहीं है। मैं शक का मौका भी नहीं देता। पर कोई कमबख्त आग लगा ही दे तो कोई क्या करे।

मैंने खुद को सँभालते हुए कहा कि मेरी निगाह में सबसे रोमांटिक गीत है, "अब तो है तुमसे, हर खुशी अपनी...।"

पत्नी चुप रही। मैं इंतजार कर रहा था ये सुनने का कि वो कहेगी कि एंकर को तो समझा रहे थे कि "फूल तुम्हें भेजा है खत में..." गाना सबसे रोमांटिक है।

मैं चुप था।

पत्नी अचानक बोलने लगी कि कल तुम जब जबलपुर में थे, मैंने टी.वी. पर एक गाना देखा। फिल्म 'मंजिल' का गाना, जिसमें अमिताभ बच्चन और मौसमी चैटर्जी साथ-साथ बारिश में भीग रहे हैं। गाने के बोल हैं, "रिमझिम गिरे सावन...।"

"हाँ, हाँ, ये गाना तो है। पर ये बहुत रोमांटिक तो नहीं। किसी को ये गीत याद भी नहीं होगा।"

और फिर उसने टी.वी. को इंटरनेट से जोड़कर वही गाना लगा दिया।

"रिमझिम गिरे सावन, सुलग-सुलग जाए मन
भीगे आज इस मौसम में, लगी कैसी ये अगन।"

मैंने गाना सुना। गाना अच्छा लगा।

मैंने कहा कि हाँ गाना ठीक है। मेरी पत्नी ने कहा कि गाने के बोल पर मत जाओ। तुम देखो इस गाने का पिक्चराइजेशन। इस गाने में अमिताभ बच्चन लगातार मौसमी चटर्जी का हाथ थामे हुए चल रहे हैं। ये है प्यार।

ओ माई गॉड!

कहाँ का तीर कहाँ आकर लगा। पत्नी कह रही थी, "संजय, अब ऐसे गाने नहीं बनते। प्रेम में हाथ का सहारा कितना महत्त्वपूर्ण होता है, ये बात अब फिल्म वाले नहीं समझते। देखो, इस गाने में कोई डांस नहीं है। कुछ भी नहीं है। पर पूरे गाने में अमिताभ बच्चन मौसमी चटर्जी का हाथ थामे हुए हैं। यही है प्रेम को जीना।"

मैं समझ गया था।

सचमुच आज की इस जिंदगी में हम में से अधिकतर लोग प्रेम को जीना भूल गए हैं। मेरी शादी के इतने साल बीत गए हैं, मैं कभी अपनी पत्नी का हाथ पकड़कर उसके साथ नहीं घूमा।

असल में हम प्रेम को जीना जानते ही नहीं। हम चाहे जितना प्रेम करते रहें, उसका इजहार नहीं करते। पर कल जब पत्नी ने उस गाने को दिखलाया तो लगा कि सचमुच यही प्रेम है।

मैंने तय कर लिया है कि अगली बरसात में मैं पत्नी का हाथ पकड़कर पार्क में निकल जाऊँगा।

आप भी कभी हाथ पकड़कर बारिश में भीग कर देखिए, आप भी समझ जाएँगे कि प्रेम को कैसे जिया जाता है।

जहाँ प्रेम है, वहीं जिंदगी है। बाकी तो सब जीवन जीने की तैयारी भर है।

□

आईना

माँ तो सुबह बिना आईना देखे ही तैयार हो जाती थी।

और जहाँ तक मेरी बात है, मुझे आईना देखने की जरूरत ही नहीं पड़ती थी। नहा-धोकर कपड़े बदल लिये। आईने की जरूरत पड़ती थी कंघी के लिए, तो वो मैं करता ही नहीं था। बालों पर उँगलिया फिरा लीं, बस सब ठीक हो गया। कभी-कभी माँ मेरी ठुड्डी पकड़कर खुद कंघी कर दिया करती थी, तो आईना देखने की जरूरत ही क्या?

यूँ समझ लीजिए कि संजय सिन्हा के घर पिताजी अगर दाढ़ी नहीं बनाते तो किसी को आईने की जरूरत नहीं थी।

आजकल जिसे ड्रेसिंग टेबल कहते हैं, तब उसका प्रचलन ही नहीं था। सिर्फ सिनेमा में कभी-कभी मैंने देखा था कि हीरोइन के कद के बराबर आईना उसके कमरे में होता था और वो खुद को आईने के सामने खड़ी होकर देखा करती थी कि कैसी लग रही है।

इसका अर्थ ये हुआ कि आईना बड़े लोगों का शगल था।

बचपन में तो हर महीने दो महीने पर नाई घर चला आता। पिताजी के, मेरे और छोटे भाई के बाल वो छत पर बिठाकर काट दिया करता। उसके डिब्बे में एक छोटा सा आईना होता था। पर वो आईना हमें देखने को नहीं मिलता था। पिताजी ही हमारे आईना थे। नाई बाल काटने के बाद पिताजी की ओर देखता, पिताजी संतुष्ट भाव से उसकी ओर देखते तो नाई का काम सही हो जाता।

हमें तो जल्दी होती थी कि फटाफट बाल कटें तो फुर्र हों। बाल जितने छोटे होते, उतनी आसानी होती।

शाम को खेल कर घर लौटता तो कभी-कभी चेहरे पर कुछ लगा होता, कहीं से मिट्टी, कालिख मुँह पर लग जाती तो और मैं बिना मुँह धोए बिस्तर में दुबकने की कोशिश करता तो माँ कहती कि बेटा मुँह धो लो। मैं कुनमुनाता, माँ सुबह नहाया तो था।

माँ हँसती, कहती कि आईना देख लो।

जो माँ, नहा कर तैयार होकर स्कूल जाने के समय आईना देखने को नहीं कहती थी, जो माँ खेलने जाते हुए आईना देखने को नहीं कहती थी, वो मेरे जरा सा मुँह नहीं धोने पर मुझसे कहती कि टेबल से उठाकर आईना देख लो। मतलब माँ की निगाहों में आईना सजने का औजार नहीं था, वो था तो बस खुद के सच को देखने का जरिया।

पिछले दिनों दिल्ली में आयोजित एक समारोह में जनसत्ता के अपने वरिष्ठ साथी राम बहादुर राय ने एक किस्सा सुनाया। उन्होंने इला भट्ट के हवाले से बताया कि वो एक बार लंबी यात्रा से लौट कर इंदिरा गांधी से मिलने गईं तो उनके लिए एक तोहफा लेकर गईं।

इंदिरा गांधी से मिलकर उन्होंने उन्हें उपहार दिया तो इंदिरा गांधी बहुत प्रसन्न हुईं। उन्होंने इला भट्ट से उपहार लेते हुए उनसे पूछा कि पैकेट में क्या है?

इला भट्ट ने कहा, "आईना है। इसमें खुद को देखती रहिएगा।"

राम बहादुर राय के इस कार्यक्रम में मैं मौजूद नहीं था, पर बताने वाले ने बताया कि इस किस्से को सुनाने के बाद उन्होंने ये भी कहा कि कोई भी साम्राज्ञी हो या सम्राट, उसे समय-समय पर खुद को आईने में देखते रहना चाहिए।

माँ अपने संजू बेटा को तब आईना देखने को नहीं कहती थी, जब वो साफ-सुथरा होकर स्कूल के लिए निकलता था। उसने तब भी कभी आईना देखने को नहीं कहा, जब उसका बेटा स्कूल से लौट कर दोस्तों के साथ खेलने के लिए पार्क की ओर निकलता।

पर खेल कर घर लौटने के बाद जब सोने का वक्त होता, जब दोस्त पास नहीं होते, तब माँ कहती कि या तो मुँह धो लो, या आईने में अपना चेहरा देख लो।

तब मैं छोटा था। लेकिन मन-ही-मन सोचता कि क्या फर्क पड़ता है, अगर मुँह पर थोड़ी मिट्टी या कालिख लगी ही हो तो, अब कौन देखने वाला है। पर माँ ऐसे सोने नहीं देती थी। मेरे लाख कुनमुनाने के बाद भी वो टेबल पर पड़े छोटे से आईने को मेरे चेहरे के सामने कर ही देती।

पूरे दिन में तब पहली बार मैं अपना चेहरा देखता था।

कभी नाक पर कालिख लगी होती, कभी ललाट पर मिट्टी। मैं खुद को देखकर डर जाता। भाग कर बाथरूम में जाता और साबुन से रगड़-रगड़कर चेहरे को धोता।

माँ कहती थी जागने के बाद नहीं, सोने से पहले आईना देखने की जरूरत होती है।

आईना हमारे दिनभर के काम के सच को हमें दिखला देता है।

जो लोग सोते हुए आईना देखते हैं, वो अपने चेहरे की कालिख के सच को समझते हैं।

आईना हमारे दिनभर के काम के सच को बयाँ करता है।

सचमुच, जो लोग सोने से पहले खुद आईना नहीं देखते, उन्हें वक्त आईना दिखला देता है। चाहे वो साम्राज्ञी हो या सम्राट।

□

चैन की नींद

बड़ी दादी बहुत बीमार थीं।

माँ तब दादी के साथ गाँव में थी। दादी चिड़चिड़ी हो गई थीं और बात-बात में गुस्सा करने लगी थीं। माँ के अलावा वो किसी और की बात सुनने को तैयार ही नहीं होती थीं। डॉक्टर, वैद्य और गाँव के सभी बड़े-बुजुर्ग दादी को देखने आ चुके थे और सबने यही कहा था कि बुढ़ापा ही सबसे बड़ी बीमारी है।

सब दादी को प्रणाम करके जा चुके थे।

माँ दादी के पास बैठी थी। दादी माँ की कलाई को पकड़े थीं और बुदबुदा रही थीं, "दुलहिन, जाने का मन नहीं कर रहा। बहुत डर लग रहा है।"

माँ ने दादी को तब एक कहानी सुनाई थी।

कहानी भागवत कथा से।

"एक बार एक राजा शिकार खेलने जंगल में गया। अचानक बहुत तेज आँधी-तूफान और बारिश होने लगी और राजा अपने सिपाहियों और मंत्रियों से दूर हो गया। अकेला राजा समझ नहीं पा रहा था कि कहाँ जाए? रात हो गई थी। राजा चुपचाप अँधेरे में चलने लगा। जंगल में शेर, हाथी की आवाजें आ रही थी। राजा बहुत डरा हुआ था।

अचानक उसे जंगल में एक झोंपड़ी नज़र आई। उम्मीद के दीपक को मन में जलाए राजा उस झोपड़ी में पहुँचा।

झोंपड़ी के अंदर से बहुत दुर्गंध आ रही थी। झोंपड़ी के छज्जे पर एक-दो जानवरों के मांस लटके थे। कोने में मल-मूत्र पड़ा था। और वहीं जमीन पर एक बहुत बूढ़ा आदमी लेटा था।

राजा अपनी नाक बंद करके उस आदमी के पास गया और पूछा कि भाई, तुम कौन हो? और क्या आज रात मैं तुम्हारी झोपड़ी में रह सकता हूं?

आदमी ने राजा की ओर देखा और कहने लगा, "मैं एक बहेलिया हूँ। पहले मैं बहुत से जानवरों के शिकार किया करता था। अब मैं बूढ़ा हो गया हूँ। इसलिए कहीं आता-जाता नहीं। कभी कोई जानवर मिल जाए तो उसे मार कर यहाँ लटका देता हूँ। उसे ही पका कर खाता रहता हूँ। शौच भी यहीं करता हूँ। पर मैं तुम्हें यहाँ रहने नहीं दे सकता।"

राजा हैरान हो गया। "क्यों नहीं? एक रात रहने दो।"

"नहीं पथिक, यहाँ लोग आते हैं, अनुनय-विनय करके एक रात रुकते हैं और फिर सुबह जाने का नाम ही नहीं लेते।"

"ओह! कोई भला यहाँ रुकना ही क्यों चाहेगा? यहाँ इतनी गंदगी है, बदबू है। वो तो मेरी मजबूरी है, वर्ना मैं एक पल यहाँ न रुकता।"

"पथिक, सभी ऐसा ही कहते हैं। पर रात भर में यही मांस और मल-मूत्र की बदबू उन्हें भाने लगती है। फिर सुबह वो मेरी झोंपड़ी छोड़कर जाने को तैयार ही नहीं होते। वो मुझसे झगड़ा करने लगते हैं। बहुत मुश्किल से मैं उन्हें यहाँ से भगा पाता हूँ।"

राजा ने कहा कि ऐसा बिल्कुल नहीं होगा। सुबह पौ फटने से पहले ही मैं यहाँ से चला जाऊँगा।

बहुत मुश्किल से बहेलिया ने राजा को एक रात रुकने की अनुमति दी।

राजा रात भर लेटा रहा। धीरे-धीरे मांस और मल-मूत्र की बदबू उसके दिमाग में बसने लगी। उसे वही अच्छा लगने लगा।

सुबह हुई। बहेलिए ने राजा को उठाया और कहा कि पथिक, अब तुम यहाँ से जाओ।

राजा ने बहेलिए की ओर देखा और कहने लगा कि नहीं जाऊँगा। मुझे ये जगह बहुत पसंद आ गई है। अब मैं यहीं रहूँगा।

बहेलिया चिल्लाया, "मैं कहता था न कि तुम सुबह इस जगह को छोड़कर नहीं जाना चाहोगे। ये तो सरासर वादे का उल्लंघन है। मैं इसीलिए किसी को यहाँ ठहरने नहीं देता। तुमने वादा किया था कि सुबह तुम चुपचाप आराम से चले जाओगे।"

दादी बुदबुदाईं, "बड़ा ही मूर्ख राजा था। अपने महल को छोड़ कर उस झोंपड़ी के लोभ में फँस गया था। खुशबू के संसार को छोड़कर बदबू में लिपट गया था।"

माँ धीरे-धीरे बोल रही थी।

माँ का संजू बेटा वहीं बैठकर चुपचाप कहानी सुन रहा था। माँ कह रही थी, "यही सवाल राजा परीक्षित ने शुकदेव मुनि से किया था कि कौन था वो राजा जिसे वो गंदी सी झोंपड़ी भा गई थी?

तब शुकदेव मुनि ने राजा परीक्षित को समझाया था कि राजन, तुम खुद उस झोपड़ी से प्यार कर बैठे हो। तुम मांस, मल-मूत्र के ढेर से प्यार कर बैठे हो। तुम उस अलौकिक संसार में लौटने को तैयार ही नहीं, जिसे छोड़ कर किसी दुर्घटनावश तुम यहाँ रहने पर मजबूर हुए।

तुम एक रात के लिए भटक कर इस झोंपड़ी में आए थे। पर तुम्हें यही भा गई।

बड़ी दादी ने माँ की कलाई ढीली छोड़ दी थी। फिर धीरे-धीरे दादी की आँखें मुंद गई थीं। दादी गहरी नींद में सो गई थीं। लग रहा था कि वर्षों की पीड़ा से मुक्त होकर वो चैन की नींद में चली गई हैं।

□

सत्य को सलाम

मैं न जाने कितने फैशन शो में गया हूँ। ऐश्वर्या राय और सुष्मिता सेन तक को मैंने रैंप पर देखा है। पर कल की शाम मेरे लिए अलग थी।

कल मैं जिस फैशन शो का गवाह बना, उसने सोचने की दिशा ही बदल दी।

कल मैं जज बना था ग्रागीण स्नेह फाउंडेशन की ओर से आयोजित फैशन परेड हौसला 2017 में।

मेरे साथ थीं फिल्म स्टार मनीषा कोइराला, मैक्स हॉस्पिटल के डॉक्टर हरित चतुर्वेदी, दिल्ली बीजेपी के प्रदेश अध्यक्ष और सांसद मनोज तिवारी। और भी बहुत लोग थे, लेकिन मेरी दिलचस्पी आज उन सितारों में नहीं, जिन्हें हम टीवी और रूपहले पर्दे पर देखते हैं। आज मैं आपको कहानी सुनाने जा रहा हूँ उन नायकों की, जिन्होंने अपने हौसले से यमराज के चंपुओं से दो-दो हाथ किए हैं।

कल दिल्ली में आयोजित जिस कार्यक्रम में मुझे बुलाया गया था, उसमें आए तो बहुत सारे सितारे थे। न जाने कितने लोग मुख्य अतिथि बन सकने का दम रखते थे। लेकिन नहीं। कल के कार्यक्रम के मुख्य अतिथि वही थे, जिन्होंने यमराज की चाल को नाकाम किया अपने हौसलों के बूते।

कल के हीरो थे वो लोग, जिन्होंने कैंसर को मात दी है। जिन्होंने कैंसर जैसी बीमारी को अपने हौसले से अपनी ज़िंदगी से बाहर किया है।

आज मैं चाहूँ तो कितनों की कहानियाँ यहाँ बैठ कर लिख सकता हूँ।

लेकिन आज मैं अपनी कहानी सिर्फ उस नायिका पर केंद्रित कर रहा हूँ, जिसका हौसला शायद बहुतों के लिए एक मिसाल बन पाएगा।

रैंप पर कई महिलाएँ और पुरुष थे जिन्होंने कैंसर को मार भगाया है। चाल में रौब, चेहरे पर चमक, मन में हौसला लिए हमारे हीरो जब रैंप पर चल रहे थे तो मेरे लिए

मुश्किल हो रहा था किसी एक को चुनना।

पर मेरी निगाह रुकी थी एक महिला पर जिसने कैंसर में कीमोथेरेपी के बाद गिर गए अपने बालों पर विग का कोई सहारा नहीं लिया था और पूरे हौसले के साथ रैंप पर थी।

जब बारी आई प्रश्न पूछने की तो मैंने उस महिला से कहा कि कैंसर के मरीज के सामने इलाज के दौरान सबसे मुश्किल क्षण वही होता है, जब डॉक्टर उसे ये बताते हैं कि कीमो के दौरान उसके बाल गिर जाएँगे, तो बहुत सी महिला मरीज एकदम घबरा जाती हैं। उदास हो जाती हैं। वो तुरंत विग ढूँढने लगती हैं। ऐसे में आपने कैसे तय किया कि आप बिना विग के रैंप पर उतर सकती हैं?

रैंप से फैशन की उस नायिका ने जो जवाब दिया उसके बाद मैं ही नहीं, पूरा हॉल पता नहीं कितनी देर तक तालियों की गड़गड़ाहट से गूँजता रहा।

मेरी कहानी की उस नायिका का नाम है डॉक्टर हंसवाहिनी सिंह।

मेरे सवाल पर उन्होंने कहा, "मेरी खूबसूरती मेरा मन है। मन ही चेहरे की सुंदरता है। बाल हों न हों, जिसका मन सुंदर होता है, उसका चेहरा अपने आप सुंदर दिखने लगता है। मैं बीमार पड़ गई, मुझे कैंसर हो गया, ये सत्य है। कीमो के दौरान बाल गिर गए, ये भी सत्य है। मैंने इसी के साथ जीना सीखा। सत्य का कोई विकल्प नहीं होता।"

सत्य ही शिव है, शिव ही सुंदर है।

इसके आगे कहने-सुनने को बचा ही क्या?

मैंने सौ की जगह पता नहीं कितने हजार नंबर दे दिए। और उस महिला के सिर पर जब सुंदरी का ताज सजा, तो मैं ही नहीं, हॉल में मौजूद हर व्यक्ति खड़े होकर तालियाँ बजा रहा था।

ज़िंदगी के जश्न को सलाम।

हौसले को सलाम।

सत्य को सलाम।

□

रिश्तों का सिलेबस

माँ के अनुभव के विद्यालय में पढ़ाई का अपना ही सिलेबस हुआ करता था।

जमुना चाचा पिताजी के ऑफिस में ही काम करते थे और अक्सर हमारे घर आते रहते थे। माँ से भी उनकी खूब बनती थी। वो माँ को भाभी बुलाते और माँ उन्हें भाई जी।

जमुना चाचा के घर आने का अर्थ था कि माँ पकौड़ी बनाएगी, चाय बनाएगी और हमारी शाम खूब हँसी-ठिठोली में बीतेगी।

जमुना चाचा एकदम बिंदास थे। पिताजी के साथ उनका रिश्ता भाई जैसा था।

लेकिन उस दिन जब जमुना चाचा घर आए, तो बहुत उदास थे। चाय पीते हुए माँ ने पूछा भी था, "भाई जी, आज क्या हुआ?"

जमुना चाचा चुप रहे। माँ ने एक दो बार और टोका, तो जमुना चाचा ने धीरे से कहा कि आज वाइफ लोग से झगड़ा हो गया है।

संजय सिन्हा तब सातवीं कक्षा में पढ़ते थे और वहीं पिताजी की बगल में बैठे थे। तब घर में बच्चों के कमरे अलग नहीं हुआ करते थे और हमारे यहाँ तो पिताजी के दोस्त मेरे दोस्त बन जाते थे, मेरे दोस्त पिताजी के दोस्त। घर में कोई मेहमान आए तो सबके सब एक ही कमरे में बैठ जाते थे।

तो, उस दिन भी मैं वहीं बैठा था। मेरा ध्यान पकौड़ी पर था। मुझे पता था कि जमुना चाचा की खाने की स्पीड अच्छी-खासी है। माँ पकौड़ी लाती जाएगी, जमुना चाचा खाते जाएँगे। मैं गरम-गरम पकौड़ी एकदम नहीं खा पाता था। ऐसे में मुझे डर लगा रहता कि कहीं जमुना चाचा सारी पकौड़ी न खा जाएँ, तो मेरा ध्यान पकौड़ी पर रहता था, माँ और चाचा की बातों पर नहीं।

पर उस दिन जमुना चाचा पकौड़ी नहीं खा रहे थे।

माँ ने एक दो बार पूछा तो उन्होंने यही कहा था कि वाइफ लोग से झगड़ा हो गया है।

माँ जमुना चाचा के 'वाइफ लोग' कहने पर हर बार हँसती थी और टोकती थी कि भाई जी, कितनी शादियाँ की हैं आपने जो वाइफ लोग कहते हैं।

जमुना चाचा खुद को हर बार सुधारते। "अरे भाभी।"

असल में ये उनकी आदत थी। वो जमुना चाची को हमेशा वाइफ लोग ही कहते थे।

खैर, उस दिन माँ ने उन्हें इस बात के लिए नहीं छेड़ा। बस माँ ने इतना ही पूछा कि आज क्या हुआ और चाचा ने जैसे शुरू ही हो गए कि आजकल पता नहीं क्यों उन्हें बहुत गुस्सा आने लगा है। पिछले एक हफ्ते में वाइफ लोग से दो बार झगड़ा हो गया है। बातचीत बंद है। पूरे घर में तनाव सा है। इसीलिए मूड ऑफ है।

मुझे ठीक से याद है। पिताजी चुपचाप बैठ कर उनकी बातें सुन रहे थे। प्याज की एक पकौड़ी मेरे हाथ में थी, एक मुँह में।

माँ ने चाचा की ओर देखकर कहा कि भाई जी, आज आपको एक कहानी सुनाती हूँ।

"एक आदमी एक साधु के पास गया और उनसे कहा कि महाराज, मुझे बात-बात पर गुस्सा आता है। आप कृप्या मुझे कोई उपाय बताएँ जिससे मेरा गुस्सा कम हो सके।

साधु ने मुस्कुराते हुए कहा कि तुम गुस्सा करके दिखाओ, तभी मैं कोई उपाय बताऊँगा।

आदमी ने हैरानी से कहा कि ऐसे गुस्सा कैसे आएगा? कोई बात होगी, तभी तो गुस्सा आएगा।

साधु कुछ देर चुप रहे। फिर उन्होंने उस आदमी से पूछा कि क्या तुम्हें गाना गाना आता है? आदमी ने कहा, "हाँ, गाना तो मैं अच्छा गा लेता हूँ।"

साधु ने कहा कि तुम कोई गाना ही सुना दो।

आदमी गाने लगा। उसने कई गाने साधु को सुनाए।

गाना सुनने के बाद साधु ने आदमी से कहा कि तुम्हें तो जरा भी गुस्सा नहीं आता। अगर आता होता तो जैसे ही मैंने कहा था कि गुस्सा करके दिखाओ, तुम गुस्सा करके दिखा देते, जैसे तुमने मेरे एक बार कहने पर गाना गा दिया।

जो चीज हमारी होती है, उसे तो हम कभी भी कहीं भी करके दिखला सकते हैं। इसका मतलब ये हुआ कि गुस्सा तुम्हारा मूल गुण नहीं है।

आदमी बहुत हैरान हो कर साधु महाराज की बातें सुनता रहा। फिर वो घर लौट आया। घर लौटने के बाद उसे जब भी गुस्सा आता, उसे ये बात याद आती कि ये उसका मूल

गुण नहीं है। धीरे-धीरे उसने गुस्सा करना ही छोड़ दिया।"

जमुना चाचा, जिन्होंने अब तक एक भी पकौड़ी नहीं नहीं खाई थी, उन्होंने दो-तीन पकौड़ियाँ उठाई और बाहर जाते हुए माँ से कहा, "भाभी आपका बहुत-बहुत धन्यवाद!"

चाचा उस दिन चले गए थे। पर अगले दिन चाची के साथ घर आए थे। रात का खाना हम सबने साथ खाया था।

□

माँ का थप्पड़

जिन दिनों मैं अमेरिका में था, किसी ने बताया कि एक भारतीय पिता ने किसी बात पर अपने बेटे को एक थप्पड़ मारा तो बेटे ने पुलिस में शिकायत दर्ज करवा दी। पिताजी को पुलिस ने पकड़ लिया था।

बहुत मुश्किल से पिताजी पुलिस कस्टडी से छूट कर आए थे। उन्होंने अपने बेटे से कुछ नहीं कहा, पर कुछ ही दिनों के बाद वो उसे लेकर भारत आए। यहाँ पहुँचते ही बेटे की खूब धुनाई की और कहा कि अब बुलाओ पुलिस।

मुझे नहीं पता ये सच्ची घटना है या फिर किसी ने यूँ ही।

हाँ, ये सच है कि अमेरिका में बच्चों पर हाथ नहीं उठा सकते। बच्चों पर कहीं हाथ नहीं उठाना चाहिए। मैं तो कहता हूँ कि किसी को किसी पर हाथ उठाने का कोई हक नहीं।

पर पिछले दिनों एक वीडियो खूब वायरल हुआ जिसमें एक माँ अपने छोटे से बच्चे को गिनती सिखा रही है। बच्चे का मन पढ़ाई में नहीं लग रहा तो माँ उसे हौले से एक चाँटा लगाती है। बच्चा बहुत दयनीय भाव से हाथ जोड़ रहा है। उसके चेहरे पर बेबसी, लाचारगी देख कर किसी का दिल पिघल जाएगा। कोई भी यही कहेगा कि ये तो बच्चे के साथ ज्यादती है।

वीडियो इतना वायरल हुआ कि लाखों लोगों के साथ-साथ अपने क्रिकेट खिलाड़ी विराट कोहली तक ने उसकी निंदा की। सभी ने माँ को भला-बुरा कहा।

पिछले दिनों आमिर खान की फिल्म 'दंगल' आई थी। उसमें अपनी बेटियों को कुश्ती लड़ाने लिए पिता ने उनके बाल कटवा दिए थे, उनकी मर्जी के विरुद्ध जाकर रोज सुबह कई-कई मील दौड़ने पर मजबूर किया, बेटियाँ कुश्ती नहीं लड़ना चाहतीं थीं, पर पिता ने उनकी एक नहीं सुनी। अपनी शकाहारी बेटियों को जबरन चिकन खिलाया। तब तो हम सिनेमा हॉल में तालियाँ बजा रहे थे। तब हम यही कह रहे थे कि बाप हो तो ऐसा!

असल में हम हिंदुस्तानी दोहरी मानसिकता में जीते हैं।

एक माँ ने गिनती नहीं आने पर बच्चे को हल्का-सा चांटा मार दिया तो तमाम सेलिब्रेटी कूद पड़े, माता को कुमाता ही ठहरा दिया।

असल में हम लोग बहुत जजमेंटल होते हैं। हम दूसरों के बारे में बहुत जल्दी फैसला ले लेते हैं। मुझे नहीं पता कि वीडियो में बच्चा कौन है, माँ कौन है? पर एक अनजान माँ के खिलाफ हमने फैसला सुना दिया कि वो बच्चे पर अत्याचार कर रही है।

मान लेता हूँ कि वो बच्चे पर अत्याचार कर रही है। पर विकल्प क्या है?

जॉर्ज बर्नार्ड शॉ के ड्रामा 'पिगमेलियन' की नायिका एलिजा डूलिटिल इंग्लैंड की सड़कों पर फूल बेच कर खुश थी। ड्रामा के नायक प्रोफेसर हिगिंस उस लड़की को अपने घर ले आए और ट्रेनिंग देकर उसे उच्च समाज के लायक बना दिया।

बाद में एलिजा ने प्रोफेसर से शादी की इच्छा जताई तो प्रोफेसर ने मना कर दिया। तब एलिजा ने प्रोफेसर से एक सवाल पूछा था कि अब वो क्या करे? सड़क पर फूल बेचनेवाला उसका समाज उसे ठुकरा चुका है। आपका उच्च समाज उसे स्वीकार नहीं करता। अब वो क्या करे?

प्रोफेसर के सामने ये एक यक्ष प्रश्न था।

मान लिया जाए कि उस बच्चे को माँ ने एक थप्पड़ मारा कि तुम पढ़ो। वो क्राइम हो गया। पर बच्चा न पढ़े तो माँ क्या करे?

संजय सिन्हा के कहने पर मत जाइए। आप माँ के दिल की सोचिए। सिनेमा में ये कहना आसान होता है कि बच्चे का जो मन हो, उसे करने दीजिए। वो जो बनना चाहे, उसे बनने दीजिए। पर क्या ये सच है?

क्या ऐसा हो पाता है?

अमेरिका का समाज अलग धागों से बुना हुआ है, हिंदुस्तान का समाज अलग धागों से। वहाँ की परिस्थितियाँ अलग हैं, यहाँ की अलग।

कोई माँ अपने बच्चे को थप्पड़ नहीं मारना चाहती। मारती है तो बस यही समझ लीजिए कि दंगल वाले पिता के सपनों को जीने के लिए मारती है।

अपने बच्चे के भविष्य को बनाने के लिए मारती है।

□

अमीर की मुश्किल

एक सेठ जी अपनी तिजोरी खोल कर धन का हिसाब लगा रहे थे। इतना सोना, इतनी चाँदी, इतनी नकदी।

तिजोरी में एक चमचमाता हीरा भी। सेठ जी जब भी तिजोरी खोलते, मन खिलखिला उठता। अहा! इतनी दौलत। सेठ जी कुछ देर तिजोरी खोल कर देखते और फिर उसे बंद कर व्यापार में लग जाते।

कोई आए, कोई जाए, सेठ जी को किसी से कोई मतलब नहीं था। घर में कहाँ क्या चल रहा है, सेठ जी की दिलचस्पी उसमें रत्ती भर नहीं थी। सेठ जी की दोस्ती सिर्फ उनकी तिजोरी से थी। दौलत, दौलत और दौलत।

आप सोच रहे होंगे कि आज सेठ और दौलत की कहानी क्यों? रिश्तों के बीच दौलत कहाँ?

असल में दौलत का रिश्तों से बहुत गहरा संबंध है।

कहानी इस तरह है कि सबके रहते हुए भी सेठ जी अकेले थे। दौलत के सिवा किसी में उनकी दिलचस्पी ही नहीं थी।

उस दिन सेठ जी तिजोरी खोल कर हिसाब लगा रहे थे कि अचानक कहीं से एक चूहा आया और सेठ जी के सामने पड़े चमचमाते हीरे को मुँह में लेकर भाग खड़ा हुआ।

सेठ जी का तो दिल ही बैठ गया। हाय! मेरा प्यारा हीरा कमबख्त चूहा ले गया।

तुरंत चूहे पकड़ने वाले को बुलाया गया। सेठ जी ने कहा कि भाई, किसी तरह उस चूहे को पकड़ो। उसने मेरा सबसे कीमती हीरा निगल लिया है। चूहे पकड़ने वाले ने सेठजी को भरोसा दिलाया कि आप चिंता न करें। चूहा पकड़ा जाएगा।

चूहे पकड़ने वाले ने सेठ जी के बंगले के चारों ओर घूम कर पता लगाने की कोशिश कि चूहा कहाँ से आया होगा। पता लगाते-लगाते वो बंगले के पीछे एक गोदाम तक

पहुँचा। गोदाम पहुँच कर चूहे पकड़ने वाला हैरान रह गया। वहाँ तो सैकड़ों चूहे थे। सब एक दूसरे पर उछल कूद रहे थे। साथ-साथ खेल रहे थे। वो भी सोच में पड़ गया कि इतने चूहों में से उस चूहे को कैसे ढूँढा जाए।

फिर उसने देखा कि एक चूहा कोने में अकेला बैठा है।

चूहे पकड़ने वाले ने उस अकेले चूहे को पकड़ लिया और सेठ जी के पास ले आया कि लीजिए, यही वो चूहा है, जिसके पास आपका हीरा है।

सेठ जी हैरान रह गए। कमाल है, भाई! गोदाम में तो इतने चूहे हैं, तुमने कैसे समझ लिया कि इसी चूहे के पास मेरा हीरा है।

चूहे पकड़ने वाले ने सेठ जी को समझाया कि सचमुच वहाँ सैकड़ों चूहे थे। पर सब आपस में मिल-जुल कर साथ-साथ खेल रहे थे। ये अकेला कोने में बैठा था। ये न किसी के साथ खेल रहा था, न कोई इसके साथ खेल रहा था। इसी से मैं समझ गया कि इसके पास हीरा है।

असल में जब किसी मूर्ख के पास अचानक थोड़ी संपत्ति आ जाती है, वो खुद को बाकियों से अलग मानने लगता है। वो अपने रिश्तों को भूल जाता है। वो खुद को अलग-थलग कर लेता है। इस चूहे के पास हीरा था। इसने खुद को बाकी चूहों से अलग कर लिया था।

सेठ जी हैरान हो कर चूहा पकड़ने वाले को देखते रहे।

हीरा तो उन्हें मिल गया। पर उन्होंने जीवन के सत्य को भी समझ लिया।

कहने की जरूरत नहीं कि सेठ जी की आँखें खुल गईं और वो जुड़ गए रिश्तों के संसार से।

इति कथा।।

रिश्तों के संसार की जय!

□

रिश्तों का चुंबक

पढ़ाने को तो भरत मास्टर जी ने पाँचवीं कक्षा में ही संजय सिन्हा को पढ़ा दिया था कि हमारी धरती सूरज के चारों ओर चक्कर लगाती है। गोल-गोल घूमती है। पर सिर्फ इतना कह देने से संजय सिन्हा कैसे मान लेते कि सचमुच धरती घूमती है? और धरती घूमती है तो फिर जब वो नीचे की ओर होती है, तब संजय सिन्हा गिर क्यों नहीं पड़ते? और तो और, जरूरत क्या है बेवजह गोल-गोल घूमने की?

माँ का साथ छोड़कर स्कूल जाने का मेरा मन नहीं करता था। पता नहीं आज के जमाने में ये कितना संभव है, पर तब मेरी जिद और माँ के दुलार का नतीजा था कि मैं पहली, दूसरी, तीसरी कक्षा तक स्कूल गया ही नहीं। चौथी कक्षा में घर पर पंडित जी को बुलाया गया, उन्होंने मुझसे चॉक छुआ कर पूजा कराई। सफेद रंग का चॉक, जिससे स्लेट पर लिखा करते थे।

जिस दिन पूजा हुई थी, उस दिन मुझे बताया गया था कि अब मुझे स्कूल जाना होगा। मैंने विद्रोह कर दिया था कि स्कूल नहीं जाऊँगा।

पिताजी ने कहा था कि स्कूल में मास्टर साहब रोज नई-नई कहानियाँ सुनाएँगे।

"पर मुझे तो माँ रोज नई कहानियाँ सुनाती हैं।"

"दीदी भी तुम्हारे साथ ही स्कूल जाएगी। तुम तो उसी के साथ क्लास में बैठोगे।"

मेरा मन तब भी नहीं माना था। मेरे पास अपने सवाल थे और अपने ही जवाब थे। हर बच्चे को स्कूल क्यों जाना चाहिए? हर बच्चे को पढ़ाई ही क्यों करनी चाहिए?

माँ को छोड़कर मास्टर के पास जाने में क्या मजा है? रही बात कि स्कूल में मास्टर कहानियाँ सुनाते हैं, तो माँ से अच्छी तो नहीं सुना सकते।

मुझे तरह-तरह के प्रलोभन दिए गए थे। आखिर में दीदी के साथ ही स्कूल जाऊँगा, उसी की बगल में बैठूँगा, इस वादे के साथ मैं पहली बार स्कूल गया था। उसी स्कूल

में जहाँ भरत मास्टर जी कहानियाँ सुनाने लगे थे कि धरती घूमती है। सूरज के चक्कर लगाती है।

जिस दिन भरत मास्टर साहब ने पहली बार ये वाली कहानी सुनाई थी, मैं स्कूल से आकर बस्ता टेबल के नीचे छुपा आया था।

"माँ, मैं स्कूल नहीं जाऊँगा।"

"क्या हुआ, मेरे लाल?"

"मास्टर जी अच्छी कहानी नहीं सुनाते। आप अच्छी कहानी सुनाती हो। भरत मास्टर जी ने राजा-रानी की एक भी कहानी नहीं सुनाई। वो तो उल्टी ही बात बता रहे थे। कह रहे थे की धरती सूरज के आगे-पीछे गोल-गोल घूमती है। उसी से रात और दिन होता है। आप ही बताइए भला धरती को सूरज के चक्कर लगाने की ज़रूरत ही क्या है?"

माँ समझाने लगी। "बेटा, ये संसार सामंजस्य से चल रहा है। धरती सूरज के चक्कर लगाती है। चंद्रमा धरती के। सूरज गोल है। धरती गोल है। चंद्रमा भी गोल है। आसमान में ऐसे हजारों सूरज हैं, धरती हैं, चंद्रमा हैं। सब एक-दूसरे से जुड़े हुए हैं। सब एक दूसरे का खयाल रखते हैं। सबको पता है कि हमें एक दूसरे के साथ संतुलन बनाकर चलना है। जैसे पिताजी ऑफिस जाते हैं। बाहर का पूरा काम करते हैं। मैं खाना बनाती हूँ, घर का ख्याल रखती हूँ। दीदी और तुम स्कूल जाते हो। मास्टर जी वहाँ पढ़ाने आते हैं। वैसे ही ये ब्रह्मांड चल रहा है। तुम रोज़ स्कूल जाओ। वहाँ जाने से तुम्हें रोज नई-नई बातें पता चलेंगी।"

पर माँ धरती घूमती है, तो जब वो नीचे जाती है तो हम गिर क्यों नहीं जाते।"

"धरती में चुंबक का है बेटा है, रिश्तों के संतुलन का चुंबक, इसीलिए। उसी से सब कुछ संतुलित होता है। ये संसार संतुलन पर ही चलता है।"

संजय सिन्हा की जिंदगी में संतुलन का ये पहला अध्याय था।

सूरज-धरती-चंद्रमा सबने एक-दूसरे के साथ संतुलन बना रखा है, इसीलिए ये संसार चल रहा है। वो तो बहुत बाद में माँ ने ये भी समझाया था कि सूरज और धरती के बीच संतुलन का आलम ये है कि दोनों के बीच की दूरी अगर एक इंच भी कम हो जाए तो धरती का अस्तित्व ही मिट जाएगा। और अगर ये दूरी एक इंच बढ़ जाए तो धरती झुलस जाएगी। धरती और सूरज का ये रिश्ता एक सुंदर नजदीकी और शानदार दूरी की वजह से निभता चला जा रहा है। यही है संतुलन। जिसने जिंदगी में संतुलन का पाठ पढ़ लिया, वो जिंदगी के सफर को सूरज और धरती की तरह एक दूसरे से निभाते हुए चला जाता है।

कल जबलपुर में था। एक हजार बार जबलपुर जा चुका हूँ। कल पहली बार अपने परिजन राजीव चतुर्वेदी ने मुझसे कहा कि संजयजी चलिए आपको एक कमाल की जगह ले चलता हूँ।

जहाँ वो ले गए, वहाँ एक चट्टान पर दूसरा चट्टान पड़ा था। दो बड़े-बड़े गोल-गोल चट्टान। एक दूसरे का दामन थामे हुए चट्टान। ऐसा लग रहा था एक अब गिरा कि तब गिरा। पर राजीव जी ने बताया कि ये बैलेंसिंग रॉक हैं। दोनों न जाने कब से एक-दूसरे के साथ बैलेंस बना कर जी रहे हैं। बैलेंस भी ऐसा कि जब कुछ साल पहले यहाँ बहुत बड़ा भूकंप आया था, और बहुत सी इमारतें गिर गई थीं, तब भी ये दोनों अडिग रहे।

मैं हैरान होकर चट्टान पर चट्टान देख रहा था।

पत्नी मेरे साथ थी। खुश होकर मैंने बाँहें फैलाईं, ये बताने के लिए कि देखो, रिश्ते भी इसी तरह संतुलन बिठाकर चलने निभते हैं। पत्नी ने मुझे टाइटेनिक वाली मुद्रा में देखा और खिलखिला पड़ी। राजीव जी के कैमरे ने ठीक उसी वक्त रिश्तों के बैलेंस को कैमरे में क्लिक कर लिया।

असल में जिंदगी नाम ही है संतुलन बिठा कर चलने का।

जिस तरह सूरज, धरती, चंद्रमा और बहुत सारे ग्रह आपस में बैलेंस बनाकर एक-दूसरे का साथ निभा रहे हैं, जिस तरह ये पत्थर बैलेंस बनाकर एक दूसरे का दामन थामे हुए हैं, उसी तरह जो रिश्तों के बीच बैलेंस बनाना सीख लेते हैं, वो जिंदगी को जीते चले जाते हैं। फिर तो बड़े से बड़ा भूकंप उनका कुछ नहीं बिगाड़ पाता।

आप भी अपने रिश्तों के चुंबक को बनाए रखिएगा।

□

भरना नीयत का

मैरून रंग का वो सोफा मुझे बहुत पसंद था। पिताजी ने उसे कानपुर से मँगवाया था। उसके मुलायम गद्दे पर मैं खूब उछलता। कभी-कभी मैं उसी पर सो भी जाता था। सोफा घर आए एक महीना भी नहीं बीता था कि दीदी की शादी तय हो गई।

शादी की झमाझम तैयारी शुरू हो गई थी। पिताजी ने प्रोविडेंट फंड और बैंक से सारे पैसे निकलवा लिए थे।

खूब धूम-धाम से शादी हुई थी।

शादी में पिताजी ने दीदी के ससुराल खूब सारा सामान भिजवाया था। मुझे तो याद भी नहीं कि क्या-क्या गया था।

मैंने माँ से पूछा था कि दीदी की जहाँ शादी हुई है, क्या उनके घर में सामान नहीं हैं? माँ ने हँसते हुए संजू बेटे की ओर देखा था और कहा था, "वहाँ सब कुछ है बेटा, पर बेटियों की शादी में ये सब देना पड़ता है।"

मुझे खुशी हो रही थी कि दीदी नए पलंग पर सोएगी। दीदी नई कुर्सी पर बैठेगी।

शादी हो चुकी थी। पर शादी के कुछ ही दिनों बाद मैं जब स्कूल से घर लौटा तो मैंने देखा कि घर के बाहर एक ट्रक खड़ा है। पिताजी उस पर मैरून रंग का सोफा रखवा रहे थे।

मैं दौड़कर कमरे में गया।

मैंने पिताजी से पूछा कि सोफा चला जाएगा, फिर मैं कहाँ बैठूँगा? पिताजी ने कहा, अगले महीने नया सोफा मँगा लूँगा।

सोफा दीदी के घर चला गया था। अगले महीने हमारे घर नया सोफा नहीं आया था। हमने लोहे की कुर्सियों को कमरे में रख लिया था, पर मेरा मन उन पर बैठने का बिल्कुल नहीं करता था।

शादी को छह महीने बीत चुके थे। दीदी जब शादी के बाद पहली बार माँ से मिलने आई थी, तब बहुत रो रही थी। माँ उसे बहुत देर तक कुछ-कुछ समझा रही थी। माँ कह रही थी, "क्या करोगी, कुछ लोगों की नीयत कभी नहीं भरती। पर समय से सब ठीक हो जाएगा।"

मुझे पूरी बात समझ में नहीं आई थी, लेकिन माँ बार-बार नीयत की बातें समझा रही थी।

शादी के कुछ महीनों के बाद दीदी का सबसे छोटा देवर जीजाजी के साथ हमारे घर आया था। उसकी उम्र भी मेरे बराबर ही रही होगी। पर जब वो हमारे घर आया तो ऐसा लग रहा था जैसे कोई ख़ास बच्चा घर आया हो। माँ सुबह-सुबह दीदी के देवर को गिलास में दूध देती। उसकी पसंद का खाना बनता। पिताजी उसे खूब घुमाते। जिस दिन उसे जाना था, उसके लिए ढेर सारे कपड़े खरीद कर लाए गए।

संजू के मन में पहली बार ये ख्याल आया था कि वो कब देवर बनेगा?

खैर, जिस दिन जीजाजी को लौटना था, दीदी का देवर अड़ गया था कि उसे संजू वाला कैरमबोर्ड चाहिए।

मेरा कैरमबोर्ड? वो तो मुझे जान से अधिक प्यारा था। मैं रोज शाम को अपने दोस्त के साथ कैरम खेलता था। उसे दीदी के देवर को क्यो दे दूँ?

पर पिताजी ने समझाया कि संजू बेटा, तुम इसे दे दो।

"मैं नहीं दूँगा। ये मेरा है।"

"मैं तुम्हारे लिए नया ला दूँगा।"

"आपने कहा था कि नया सोफा लाएँगे। कहाँ आया?"

पिताजी चुप हो गए थे। पर मेरा कैरमबोर्ड दीदी के देवर को दे दिया गया था। तब से चालीस साल बीत गए, मैंने कैरम नहीं खेला।

कैरमबोर्ड चला गया था। मुझे अफसोस हुआ कि मैंने दीदी के देवर को अपना कैरमबोर्ड दिखलाया ही क्यों था।

मैं कई दिनों तक उदास रहा।

फिर मैंने माँ से पूछा था कि जीजाजी ने अपने छोटे भाई के लिए नया कैरमबोर्ड क्यों नहीं खरीद दिया। मेरा सोफा भी ले गए, मेरा कैरमबोर्ड भी ले गए।

माँ ने पहली बार मुझसे कहा था कुछ लोगों की नीयत कभी नहीं भरती, बेटा।

आदमी का पेट भरे न भरे, नीयत ज़रूर भरनी चाहिए। इतना कहते हुए माँ ने अपने आँसू पोंछे और मुझे अपने आँचल में लपेट लिया।

बहुत साल बीत गए।

अब मुझे न सोफे से प्यार है, न कैरमबोर्ड से।

वैसे तो ये वाला विज्ञापन मैं टी.वी. पर बहुत दिनों से देख रहा था, पर कल हैदराबाद के एक मॉल में खाना खाने जाते हुए संजय सिन्हा की निगाह जब इस पर पड़ी तो वो रुक गए। लिखा था, "पेट भरेगा, नीयत नहीं।"

मैंने पत्नी से कहा कि ये कंपनी वाले कितनी गलत शिक्षा देते हैं।

कह रहे हैं कि पेट भर जाएगा, नीयत नहीं। लिखना ये चाहिए था कि नीयत भर जाएगी, पेट भले न भरे।

नीयत का भरना पेट भरने से अधिक जरूरी होता है। इस संसार में जिसकी नीयत नहीं भरती, उसके पास चाहे सब कुछ हो, वो संजुओं के सामान पर नजरें गड़ाए ही रहते हैं।

जिनकी नीयत नहीं भरती, उनके घर में किसी की दीदी खुश नहीं रह सकती।

सही मायने में नीयत का भर जाना ही आदमी का आजाद हो जाना है।

□

जहाँ रिश्ते, वहीं ज़िंदगी

ऐसा नहीं है कि सिर्फ दिल्ली में ही कहानियाँ संजय सिन्हा का पीछा करती हैं।

कल शाम हैदराबाद के इनऑर्बिट मॉल के फूड कोर्ट में बैठा था।

मेरे ठीक बगल की कुर्सी पर एक महिला अपने दो बच्चों के साथ आकर बैठ गई।

दोनों बच्चे बहुत प्यारे थे। लड़का पाँच साल का रहा होगा, तो लड़की चार की। साल भर के अंतर वाले दोनों बच्चे मेरे बगल की कुर्सी पर बैठे थे और कुछ खाने के ऑर्डर का इंतजार कर रहे थे।

माँ शापिंग से थक चुकी थी और थोड़ा आराम कर रही थी।

लड़का माँ से जिद कर रहा था कि मेरी दूरबीन दे दो। माँ समझा रही थी कि घर जा कर खेलना। पर बेटा नहीं माना।

कुछ ही देर में बेटे के हाथ में दूरबीन थी। वैसी ही दूरबीन जैसी बचपन में मेरी माँ मुझे खरीद कर दिया करती थी। नारंगी रंग की दूरबीन।

लड़के ने दूरबीन को पैकेट से बाहर निकाला और गले में लटका लिया।

लड़के ने जैसे ही पट्टे को गले में लगाया, लड़की ने दूरबीन को पकड़ लिया। "मुझे दो, मुझे दो, मैं भी खेलूँगी।"

लड़के ने उसे डाँटा, "नहीं, ये मेरा है। मैं खेलूँगा।"

अब भाई-बहन में तनातनी हुई। बहन ने दूरबीन को जोर से खींचा तो वो दूरबीन उसके हाथ में आ गई, पट्टा टूट गया।

संजय सिन्हा को लगा कि अब दोनों बच्चे आपस में झगड़ पड़ेंगे और रोना-धोना शुरू होगा। लड़के ने जब देखा कि उसका नया खिलौना टूट गया है, तो वो बहुत मायूस हुआ। उसका मुँह लटक गया। भाई के उदास चेहरे को देख कर बहन ने रोनी सूरत बना ली थी।

संजय सिन्हा चुपचाप देख रहे थे।

छोटा सा बच्चा, जो बहन से बड़ा था, वो अब क्या करेगा?

उसने कितनी जिद की होगी तो उसे ये खिलौना मिला होगा। उसके सपनों का खिलौना खेलने से पहले ही टूट गया था।

बहन अपराध बोध से भरी थी। भाई दूरबीन को हाथ में लेकर पट्टे से जोड़ने की कोशिश कर रहा था। लेकिन उसका उदास चेहरा ये बयाँ कर रहा था कि अब कुछ नहीं हो सकता। जो टूटना था, वो टूट चुका था।

बहन ने कुछ कहा नहीं, बस रोनी सी सूरत नजर आ रही थी। भाई की ओर से अभी प्रतिक्रिया आनी थी। संजय सिन्हा की कहानी तैयार थी कि भाई अभी बहन पर बरसेगा। फिर माँ बीच-बचाव करेगी।

मिनट भर के बाद ही भाई ने बहन को देख कर कहा, "मैं इसे घर जाकर ठीक कर लूँगा। तुम उदास मत हो।"

मेरी कहानी कई साल पीछे चली गई थी।

मैं जिद करता था, बहन मुझे अपने हिस्से का खिलौना दे दिया करती थी। मैं जिद करता था, तो बहन अपने हिस्से की चॉकलेट मुझे दे दिया करती थी। मैंने अब तक जितनी कहानियाँ लिखीं हैं, उसमें यही लिखा है कि बहन के भीतर एक माँ का दिल बसता है। बहनें माँ होती हैं।

पर हैदराबाद के इस मॉल में मैंने देखा कि एक भाई के भीतर भी पिता का दिल बसता है। बड़ा भाई पिता होता है।

रिश्तों का पाठ किसी विद्यालय में नहीं पढ़ाया जाता। ये तो घर में संस्कारों के पाठ्यक्रम में समाहित होता है। सच ये है कि जहां रिश्ते हैं, वहीं ज़िंदगी है।

□

बिट्टू का कमरा

मेरे एक परिचित ने मुझे अपना नया फ्लैट देखने के लिए बुलाया था। ड्राइंग रूम, डाइनिंग रूम, सर्वेंट रूम और तीन बेड रूम। हम मध्यम वर्ग के लोगों के सपने तीन कमरों में ही समा जाते हैं। उससे अधिक का ख्वाब तो हम कभी देखते ही नहीं। पर मैं जिस परिचित के घर गया था, उनके फ्लैट में तो डाइनिंग रूम भी था और सर्वेंट रूम भी।

थोड़ा बड़ा सपना, थोड़ा बड़ा फ्लैट।

परिचित ने मुझे पूरा फ्लैट घुमाया। डेढ़ हज़ार स्क्वायर फीट में बना फ्लैट इतना बड़ा भी नहीं होता कि आदमी घूमते-घूमते थक जाए। पर मैं पता नहीं क्यों थक गया था। शायद मैं पहले कमरे को देखते ही थक गया था, जब मेरे परिचित ने बंद कमरे का दरवाजा खोलते हुए मुझसे कहा था कि संजय जी, ये देखिए ये कमरा बिट्टू का है।

"बिट्टू का कमरा? पर बिट्टू तो अमेरिका में रहता है न?"

परिचित ने मेरी ओर हैरान निगाहों से देखा। "हाँ, हाँ, संजय जी, वो अमेरिका में रहता है। वो शादी के बाद पत्नी को भी अमेरिका ले गया है। वहाँ बहुत बड़ी कंपनी में कंप्यूटर इंजीनियर है।"

"पर अब तो वो वहीं रहेगा न? उसने तो ग्रीन कार्ड वगैरह सब ले लिया है। फिर ये कमरा... ?"

मेरे परिचित मेरे सवाल पर पल भर के लिए चुप से हो गए थे। फिर उन्होंने कहा, अरे भाई, जब कभी वो यहाँ आएगा, तब इस कमरे में रहेगा। ये देखिए, उसकी राइटिंग टेबल, उसका पलंग और ये सोनी का टीवी। सब कुछ सेट है। जब आएगा, तब रहेगा।

मेरे परिचित बोल रहे थे। पीछे-पीछे उनकी पत्नी भी कमरे में आ गई थीं। उन्होंने भी चहकते हुए कहा, संजय भैया, बिट्टू की एक-एक चीज हमने सँभाल कर रखी है। कमरा बेशक बंद रहता है, पर साफ-सफाई रोज होती है। हमने तय कर लिया है कि

कोई मेहमान आए, हम उसे बिट्टू का कमरा नहीं देंगे, भले ड्राइंगरूम में सुला देंगे। ये बिट्टू का कमरा है, वही रहेगा।

मैं किसी याद में खो गया था।

बिट्टू मेरे परिचित का इकलौता बेटा है। पढ़ाई पूरी करके वो अमेरिका चला गया है। उसकी शादी दिल्ली में हुई थी और वो तब दस दिनों की छुट्टी लेकर आया था। और शादी के बाद पत्नी समेत अमेरिका लौट गया।

खैर, इसमें ऐसी कोई बात नहीं कि मैं आपको कहानी सुनाऊँ।

पर जिसमें खास बात है, वो याद करके मैं पता नहीं क्यों एकदम वहीं बैठ गया। सच कहूँ तो थक गया।

मेरे परिचित ने टोका भी कि क्या हुआ संजय जी, आप इतना थक क्यों गए?

मैंने कुछ नहीं कहा।

मेरा मन कई साल पीछे चला गया था। मेरे परिचित के पिता ने भी जब अपना एक मकान बनवाया था, उन्होंने अपने बेटे के लिए भी एक कमरा खास तौर पर रखा था। पर जब तक मकान बना, बेटे की शादी हो गई।

बेटा वहाँ कुछ ही दिन रहा, फिर उसकी पोस्टिंग दूसरे शहर में हो गई।

अपनी नौकरी से जब वो वापस दिल्ली लौटा तो उसका बेटा हो चुका था और अब पिता के बनाए घर और उसके एक कमरे में उसका गुजारा नहीं हो सकता था। जाहिर है उसने अपने लिए दूसरा फ्लैट ले लिया।

उसके पिता देखते रहे, माँ सुबकती रही। बेटा अपनी पत्नी के साथ अलग मकान में शिफ्ट हो गया।

एक क्षण में मेरी आँखों के आगे पिता का वो चेहरा घूम उठा, जब बेटा अपनी पत्नी के साथ घर से जा रहा था। तब मैं दिल्ली नया-नया आया था। तब मैं सोच भी नहीं सकता था कि एक ही शहर में रहते हुए बाप और बेटा दो अलग-अलग मकानों में रह सकते हैं। पर ऐसा हुआ था। मेरी आँखों के सामने हुआ था।

मेरे परिचित ने अपने पिता का घर छोड़ दिया था। उन्हें प्राइवेसी चाहिए थी। बहू को सास-ससुर का साथ नहीं चाहिए था।

काफी दिनो के बाद मैं अपने परिचित के पिता के घर गया था। वो बहुत बूढ़े लग रहे थे। उन्होंने भी एक कमरे को खोलते हुए कहा था कि बेटा-बहू का कमरा है। कभी आएँगे तो इसी में रहेंगे।

पर बेटा-बहू कभी पिता के घर रात में रुके ही नहीं। कमरा बंद रह गया।

आज मेरे परिचित अपने बेटे का कमरा मुझे दिखा रहे थे। कुल पच्चीस साल बाद वही सीन मेरी आँखों के सामने दोबारा चला आया था। पात्र बदल गए थे, कहानी वही थी।

मेरे परिचित कह रहे थे कि बिट्टू आएगा तो इसमें रहेगा।

संजय सिन्हा जानते हैं कि बिट्टू नहीं आएगा। वो आएगा भी तो शायद होटल में रुक जाए। पर परिचित की आँखों में उम्मीद की जो लौ जल रह थी, उसे देख कर वो हैरान हो रहे थे। उसे ही देख कर वो खुद को थका बैठे थे।

बेटा बाप के घर नहीं गया। बाप अपने बेटे का इंतजार कर रहा है। संजय सिन्हा को लगता है कि

कितना विरोधाभास है न हमारे अपने व्यवहार में।

□

पिता और पुत्र

क्या आप अपने बच्चों से बहुत प्यार करते हैं? इतना प्यार कि सब-कुछ उनके नाम न्योछावर करना चाहते हैं?

अगर आपका जवाब हाँ में है तो आज मुझे आपको सतर्क करना है। चौकन्ना करना है। जागरूक करना है। हालाँकि मेरा बिल्कुल मन नहीं है कि आज मैं ये कहानी आपको सुनाऊँ। इस कहानी को सुनाते हुए मेरी आँखों के आगे बार-बार मेरे पिताजी का चेहरा घूम रहा है।

मेरी नौकरी लग चुकी थी और साल भर बाद ही मेरी शादी भी हो गई थी।

मैं दिल्ली में था और पिताजी पटना में। पिताजी की नौकरी में अभी कुछ साल बाकी थे। पिताजी आराम से पटना में थे लेकिन थे अकेले। एक दिन मेरी पत्नी ने मुझसे कहा, "पिताजी अकेले पटना में रहते हैं, अच्छा नहीं लगता। संजय, तुम पिताजी से बात करो और उन्हें दिल्ली बुला लो। हम बाबूजी के साथ रहेंगे तो हमें भी बहुत अच्छा लगेगा और उनका भी मन बहल जाएगा।"

मैं फौरन पटना चला गया। मैंने पिताजी से बात की और वो मेरी बात मान भी गए। उन्होंने प्रीमैच्योर रिटायरमेंट के लिए आवेदन दे दिया और समय से पहले रिटायर होकर दिल्ली चले आए।

पिताजी का मन हमारे साथ लग गया था। मेरी पत्नी से उनकी दोस्ती हो गई थी। वो हमारे साथ शतरंज खेलते, हमारे लिए कभी-कभी रसोई में भी अपने हाथ आजमाते, हमारे साथ सिनेमा देखते। उन्हीं दिनों हमारा बेटा हुआ और फिर तो पिताजी को एक नया साथी मिल गया।

मेरी शादी के दो साल बाद ही छोटे भाई को एक लड़की से प्रेम हुआ और उसने भी चट मंगनी-पट ब्याह करने का ऐलान कर दिया। हालाँकि तब वो दिल्ली विश्वविद्यालय से गणित में ऑनर्स कर रहा था और प्रेम की उसकी कोई उम्र नहीं थी। पर प्यार कब

किसे उम्र देख कर हुआ है?

भाई ने नौकरी के लिए आवेदन दिया और उसे तुरंत ही दवा की कंपनी ल्यूपिन में नौकरी मिल गई। नौकरी मिल गई तो शादी का उसका दावा एकदम पुख्ता हो गया। छोटे भाई की शादी हो गई तो पिताजी को उसके घर जाकर रहने का बहाना भी मिल गया। और एक ऐसा भी समय आया जब मैं कहता कि पिताजी मेरे साथ रहेंगे, वो कहता पिताजी मेरे साथ रहेंगे।

पर एक दिन पिताजी हम दोनों भाइयों को छोड़कर संसार से चले गए। कह नहीं सकता कि आज भी उनकी कमी मुझे ही नहीं मेरी पत्नी को भी कितनी खलती है।

खैर, आज मैं एक ऐसे बेटे के पिता की कहानी आपको सुनाने जा रहा हूँ, जिसके बारे में हम बचपन से पढ़ते और सुनते आए हैं। जिनके बनाए कपड़े खरीद कर पहनना आज भी शान की बात हुआ करती है।

अभी आपको नाम बताऊँगा तो आप तुरंत पहचान जाएँगे कि मैं किसकी कहानी सुनाने जा रहा हूँ। मैं यूँ ही कंप्यूटर पर खबरों को पढ़ रहा था कि मेरी निगाह इस खबर पर गई कि रेमंड कंपनी के मालिक विजयपत सिंहानिया के बेटे गौतम सिंहानिया ने अपने पिता को उनकी पूरी संपति से बेदखल कर दिया है।

देश में कभी जिनके 'जेके हाऊस' की चर्चा होती थी, उस जेके हाऊस के मालिक को आज दक्षिण मुंबई के एक फ्लैट में किराए पर रहना पड़ रहा है। खबरों के मुताबिक रेमंड कंपनी के मालिक ने अपनी पूरी संपत्ति कभी प्यार में अपने बेटे गौतम के नाम कर दी थी।

मुझे सच नहीं पता। मेरी इस बारे में किसी से बात भी नहीं हुई। ठीक से कहूँ तो मुझे यकीन ही नहीं हो रहा कि सचमुच गौतम सिंहानिया ने अपने पिता के साथ ऐसा किया होगा कि विजयपत सिंहानिया एक घर के लिए कोर्ट का दरवाजा खटखटा रहे हैं । पर नेट पर मैंने न सिर्फ पढ़ा, बल्कि विजयपत सिंहानिया की तस्वीर भी देखी जिसमें वो सड़क पर पैदल चले जा रहे हैं।

मैं ऐसे कई बेटों को जानता हूँ जिन्होंने अपनी कमाई में से तो बाप को एक चवन्नी नहीं ही दी, उल्टे बाप की संपत्ति भी हड़प ली। मैं ऐसी संतानों को लानत भेजता हूँ।

मुझे नहीं पता कि किन परिस्थितियों में बाप को बेटे ने अकेला छोड़ दिया है। किन परिस्थितियों में बेटे ने बाप को अदालत जाने पर मजबूर कर दिया है।

आज ये मामला खबर में इसलिए है क्योंकि बाप ने बेटे के खिलाफ अदालत में गुहार लगाई है कि 36 मंजिला उनके 'जेके हाऊस' में एक मकान उन्हें मिलना चाहिए।

पर अगर ये सच है तो मैं संसार के हर पिता से ये अनुरोध करना चाहता हूँ कि आप जितने अमीर हों, अपने बुढ़ापे के लिए कुछ न कुछ अपने पास बचा कर रखें।

कभी हज़ार करोड़ से अधिक के शेयर अपने बेटे के नाम कर देने वाले बाप के पास आज अपनी एक गाड़ी नहीं है। घर नहीं है।

मैं जानता हूँ कि आज इस कहानी को पढ़कर आपका भी दिल मेरी तरह रो रहा होगा।

क्यों होते हैं कुछ बेटे ऐसे? कहीं गलती माँ-बाप की ही तो नहीं?

□

दादी की मिस्ड कॉल

खाना खाते-खाते पिताजी को अचानक हिचकी आने लगी थी। हिच-हिच-हिच।

घबराकर माँ फौरन रसोई की ओर दौड़ी, पानी लाने। पर दादी जरा भी नहीं घबराई थीं। उन्होंने पिताजी की पीठ थपथपाई और कहने लगी कि कोई तुम्हें याद कर रहा है।

पिताजी की हिचकी रुक चुकी थी।

दादी के हिसाब से हिचकी आने का मतलब था किसी का याद करना। पिताजी को हिचकी आई, माँ पानी के लिए दौड़ी, दादी ने पीठ सहला कर कह दिया कि कोई याद कर रहा है। गजब की समझ थी। मैं बिना कुछ कहे सब देख रहा था। मेरी समझ में नहीं आ रहा था कि हिच-हिच-हिच का संबंध किसी के याद करने से कैसे हो सकता है।

दोपहर में खाना खाते हुए पिताजी को हिचकी आई थी। शाम होते-होते पता नहीं कैसे बुआ घर चली आई। न कोई चिट्ठी, न कोई तार। बस बुआ पिताजी से मिलने चली आई थीं।

बुआ के आते ही पूरे घर में रौनक छा गई थी।

बुआ ने घर आते ही कहा था कि सुबह से गौरी की याद आ रही थी।

हमारे घर के बाहर पिताजी के नाम की जो नेम प्लेट लगी थी, उस पर पिताजी का नाम सुशील कुमार लिखा था, लेकिन बुआ उन्हें गौरी बुलाती थीं।

मुझे तब नहीं पता था, लेकिन अब लगता है कि पिताजी का नाम गौरी वैसे ही रहा होगा, जैसे संजय सिन्हा का संजू।

खैर, उस शाम बुआ ने मुझे ढेर सारी कहानियाँ सुनाई थीं। पेड़ पर बैठे कौवे की कहानी। बेगिया-बेगिया बोलने वाले मैना की कहानी।

बुआ का घर आना मतलब पूरे घर का खिल उठना। माँ बुआ को देखते ही चहक

उठती थी। अहा! दीदी आ गई।

दादी की तो खुशी का ठिकाना नहीं रहता। और पिताजी! वो तो बुआ के सामने छोटे से संजू बन जाते।

बुआ पिताजी के सिर में सरसों का तेल लगातीं। उन्हें ईख का रस पिलातीं। बेसन के लड्डू खिलातीं।

भाई-बहन में इतना प्यार था, शायद इसीलिए बुआ अपने आने का संदेश अपने आने से पहले पिताजी की हिचकी में समाकर भेज दिया करती थीं।

बात सिर्फ हिचकी की नहीं थी।

अगर घर के सामने मैना ने बेगिया-बेगिया की रट लगाई, तो दादी को पता चल जाता था कि आज किसी की चिट्ठी आएगी। इसी तरह अगर सामने वाले पेड़ पर कौवे ने दो-चार बार काँव-काँव कर दिया तो दादी समझ जाती थीं कि आज कोई मेहमान आने वाला है।

ये दादी का संसार था। तब ग्राहमबेल का फोन हमारे घर नहीं लगा था, लेकिन दादी के लिए हिचकी का मतलब, याद करने वाले की मिस्ड कॉल।

इसी तरह चिट्ठी या तार लेकर डाकिया आता, उससे पहले कोई मैना घर के सामने आकर दादी को बता दिया करती थी कि आज कोई संदेश आने वाला है। दादी ने काले कौवे को पोसा भी नहीं था, लेकिन वो भी मेहमान के आने की सूचना बहुत पहले दे दिया करता था।

दादी का संचार तंत्र अनुभव के एक्सचेंज से संचालित होता था। दादी जब थीं, मोबाइल फोन का अविष्कार भी नहीं हुआ था। पर दादी को तब भी मिस्ड कॉल की भाषा पता थी।

जो सुनेगा, वही हैरान होगा, पर सच यही है कि दादी के अनुभव के एक्सचेंज से आया संदेश कभी गलत नहीं साबित हुआ। बात सिर्फ मैना, कौवा और हिचकी की नहीं। दादी ने बादलों की ओर देखकर अगर कह दिया कि आज बारिश होगी, तो कुछ ही घंटों में बादल पता नहीं कहाँ से उमड़-घुमड़कर घर के आँगन में बरस जाते थे।

दादी ने कह दिया कि आज चिट्ठी आएगी तो डाकिया एक चिट्ठी घर के भीतर फेंक ही जाता। और तो और, दादी की आँखें भी फड़ककर ढेर सारे संदेश पहुँचा जाया करती थीं।

अब आप ये मत सोचिएगा कि मैं आज दादी की कहानी सुनाने बैठ गया हूँ। आज तो

मैं बस इतना बताना चाहता हूँ कि उस दिन दादी ने पिताजी की पीठ पर थपथपाते हुए कहा था कि कोई याद कर रहा है, तो शाम को बुआ ने आकर दादी के कहे को सच साबित कर दिया था। दादी के मुताबिक जिस वक्त बुआ ने पिताजी को याद किया होगा, उसी वक्त पिताजी को हिचकी आई होगी। याद और हिचकी मतलब रिश्ते का मिस्ड कॉल।

जब दादी थीं, तब घर के आँगन में कौए भी थे, मैना भी थी।

पर दिल्ली में कहाँ मैना और कहाँ कौवा? अब तो यहाँ संचार के नए साधन आ गए हैं। कौवा और मैना को कौन पूछता है। आँखों के फड़कने की भाषा भी हमने नहीं सीखी। पर हिचकी है जो अभी भी कभी-कभी आ जाती है।

कल हिचकी आई तो मैंने पत्नी से कहा कि कोई मुझे याद कर रहा है। पत्नी हँसने लगी, "हिचकी का मतलब किसी का याद करना कैसे हुआ?"

"ये तो मुझे नहीं पता, लेकिन दादी कहती थीं। दादी के अनुभव के विद्यालय में एक हिचकी से कई संदेश निकलते थे। उन्हीं में से एक था याद करना।"

"हिचकी न हुई, दादी के रिश्तों की मिस्ड कॉल हो गई।"

"हाँ, यही समझ लो। पर कुछ तो कनेक्शन है ही हिचकी और याद करने में।"

"कुछ नहीं है, मेरे भोले संजय। खाने की पाइप में हवा चली जाती है तो हिचकी आने लगती है।"

मैं चुप था। दादी का टेलीफोन एक्सचेंज इतना आधुनिक था कि मुझे रत्ती भर संदेह नहीं था अपनी हिचकी और किसी की याद पर। मेरी पत्नी दादी के साथ थोड़े न रही है, जो उसे हिचकी का मतलब पता हो।

खाना खाकर मैं कमरे में ही थोड़ा टहल रहा था कि पत्नी को मेरी बहन का फोन आ गया। "भाभी, भैया कैसा है? उसका फोन नहीं लग रहा। कल सुबह आऊँगी राखी बाँधने।"

पत्नी मेरे पास आई और कहने लगी, "तुम्हारा फोन बंद है क्या?"

मैंने फोन चेक किया। मैं फोन को चार्ज करना भूल गया था। बहन ने उधर से कॉल किया होगा, फोन नहीं मिला तो उसने हिचकी के रूप में मिस्ड कॉल दे दिया था।

पत्नी मेरी ओर देख रही थी। मैं दादी के टेलीफोन एक्सचेंज की तकनीक को मन ही मन प्रणाम कर रहा था

□

संगत का ध्यान

कल बहुत वर्षों के बाद मेरे एक परिचित ने मुझे फोन किया और पूछा कि संजय जी, आपके यहाँ कोई नौकरी मिल सकती है?

मेरे पास बहुत से लोगों के फोन आते रहते हैं नौकरी के लिए। मैं जिनकी जहाँ और जितनी मदद कर सकता हूँ, यथासंभव करने की कोशिश भी करता हूँ। पर मेरे उस परिचित का फोन आना मेरे लिए हैरानी का विषय था।

मुझे याद है, कई साल पहले हम साथ ही काम करते थे। हम दोनों के विभाग अलग-अलग थे इसलिए मेरा रोज का पाला उनसे नहीं पड़ता था। पर जब कभी कहीं मिल गए तो हम अच्छे से मिलते थे।

मेरे वो परिच्चित दफ़्तर के कुछ लोगों के साथ रोज शाम को यूँ ही कहीं भी बैठकर दारू पार्टी किया करते थे। मुझे नहीं पता कि पत्रकारों को दारू पीने की बीमारी कब, क्यों और कैसे लगी होगी लेकिन इतना पता है कि अधिकतर पत्रकार दारू पीने को अपना जन्मसिद्ध अधिकार मानते हैं।

मैं कभी देर रात दफ़्तर से निकलता तो अपने परिचित को पास के किसी ढाबे पर या कभी कार में ही शराब पीते देखता। मैं मन ही मन सोचता कि उन्हें टोकूँ। उन्हें समझाऊँ कि आप इतने सीनियर पद पर हैं इस तरह आपका कहीं भी सबहके साथ उठना-बैठना ठीक नहीं है। पर मैं कह नहीं पाया। मुझे हमेशा लगा कि कहीं वो मेरी बात को अन्यथा न ले लें।

उन्ही दिनों मुझे लंबे समय के लिए अमेरिका जाना पड़ गया।

जिस दिन मैं अमेरिका के लिए निकल रहा था, मेरे परिचित शाम को अचानक मेरे पास आ गए, "संजय, सुना है कि तुम अमेरिका जा रहे हो।"

"जी हाँ।"

"बहुत अच्छा। वहाँ जाकर अपना नंबर देना।"

मैंने हाँ में सिर हिलाया और चुप रहा। फिर वो मेरे गले मिले तो मुझे लगा कि उन्होंने शराब पी रखी है। मेरा उनसे इतना परिचय नहीं था कि मैं उनकी निजी जिंदगी में झाँकने की कोशिश करता। पर मैंने हिम्मत करके उनसे कहा कि भाई, आपसे एक बात कहनी है। आप बहुत अच्छे व्यक्ति हैं, आपको इस तरह किसी के साथ बैठकर सार्वजनिक रूप से...।

मेरे इतना कहते ही वो भड़क गए। "यार, ज्ञान मत दो। मैं तुमसे मिलने आया क्योंकि तुम मुझे अच्छे लगते हो।"

"भाई, मैं भी आपसे ये कह रहा हूँ, क्योंकि आप मुझे अच्छे लगते हैं। आप जिनके साथ उठते-बैठते हैं, वो भले अभी आपको राजा होने का अहसास कराते हों लेकिन एक दिन वही आपको फँसा भी देंगे।

मेरे परिचित ने मेरी ओर देखा और थोड़ा नाराज होकर चले गए।

फिर हम नहीं मिले। मैं अमेरिका चला गया। मैं अमेरिका से लौट आया। बहुत साल बीत गए। न मुझे उनकी याद आई न उनके बारे में पता करने का मन ही किया।

पर कल पता नहीं कहाँ से मेरा नंबर ढूँढकर उन्होंने मुझे फोन किया।

मैं उनसे बात करता रहा। वो बात करते हुए अचानक रोने लगे।

"संजय, काश आपकी बात उस दिन सुन लेता। मैं गलत संगत में पड़ गया था। वही हुआ जो आपने कहा था। उन लोगों ने मुझे खूब चढ़ाकर मुझे ही फँसा दिया। वहाँ से तो नौकरी आपके जाने के महीने भर बाद ही चली गई थी। फिर उसके बाद मैं ठीक से सेटल नहीं हो पाया। इधर-उधर काम कर करके किसी तरह घर चलाता रहा। शुरू में लगा कि मेरा इतना परिचय है, मेरे इतने दोस्त हैं, कुछ तो हो ही जाएगा। पर कुछ नहीं हुआ।

अब बहुत बुरे हाल में हूँ। मिलोगे तो पूरी बात बताऊँगा।"

मुझे पता नहीं कि फोन कट चुका था या वो अभी भी कुछ बोल रहे थे।

मैं माँ की गोद में दुबक कर लेटा था और माँ कहानी सुना रही थी। "एक बार कुछ लोमड़ियों की निगाह एक हाथी पर पड़ी। लोमड़ियों ने तय किया कि अगर हाथी को मार दिया जाए तो कई महीने के लिए उनके भोजन का इंतजाम हो जाएगा। लोमड़ियों ने हाथी से दोस्ती की। फिर उसे खूब चढ़ाया कि तुम तो जंगल का राजा बनने का दम रखते हो। तुम्हें जंगल का राजा बनना चाहिए। हम सब तुम्हारी प्रजा बनने को तैयार हैं।

हाथी लोमड़ियों के प्रलोभन में आ गया। उसने लोमड़ियों से पूछा कि हमें करना क्या होगा?

लोमड़ियों ने कहा कि कुछ खास नहीं बस हमारे साथ उठा-बैठा करो, घूमा करो। हाथी मान गया।

एक दिन एक लोमड़ी उसे एक दलदल वाली जगह पर ले गई। लोमड़ी तो उससे निकल गई पर हाथी फँस गया। हाथी ने लोमड़ी से कहा कि मैं तो फँस गया हूँ, अब कैसे निकलूँ? लोमड़ी हँसने लगी।

कल जब मेरे परिचित मुझसे कह रहे थे कि संजय जी, मेरे उन्हीं साथियों ने मुझे फँसा दिया तो मेरे कानों में ढेर सारी लोमड़ियों के हँसने की आवाज़ आने लगी।

हाथी मर गया।

लोमड़ियों की मौज हो गई।

माँ कहानी सुनाते हुए ये भी बताती थी कि बुरी संगत में जो होते हैं, वो एक न एक दिन फँस ही जाते हैं। जानवर हो या आदमी, अपनी संगत का ध्यान रखना चाहिए।

□

ये जीना भी क्या जीना

मेरे दफ़्तर में काम करने वाली एक लड़की कल मेरे पास आई और आते ही बिना लाग-लपेट के उसने मुझसे कहा कि संजय सर, इस हफ्ते आप मेरा साप्ताहिक अवकाश रद्द कर दीजिए।

उसने ये बात इतनी जल्दी और हड़बड़ी में कही कि मेरी समझ में नहीं आया कि वो कहना क्या चाह रही है।

पहले तो मुझे लगा कि वो छुट्टी माँगने मेरे पास आई है। आम तौर पर छुट्टी लेने के लिए किसी को मेरे पास आने की ज़रूरत नहीं पड़ती। मेरे सहयोगी प्रणव रावल ही ये तय करते हैं कि किसे कब और कितनी छुट्टी मिलेगी।

पर पिछले दिनों कुछ लोगों ने बहुत सी छुट्टियाँ ले लीं, तो एक दिन मैंने यूँ ही कह दिया कि अब कोई भी मुझसे पूछे बिना छुट्टी नहीं लेगा, तो मुझे लगा कि उसी वज़ह से ये लड़की सीधे मेरे पास छुट्टी माँगने आई है।

अब कहने को तो लड़की कह रही थी कि संजय सर, साप्ताहिक अवकाश रद्द कर दीजिए, पर मेरे कानों में आवाज़ आई कि मुझे छुट्टी चाहिए।

बॉस अगर अपने जूनियर की बात एक बार में न समझ पाए तो भी वो कभी ज़ाहिर नहीं करता कि उसे उसकी बात समझ में नहीं आई है। बॉस को हर पल ये जताना पड़ता है कि वो कितना सजग है। वो एक बार में सौ काम करने का दम रखता है।

एक ही पल में वो मेल के जवाब देता है, दिन भर के कार्यक्रम की रूपरेखा तय करता है और सबकी छुट्टियों पर भी फैसला लेता है। ऐसे में उस लड़की की बात ठीक से समझे बिना ही मैंने कह दिया कि छुट्टी के लिए तुम प्रणव से बात कर लो।

लड़की ने मेरी ओर देखा और कहने लगी, "सर, उनसे बात कर चुकी हूँ। उन्होंने ही कहा कि मैं आपसे मिलूँ। उनका कहना है कि साप्ताहिक अवकाश रद्द करने में कुछ तकनीकी समस्या है। शायद एचआर डिपार्टमेंट को लिख कर भेजना पड़ता है कि

किसी के साप्ताहिक अवकाश को क्यों रद्द करना पड़ा और इसके बदले उसे कब छुट्टी मिलेगी।

अब मेरा माथा ठनका। मुझे एकदम से उसकी कही पहली लाइन समझ में आ गई। आते ही उसने तो बिना लाग-लपेट के कहा था कि संजय सर, इस हफ्ते मेरा साप्ताहिक अवकाश रद्द कर दीजिए। मैं मन ही मन बहुत झेंपा कि बिना ठीक से समझे मैंने प्रतिक्रिया क्यों दी। पर वो बॉस ही क्या जो गलती करे! बॉस तो हमेशा सही होता है। मैंने तुरंत उसे बैठने का इशारा किया और अपनी झेंप मिटाते हुए कहा कि तुम अपनी छुट्टी रद्द क्यों करना चाहती हो? तुम्हें तो पता है कि छुट्टी रद्द करने के बाद आगे यही छुट्टी देने में कितनी मुश्किल आती है।

लड़की ने कहा कि सर, मुझे इसके बदले आगे छुट्टी नहीं चाहिए। मैं तो बस अगले हफ्ते छुट्टी के दिन भी ऑफिस आकर काम करना चाहती हूँ।

मेरे सामने बहुत ही विचित्र मामला था। कहाँ तो लोग छुट्टियों के लिए तरसते हैं, कहाँ ये छुट्टी के दिन आकर काम करना चाहती है।

अब मेरा ध्यान तकनीकी बातों से हट चुका था। मैंने उससे पूछा कि ऐसी क्या बात हो गई?

मेरे मन में अगला सवाल भी था, पर मेरे इतना कहते ही वो फूट पड़ी। कहने लगी कि सर, घर जाते ही सिर में दर्द होने लगता है। मेरे चाचा के बच्चे घर आए हुए हैं, वो सारा दिन धमाल मचाते हैं। मैं एक मिनट को भी आराम से घर में नहीं बैठ पाती। वो कभी टीवी देखते हैं, कभी मॉल घूमने की जिद करते हैं। सर, चाचा छोटे शहर से अपने भाई से मिलने आए हैं, उनके बच्चे एक मिनट भी शांत नहीं बैठते। अब उन्हें पता है कि अगले दो दिन मेरी छुट्टी है, तो वो बहुत खुश हैं कि हम छुट्टी के दिन ये खेलेंगे, वहाँ घूमने जाएँगे। पर सर, मेरा मन इन बातों में बिल्कुल नहीं लगता।

"पर वो तुम्हारे।"

"सर, हम बचपन से तो साथ रहे नहीं। मैं अकेली बेटी हूँ। मेरी आदत पड़ गई है अकेले रहने की। मुझे दिन भर की चिल्ल-पों बिल्कुल पसंद नहीं। असल में मैं अब किसी से कुछ साझा भी नहीं करना चाहती। मुझे किसी का साथ उस तरह पसंद ही नहीं है, जिस तरह ये बच्चे चाहते हैं। सोचिए न सर, अब आज के दिन भी कोई कैरमबोर्ड खेलता है क्या? वो अपने साथ लूडो, कैरमबोर्ड, साँप-सीढ़ी वाले खेल गाड़ी में रख लाए हैं। उनसे बस सारा दिन गप करा लो। सिनेमा की बातें करा लो। सर, मेरा सिर भन्ना जाता है।"

लड़की कुछ-कुछ बोल रही थी।

मैं कई साल पीछे चला गया था। मैं नाना के घर जाता, वहाँ माँ के चचेरे भाई मेरे हमउम्र थे। नाम था बाबुल। मेरे बाबुल मामा।

माँ की कई चचेरी बहनें थीं, बुल्लु मौसी, टुल्लु मौसी, गुड़िया मौसी। हम सारा दिन खेलते। हमारे पास समय कम था, बातें बहुत थीं। तब किसी का कोई कमरा नहीं होता था। जिसकी जिस कमरे में आँख लग गई, वही उसका कमरा हो गया। माँ चली गई थी, पर मौसियाँ थीं। कुछ मौसियाँ मेरी हम उम्र थीं, कुछ मुझसे छोटी भी। मिलता था तो पाँव छूकर प्रणाम करता था, पर उधम दोस्तों की तरह करते थे।

मेरी चचेरी बहन कानपुर में रहती थी। वो मुझसे कुछ साल बड़ी थी, पर जब हम मिलते, तो क्या मजा आता।

जब से दिल्ली आया हूँ, अकेला हो गया हूँ। घर में नून-तेल और ऑफिस में मेल का खेल चलता है, बस।

लड़की मुझसे कह रही थी, "कहाँ खो गए सर? लगता है आप फिर मन ही मन दफ्तर के काम में उलझ गए हैं। तो मैं उस दिन दफ्तर आ जाऊँ न, सर?"

"ठीक है। आ जाना।"

कहने को तो मैंने कह दिया। पर मन ही मन मैं बहुत उदास हो गया।

आदमी कितने भी पैसे कमा ले, क्या करेगा उनका जब आदमी को आदमी का साथ ही नहीं पसंद, जब उसे अपने रिश्तों को ही जीना नहीं आता, तो फिर कुछ भी हो जाए, क्या फायदा?

हम जीने की तैयारी करते-करते मर जाएँगे, जी तो कभी नहीं पाएँगे। और सच तो यही है कि ये जीना भी कोई जीना है?

□□□